MEMORIA

Георгий Демидов

Любовь за колючей проволокой

Повести и рассказы

Москва
Возвращение
2010

УДК 821.161.1-09
ББК 84(2Рос=Рус)6-4
Д30

Издано при финансовой поддержке Федерального агентства
по печати и массовым коммуникациям
в рамках Федеральной целевой программы
«Культура России»

Составитель серии «Memoria»
С.С. Виленский

Демидов, Георгий

Д30 **Любовь за колючей проволокой**: повести и рассказы / публикация В. Демидовой. Предисловие М. Чудаковой. Москва: Возвращение, 2010. – 360 с.
ISBN 978-5-7157-0230-2

Георгий Георгиевич Демидов (1908–1987) родился в Петербурге. Ученый-физик, работал в Харьковском физико-техническом институте им. Иоффе. В феврале 1938 года он был арестован. На Колыме, где он провел 14 лет, Демидов познакомился с Варламом Шаламовым и впоследствии стал прообразом героя его рассказа «Житие инженера Кипреева».

Произведения Демидова — не просто воспоминания о тюрьмах и лагерях, это глубокое философское осмысление жизненного пути, воплотившееся в великолепную прозу.

В 2008 и 2009 годах издательством «Возвращение» были выпущены первые книги писателя — сборник рассказов «Чудная планета» и повести «Оранжевый абажур». «Любовь за колючей проволокой» продолжает публикацию литературного наследия Георгия Демидова в серии «Memoria».

УДК 821.161.1-09
ББК 84(2Рос=Рус)6-4

ISBN 978-5-7157-0230-2

© В.Г. Демидова, 2010
© М.О. Чудакова, предисловие, 2010
© Р.М. Сайфулин, оформ. серии, 2010
© Возвращение, 2010

«Ты права, Богородица!..»

В двух изданных, наконец, в последние годы (через двадцать с лишним лет после смерти автора) книгах Георгия Демидова о погибельном существовании миллионов наших сограждан в колымских лагерях рассказано, кажется, обо всех вариантах жизни человека, вымерзающего в колымских снегах без вины и причины.

Оставалось неописанной только любовь — не та, что навсегда отделена от арестованного вместе с его домом, а та, что робко и неярко расцветает на вечной мерзлоте.

В этом, третьем, томе — не только про погибельную лагерную любовь, да и просто тягу одного человеческого существа к другому в нечеловеческих обстоятельствах. В нем — и о тех насельниках сталинских лагерей, которые не вписываются в череду изначально оправданных читателем. Выбор этих героев — особая черта и писательского дара Георгия Демидова, и его аналитического интеллекта.

У Юрия Домбровского есть поистине прекрасное стихотворение «Амнистия», перелагающее известный апокриф о схождении Богородицы в ад и освобождении грешников:

>...Она ходит по кругу проклятому,
>Вся надламываясь от тягот,
>И без выбора каждому пятому
>Ручку маленькую подает.

И хотя секретарь в аду, потрясая «пудовыми списками», требует, чтоб Она посмотрела «хотя бы статьи», Она продолжает делать свое дело по-своему.

>...Но идут, но идут сутки целые
>В распахнувшиеся ворота
>Закопченные, обгорелые,
>Не прощающие ни черта!

Кто же эти люди? Варлам Шаламов и Александр Солженицын показали враждебность уголовников — «политическим», их нередкий союз с начальством как «социально-близких» против «58-й статьи». А Домбровский рисует в своем стихотворении апокрифическую утопию:

> Как открыты им двери хрустальные
> В трансцендентные небеса...
> <...>
> И глядя, как кричит, как колотится
> Оголтевшее это зверье,
> Я кричу:
> — Ты права, Богородица!
> Да прославится имя Твое!

«Начало отчуждения человека от общества и враждебности к нему бывает разным, — пишет Демидов в повести «Перстенек». — У Живцова это осознанное отчуждение началось с момента, когда он почувствовал на себе злые и враждебные взгляды сотен людей, сидевших в зале суда. И он понял, что тоже ненавидит их. Собственно, это было лишь кристаллизацией чувства к обществу...»

Демидов описывает своего героя жестко, без всяких сантиментов. Гирей «стал изгоем и отверженным в обществе во имя самого этого изгойства и отверженности. Он принадлежал к той очень небольшой части уголовных преступников-рецидивистов, которые огромный заряд своей внутренней энергии растрачивают либо на холостые выстрелы, либо на стрельбу по несоразмерно мелким целям». Что хорошего, не правда ли? Но Демидов ведет свой скальпель безостановочно, рассекая, препарируя общество сталинского времени с его беспредельностью зла. И обнаруживает тех, рядом с кем герой его способен вызвать наше сочувствие — как и женщина-зэчка, которая поняла его, почувствовала и прикипела к нему душой.

Гирей, по своему обыкновению, уходит из лагеря в побег — с напарником. Тут же — и краткая, но более чем характерная для места и времени биография этого напарника.

Чалдон ехал когда-то с отцом, объявленным кулаком, и всей семьей в неотапливаемом вагоне в ссылку на Урал. «Умирали старики и дети. На одном из перегонов Чалдон, семнадцатилетний тогда парень, сбежал. На какой-то станции попался с кражей, совершенной им с голоду, был арестован и осужден. В колонии неотесанный пока молодой сибиряк прошел необходимый курс наук, а смелости и решительности ему было не занимать. Через два года он бежал из колонии с целой шайкой отчаянных головорезов. Шайка не гнушалась не только воровством, но и грабежами, и даже убийствами. Вскоре она была ликвидирована, и Чалдон, уже в качестве опасного рецидивиста, покатился по лагерям».

...За семь лет еженедельной работы в Комиссии по вопросам помилования при Президенте России (в конце 2000 года она была распущена новым президентом, а помилование в России практически прекращено) я не раз встречала эти биографии — бесконечная череда посадок, а первая — почти всегда в сталинскую эпоху, в 16—17 лет...

Кто же те, кто стали благоприятным фоном для двух закоренелых уголовников? Ответ простой — те, кто «занимались розыском и поимкой беглых заключенных. Если называть вещи своими именами — охотой на людей». Их жизнь тоже нелегка. «Служба, оказавшаяся действительно собачьей, не приносила ни особых денег, ни быстрой карьеры». Зато, говорится об одном из них, «будучи доброжелательным, открытым и незлым по природе, он стал хмурым, озлобившимся и жестоким. Таковы уж особенности профессии охотника на людей».

Яростные преследователи беглецов для автора повести — не люди, стоящие на страже Закона, а охранители Беззакония, неправосудных приговоров и посадок. Жесткость, бесчеловечность стала для них привычной дорогой к деньгам и лычкам. Они привозят в лагерь отрубленные руки беглецов — для вящего запугивания. И встречают взрыв отвращения и ужаса.

Каков же вывод или итог?

Он давно сделан миллионами советских зэков. «Волкодав — прав, а людоед — нет». Под этим далеким от человечности эпиграфом и прошла большая часть российского XX века.

Мариэтта Чудакова

Валентина Демидова выражает глубокую благодарность
Маргарите Барас, Игорю Михалевичу-Каплану
и Вячеславу Сподику за неоценимую помощь
в подготовке к печати произведений
Георгия Демидова.

На перекрестках невольничьих путей

> И вот мы расстались, как двое прохожих,
> На перепутье случайных дорог.
> *Старинный романс*

Из тридцати двух прожитых мною к тому времени лет в заключении я провел еще только три года. Обычно сам по себе этот срок недостаточен, чтобы стереть в сознании заключенного живую память о прошлом с его чаяниями и надеждами, крушение которых продолжает питать горечь утрат и обиды несправедливости. Другое дело, когда к сравнительно неторопливому действию времени прибавляется еще гнет голодного изнурения и выматывающей силы работы. Тогда очень скоро и почти полностью могут оказаться погашенными не только нравственные, но и более непосредственные физические страдания. Для многих миллионов заключенных сталинских лагерей дистрофия была в известном смысле благодатной. Сопутствовавшая ей «деменция» — голодное слабоумие, лишая людей способности чувствовать и мыслить, облегчала им то медленное умирание, которым являлось для большинства из них пребывание в лагере.

Сельскохозяйственный лагерь Галаганных, в котором я тогда находился, составлял почти на сплошном фоне голодной колымской каторги конца тридцатых годов весьма редкое исключение. Вплоть до самого начала войны заключенные этого лагеря не только не умирали от голода, но почти никогда его не испытывали. Попасть в галаганский сельхозлаг считалось для арестанта, да еще нестарого мужчины, почти невероятной удачей.

Все на свете, однако, связано с какими-нибудь издержками, даже относительная лагерная сытость. Не изнуренный голодом арестант чаще, чем дистрофик, впадает в горестные размышления о своей судьбе. В нем чаще и гораздо острее проявляются чувства бессмысленности и унизительности своего существования. А это, в свою очередь, вызывает еще более мучительные ощущения бессильного протеста и глухой, беспредметной злобы. Злоба, впрочем, всегда стремится найти конкретный адрес, чтобы излиться на кого-нибудь в виде вспышки активной ярости. На кого выплеснуться и по какому поводу — имеет уже второстепенное значение. Поводов же для раздражения хватало всегда даже в нашем благополучном сельхозлаге. Правда, будь он поголоднее, это раздражение вряд ли проявлялось бы так активно. «Зажрались вы тут, вот что!» — часто повторял здешним зэкам появившийся на Галаганных перед самой войной удивительно злобный начлаг по прозвищу «Повесь-Чайник». С точки зрения специалиста по удушению в человеке человеческого достоинства он был прав.

Вот уже несколько дней как мы, десятка два относительно здоровых и крепких мужчин, набранных из малочисленных в сельхозлаге представителей первой категории трудоспособности, изнывали от холода, грязи и тягостной арестантской злобы, дергая турнепс на дальнем совхозном поле. Наша сборная бригада, организованная в помощь затянувшейся уборочной, была составлена из грузчиков с местной пристани, лесорубов, лесоповальщиков и других рабочих чисто мужских профессий. Впрочем, закрепление заключенных за определенными профессиями в лагере всегда непрочно, так как право начальства ставить их на любую работу ничем тут не ограничено. «В понедельник Савка — мельник, а во вторник Савка — шорник».

Поля галаганского совхоза были расположены в широкой долине реки Товуй, впадающей здесь в Охотское море. Оно-то и делает тут погоду в самом прямом и переносном смысле этого слова и, конечно, в полном соответствии со своим капризным и злым нравом. Особенно же капризным и злым бывает этот нрав осенью. В это время погода на охотских берегах меняется в иные дни раз по десять. Перемены эти, правда, особенным разнообразием не отличаются. То ветер с моря гонит на берег холодный дождь, нередко с такой силой, что его брызги несутся почти параллельно земле, то менее сильный, но всегда более холодный ветер с недалеких гор приносит мокрый снег или колючую, ледяную крупу. Все эти злые и сварливые стихии находятся тут осенью в состоянии почти непрерывного борения между собой. И люди, волею судеб вынужденные болтаться у них под ногами, чувствуют себя здесь, большей частью, очень неуютно.

Уж какой там уют, когда выданная в начале сентября по случаю официального наступления зимнего сезона стеганая одежда, насквозь пропитавшись водой, обвисает на тебе пудовой тяжестью и скорее усиливает ощущение промерзлого холода, чем защищает от него. Наши ватные штаны и длинные бушлаты были до пояса облеплены грязью, потому что, выдергивая из липкой бурой почвы тяжелые клубни, мы сами погружались в нее чуть не по колено. Грязь до локтей набилась нам в рукава, чавкала в башмаках, пошитых из автомобильных покрышек, и даже хрустела на зубах, когда мы, присев на кучи собранного турнепса, мрачно жевали размокший в карманах хлеб. Это был остаток утренней пайки, припасённый для обеда. Его, чтобы не водить нас в лагерь и не терять несколько часов уже не очень длинного светового дня, привозили к нам на место работы. Но сегодня телега, на которой везли бочки с баландой и кашей, опрокинулась на какой-то рытвине. И возчик, он же раздатчик баланды, приплелся к нам только для того, чтобы посоветовать как-нибудь перебиться до ужина. Как будто у нас была еще и иная возможность!

И без того казавшийся нам бесконечным рабочий день от назойливого сосания под ложечкой потянулся еще медленнее. Таща на своих лагерных ЧТЗ едва ли не больший груз грязи, чем турнепса на деревянных носилках, мы стаскивали этот турнепс к «конной» дороге. Так называлась узкая полоска совсем уж жидкой грязи, блестевшая между полями. Местами колеса телег, которые тащили выбивающиеся из сил лошади, утопали в ней по самые ступицы, а сами лошади утопали в грязи чуть не по брюхо. Возчики турнепса, такие же как и мы лагерники, то и дело обращались к уборщикам с просьбой помочь вытащить застрявший в грязи воз. Сначала мы делали вид, что не слышим этих просьб. Затем ругались — сколько можно? Нам ведь тоже пайка по выработке идет! Но все кончалось тем, что мы чуть не по пояс входили в холодную жижу, облипали со всех сторон блестевший от грязи воз и заводили неизменное в таком случае «раз — два, взяли...». Это хриплое и нестройное пение сливалось с такой же хриплой руганью возчика, нахлестывавшего свою измученную клячу и кричавшего сорванным голосом:

— Но, дохлая! Но, чтоб ты околела, проклятая...

Сверху лил мелкий холодный дождь, шумело море, совсем близкое, но почти невидимое за сеткой дождя и тумана. И весь этот наш злобный гам тут же глохнул в сыром тумане, жалкий на фоне мощного ритмического гула моря.

В довершение всех бед с сопок подул морозный ветер. Перед тем как разогнать туман, открыть невдалеке кипящую пеной кромку прибоя и чуть не до голубизны высветлить небо — что еще более удлиняло наш рабочий день, — этот ветер принес белесую тучу, из которой в изобилии посыпалась отнюдь не питательная крупа. Этой крупы было так много, что бурая грязь под нашими ногами, смешавшись с ней, стала грязно-серой. Руки в этой ледяной каше деревенели и почти переставали слушаться. К вечеру стало тише, но ударил заморозок, от которого на почве образовалась твердая, проламывающаяся корка, а наши промокшие бушлаты заледенели. Они превратились не то в подобие каких-то негнущихся кирас, не то опрокинутых и надетых на голову бочек и сильно мешали работать, так как в них трудно было нагибаться и колени при ходьбе стучали об их края.

Наконец стемнело настолько, что отличить убранную борозду от неубранной стало невозможно. Участковый агроном, высокий дядя в брезентовом плаще и болотных сапогах, неохотно — урожай корнеплодов того и гляди вмерзнет в почву — разрешил заключенным закончить работу. Наш образованный бригадир осипшим голосом прокричал команду строиться для следования в лагерь. Строиться в колонну нам было решительно незачем, так как работала и перемещалась наша бригада бесконвойно. Но таков уж лагерный порядок, к которому нередко почти применима старая солдатская шутка: «Один татарин в две шеренги становись!»

И мы побрели в сторону лагеря сначала редкой, беспорядочной толпой, а затем все более удлинявшейся вереницей усталых, голодных и злых людей. Все наши физические ощущения были мерзостными, а мысли раздраженными и безрадостными. Не радовала даже перспектива ужина и ночного отдыха. Вывернутую в грязь баланду нам вряд ли возместят. Спать придется лечь полуголодными в мокром белье. А наутро — все тот же осточертевший ранний подъем, напяливание на себя непросохшего ватного одеяния и чавканье по этой же грязи в такой же мгле. Хоть бы скорей придавили настоящие морозы и этот проклятый турнепс задубел бы в своей грязи!

Заключенные плелись, кто по обочине дороги, кто несколько поодаль от нее по полю. Никто не шел только по самой дороге. Из всех путей до лагеря это был наихудший. Но когда из шестикилометрового расстояния до околицы Галаганных нами была пройдена уже половина, море, видимо, спохватилось, что недостало сегодня на наш берег обычной порции хляби, и, как будто возмещая упущенное, подуло смесью дождя и тумана. В поле почти мгновенно стало совершенно темно. Перестали быть видны даже огни лагеря. Теперь, чтобы не забрести совсем уже черт-те куда, всем пришлось залезть в путеводное корыто разъезженной донельзя дороги. Двигаться по ней пешком, да еще в темноте, можно было только с большим трудом и опаской. На каждом шагу подстерегали рытвины, в которые можно было провалиться по пояс, а то и упасть.

Шествие еще более замедлилось и растянулось чуть не на целую версту. Тем, кто первым добрался до плаца перед лагерными воротами — в их числе был и я, — пришлось довольно долго дожидаться остальных. В лагерь пропускали только те бригады, которые явились в полном составе. И мы с завистью смотрели на рабочих скотоферм, плотницкой, гаража и электростанции, которые, собравшись под крышей и сделав пятиминутный переход до лагеря, почти сухонькие входили в его ворота. Все они казались нам сейчас чуть ли не придурками, особенно тем, кто не бывал еще в горных и кого, по известному выражению, не клевал еще жареный петух. С точки зрения заключенных, прошедших подлинную каторгу «основного» дальстроевского производства, все мы тут были придурками. По официальной лагерной классификации, даже самые тяжелые из собственно сельскохозяйственных работ не шли дальше категории «СТ», то есть средних по тяжести. Что же касается таких, как уборка турнепса и картошки, на которые мы были временно мобилизованы, то они относились к разряду совсем уж легких, ставить на которые полноценных мужиков-работников разрешалось только при непосредственной опасности вмораживания урожая в почву, вот как теперь, например. Злились мы и на тех из наших, кто все еще продолжал месить грязь дороги в чернильной темноте вечера. Злость — активное чувство. Она не любит беспредметности и всегда ищет «кого бы пожрати».

Прожекторный светильник, установленный на вышке рядом с лагерной вахтой, пробивал своим ярким лучом дождь и редкий туман, вырывал из моря грязи перед лагерем небольшой, тускло поблескивающий участок. За пределами этого участка темнота по контрасту с ним казалась почти осязаемой, плотной массой, сквозь которую доносился вездесущий здесь гул моря. На Охоте после вчерашнего шторма гуляла мертвая зыбь, и прибой у сторожевых скал в устье Товуя был сегодня особенно сильным.

Подошли последние из оставшихся членов нашей бригады, и бригадир приготовился было скомандовать нам подойти к воротам и построиться по пяти. Но тут из темноты на освещенную часть плаца вынырнула голова длиннющей колонны женщин, предшествуемая конвоиром. Конвойные бригады имеют преимущество перед бесконвойными по внеочередному пропуску в лагерь, и наш старшой, выругавшись, приказал нам снова отойти в сторону.

Тоже «сводная», но в несколько раз большая, чем наша, эта женская бригада убирала сегодня кормовую капусту. В отличие от нас женщины работали под конвоем двух охранников. В бригаде рубщиц капусты добрую половину составляли блатнячки — элемент, в высшей степени скандальный и недисциплинированный. Вот и сейчас, вместо того чтобы в каких-нибудь две минуты построиться в пятерки и дать себя пересчитать, женщины начали бестолковую толчею и перебранку. Становились они в ряды вкривь и вкось, а в этих рядах у них получалось то по шесть человек, то по четыре. Промокли, устали и измучились рубщицы, конечно, не меньше нашего, но было очевидно, что некоторые из них нарочно дезорганизуют построение, чтобы задержаться на плацу. Догадаться, почему это делается, было нетрудно. Скорее всего, кто-нибудь из лихих уголовниц, пользуясь непроглядной темнотой, нырнули на поселке в какую-нибудь подворотню. У них там всегда были дела: получить подношение, условиться о свидании или еще что-нибудь. И пока нарушительница или нарушительницы не вернутся в строй, допускать его пересчета было нельзя.

Иззябшие за целый день стояния в поле и охрипшие от непрерывной ругани со своими подконвойницами вохровцы тоже, конечно, мечтали сейчас о теплой казарме и миске горячих щей. Отчаянно матерясь и замахиваясь на баб прикладами, они бегали вдоль колонны, стараясь навести в ней порядок. Когда бойцам показалось, что, хотя и весьма относительный, но какой-то порядок все-таки наведен, старший из конвойных открыл уже рот, чтобы скомандовать бригаде подойти к воротам вплотную. Но он успел только произнести слово «шагом...», как стоявшая невдалеке от него крайней в ряду худенькая женщина в телогрейке и шапке-ушанке вдруг вылетела из своего ряда шага на два в сторону. Испуганно оглядываясь на бойца, прямо-таки зарычавшего от злости, она побежала в хвост колонны, чтобы пристроиться в ее последнем ряду. Вернуться в свою шеренгу она не могла, так как в ней снова каким-то образом оказалось пять человек. Все объяснялось просто: на другой конец этой шеренги с разгона влетела вернувшаяся из самовольной отлучки девка. Конвоир этого не видел, и вся его злоба сосредоточилась на ни в чем не повинной женщине. Погнавшись за ней, он пнул ее прикладом в спину. Не ударил, а именно пнул, приставив окованное основание к телогрейке между худеньких лопаток. Но парень был дюжий, а женщина тоненькая и хрупкая. От сильного толчка она отлетела шага на три вперед и, споткнувшись, упала. Ее незавязанная ушанка свалилась с головы, а руки, чуть не по локоть, ушли в грязь плаца. Когда, поднявшись на ноги, она машинально жестом отбросила назад рассыпавшиеся волосы, грязь с рукава измазала ей лицо, особенно правую его половину на уровне бровей. От этого, как на картине сюрреалиста, как-то особенно отчетливо выделилась левая половина лица с широко открытым, испуганным глазом, полуоткрытый рот и мягко очерченный, обиженно дрожащий подбородок. Некоторое время они стояли друг перед другом: маленькая женщина и высокий плечистый вохровец. Потом, круто повернувшись, боец пошел в сторону головной части колонны, а она, забыв видимо, что руки у нее в грязи, закрыла ими лицо и по-детски горько, навзрыд, заплакала.

Я знал эту женщину немного лучше, чем других женщин-заключенных своего лагеря. Это была Юлия Кравцова, в прошлом художница из Ленинграда, очень миловидная, интеллигентная и какая-то удивительно мягкая и кроткая в отношениях со всеми. Осуждена она была на восемь лет заключения как член семьи врага народа «Особым Совещанием» при наркоме внутренних дел и, конечно, заочно. До ареста бывшая художница была женой какого-то крупного специалиста по строительству мостов, осужденного за вредительство в этой области на двадцать пять лет каторжного срока. Где находится ее муж и жив ли он, Кравцова не знала.

В лагерях тех лет эта печальная история была почти банальной. Знал о ней я от самой Кравцовой, так как чаще, чем с другими женщинами, оказывался с ней рядом. Происходило это всегда где-нибудь в поле, когда места нашей работы находились поблизости. Обычно я старался ей чем-нибудь помочь: уж очень горько было смотреть, как миниатюрные руки этой маленькой женщины не могут обхватить черенок лопаты, а узенькие плечи гнутся под тяжестью какой-нибудь жерди на строительстве изгороди или сарая. В таких случаях мне казалось, что в больших серых глазах бывшей художницы появляется особо острое и глубокое страдание, и меня охватывала щемящая жалость к ней. Свое особое сочувствие к Кравцовой я объяснял действием контраста между тонкостью ее настоящей профессии, ее врожденным внешним изяществом, угадываемым даже под уродующим лагерным одеянием, и тяжкой грубостью существования каторжанки, на которое она была теперь обречена. И помогая ей раскалывать кучу смерзшегося навоза, например, я воображал на месте бурой, дурно пахнущей массы голову какого-то тупого и злого кретина, обрекшего на ненужные страдания эту милую женщину. Кретин, правда, не имел индивидуальных черт — это был свирепый сталинский закон от 1 августа. Но злость на него придавала мне силы, и за помощь я бывал вознагражден не только благодарной улыбкой, но и комплиментом по поводу моей якобы необычайной силы.

Улыбалась мне Юлия Александровна и при случайных встречах в лагерной столовой или во дворе зоны. Иногда мы с ней разговаривали при таких встречах, но не более нескольких минут. Мы оба принадлежали к той части лагерных интеллигентов, которые старались избегать подозрения в запрещенной здесь интимной связи. Такая связь понимается в лагере и его начальством, и большинством самих лагерников предельно пошло и грубо. Соответственно грубыми, а нередко и жестокими, являются и средства ее пресечения. Особенно опасной является лагерная любовь для мужчин. Тех, кто не числился еще в категории стариков или инвалидов, могли за нее отправить отсюда в страшные лагеря основного производства.

Женщинам эти лагеря не угрожали. Их плата за любовь ограничивалась обычно тремя сутками нестрогого карцера. Зато приказ о водворении в этот карцер нарочито составлялся с подробным описанием обстоятельств, при которых произошло грехопадение. Как и всякое шельмующее наказание, такой прием, жестоко травмируя порядочных женщин, совершенно не достигал цели в отношении тех, кому терять было уже нечего. Наоборот, были такие, которым даже льстил чей-нибудь восхищенный возглас из рядов слушающих приказ заключенных:

— Ну и курва! Во дает!

И это совсем не обязательно были профессиональные уголовницы или проститутки. Но для тех, кто не дошел еще до «жизни такой», было нелегко выслушивать даже надзирательские окрики, которые здесь были часты и почти так же грубы, как окрики пастухов, сгоняющих стадо. Попробуйте поставить себя на место бывшего доцента и бывшей журналистки, например, оживленная беседа которых о поэзии Маяковского или кризисе теоретической физики прерывается рявканьем оказавшегося в дурном настроении «дежурняка»:

— А ну, марш по баракам! Ишь, расшушукались тут, любовь крутят!

Особенно подозрительно относились работники лагнадзора к тем парам, которые уже числились в специальном «кондуите» у начальника лагеря как подозреваемые в связи или уже пойманные на ней. Говорили, что года два назад Кравцова тоже угодила в этот кондуит за дружбу с молодым поэтом, привезенным в Галаганных с тем же этапом, что и она. Он пробыл здесь всего одну зиму и был отправлен в горные весной того года, летом которого попал сюда я. Возможно, что это отправление и не имело связи с кондуитом, в котором поэт значился рядом с Кравцовой. Но она, говорили, сильно и долго по нему убивалась, может быть, главным образом потому, что считала себя виновницей его беды. Во всяком случае, потом маленькую художницу держали в стороне от мужчин. А она была со всеми неизменно приветлива и всегда улыбалась даже сквозь слезы.

Мне она улыбалась чаще и ласковее, чем другим. Но беседуя с ней при случайных встречах, мы разговаривали обычно только на отвлеченные темы. Даже если поблизости не было надзирателя, нас всегда могли увидеть и услышать начальничковы стукачи, специально набранные на службу лагерной нравственности. А мы хорошо знали оба, что такое здешний кондуит, злоязычная лагерная молва и опасность для меня загреметь отсюда в горные. И, несмотря на сильное и обоюдное желание побыть вместе подольше, мы расходились.

Однако столь благоразумное поведение с моей стороны объяснялось не только страхом наказания за общение с женщиной. До поры вести себя таким образом для меня не составляло большого труда. Что там ни толкуй, а в конечном счете степень интереса к представителям другого пола определяется концентрацией в крови половых гормонов. А она, эта концентрация, в свою очередь зависит от многого. Половой голод являлся бы для большинства заключенных величайшим бедствием лишения свободы, если бы не ослаблялся всегда сопутствующими заключению психическими травмами, элементарным голодом, а в лагерях еще и изнурительной работой. Действуя обычно вместе, эти факторы могут привести даже молодого и здорового человека в состояние, при котором сама мысль о женщине вызывает в нем нездоровый протест, подобный тому, который возникает у тяжелобольного при виде пищи.

Время, однако, лечит любые душевные раны, а человек привыкает едва ли не ко всякому состоянию, в которое ставит его судьба. Попадая в смешанный лагерь — а такие лагеря обычно не бывают ни особенно каторжными, ни особенно голодными, — не слишком старые мужчины, и скорее рано, чем поздно, снова начинают интересоваться женщинами. Я был в числе тех немногих, кому для этого понадобилось более двух лет. Но дело тут было не столько в сокращенной выработке гормонов, вызванной тяжкими невзгодами последних лет, сколько моим давно уже установившимся отношением к любви и связанным с ней вопросам.

Не то чтобы я чурался женщин, а тем более боялся их. Но еще в ранней юности я решил, что буду ученым-естествоиспытателем. Тогда эта профессия не была столь часто встречающейся, как теперь, а я и вовсе считал ее подвижнической. А как подвижничество и даже просто преданность делу, которому человек посвятил жизнь, может сочетаться с его любовью к женщинам и ролью папаши-семьянина? Правда, столь решительная позиция в этом вопросе была для меня характерной только в те годы, когда я еще не был никаким ученым. Потом оказалось, что сам по себе аскетизм в занятиях наукой не так уж обязателен, но я долго еще «выдерживал характер», чтобы на практике оправдать свое презрительное отношение к вопросам пола как диктуемым, по моему тогдашнему убеждению, самым низменным из инстинктов. Мне даже нравилось слыть среди знакомых и товарищей, и особенно женщин, этаким «ученым сухарем», которому все человеческое чуждо. Позерство и рисовка характерны для юности и являются, пожалуй, самыми досадными из ее издержек. Позировал я, впрочем, не без искренности, так как и в самом деле увлекался своей наукой до полного забвения всего остального. Это была только что возникшая тогда и только что получившая свое название электроника.

Всем высшим животным, особенно в молодости, свойственно заниматься игрой, и только человеку еще и работой. Но игра — внутренняя потребность, работа же, что бы там ни толковали моралисты, — только жизненная необходимость, причем большей частью тягостная. Можно утверждать, что увлечь по-настоящему человека работа может лишь в том случае, если она отождествляется им с игрой, соревнованием или элементами творчества, которое в первооснове своей тоже игра. Ставить в пример бухгалтеру увлеченность изобретателя не только неправомерно по своей сути, но даже неэтично.

И я копался в своей лаборатории, досадуя, что надо время от времени отвлекаться от работы для сна и принятия пищи. Но обойтись без них никак невозможно, а вот без женщин можно. Однако только в том случае, если их нет рядом. Иначе эти пособницы дьявола не преминут атаковать женоненавистника с тем большей энергией, чем сильнее он хорохорится. Недаром анахореты прошлого чувствовали себя в относительной безопасности только в пустыне. А какая уж тут пустыня — большой город и крупный научно-исследовательский институт! И молодой «ученый сухарь» стал предметом атак самого разного типа, от громового штурма до тихой сапы, со стороны многих и разных женщин. Причины тут тоже были разные. И искренняя симпатия, и надежда выйти замуж за будущего академика, и своего рода спортивный интерес. Ведь именно такой интерес руководил совратительницами святого Антония и толстовского отца Сергия.

И я, конечно же, сдался. И к моменту, когда доблестное ежовское НКВД пресекло мою деятельность как вредителя в области вакуумной техники, я уже не был прежним «ученым монахом», оставаясь все же почти безнадежным холостяком. Своей наукой я увлекался по-прежнему, а поэтому в делах любви так и остался пассивным партнером, что, наверно, мужчине и не к лицу. Но стоило только присмотреться к тому, с кем вступали в брак молодые ученые в мое время, чтобы понять, что я не составлял особого исключения. Инициаторами этих браков в большинстве случаев были женщины. Как правило, они совсем не соответствовали своим мужьям ни по уровню развития, ни по наклонностям, ни по характеру жизненных интересов. Впрочем, с точки зрения интересов семьи это, чаще всего, было именно то, что нужно.

С некоторого времени я стал замечать, что не только все больше и глубже симпатизирую Кравцовой, но и все чаще о ней думаю. Уж не любовь ли это? В лагерных условиях это была бы та самая «любовь-злодейка», о которой поется в крестьянских песнях времен крепостного права и которая не сулит здесь ничего доброго. Я прислушивался к симптомам опасного заболевания почти со страхом и пытался убедить себя, что, во-первых, они ложны, а во-вторых, я с этим заболеванием сумею справиться. Кроме того, оно может стать по-настоящему опасным только в том случае, если моя скрытая симпатия к женщине будет открыта и активно поддержана ею самой. И даже в этом случае — это я знал по своему опыту еще на воле — ей придется преодолевать во мне остатки укоренившихся представлений о любви как об уступке разумного начала инстинктивному. В конечном счете, самая высокая любовь восходит к тому же началу, которое заставляет одну бабочку гоняться за другой. Прочее же создано воображением самих влюбленных и стараниями досужих романистов и поэтов. В отличие от дружбы любовь может быть и злой, и эгоистичной. И она всегда стремится к монопольному обладанию своим предметом. Нет, она не заслуживает ни культивирования, ни восхваления!

Правда, я признавал за ней роль стимулятора в человеке самых разнообразных проявлений его творческой активности. Ведь и сама она — активное чувство, способное существовать как сила только в условиях противодействия. Питомник любви — это вовсе не мифическая Аркадия с ее сусальными пастушками и даже не цивилизованное общество, организованное на разумных и гуманных началах. Любовь Ромео и Джульетты возникает только там, где на ее пути стоят препоны всяческих запретов, предрассудков, кастовой и иной розни. И только в таких условиях выявляется настоящая любовь. И, раздуваемая враждебным ветром, она или сжигает самих влюбленных, или навсегда опаляет им крылья.

Конечно, запретной любви не всегда сопутствовал драматизм на шекспировском уровне и, возможно, ей удавалось иногда выходить победительницей из всех испытаний.

Но к чему были все эти рассуждения в лагере, где молот репрессий за любовь любое золото мог превратить в грязь. Почти на каждой вечерней поверке здесь зачитывались перед строем приказы о наказаниях за связь заключенного с заключенной. Иногда они касались тех, кто попадал в такие приказы впервые, и тогда производили сенсацию. Восторженный гогот определенной части слушателей не сразу останавливали даже начальственные требования прекратить шум. Возможность стать предметом такой сенсации страшила меня больше, чем опасность быть отправленным в горный лагерь. И я гнал от себя всякую мысль о любви. Нет, нет! Отойди от меня, Сатана! Я рассуждал благоразумно. А благоразумие, как утверждал Гамлет, принц датский, враг всякого подвига.

И все же, в тот холодный и дождливый вечер я совершил нечто близкое к подвигу, защищая честь женщины. Но не вообще женщины, а Юлии Кравцовой, в отношении которой я пытался убедить себя, что она моя хорошая знакомая и товарищ по несчастью, но не больше.

Несмотря на свою принадлежность к «мягкотелой интеллигенции» и ученое звание, я не раз в своей жизни вступался за женщин, обороняя их от уличных приставал, хамоватых кавалеров и ревнивых мужей. Но во всех этих случаях я скорее понуждал себя вести нужным образом, чем повиновался рефлексу. Хамское обращение вохровцев с подконвойными женщинами не было такой уж редкостью, даже в нашем благодатном Галаганных. Однако, наблюдая его, я ограничивался до сих пор только сжатием зубов и кулаков, да и то большей частью в карманах своего бушлата.

Сейчас же, как будто не я, а кто-то другой, истеричный и нерассуждающий, сидевший во мне, подскочил к вохровцу, ударившему Кравцову, и высоким срывающимся голосом закричал ему в лицо:

— Не смей бить женщину, негодяй, сволочь наемная, попугай безмозглый! — дрожа от злости, я выкрикивал самые оскорбительные слова, придуманные лагерниками для бойцов вооруженной охраны, вроде того же «наемного солдата».

Сначала охранник опешил от неожиданности. Но он и сам был до краев налит раздражением и злостью, и через несколько секунд лицо вохровца исказилось выражением ответной ярости. Отступив шага на два назад, он наставил на меня примкнутый к винтовке штык и рявкнул:

— Отойди, убью!

В такой обстановке подобная угроза никак не была пустой. Но и этот штык, и вид кабаньих глазок, сверкающих из-под нахлобученного до самых бровей брезентового капюшона, только подлили масла в огонь. Окончательно потеряв самообладание от ненависти к этому оскорбителю милой и кроткой женщины, я ухватился за конец штыка, отвел его в сторону и изо всех сил пнул солдата ногой в живот. Он рванул винтовку к себе, а я перехватил обеими руками ее цевье. Между нами началась свирепая возня, напоминающая борьбу мальчишек. Но продолжалась она недолго. Я почувствовал тупой, как мне показалось, толчок в левую сторону живота и вслед за ним острую пронзающую боль. Это меня ткнул штыком второй вохровец, прибежавший на помощь своему товарищу.

Боль обладает отрезвляющим действием. В одно какое-то мгновение я понял дикое безрассудство своего поведения и увидел все окружающее чуть ли не с повышенной отчетливостью. Конвоиры продолжали направлять на меня свое оружие, хотя я стоял перед ними уже полусогнувшись, прижимая обе руки к ране, из которой под мокрой, холодной одеждой стекало вниз что-то теплое и липкое. В небольшом отдалении я видел множество женских лиц и среди них одно с испачканным грязью лбом и округлившимися от ужаса глазами. Медленно оседая на подкашивающихся ногах, я упал сначала на колени, а затем повалился набок в блестящую жирную грязь. Сознания, однако, я не потерял и помню, как от вахты прибежал дежурный и что-то кричал на заключенных, размахивая руками. Затем принесли носилки, и я поплыл на них среди множества людей, глядевших на меня кто с укоризненным сочувствием, кто с соболезнованием, кто просто с жадным любопытством.

В лагерной больнице Галаганных я пролежал со своим ранением меньше, чем можно было бы ожидать, всего месяца полтора. Штык не проник особенно глубоко. Его ослабила бывшая на мне толстая ватная броня бушлата и телогрейки. Она-то и создала в первое мгновение впечатление тупого удара.

Дела о нападении на бойца охраны на меня не завели, хотя и могли бы это сделать. Но лагерное и конвойное начальство даже в более свирепых лагерях, чем наш Галаганных, не любит выносить конфликты между заключенными и охранниками за пределы зоны, если только дело не доходит до прямого убийства. Судебное разбирательство, которое существовало в лагерных трибуналах того времени, заставляло в какой-то степени выносить сор из избы. А он, этот сор, почти всегда выглядел весьма неприглядно. Конечно, я был бы непременно признан виновным и осужден на дополнительный срок. Но объясняя свое поведение, я бы ссылался на избиение вохровцем ни в чем не повинной заключенной. Нет уж, лучше обходиться своими средствами, набор которых в лагере достаточно широк. Что касается моего случая, то, не причинив вохровцу почти никакого вреда, сам я едва не был убит. Во всяком случае, имелись все основания считать, что наказан я сполна.

Находясь в больнице, я получил через санитарку-заключенную записку от Кравцовой.

«Милый мой, дорогой мой рыцарь, — писала она в этой записке. — Пока я не узнала, что ваша рана не опасна для жизни, я почти до сумасшествия беспокоилась за вас. Я бы никогда не простила себе вашей гибели или увечья, хотя и знаю, что ни в чем не виновата. Скорее выздоравливайте, очень хочу вас видеть».

Означала ли эта записка, что Юлия — в мыслях я давно уже называл ее только так, хотя при встречах она была для меня Юлией Александровной, — испытывает ко мне нечто большее, чем простая благодарность за рыцарское поведение? Я одновременно и хотел этого, и боялся. Если в ней возникает такое же влечение ко мне, как у меня к ней, то наши желания, перемножившись, станут неодолимыми. И тогда прости-прощай спокойное монотонное лагерное существование — работа, еда, сон, подъем, опять работа. За нами будет установлена лагнадзорская слежка, нас окутает со всех сторон грязная лагерная молва, жить мы будем в тоскливом ожидании разлуки, которая последует весной, как только откроется навигация. Держать в смешанном лагере нарушителя монастырского устава с первой категорией труда, контрреволюционной статьей, да еще кидающегося на охрану, никто не станет. И я пытался уверить себя, что никакой я не рыцарь, пренебрегший смертельной опасностью ради чести своей дамы, а просто сорвавшийся в припадке истерической злобы зэк. А мое постоянное желание видеть Кравцову, беседовать с ней, чувствовать прикосновение ее руки — блажь, усиливающаяся на больничном ничегонеделании. Она пройдет, как только рана затянется окончательно, и меня отправят в бригаду лесоповальщиков, в которой я постоянно числюсь. Там возня со стокилограммовыми лиственничными баланами в снежных сугробах, да еще на пятидесятиградусном морозе быстро вышибет из меня мечтательную дурь. А главное, что не будет ни соблазна, ни возможности встретиться с Кравцовой: лесная подкомандировка совхоза в паре десятков километров от главного лагеря.

А сейчас надо думать о чем угодно, только не о женщине. С тех пор как я попал в заключение, почти в каждую свободную минуту в голову мне лезли мрачные навязчивые мысли, и я старался вытеснить их с помощью решений мною же выдуманных задач. Обычно я воображал себя снова ученым-конструктором, поставленным перед необходимостью совершить то, что еще никому не удавалось. Это было настолько увлекательно, что иные задачи я решал месяцами, даже когда носил мешки или ворочал в лесу баланы. То, что не было никаких пособий, даже бумаги и карандаша, было даже хорошо, так как еще более затрудняло решение. Правда, несмотря на такую тренировку, в памяти постепенно стирались необходимые формулы и схемы, уходила способность удерживать в голове вереницы математических знаков. Впоследствии я утратил такую способность вообще.

Но сейчас дело было даже не в этом, а в том, что я просто не мог заставить себя изобретать очередную схему действия какого-нибудь электронного прибора или обдумывать интересный экспериментаторский прием. Их место в моем воображении неизменно вытесняло знакомое женское лицо, то ласковое, то испуганное, то печальное. Раньше я иронически улыбался, читая о страданиях какого-нибудь монаха, тщетно боровшегося с «бесовским наваждением». Теперь, кажется, я начинал понимать, что это такое.

Особенно трудно бороться с желанием увидеть Кравцову мне стало после того, как меня выписали из больницы на амбулаторное лечение. Теперь я жил в своем бараке и ходил на перевязку и в лагерную столовую, опираясь на толстую палку, вытесанную для меня знакомым плотником. Я твердо решил, что в течение месяца, который мне предстояло еще сидеть в зоне, я буду избегать встречи с Кравцовой. А если такая встреча случайно произойдет, то буду почти официально сух. Это, наверно, ее обидит. Что ж, тем лучше. Я должен действовать почти в соответствии с духом евангелического наставления: «Если глаз твой смущает тебя, вырви его и выбрось!»

Во время обеденного перерыва в бригадах, когда те, кто работал в пределах главной усадьбы совхоза, приходили в лагерь на обед, я угрюмо сидел в бараке, борясь с желанием выйти из него и высмотреть, когда в зону войдет бригада засольщиц рыбы — в этой бригаде работала теперь Кравцова. Я плелся в столовую только тогда, когда засольщики снова уходили на работу. На ужин я ходил до того, как работяги возвращались в лагерь. В том, что это мое поведение будет разгадано и сможет даже оскорбить женщину, я не сомневался.

Кравцова, однако, оказалась выше мелочной обидчивости. Однажды, когда я, как всегда, уже после ухода работяг зашел в столовую, за одним из «женских» столов — они стояли немного в стороне от «мужских» — я увидел ее, сидящую с перевязанной рукой. Вероятно, она растравила себе руку «тузлуком», очень концентрированным раствором соли, и была освобождена от работы. Работа на засолочном пункте называлась здесь «соленой каторгой». По двенадцать часов в день засольщицы хлюпались в едком тузлуке, охлажденном до температуры ниже нуля, наживая себе ревматизм на старость и язвы на руках.

Я не ожидал этой встречи и остановился в смущении. А она, тоже смущенно и как-то робко улыбаясь, подошла ко мне и взяла за руку свободной от перевязки левой рукой.

— Вот я вас и поймала наконец, дорогой мой монашествующий рыцарь!

Я ответил на рукопожатие, глядя куда-то в сторону. Народу в столовой почти не было, всего два-три освобожденных от работы по болезни. Не было и дежурного надзирателя, он был занят выпуском на работу последних из отобедавших бригад. Мы присели за один из пустых столов, оба чувствуя себя в ложном и неловком положении. Я — из-за своего стремления убежать от общения с женщиной, которого в действительности страстно желал; она — от ощущения этой моей внутренней раздвоенности. Но, видимо, роль инициатора нашей встречи

Кравцова решила выполнить до конца, хотя в жесте, которым она положила свою здоровую руку на мою, чувствовалась робкая нерешительность. Маленькая, с покрасневшими от вечного холода и едкого рассола пальцами, эта рука отчетливо выделялась на моей, довольно крупной и ставшей почти белой от без малого двух месяцев безделья:

— Бедненький вы мой! Ну разве стоило так страшно рисковать только для того, чтобы сказать грубому человеку, что он груб?

Но глаза Кравцовой, глядевшие на меня с ласковой признательностью, говорили, что стоило. Это ведь такая редкость теперь — рыцарское поведение мужчины ради женщины. А если оно связано еще и с реальной опасностью для него, то вызывает тем большее восхищение женщин, чем дальше отстоит от здравого смысла. Смысл существует и в иной бессмыслице.

Сколько раз на протяжении последних недель я мечтал о прикосновении этой маленькой, натруженной ручки. И как мне хотелось сейчас согреть ее своими, уже чуть ли не барскими руками. Но вместо этого я убрал их со стола и насколько мог сухо сказал:

— Я сожалею о случившемся, Юлия Александровна! Истеричность — это не рыцарство. А на вас смотрит раздатчик баланды. Говорят, он — стукач...

Моя благоразумная речь никак не вписывалась в образ героя, лезшего, как разъяренный медведь на рогатину, на вохровские штыки ради чести оскорбленной женщины. Скорее она выражала кредо этакого трусоватого, лагерного филистера, не желающего навлекать на себя начальственного гнева даже подозрением, что он может нарушить устав о поведении заключенного. Мои слова должны были оскорбить женщину, которая ради потребности сказать мне теплые слова сочувствия и благодарности пошла на риск стать предметом злоязычия лагерной княгини Марьи Алексеевны. Кажется, я добился своего. Кравцова вспыхнула от обиды, возможно более сильной, чем та, которая была ей нанесена ударом вохровского приклада. Ведь тогда она была, в сущности, только чисто физической. Снова, как тогда на плацу, расширились серые глаза и задрожали, приоткрывшись, мягкие губы. Женщина хотела что-то сказать, но только глотнула ртом воздух и выбежала из столовой. В мутное оконце я видел, как она, закрыв лицо руками, побежала в свою зону.

На душе у меня было то мутное и тягостное чувство, которое испытывает человек, вынужденный ударить ребенка. Напрасно я уверял себя, что обидел Кравцову для ее же пользы. Что мое сегодняшнее поведение в столовой — это ложь во спасение. И притом не только мое, но и женщины, к которой — от этого было никуда не уйти — я мучительно неравнодушен. Что хорошего, если даже не начальнический стукач, а просто какая-нибудь сплетница перехватит ее выразительный взгляд. С моей стороны это был невежливый, грубый поступок. Но я действительно испугался, прочтя во взгляде Юлии выражение, которое я уже видел в глазах женщины, встреченной в самом начале моего лагерного пути.

Это был тяжелейший путь в буквальном смысле — пеший этап в глубину Североуральской тайги, где находился первый в моей жизни лагерь. Первым он был и почти для всех остальных участников нашего подневольного похода, которых набралось человек полтораста. Это был этап смешанный: уголовники и политические, мужчины и женщины, молодые и довольно пожилые уже люди. Не было среди нас только настоящих блатных. Во всяком случае, в таком количестве, при котором они могли бы почувствовать свою силу. Каторжный этап, тем не менее, остается этапом. И доверие к незнакомому соседу по гонимому куда-то людскому стаду отнюдь не характерная его черта.

В середине суровой уральской зимы нас высадили из вагонов-краснушек в конце еще не укатанного рельсового пути. Дальше шли уже только шпалы без рельсов. Тут, через болотистую и местами горную тайгу, прокладывалась железная дорога. По прорубленной для нее просеке нам предстояло пройти более двухсот километров.

В самом начале этого пути я случайно оказался рядом с молодой, статной и на редкость красивой арестанткой, оказавшейся женой одного из расстрелянных в тридцать седьмом году первых советских маршалов. Почувствовав в соседе каким-то своим верхним женским чутьем человека, которому можно доверять, маршалиха сразу же привязалась ко мне, как к покровителю и защитнику. Я отнюдь не был тогда ни галантным кавалером, ни приятным собеседником. Какая уж там галантность, когда после палаческого следствия и омерзительной комедии суда тебя ни за что ни про что гонят в неведомую даль. Но у меня совсем не было вещей, а у маршальской вдовы они были. Один из ее мешков я взвалил себе на плечи. С этого наше знакомство и началось.

Просека была широкой и прямой как стрела. По обеим ее сторонам стояли могучие, сказочно красивые в своем зимнем убранстве ели, пихты и кедры. Двумя высоченными стенами они выстроились по сторонам заснеженной дороги. Но бредущим по этой дороге людям, в большинстве не привыкшим к ходьбе, да еще сильно изможденным тюрьмой, было не до красот дороги. Уже на первом переходе те, у кого сидоры были побольше, выбросили половину своих вещей. Эти вещи подобрали арестанты победнее, чтобы тоже в конце концов бросить почти все, что нельзя было съесть или тут же напялить на себя. Окончательно подбирали брошенное только местные крестьяне, сани которых тащились в отдалении почти на всех участках нашего пути. Так за изнемогающим стадом оленей следует стая шакалов.

На расстоянии дневного перехода, километров в двадцати пяти — тридцати, в лесу стояли палатки для ночлега арестантов. В длинном, человек на двести парусиновом шатре были устроены низкие накаты из жердей — нары. По концам прохода между нарами стояли железные печки. Рядом с большой палаткой всегда была разбита маленькая для конвоя. В ней жил также сторож стоянки, он же кипятильщик воды для этапников. Лагерное начальство проявляло о нас заботу. На вновь организованные леспромхозы шла рабочая сила.

Однако в части организации нашего обогрева эти заботы пропадали почти даром. Предполагалось, что дрова для печек нарубят и наколют сами этапники. Но мы не могли этого сделать по причине своей абсолютнейшей неорганизованности и разобщенности. Заготовлять дрова должны были ведь не все, а какая-то часть людей. А кто именно? В порядке очереди? А как эту очередь организовать и соблюдать в толпе, где никто никого почти не знал? И мы, полумертвые от усталости, валились на нары, надеясь только на собственное тепло и тепло соседей, обычно даже не разуваясь. Правда, почти всегда находились какие-нибудь энтузиасты, пытавшиеся протопить печки сырыми хвойными ветками. Единственным результатом таких попыток был обычно только едкий дым, заполнявший заиндевевшую палатку иногда настолько, что через него при свете одного-двух фонарей «летучая мышь» едва пробивался блеск инея на ее потолке. Но даже те, кто давился кашлем от этого дыма, возражали против него редко. Запах дыма ассоциировался с домом и печкой и, даже не давая надежды на тепло, создавал иллюзию домовитости. Старинная поговорка про солдат, которые дымом греются, имеет не только иронический смысл.

Впрочем, повалившись на нары в тесный ряд, попарно прижавшись друг к другу спинами, мы и с дымом, и без него засыпали мертвым сном до утра. Еще до рассвета, очень позднего зимой в этих краях, наши конвоиры, выспавшиеся в тепле маленькой палатки, настежь открывали полог большой и с ее порога зычно гаркали: «Подъем!» С трудом распрямляя окоченевшие от холода члены и стуча зубами о края кружек с кипятком, арестанты съедали по куску мерзлого хлеба и брели дальше. Наш утренний туалет, да и то далеко не у всех, состоял только из протирания глаз снегом. От этого на закопченных лицах вокруг глаз образовывались более светлые круги. Бывшая маршалиха, которую с известным правом можно было отнести к категории редких у нас, особенно в те годы, почти профессиональных красавиц, находила, что это не очень красиво. Она единственная на весь наш этап имела маленькое зеркальце. И, верная себе даже в этой обстановке и после постигшего ее несчастья, героически протирала снегом не только глаза, но и все лицо. И без того не идущая ни в какое сравнение по внешности со своими товарищами по этапу, она резко отличалась от них в лучшую сторону, что было в тогдашних наших обстоятельствах не слишком осторожно с ее стороны. Женщине не всегда следует привлекать к себе внимание мужчин.

Правда, даже уголовная часть нашего этапа, состоявшая из случайных людей — растратчиков казенных денег, аварийщиков на транспорте и производстве, нарушителей паспортной дисциплины и тому подобных непрофессиональных преступников — не представляла для их соэтапниц никакой опасности. Тем более что вряд ли хоть один мужчина вспоминал тут о своем мужском звании, даже вплотную прижимаясь к женщине в холоде почти неотапливаемой этапной ночлежки. Ничем кроме разве живой печки не была моя спутница и для меня, хотя ночей девять или десять мы провели, прижавшись друг к другу теснее, чем самые пылкие влюбленные. По-видимому ничего, кроме желания как-нибудь согреться и уснуть после очередного нелегкого перехода по сильному морозу, не испытывала и она. Однако вскоре мне пришлось убедиться, что бывшая маршальская жена была не рядовой женщиной не только по внешности, но и способности к проявлению страсти.

Вероятно, именно эти качества и были решающими при выборе себе новой жены прославленным большевистским полководцем времен Гражданской войны. Он не был одинок среди многих советских деятелей той поры, поднявшихся из самых низов и резонно полагавших, что их прежние отсталые и старые жены никак не соответствуют их высокому теперешнему положению. Новая советская генеральша, судя по всему, умела соответствовать своему положению. Она даже окончила курсы иностранных языков, хотя, насколько я мог заметить, особой интеллигентностью не отличалась. Впрочем, избыток этого качества считался в те времена скорее недостатком, чем достоинством.

Так или иначе, но будущая маршальская жена вытащила из объемистой урны человеческих судеб весьма яркий и веселый белый шар. Но к таким шарам невидимыми нитями нередко привязаны и густо-черные жребии. Прошло несколько лет, и советский маршал был объявлен подлым изменником, в числе многих других высших военных деятелей якобы вступивших в тайный сговор с командованием гитлеровского вермахта. Где-то в подвале Лубянки или Лефортова он получил пулю в затылок, а его жена — неизменную «восьмерку», как член семьи врага народа. И брела теперь куда-то по одной из бесчисленных сталинских «владимирок».

До конечного пункта нашего этапа — пересылки только что организованного лесорубного лагеря — оставался еще один переход. Мы знали, что очередная палатка-ночлежка — последняя на нашем пути. Когда мы ввалились в эту палатку, она поразила нас своим необычным теплом. В обеих ее печках, малиново светившихся от жара, весело гудели сухие дрова. На нарах сидели человек двадцать нестарых мужчин угрюмого вида, некоторые раздевшись почти до белья. Большинство объединились в тесные кружки и резались в карты. Но даже самые азартные из картежников оставили игру и уставились на прибывших, обшаривая каждого из них каким-то особенным цепким взглядом. Не надо было обладать большим тюремным опытом и проницательностью, чтобы определить, что так смотрят профессиональные грабители. И нетрудно было догадаться, что играют в самодельные карты они не на что иное, как на «шмутки» и «сидоры» этапников, хотя наши вещи находились еще при нас.

Была во взглядах наглых уголовников-рецидивистов еще одна особенность. Пожалуй, еще пристальнее, чем к вещам фраеров, эти взгляды прилипали к женщинам, составлявшим по численности едва ли не третью часть нашего этапа. Самых старых и невзрачных они оставляли без внимания, а более молодые были тут же поставлены на кон в игре в буру. Что касается моей этапной подруги, то ее на кон даже не ставили. Маршалиху просто выбрал себе здоровенный бандюга с плоским серым лицом и какими-то оловянными глазами. Такое описание внешности тупого насильника может показаться банальным. Но что я могу поделать, если оно соответствует действительности. По всем признакам бандит был предводителем палаточной хевры. Моя спутница испуганно вцепилась мне в плечо, а я не без тоски подумал, что сегодня мне предстоит, по-видимому, выбор между ролями труса и покойника. Первая, с точки зрения известной шутки, считается предпочтительной потому, что в отличие от второй является временной. Однако мысль о выборе даже не приходила мне в голову — положение обязывает. Положение защитника своей спутницы обязывало меня заслонить ее от насильников. Но было бы ложью утверждать, что я относился к этой своей роли с особым энтузиазмом. Причина этого состояла не только в страхе перед опасностью. Я был внутренне равнодушен к своей подзащитной, как человек она не возбуждала во мне ни особой симпатии, ни большого интереса. Но это, конечно, не означало, что я считал себя вправе оставить ее на произвол судьбы.

Самым правильным и надежным способом дать отпор грабителям и насильникам было бы, для относительно молодых еще и сильных этапников, объединиться, пусть даже не в очень многочисленную, но сплоченную группу. Однако по опыту железнодорожного этапа я уже знал, что дело это совершенно безнадежное. Фрайеров губило их проклятое благоразумие. Блатные трусливы, но они мстительны. И что если подняв сегодня руку на бандита при поддержке своих временных товарищей, завтра останешься один перед лицом целой хевры? Здесь такая оглядка была особенно разумна еще по одной причине. Мы почти точно знали, зачем в наш этап перед самым его распределением по таежным лагерям влилась эта группа урок-рецидивистов. Это были наши завтрашние бригадиры, нарядчики и прочее заключенное начальство. Самое непосредственное, а следовательно, и самое главное.

Наш этап в подавляющем большинстве состоял из «врагов народа», которым по строгой инструкции для лагерей того времени никаких должностей, кроме должности «и. о. рабочего», и притом на самых тяжелых и грубых работах, доверить было нельзя. В качестве же погонял и прижимал более всех других бытовиков годились осужденные за грабежи, насилия и убийства.

Гулаговское начальство особо рекомендовало этих представителей мира уголовщины на низовые лагерные должности как требующие сильной руки. Знаменитые капо фашистских концлагерей имели своих, куда более ранних предшественников в советских лагерях принудительного труда, особенно ежовского и бериевского периодов. Вот и этих, «социально близких», не в пример нам, «чуждым» советскому народу, блатных со свирепыми мордами и обшаривающими взглядами, выпестовывали в каком-то специальном питомнике неподалеку отсюда, периодически подмешивая их к проходящим фрайерским этапам. Будущим капо исподволь внушалось, что лагерное начальство менее всего намерено обременять физической работой их самих. Даже такой, как протапливание печей в своем бараке. Вот и сейчас двое шестерок, специально приставленных к этапу принципиально бездельничающих лагерных аристократов, пилили неподалеку сушняк и докрасна шуровали печки в дорожной палатке, чтобы их хозяева могли в одних подштанниках восседать на нарах по-турецки или валяться на них, раскинув ноги циркулем.

Из всего этого блатные не только не делали от нас секрета, но некоторые из них даже хвастались перед «рогатиками» своими привилегиями и авторитетом у начальства. Намекали они и на то, чтобы фраера не рассчитывали на помощь своих конвоиров в случае чего. Ведь они, «социально близкие», тот же народ. А когда народ чинит расправу над своими врагами, которые «нашего Сталина хотели убить», советская власть не вмешивается.

О том, что лагерное начальство и конвой отдают политических на полный произвол уголовников, мы слышали еще в тюрьме. Сейчас это с полной очевидностью подтверждалось. Предстояло, по-видимому, повторение того, что я недавно наблюдал в этапном вагоне между Котельничами и Пермью. К нам, тридцати шести умненьким и благовоспитанным фраерам, «подсыпали» четверых блатных. И те дочиста обобрали всех наших «бобров» при благоразумном непротивлении остальных. Но там, по крайней мере, некого было насиловать.

Сегодня впервые за много дней неизбывного холода можно было, наконец, согреться. Но моя подопечная, лежа рядом со мной, дрожала сильнее обычного и впивалась пальцами мне в плечо всякий раз, когда поблизости оказывался какой-нибудь блатной. А я на нее злился, хотя и не совсем справедливо. Навязалась же мне эта генеральша! Сколько я знал офицерских жен, большинство из них были дурами. Эта не составляла исключения. Ее воспоминания о прошлом сводились к вздохам о лазурно-зеленых курортах, подмосковных дачах, красивых адъютантах. Представительница советской элиты, отделенной от народа высоченными заборами дач и городских особняков! А ведь и я проявлял к ней куда более активное сочувствие поначалу, чем, например, вон к той, с трудом передвигающей ноги пожилой женщине, жене крупного ученого. Сработал инстинкт самца, хотя даже намека на вожделение я тогда не испытывал. Ну что ж, взялся за гуж, не говори, что не дюж! И я ощупывал под своей «подушкой» — половиной расколотого вдоль березового чурбака — предусмотрительно спертый мною у печки колун.

Некоторое время я пытался не спать. Но даже самое тревожное настроение не может победить сна, когда после долгих часов шагания по жестокому холоду человек оказывается в тепле. И поэтому не сразу понял, что происходит, когда одновременно почувствовал дерганье за ногу и отчаянное тормошение за плечо.

— А ну, фрей, откатывайся, не тебе одному!

В тусклом свете закопченного фонаря, подвешенного на одном из столбов, подпирающих палатку, я узнал вожака хевры. Бесцеремонно откинув мои ноги в сторону, он уже взгромоздил колени на край нар между мной и моей соседкой. А она, вцепившись мне в руку с такой силой, что я чувствовал ее твердые, отросшие на этапе ногти даже сквозь ткань своего пальто, умоляла меня свистящим, срывающимся шепотом:

— Спасите меня! Дорогой, родной, спасите...

Я проснулся еще не настолько, чтобы могли включиться тормоза рассуждения. Поэтому органически присущая мне ненависть ко всякому насильничеству сработала в полную силу и без помех. Согнув обе ноги вместе, я пнул ими бандита в грудь. Не ожидавший такого приема, он отлетел на другую сторону узкого прохода и упал на нары противоположного ряда. Но тут же вскочил на ноги и с криком:

— Ах ты, падло! — бросился ко мне с длинным самодельным ножом, выхваченным, вероятно, из-за голенища сапога.

К этому времени я успел схватить свой колун и замахнулся на вспрыгнувшего на край нар бандита. Но при этом я забыл, что над головой у меня туго натянутое полотнище низкой палатки. Отразившись от него, колун «сыграл» куда-то в сторону, и блатной боковым ударом полоснул меня по горлу ножом. Впрочем, слово «полоснул» является, наверно, слишком сильным для данного случая. Дело в том, что прежде чем достигнуть моего горла, нож прошелся по предплечью моей левой руки, прорезав его до самой кости.

Топор не очень подходящее оружие для ближнего боя. Особенно когда замахнуться им как следует мешает низкий потолок. И мне пришлось бы плохо, продолжай бандит наступление на меня с занятой им позиции. Но замахнувшись ножом, он оступился, позабыв, что стоит на самом краю нар. Снова повторять свою атаку ему пришлось уже с пола, преимущества оружия и позиции были теперь на моей стороне. Помню не то чавкающий, не то какой-то хрякающий звук, передавшийся мне, вероятно, по ручке колуна, когда я опустил его на стриженую голову нападающего. Он упал навзничь поперек прохода, широко раскинув руки, а его нож отлетел в сторону и зазвенел о железную печку. Смастеренный из какого-то случайного куска железа, этот нож, широкий у рукоятки, по полукругу, подобно лезвию сильно сточенной бритвы, становился затем узким как стилет. Как оказалось, он и отточен был почти как бритва.

Некоторое время я продолжал стоять с полузанесенным колуном на краю нар, в том состоянии воинственного возбуждения, которое производит на врагов обескураживающее впечатление даже в том случае, если они опытные воины. Как правило, даже самые жестокие из уголовников никакие не воины. Вряд ли кто-нибудь из блатных в нашей палатке спал по-настоящему к тому моменту, как их вожак личным примером должен был подать сигнал к началу наступления на женщин и фрайеров. Но когда этот вожак покатился с расколотой головой, они продолжали прикидываться спящими, даже скопом не решившись напасть на сумасшедшего «фрея». Прочие обитатели палатки и в самом деле спали мертвым сном, за исключением большинства женщин, которые, как и моя соседка, не могли уснуть из-за тревоги и страха. Возможно, что не спали и слышали нашу драку еще несколько мужчин из числа богатеньких фрайеров, опасавшихся за свои пальто, брюки и добротную обувь. Но эти тоже предпочли прикинуться ничего не видящими и не слышащими.

Только когда я понял, что непосредственная опасность мне не угрожает, я почувствовал, как пульсирующими толчками из раны на руке вытекает кровь и как в такт этим пульсациям она вспыхивает палящей болью. Не выпуская из правой руки своего оружия, я опустился на нары. И тут же кто-то обхватил меня сзади за шею и прижался мокрым от слез лицом к моей небритой щеке. Ах, да, маршалиха... Кровь продолжала хлестать, а я не был тогда ею особенно богат и почувствовал, что начинаю терять силы. Оказалось, однако, что моя подруга умеет не только дрожать и плакать. Опомнившись от первых впечатлений страха и все еще довлеющего ужаса, она побежала в палатку конвоиров, чтобы сообщить о случившемся и попросить бинты для перевязки. Бинт и йод ей дали, перевязочные материалы были в санях, следовавших за нашим этапом. Но никто из конвоиров в нашу палатку не вошел. Это запрещает конвойный устав, а главное, бойцам была дана установка не вмешиваться особенно в арестантские дела на этапе. И не их была вина, что сегодня оказался пострадавшим не кто-нибудь из врагов народа, как предполагалось, а один из его «друзей».

Маршалиха, проходившая, как и все офицерские жены того времени, курсы по оказанию первой помощи раненым, довольно хорошо перевязала мне руку и шею. Несколько раз она пыталась мне эту руку поцеловать, а я сердито ее отдергивал — с ума сошла что ли? Затем, наверное от значительной потери крови я быстро уснул, а она до утра сидела рядом, сторожа мой сон. Ничего, однако, в эту ночь более не произошло. Неожиданный «хипиш» сорвал планы блатных, тем более что их хевра оказалась обезглавленной. Ее вожак после моего удара не прожил и минуты.

Я ошибался, вообразив себе вдову расстрелянного маршала этакой кокетливой, красивой пустышкой, способной только обольщать немолодых вельмож да флиртовать со штабными фендриками. Эти качества тоже, несомненно, были ей присущи, но за ними скрывалась еще и способность к проявлению опасно активной, какой-то яростной любви, в чем я вскоре убедился на собственном опыте.

Наутро оказалось, что из-за потери крови продолжать путь пешком я могу с большим трудом. Но иного выхода не было. С просьбой разрешить мне ехать в санях, на которых везли вещи совсем уж ослабевших этапников, к начальнику конвоя нельзя было даже сунуться. Поверх этих вещей взвалили труп убитого мною человека. Он был нужен для оформления погибшего арестанта на «архив-три». Остальное было не столь уж важно. Убийство в лагере, на этапе или в пересыльном бараке было событием, в которое особенно не вникали. Следственное дело, если и заводили, то только для формы. Я тогда не мог еще знать этого досконально, но мне было совершенно безразлично, заведут на меня дело об убийстве соэтапника или нет. Во-первых, я был обороняющейся стороной. Во-вторых, и это самое главное, когда только начинается срок, отпущенный тебе «под завязку», то не все ли равно, за сколько бед приходится держать ответ?

Не тревожила меня и этическая сторона дела. Об убитом я ни капельки не сожалел, так как относил его к категории людей, не имеющих права даже жить на свете. Те, кто не признает в других права на их личную неприкосновенность, должны быть уничтожаемы как вредные животные. Всякое гуманистическое сюсюканье тут — либо фарисейство, либо бабья жалостливость, либо антигуманизм.

Вообще на том, последнем нашем переходе до пересыльного лагеря мои страдания были почти чисто физическими. Это только в старинных дамских романах толковалось о ничтожестве телесной боли по сравнению с душевными муками. Я с трудом волочил ставшие сегодня какими-то ватными ноги. Каждое мое движение отдавалось болью на месте пореза на шее. Горела рана на руке, подвязанной цветастым платком маршалихи. Сама она все время шла рядом, поддерживая меня под локоть. Часть своих вещей она уже давно выбросила по дороге. Остаток ей милостиво разрешили сегодня положить на сани рядом с трупом бандита, пытавшегося ее изнасиловать.

Уже тогда я заметил в выражении глаз своей спутницы что-то большее, чем женскую сострадательность и признательность за свое спасение. Ощущая себя сейчас почти абсолютно бесполым существом, я не мог себе представить, что существуют люди, способные проявить любовь даже в таких обстоятельствах, в которых тогда находились мы. Позднее я убедился, что это не так, хотя во всех известных мне случаях подобного рода, такую способность проявляли неизменно женщины. Вероятно, это потому, что в них любое положительное чувство к мужчине, как только оно достигает достаточной силы, может нередко перейти в любовь.

Пересылка большого, только что организованного лесорубного лагеря оказалась несколькими наспех построенными бараками со сплошными нарами. Окружалась пересыльная зона не оградой из колючей проволоки, а высоким тыном из заостренных наверху лозин, вертикально переплетенных вокруг горизонтальных жердей. Электричества не было тут и в помине, и зона освещалась по ночам кострами, которые жгли на заполненных землей «ряжах» — бревенчатых срубах высотой около метра. В бараках светили коптилки или, в лучшем случае, фонари «летучая мышь». Мужская и женская подзоны были разделены здесь только условно.

Из-за ранений меня не отправляли в рабочий лагерь довольно долго. Почти так же долго держали здесь и женщин, для лесоповальных лагерей они считались, так сказать, принудительным ассортиментом. И почти каждый день в грязный переполненный людьми барак ко мне приходила бывшая маршальша. Предлогов для таких визитов было много. Она перестирала в лагерной бане мои окровавленные рубахи, заштопала и залатала невесть откуда добытой иглой прорехи и дыры на одежде, в том числе нанесенные ножом бандита. Иногда приносила мне куски хлеба, якобы для нее избыточные: «Поешь, тебе нужней!» От всех ее услуг и приношений я всегда отнекивался, но она была настойчивой. Я не думаю, что такая самоотверженность была свойственна этой женщине вообще. Скорее, это был результат вспыхнувшего ко мне чувства, которого она более не скрывала.

А я принял это чувство с удивлением, граничащим почти с испугом. Любовь на фоне окружающей нас действительности казалась мне какой-то почти аномалией. Да и чем я мог ответить тогда на откровенные, зовущие взгляды женщины, ее намеки, а подчас и прямые требования. То, что мне, мужчине, казалось пошлым, зазорным, постыдным, эта дама из высшего советского общества воспринимала не то с цинизмом, не то с какой-то отчаянной решимостью: «Ну и что?»

Самое худшее заключалось в том, что она так и не смогла постигнуть моего внутреннего состояния, меряя его на какой-то свой, чуждый мне аршин. Сначала ее любовь немножко мне даже льстила, потом начала смущать и, наконец, тяготить. Я начал избегать встреч с патологически, как мне казалось, страстной женщиной и очень хотел, чтобы меня поскорее увезли отсюда. Конец наших отношений омрачился тягостной, постыдной сценой. Изнывающая от непонятного мне желания, женщина выследила меня в каком-то закоулке между лагерными строениями:

— Милый, нас никто не видит! Хочу тебя, понимаешь, хочу...

Я ретировался, почти грубо оттолкнув ее от себя. И никогда не забуду несшихся мне вслед истерических женских выкриков:

— Интеллигентишка несчастный... Трус...

Да, я был трусом в той области человеческих отношений, в которой даже вообще-то не очень храбрые мужчины чувствуют себя большей частью весьма уверенно. По-видимому, все в жизни нужно постигать своевременно и понимать, по возможности, проще.

Вот и теперь я повел себя с точки зрения обиженной мною женщины просто как трус, уловив в ее взгляде нечто общее с выражением глаз полузабытой уже маршалихи. Впрочем, сейчас оснований для испуга перед соблазнами любви было, пожалуй, больше. Ведь на мне не было, как тогда, брони безразличия к женщине. Наоборот. Обидев Кравцову, я мучился теперь еще и от сознания своей вины перед ней. Когда рельс у вахты звонил на обед, мои ноги чуть не сами несли меня к столовой, чтобы подождать там Юлию, встретиться с ней и объяснить, что я не такой уж безнадежный хам и трус. Что я прошу у нее прощения за грубость и разрешения видеть ее всякий раз, когда представится возможность. И потом будь что будет. Но вместо этого я с полдороги снова и снова возвращался в свой барак и мрачным бирюком сидел в нем, ожидая, когда «цынга» зазвякает уже с обеда.

Так продолжалось несколько дней. А потом я пошел в лагерную санчасть просить, чтобы меня выписали на работу с отправлением в лесную бригаду, к которой я был постоянно приписан. Лекпом удивился:

— В первый раз встречаю заключенного, который от барачных нар сам просится баланы на морозе катать... Тяжелой работой вам нельзя заниматься еще недели две-три.

Я сказал, что в лесу не все работы тяжелые, есть такие как расчистка дорог к лесосекам, сбор и сжигание сучьев. А что касается возможности наслаждаться бездельем вечно, то так себе, наверно, представляли блаженство римские рабы, выдумавшие скучный христианский рай... Фельдшер рассмеялся:

— Вы полагаете, что только римские?

Он был довольно образованный человек, хотя к лечению больных имел до ареста весьма косвенное отношение. Адвокат-криминалист по специальности, наш «лепила» изучал в свое время также некоторые разделы судебной медицины. В лагере этого было более чем достаточно, чтобы назначить его на должность официального распознавателя законных претензий зэков на освобождение от работы по болезни от незаконных или, чаще, недостаточных. Тем более что бывший юрист был «бытовиком». Он сидел за посредничество в получении от подсудимых взяток не то судьей, не то прокурором на каком-то процессе.

Через три дня с предписанием, что в течение месяца я могу быть использован только на вспомогательных работах, меня отправили на лесозаготовительную подкомандировку, находящуюся, как уже говорилось, довольно далеко отсюда. В течение этих дней было особенно трудно заставить себя не встретиться с Юлией Александровной хотя бы для того, чтобы попрощаться с ней и извиниться за свой недопустимо менторский тон при нашей последней встрече. Теперь мы могли увидеться разве что месяцев через восемь. После лесоповала первокатегорников отправляют обычно прямо на сенокос, продолжающийся здесь с поздней весны до ранней осени. В масштабе этого времени, на которое в сочетании с тяжелой работой я рассчитывал как на фактор, способный избавить меня от несбыточных мечтаний, какие-нибудь несколько дней не могли иметь значения. Но дело было не в этих днях, а в степени моей решимости на добровольный отрыв от источника соблазна. Святой Антоний, по легенде, чтобы избавиться от женских чар, сжег себе руку на жаровне. А я, все еще опираясь на палку, ушел, так и не повидавшись с Кравцовой, по заснеженной лесной дороге в маленький лагерь галаганских лесозаготовителей.

Состоял этот лагерь из одной-единственной, хотя и довольно большой палатки, поставленной посреди уютной лесной поляны. В ней каждую зиму размещали человек тридцать заключенных лесорубов. Когда-то эту палатку разбили здесь как временное жилье. Но нет ничего более постоянного, чем временное, говорят англичане. Тем более что к стенам палатки были приставлены щиты из горбыля, которые зимой обкладывались еще кирпичами из снега. В палатке были нары, стояла печка, сделанная из большой железной бочки; с точки зрения лагерного начальства, это было вполне благоустроенное жилье.

Рядом с палаткой зэков стояла небольшая изба, в которой помещалась контора лесоповала, каморка начальника подкомандировки и казарма для двух охранников. Было еще строение, напоминавшее деревенскую баню, — кухня нашего лагеря. Никакой ограды вокруг него не было. Убежать отсюда можно было разве что по той же ухабистой дороге, которая вела в Галаганных и упиралась там в море. Кругом расстилалась тайга, край которой, по выражению Чехова, знали только перелетные птицы.

Поэтому вольнонаемные служащие нашего лагерька только обманывали самих себя, считая, что они едят народный хлеб не совсем даром. Начальник подкомандировки устраивал нам ежевечерние переклички, а бойцы охраны — некий ритуал утреннего развода. Во мгле морозного утра они строили нас в ряды по пять человек и командовали отправление на работу по пятеркам:

— Первая... Вторая...

И когда последний из рядов скрывался в лесу, отправлялись досыпать в свою избу. А мы, дождавшись пока рассвет настолько, что можно уже различить, куда падает спиленное дерево, принимались за работу. Дело в том, что каждая минута светового дня, состоявшего зимой из стыка двух сумерек, утренних и вечерних, была у нас на учете. За каких-нибудь четыре-пять часов надо было выполнить работу, рассчитанную на двенадцать часов рабочего времени. Невыполнение нормы означало бы получение для бригады урезанного или даже штрафного пайка. Поэтому мы работали в темпе, в два-три раза превышающем нормальный, в одних телогрейках даже на пятидесятиградусном морозе. Зато, свалив и раскряжевав последнее дерево, большинство работяг едва могли добраться до своей палатки, чтобы свалиться в ней на низкие нары, даже не заходя на кухню за получением обеда. Обычно мы делали это только потом, отлежавшись час-полтора. Затем возникала проблема, как убить оставшееся до ночного сна огромное количество свободного времени. Читать было нечего, делать тоже. Только кое-кто что-нибудь латал, пристроившись поближе к коптилке. Остальные — кто снова валялся на нарах, кто бренчал на балалайке, предоставленной в наше распоряжение галаганской КВЧ, кто резался в козла. Находились и такие, которые писали письма домой. Это были те, кого не могли остановить даже сроки доставки писем из колымского лагеря на материк и обратно. Требовалось иногда больше года, чтобы получить ответ на отправленное письмо, если оно вообще доходило до адресата.

Я не играл на балалайке, терпеть не мог домино и никому не писал писем. Следовательно, относился к числу тех, кто мог только сидеть за столом из неструганых досок, пришитых к вбитым в землю кольям, или лежать на нарах. В дни, когда мороз был не настолько силен, чтобы выжимать из воздуха густой, непроницаемый туман, я предпочитал лежать и смотреть на потолок палатки. Это было не так уж неинтересно. В отличие от стен, парусину на потолке не только нельзя было обкладывать снегом, как стены, но приходилось даже этот снег периодически счищать, чтобы не допустить слишком сильного провисания крыши. Поэтому через нее были видны и звезды на небе, и искры из трубы нашей печки. Особенно искры. Они вырывались из железной трубы мириадами, так как печку мы топили непрерывно, буквально двадцать четыре часа в сутки, и самыми сухими дровами. Ее бока почти все время малиново светились и испускали такой жар, что те, чьи места приходились напротив этой печки, должны были поджимать пятки, чтобы их не сжечь. Торцы горбыля, из которого были сделаны нары, испускали липкую смолу. Зато в изголовьях этих нар замерзала вода, а стены были покрыты толстым слоем пушистого инея.

В прошлом году в этой же палатке я боролся с идиотизмом здешней жизни при помощи испытанного приема загрузки мозга все той же работой на холостом ходу. Особенно хорошо это мне удавалось, когда в палатке все спали, а сквозь ее заиндевевшую парусину виднелась какая-нибудь особенно яркая звезда. Такие звезды почти всегда подсказывали очередное досужее вычисление из области астрофизики или небесной механики. В них я был дилетантом, а это означало, что занятными для меня были тут даже простые задачки. Но теперь, зная, что на небе сверкает сейчас планета с самым высоким в нашей солнечной системе коэффициентом отражения, я вспоминал не значение этого коэффициента, а то, например, что в старину ее называли «божественный Венус». Отраженный же свет луны вызывал во мне какое-то беспокойное томление. Откуда происходят все эти поэтические трансформации трезвых до сих пор представлений, догадаться было нетрудно. Почти во всех своих размышлениях я неизменно сбивался на мысли о женщине. Притом вполне определенной, вызывающей во мне сострадание своей физической хрупкостью и душевной мягкостью и все же мною обиженной. Мысль о своей вине перед Кравцовой и желание эту вину загладить преследовали меня все сильнее. Но это тоже, конечно, была трансформация чувства, вызванного инстинктом пола, который я так презирал прежде, а теперь явно платил ему дань. Маленькая женщина в тяжелом каторжанском бушлате, с мягким лучистым взглядом вставала в моем воображении, даже когда я ворочал в снегу тяжелые баланы, и почти каждую ночь посещала меня в смутных, тревожащих сновидениях. Может быть, и в самом деле на уральском этапе маршалиха, не мудрствуя лукаво, вела себя достойнее меня? Иногда мне даже приходила в голову крамольная мысль: а не тюкнуть ли мне себя топором по руке или по ноге, чтобы быть отправленным в санчасть центрального лагеря и там увидеться с Кравцовой? Но потом я стыдил себя за проявленную слабость. Время — фактор, действующий непрерывно, хотя подчас и почти незаметно. В запасе у меня еще несколько месяцев этого времени. В том числе больше двух месяцев сенокоса, на котором, в отличие от лесоповала, не остается времени для праздных мыслей. Правда, именно жизнь на сенокосе и считается здесь главной порой лагерной любви. Но это для тех, кто встречается там со своими женщинами. Таких же, как Кравцова, слабосильных интеллигенток, на сенозаготовки обычно не отправляют. Я все еще продолжал делать ставку на время.

Так прошла зима, в течение которой в нашем глухом углу произошло только одно значительное событие. И хотя оно было связано с гибелью человека, это событие почти не всколыхнуло монотонного однообразия нашей жизни и отупевших от этого людей. В густой и внезапный, как это часто бывает здесь в мае, снегопад, деревом был убит лесоруб. Причиной трагического случая было грубое нарушение одного из главнейших правил техники безопасности на лесоповале — при плохой видимости валить деревья нельзя. Но мы это правило нарушали постоянно, работая в сумерках зимой. Хлебную пайку выдают ведь в зависимости от выполнения норм выработки, а не условий безопасности работающих! Впрочем, заключенным нашего сельхозлага было грех роптать на большое число несчастных случаев, тем более со смертельным исходом. В этом смысле, да еще на фоне дальстроевских рудников, наш лагерь мог считаться более чем благополучным.

А к середине июня наступила уже настоящая весна. Снег в лесу остался только в глубоких ложбинах да под кучами хвороста. Жить в тайге стало немного веселее, а вот работать — труднее. Для повала леса, особенно хвойного, время года является тем более неподходящим, чем оно теплее. Деревья выделяют весной обильный смолистый сок, от которого пила «залипает» в резе. Ее едва удается протянуть в стволе даже при условии ежеминутного смачивания полотна пилы керосином. Работа становится прямо-таки мучительной, и нормы по повалу едва удается выполнять, несмотря на то что продолжительности потребного для этого времени теперешний световой день не ограничивал уже никак.

Лесорубы со странным для постороннего вниманием следили за ростом травы. Наш интерес к божьим былинкам объяснялся просто. От их высоты зависело, когда нас перебросят отсюда на заготовку сена. Проблема кормов для скота была в нашем совхозе одной из важнейших, и поэтому летом на сенозаготовки отправлялось едва ли не все мужское население галаганского лагеря. Как только трава подрастала на какую-нибудь пару-тройку вершков, сенозаготовителей-заключенных перебрасывали на острова в дельте Товуя, на которых располагалась основная часть сенокосных угодий совхоза. Дело в том, что однолетние травы растут здесь невероятно быстро, возможно, что даже быстрее, чем во влажных тропиках. Растительным пасынкам природы надо спешить, чтобы успеть совершить свой жизненный цикл в отпущенный им короткий срок. С рачительностью и жадностью бедняков они используют и скуповатое здешнее тепло, и обильный почти круглосуточный свет. Поэтому пока на сенокосных участках происходит организационная возня, трава подрастает настолько, что ее можно уже косить.

На сенокос стремились не потому, что эта работа была вроде как легче лесоповала. Рабочий день был там гораздо продолжительнее и доходил временами до двух третей суток. Мошка и комары донимали на покосах сильнее, чем в лесу, а жилье было и вовсе никудышным — травяные шалаши. Они не могли защитить даже от комаров, легко проникающих через травяную кровлю. Поэтому в шалашах для отпугивания гнуса постоянно тлели костры — дымари. Работали и жили на сенокосе без конвоя. Нельзя сказать, чтобы лагерный режим угнетал здешних заключенных и на лесных, и на рыболовецких командировках. Но дело тут было в другом. Отсутствие режима и начальственного наблюдения становилось особенно ценным потому, что на уездных речных островах оно сочеталось еще с почти совместным проживанием заключенных обоего пола.

С точки зрения лагерного устава это было вопиющее нарушение режима. Но допускалось оно, конечно, не от хорошей жизни. Откомандировать на каждый островок кроме нескольких человек заключенных еще двоих-троих вохровцев было практически невозможно, а селить рядом с подконвойными только одного бойца запрещает устав. Выйти из положения можно было бы, составляя маленькие бригады сенозаготовителей, их тут называли звеньями, из заключенных одного пола. Но до войны, внесшей в этот вопрос свои коррективы, заставлять женщин, даже заключенных, работать косой было нельзя. Мужской же рабочей силы попросту не хватало. Поэтому большинство звеньев были смешанными. И каждому из этих звеньев сенозаготовка на его участке была отдана как бы «на откуп». Контроль за жизнью и работой звена сводился к ежедекадному замеру произведенной работы на предмет выписки за нее, соответствующей проценту выполнения норм, категории питания. Нельзя сказать, чтобы «начальничкова пайка» была здесь слишком сильным стимулом для перевыполнения плана. На островах летом было обилие рыбы, ягоды и орехов кедра-стланика. Неплохо прожить тут можно было, даже получая штрафной паек, а уж обойтись безо всяких премиальных блюд можно было и подавно. Тем не менее, очень жесткий всегда план по сенокошению не только выполнялся, но и перевыполнялся. И притом не одними только безотказными «рогатиками», а даже блатными и блатнячками. Причиной этого усердия сенозаготовителей-лагерников была мудрая политика их начальства. Не строя иллюзий насчет возможности предотвращения на сенокосе первородного греха, оно обратило этот грех в мощный стимул повышения производительности труда. По крайней мере половина работающих на сенокосе были «женатиками», для которых угроза быть переведенными за нерадивость в однополую бригаду была гораздо действеннее, чем урезание пайка. Женатиками были многие и из наших лесорубов. И все они ждали наступления сенокосной поры, как соблюдающие посты верующие ждут пасхального разговенья. Те, у кого были постоянные любовницы, больше всего тревожились вопросом: попадут ли эти любовницы в этом году на сенокос? И если попадут, то будут ли назначены в те же звенья, что и их «мужья»? Правда, постоянно назначаемый на должность старшего бригадира сенокоса заключенный Олейник, когда-то сам богатый хозяин, был старик благожелательный и умный. А главное, он понимал, что удовлетворенный и благодарный работяга для дела выгоднее, чем тоскующий и унылый. И потому почти всегда у него получалось так, что влюбленные пары оказывались на сенокосе вместе.

Все мы со дня на день ждали обычного приказа из Галаганных — сниматься с надоевшего места, отправляться на пристань в устье Товуя и садиться в лодки, которые нас доставят на место новой работы. До большинства сенокосных участков добраться можно было только по реке.

Главным поставщиком новостей из Центрального лагеря был у нас наш кашевар, именуемый по официальному названию своей должности поваром. Ежедекадно, а иногда и чаще, он ездил в Галаганных за продуктами. И каждый раз теперь по его возвращении повара обступали женатики с вопросом: что слышно об отправлении на сенокос? Был у этих женатиков и еще один тревожный вопрос: нет ли слухов об этапе в горные? Почти все они состояли в знаменитом «кондуите».

В последний свой приезд кашевар ни на один из этих вопросов не ответил. Только осадив лошадь, уже запряженную в телегу, и даже не спрыгнув с этой телеги, он произнес слова, прозвучавшие почти как выкрик пьяного или помешанного:

— Война с Германией, ребята!

Большинству показалось сначала, что они чего-то недослышали. Война считалась возможной с кем угодно, но только не с Германией. С Советским Союзом у нее был договор о вечной дружбе. По существу в союзе с ней мы громили Польшу, которую потом полюбовно разделили между двумя империями. Все хорошо помнили газеты, долго висевшие на стенде возле галаганской КВЧ, в которых были помещены фотографии Молотова рядом с Гитлером на берлинском вокзале и Сталина, пожимающего руку Риббентропу после подписания знаменитого договора. Да и потом центральные газеты пестрели восторженными комментариями по поводу речей Гитлера, сообщениями об успехах германской армии на Западе и о наших поставках Германии стратегического сырья. А журнал «Крокодил» после гитлеровского блицкрига в Польше поместил на своей обложке карикатуру: усатый пан в жупане и широких штанах высоко в воздухе делал сальто-мортале. Его пнули сапогами в зад с двух сторон двое бравых молодцов с винтовками и в касках. Один был в зеленой форме красноармейца, другой — в сером мундире солдата вермахта. И вдруг между нашими странами... война! Полно, не путает ли что-нибудь поставщик новостей?

Нет, он ничего не путал. Да и вряд ли мог спутать, так как был военным специалистом, да еще штабным. До ареста наш повар служил в штабе Белорусского военного округа в чине полковника. Человек пожилой и серьезный, он не был склонен к шуткам. Уже более суток, как война идет полным ходом. Правда, заключенных в Галаганных решено, по-видимому, изолировать от всех источников информации. Радиорепродуктор на столбе в зоне снят, со стенда возле барака КВЧ убраны даже старые газеты. Местный опер собрал сегодня утром в поселковом клубе галаганских вольнонаемных и потребовал от них, чтобы те не делились с заключенными новостями, которые услышат по радио. Это, конечно, чепуха. Здешние вольняшки на девять десятых сами вчерашние лагерники. Вот и нашему кашевару вольнонаемный конюх, слушавший радио утром, назвал несколько белорусских деревень, отбитых у неприятеля нашими доблестными воинами. Из этих названий бывший штабист сделал вывод: немцы прорвали наши укрепления на Западной границе и теперь их трудно будет задержать чуть не до самой Москвы. Впрочем, это бывший полковник сказал уже в более узком кругу. Он признался также, что давно подозревает что-то неладное. В прошлую его поездку за крупой и хлебом по радио было передано опровержение ТАСС. В этом опровержении было заявлено, что слухи, распространяющиеся на Западе некоторыми газетами о концентрации войск по обе стороны советско-германской границы, являются провокационными измышлениями кругов, «заинтересованных в дальнейшем расширении и углублении войны». А так как почти все подобные заявления следует понимать наоборот, выходило, что нападение гитлеровцев на СССР для нашего правительства не было такой уж неожиданностью.

Когда все, наконец, поверили, что факт войны с Германией при всей его невероятности остается все же фактом, наша скучная прежде палатка загудела как встревоженный улей. Известие было ошеломляющим, и все понимали, что наступил один из решающих моментов Истории. Но и в такие моменты всякий всегда думает о своем. Какова будет теперь судьба заключенных, особенно тех, кто осужден по политическим статьям? Нашлись, как всегда, пессимисты, которые тут же заявили, что теперь нам, контрикам, крышка. Если НКВД и раньше тысячами расстреливало «врагов народа», то теперь оно с ними и подавно церемониться не будет. Им возражали, что, наоборот, в периоды грозной внешней опасности внутренние распри всегда отходят на второй план. В советских лагерях заключены миллионы людей, большая часть которых — мужчины призывного возраста. Среди них большинство прошло военное обучение, а многие являются специалистами военного дела. Даже царь в Мировую войну обещал амнистию ссыльным, добровольно изъявившим желание отправиться на фронт. Почти все политические отказались тогда от недостойной сделки с Его Величеством. Но мы-то, советские заключенные, и должны быть сами инициаторами своего вступления в ряды защитников Родины! Кто-то достал тетрадку, на которой начал писать длинный список желающих немедленно отправиться на фронт. Кто-то другой, правда, сказал, что если даже наше ходатайство и будет удовлетворено, то служить нам придется в штрафных батальонах. А это, пожалуй, погорше даже горного колымского лагеря. Перспектива штрафбата, однако, никого не испугала. Энтузиазм большинства из нас был и в самом деле неподдельным.

Свое коллективное заявление мы вручили начальнику нашей подкомандировки. Тот, как оказалось потом, о войне уже знал, но был настолько усердным служакой, что сначала прикинулся ничего не понимающим:

— Что за заявление? Какая война? — но потом все-таки его взял.

О сенокосе мы теперь почти уже не говорили. Какой там сенокос, когда наша судьба вот-вот должна была круто повернуться. Либо нас, как каркали некоторые, посадят на баржу, вывезут в море и там утопят, либо переоденут в солдатскую форму и пошлют воевать. Тут на лесоповале находились едва ли не самые крепкие и молодые мужики во всем здешнем лагере. Позиции оптимистов укрепились, когда стало известно, что Сталин обратился по радио ко всему Советскому народу. Причем, начал он свою речь словами:

— Братья и сестры!..

Этого еще никогда не бывало и означало, по мнению некоторых, что вождь обращается к согражданам независимо от их классового происхождения и даже правового положения. Но еще через день эта концепция потерпела сокрушительный крах. Среди заключенных нашей подкомандировки был один «болтун», осужденный за контрреволюционную агитацию еще в 1936 году. Тогда не вступил еще в силу закон об удлинении сроков за контрреволюционные преступления. Поэтому «агитатор» получил всего только пять лет ИТЛ. Этот срок теперь у него истекал, и отбывший наказание был отпущен в галаганскую УРЧ для оформления выхода на волю. Так как он был очень еще не старый человек, то мы решили, что уж кто-кто, а этот сейчас же будет мобилизован в действующую

Армию. Но на следующий день сболтнувший что-то нелестное о колхозах парень вернулся как-то сразу похудевший и осунувшийся. В УРЧ ему дали расписаться на бланке, которым полностью отбывший наказание человек извещался, что он оставлен в лагере на новый, теперь неопределенный срок. Оказалось, что уже на второй день войны все отдельные лагпункты по телеграфу получили циркулярное распоряжение Главного лагерного управления: контингент ка-эр (контрреволюционный) задержать в лагере до конца военных действий, которые только еще начинались.

Вот-те и «братья и сестры»! Более того, оставленный в заключении на «сверхурочную службу» сообщил, что не только заключенные ка-эр, но даже самые что ни на есть «друзья народа» не будут призваны на фронт. Этого права также лишены и все без исключения вольнонаемные рабочие и служащие Дальстроя. Наш «особый» район оказался особым и по отношению к воинской повинности. Вся Колыма объявлена под сплошной «броней». На войну отсюда не будут брать даже добровольцев.

Отсутствие в нашем крае мобилизационных пунктов создало тут в первые дни войны впечатление, будто ничего особенного в эти дни не произошло. Все шло внешне обычным порядком, и все пока оставались на своих местах. Правда, когда мы проходили на пристань через поселок Галаганных, попадавшиеся нам навстречу немногочисленные прохожие казались более хмурыми, чем обычно, и репродуктор над входом в поселковый клуб безмолвствовал. Его выключили в порядке все той же изоляции заключенных от информации о ходе войны. Через несколько дней эта глупость была прекращена, по-видимому, как не достигающая цели.

Без победных реляций сообщения о войне, даже самой неудачной, для широкой публики никогда не обходятся. А без географических названий такие реляции невозможны. Вот и сегодня знакомый грузчик на пристани сказал мне, что радио бодрым голосом сообщило утром об освобождении захваченного немцами поселка со смешным названием Мышекишки. И тут же наш полковник прокомментировал это событие. Мышекишки находятся по эту сторону Березины, главного водного рубежа на Западе. Дело – дрянь!

Я зло налегал на весла тяжелой лодки, иногда даже отказываясь от смены, хотя грести надо было против течения, а Товуй после недавнего паводка оставался все еще полноводным и быстрым. Дело в том, что втайне я надеялся, что нас заведут в зону, чтобы покормить в лагерной столовой, и мне удастся встретиться с Кравцовой. Но мы вышли рано, пришли в Галаганных задолго до времени обеда в лагере и нам сказали, что поесть мы сможем уже на месте. Сухой поек на десять дней, посуду и ложки каждое звено взяло с собой. Разбиты на эти звенья мы были уже заранее. Правда, в большинство из них входили не одни только бывшие лесорубы.

«Командовал парадом», как он сам выражался, главный хозяин здешних покосов, все тот же седоусый дядько Олейник. Крупный бывший куркуль с Украины, он был врожденный сельскохозяйственник и организатор. И, пожалуй, не так важно было то, что Олейник лучше всех тут разбирался в травостоях и сложной географии сенокосных угодий на островах, как то, что он мог найти общий язык и с бывшим академиком и с блатнячкой. Сейчас энергичный, расторопный старик взял на себя обязанности лоцмана целой флотилии лодок, которой недавние лесорубы, лесосплавщики, заготовители клепки для бочкотары и другие рабочие-лагерники, занятые до сих пор на работах, связанных с зимним и осенним сезонами, отправлялись на место своей новой работы. Это был первый эшелон сенозаготовителей, в обязанности которого входило первоначальное обустройство участков. За ним обычно следовал второй, также исключительно мужской по составу. Последними на сенокос прибывали женщины, ворошить и сгребать уже скошенное сено. Механизацией сеноуборки тут и не пахло. У нашего совхоза почти не было машин, да и применить их тут было бы практически невозможно. Большая часть покосов была разбросана на мелких полянах, не вполне свободных от ягодника и болотных кочек, на которых косари нередко «рвали» даже свои обыкновенные литовки. Но и такие поляны были далеко не на всех островах дельты, большей частью сплошь заросших тальником, красной смородиной и черемухой. Среди них «деловые» островки терялись в лабиринте разных проток и досадных тупиков, и путь к ним было не так просто найти. Сколько-нибудь подробной карты дельты Товуя не существовало, а ориентироваться по памяти в ее дебрях кроме Олейника могли только два-три его ближайших помощника — старых здешних заключенных. К их числу принадлежал и старшой нашего звена, молодой и крепкий мужик, сын раскулаченного из Сибири. За более частое, чем даже у большинства своих земляков, употребление известного сибирского словечка он получил прозвище «Однако». Полагалось бы, конечно, «Чалдон», но оно уже было занято.

Островок, на котором нашему звену из шести мужчин (к ним позже должны были добавить еще трех-четырех женщин) предстояло жить и работать почти все лето, был узкой, но довольно длинной полоской земли. С одной стороны ее омывало главное русло реки, с другой — быстрая и тоже довольно широкая протока. По берегам остров густо порос тальником, но в его середине растительность была разбросана относительно небольшими купами, и поэтому участок, как место сенозаготовки, считался очень неплохим.

— Трава здесь уже высокая, однако, — сказал наш звеньевой, когда мы сошли на берег, — пожалуй, завтра бы уже и косить можно...

Трава, действительно, была уже почти по колено. Из-за неопределенности положения, вызванного войной, людей отправили на сенокос несколько позже обычного, а трава в начале здешнего лета растет едва ли не по вершку в день.

Но сразу приступать к косовице, как хотел бы наш рачительный звеньевой, было нельзя. До этого надо было восстановить остовы шалашей, снесенных весенним паводком, покрыть их травой, приладить к лазам в примитивное жилье пологи из мешковины. Шалашей тут было три: для мужчин, для женщин и для лошади, которую тоже должны были доставить к нам позже. Конюшня была самым высоким из них. Это был, собственно, двухскатный навес из травы, с одной стороны совершенно открытый. Нужно было восстановить также навес над очагом, вроде папуасского, для варки пищи, отбить косы, починить грабли и другой инвентарь. Дела было дня на два.

На узком галечном мыске, образованном передней оконечностью острова возник целый лагерь, напоминающий стоянку первобытного человека. Выбор этого места определялся близостью к воде, а еще более тем, что тут продувало ветром с реки и меньше было гнуса. В этом смысле наш остров был лучше большинства других здешних участков. На нем почти не было болот, не так много было зарослей, а главное, его окружала широкая водная гладь. Поэтому комаров здесь было по здешним понятиям терпимое количество, а «второй эшелон» таежного гнуса — полчища мельчайшей мошки — не появлялся почти никогда. Этот всепроникающий серый газ многие считают еще большим бедствием, чем даже комары. Укусы мошек неразличимы в отдельности и сливаются в мучительное жжение, как будто кожу обильно смазывают скипидаром. Никакие защитные сетки против мошки не помогают.

Однако соображения об относительной благодатности нашего острова мало помогали нам во время косовицы, когда под взмахами косы из травы вылетали тучи комаров. Их тут так много, что окрестность и небо просвечивались через них, как через серую вуаль. Всякий мог в этом убедиться, чуть приподняв сетку своего накомарника. Но обошелся бы ему этот эксперимент довольно дорого: достаточно какой-нибудь секунды, чтобы под сетку ворвались комары. Поэтому ее нижний край мы заправляли под ворот плотно застегнутой рубахи. Но в жаркие и безветренные дни, которые случаются тут, сетка от тяжелого дыхания втягивается в рот, прилипает к потному лицу и почти перестает защищать от длинноносых мучителей всего живого. Озверевшие от запаха пота, они густо покрывали одежду косарей, особенно там, где, мокрая от пота, она плотно прилегала к телу. Мест, где комарам удавалось просунуть свои жала сквозь реденькую ткань «ха-бэ», было множество. Поэтому все наши попытки превратить свою одежду в некий противокомариный скафандр посредством завязывания штанов у щиколоток и рукавиц у запястий были тщетными. Большинство косцов, особенно тех, кто работал на сенокосе первый год, ходили с опухшими от комариных укусов лицами, расчесами на всем теле и глазами красными от дыма, в котором мы не только ели, но и спали в своих шалашах. Попавшие в этот дым впервые перхали и кашляли, не веря, что к нему можно когда-нибудь привыкнуть. Но потом привыкали, «беда научит булки с медом есть». Обитаемый шалаш можно было издали узнать по дыму, выходящему сразу через всю его крышу, как будто в убогом жилье был пожар. Некоторые от постоянных мучений, связанных с комарами, впадали в нервное расстройство, напоминающее буйное помешательство. В прошлом году я косил сено на болотистом острове, входящем в целый архипелаг таких же островков, разделенных только узкими стоячими протоками. Комаров и мошки на этом острове было невероятное множество. Помню одного своего товарища по тамошнему звену сеноуборщиков, молодого туркмена. Донимаемый гнусом, он потерял сон, часто бормотал что-то несвязное, а однажды, когда мы косили на одном из самых комариных участков, вдруг отшвырнул косу, бросился на землю и начал сбрасывать с себя одежду, выкрикивая русские слова вперемешку с туркменскими:

— Вот! Пейте кровь! Всю пейте... Чтоб вы захлебнулись в ней вместе с вашим Сталиным!

Хорошо еще, что рядом не оказалось ни одного доносчика. В делах об оскорблении «его величества» не делали скидки даже на сумасшествие.

Еще хуже, чем людям, приходилось на островах лошадям, особенно в ночное время, когда дымарь, тлеющий у входа под навес импровизированной конюшни, поддерживать было некому. На всех местах тела несчастного животного, куда оно не могло дотянуться мордой, копытами или хвостом, комары покрывали его серой копошащейся и тонко гудящей массой толщиной в полпальца. Если кто-нибудь хлопал по этой массе ладонью, то из-под нее вырывался во все стороны буквально фонтан крови. Несмотря на обилие травы и свежего сена, лошади на сенокосе быстро худели, становились вялыми и понурыми.

Но даже гнус не препятствовал стремлению большинства галаганских зэков на острова с их бесконтрольностью в любовных делах. А уж некомфортабельность здешней жизни и подавно не могла их остановить. Поговорка о рае с милой даже в шалаше имела тут далеко не только метафорическое звучание.

Женщин присылали на сенокос обычно через неделю-полторы после его начала, когда трава поднималась до своего наибольшего роста и косцы уже никак не могли справиться с ворошением и копнением сена. Но кончалась уже третья неделя нашего пребывания здесь, а женщин все не было. Мы выбивались из сил, занимаясь и кошением, и копнением, а теперь еще и стогованием скошенного сена. Оставить его в копнах было никак нельзя: если пойдет дождь — беда! Больше всего волновался наш звеньевой — план же сгорит, черт побери, однако! И приставал с вопросами о женщинах к старшему бригадиру всякий раз, когда тот появлялся на нашем острове: трава перестаивается, а мужики заняты женской работой! Когда бабы будут? Олейник хитро усмехался в седые усы:

— А часом, ты не сам перестоялся, хлопче? Своей бабы никак не дождешься?

— А хоть бы и так! — сердито отвечал Однако, известный в лагере сердцеед и женолюб. — Этак все лето в холостяках и проходишь... Я же не Предколгоспа, однако...

«Предколгоспа» было прозвище Олейника, полученное им не только за то, что он был тут, хотя и заключенным, но начальством, но и за дебелую доярку-любовницу на молокоферме в Галаганных. Однако намекал на то, что в отличие от бригадира он не имеет привилегии быть незамеченным, когда «крутит любовь» еще где-нибудь, кроме сенокоса. Олейник на намек не сердился. Наоборот, он самодовольно поглаживал усы. Не ко всякому мужику, когда ему за пятьдесят, бабы льнут... Но потом становился серьезным. Задержка с присылкой женщин и для него остается непонятной и тревожит, конечно, не меньше, чем звеньевых. Ездил уже несколько раз в Галаганных, чтобы узнать, в чем дело. И начальник совхоза, и начальник лагеря как-то странно отмалчиваются. Вот и сейчас старший бригадир опять спускался в главную усадьбу, чтобы в последний раз предупредить совхозное начальство: план по сенозаготовке будет сорван, если женщин не пришлют еще несколько дней! Впрочем, начальство и само это знает, тут есть какая-то особая причина...

Через день лодка старика опять приткнулась у нашего острова уже по пути из Галаганных. На этот раз наш бригадир выглядел особенно озабоченным и хмурым. Он долго раскуривал объемистую самодельную «люльку», прежде чем ответить на неизменный вопрос Однако: когда же будут бабы?

— Ох, и ведет тебя на них, хлопче... — И только затянувшись раза два и сплюнув, сказал с какой-то мрачной неопределенностью: — Бабы будут, да только... — и снова затянулся.

— Что «только»? — встревоженно спросил звеньевой.

— А то, хлопцы, что в последний раз, кажется, выпадает нам такая лафа...

И бригадир рассказал, что его последнее посещение Галаганных внесло ясность в вопрос о женщинах, да и в некоторые другие вопросы. Но только черт ей, этой ясности, будет рад...

Уже давно, оказывается, из лагерного управления в Магадане в Галаганных поступил приказ, который местное начальство держало все это время в секрете под сукном. Согласно этому приказу всю мужскую часть «контингента каэр», за исключением лишь совершенных инвалидов и дряхлых стариков, надлежало собрать и немедленно отправить в колымскую глубинку, то есть в горные лагеря. Что касается женщин этого контингента, то они отправлению отсюда не подлежали, но всех их следовало взять под конвой и содержать только при главном лагере. Повод для этого приказа — опасность военного нападения Японии на советский Дальний Восток. Верховное лагерное начальство полагало, что заключенные «враги народа» спят и видят, как, скажем, в той же Галаганных высаживается японский морской десант, а освобожденные и вооруженные ими контрики идут войной на дальстроевскую столицу. Для предотвращения такой возможности потенциальных пособников потенциального вторжения надлежало удалить с побережья. НКВД всегда раскрывает преступления задолго до их совершения.

Однако выполнить такой приказ в разгар сенокоса и незадолго до уборочной страды означало бы для здешнего совхоза едва ли не закрытие лавочки. Враги народа тут главная и безотказная рабочая сила. Поэтому наш начальник смотался на катере аж в самый Магадан упрашивать тамошнее начальство отменить приказ. Но это оказалось невозможным. Приказ выдуман в самой Москве и касается всех приморских лагерей. Единственное, чего добился начсовхоза, было разрешение отложить его выполнение до конца уборочной. Кроме того, магаданское начальство, по-видимому, намекнуло местному, что нарушений по части режима содержания контричек оно может и не заметить, поэтому завтра-послезавтра их сюда пришлют. Для привычных женатиков это будет вроде заговенья перед великим постом.

— Так что, хлопцы, — заключил свой рассказ бригадир, — не теряйтесь. Все равно всем нам, кто никого не зарезал и ничего не украл, осенью греметь в горные...

В этих горных и в мирное-то время заключенные мерли, как мухи, от каторжной работы и недоедания. Сейчас же на Колыму надвигался, по-видимому, голод. Уже через неделю после начала войны нам урезали паек. Это подтверждало слухи, что запасов провианта в Дальстрое почти нет, а его поступления с Материка прекратились. И конечно же, первыми жертвами голода окажутся заключенные, работающие на том производстве, где кроме песка и камня ничего нет.

Особенно мрачно сообщение Олейника настроило двоих наших работяг, бывших железнодорожников, людей уже не молодых. Оба они уже успели побывать в лагерях основного производства и были привезены в Галаганных полумертвыми от дистрофии. Эти были уверены, что новая отправка на рудник или прииск для них равносильна списанию в архив-три, не тот возраст, чтобы выжить в тамошних условиях. Но даже этот возраст не мог избавить их от назначения на этап: уж очень тяжелыми были у них пункты пятьдесят восьмой статьи. Один, сцепщик, признал себя виновным в том, что тайком подбрасывал песок в вагонные подшипники, другой, служивший дистанционным обходчиком, якобы систематически раскачивал костыли, которыми к шпалам прикреплены рельсы, причем действовал, согласно его показаниям, по заданию некой диверсионной организации на железной дороге. Ожидать за такие деяния от советской власти милости, конечно, не приходилось.

Я — по материалам НКВД — занимался вредительской деятельностью в совсем другой области, чем старики-железнодорожники, но это, разумеется, ничего не меняло. Мне просто случайно повезло, что я попал в сельхозлаг, но вечно-то везти не может! И я старался убедить себя, что теперь чем хуже — тем лучше. Человек, если только он действительно хомо сапиенс, а не сидящая в нем безмозглая обезьяна, обязан постичь простую истину: жизнь может сложиться таким образом, что ее продолжение — это игра, явно не стоящая свечей. Ведь он лишь постольку человек, поскольку в нем разумное начало торжествует над инстинктами.

Но это, конечно, была лишь внутренняя бравада. В действительности при мысли о предстоящем этапе, о каторге горных и перспективе медленного угасания от голода, холода и изнурительного труда меня охватывало такое же уныние, как и всех, кому угрожала эта невеселая перспектива. Инстинкт жизни явно подавлял бухгалтерские прикидки разума. Но я не только хотел жить, я хотел еще и любить. И притом, не менее остро, чем когда думал об этом на лесоповале. По живучести и назойливости инстинкт пола мало в чем уступает инстинкту самосохранения. И я ловил себя на том, что мечтаю о сцеплении ряда маловероятных событий в совсем уж невероятную цепочку. Что, если бы Кравцову тоже отправили на сенокос и она попала именно в наше звено! Что, если бы ее явное неравнодушие ко мне сохранилось и теперь, а не превратилось в свою противоположность под воздействием моего хамоватого поведения! Мне много раз приходилось слышать, что любовь — это чувство-перевертыш. Но если бы цепочка из всех этих «если бы» все-таки составилась, то я бы теперь уже не корчил из себя ни святого Антония, ни монашествующего рыцаря. Но как бы отнеслась к моему изменившемуся поведению Юлия Александровна? Не сочла бы она его за лишнее доказательство моего бухгалтерского подхода к делам любви? Ведь ввиду неизбежного отправления в горные, мне теперь нечего уже было терять. Впрочем, зачем об этом думать? Ведь все мои мечтания построены на всяческих «если бы», с помощью которых, говорят французы, и Париж можно поместить в бутылку.

И все же я об этом думал, даже подавая огромные навильники сена на стог, который укладывал наш стогостав Однако. На его чалдонском языке он назывался «зарод». Укладка стога таким образом, чтобы он получился плотным и водонепроницаемым, требует немалого уменья, и подача на него сена связана с затратой очень больших усилий, особенно когда скирда выкладывается уже под «крышу». Орудовать приходится вилами, насаженными на четырехметровую жердь, заостренную на заднем конце. После того как на вилы нацеплено, «навито» достаточное количество сена, черенок упирается в землю, ставится на попа и огромная охапка опрокидывается на стог. Кроме меня подавать сено на такую верхоту мог еще только единственный в нашем звене бытовик, бывший колхозный бухгалтер, мужик лет за сорок. Сидел он за слишком вольное обращение с финансовой отчетностью. «Гориллы», как называл бухгалтер бывших железнодорожников, выполняли более легкую работу. С помощью волокуши, запряженной лошадью, они стаскивали к стогу сено из дальних копен. Эта доисторическая предшественница колеса незаменима при перетаскивании сухой травы по засохшему болоту или мелкому кустарнику.

Несмотря на почти полную неотвратимость быть скоро отправленными отсюда, мы работали с обычным усердием рогатиков. Недаром блатные не переставали удивляться часто бессмысленной, с их точки зрения, добросовестности фраеров:

— Ну что вы за народ? Начальство им в шары плюет, за людей не считает, а они перед ним на задних лапках бегают!

Причина безотказности в работе большинства заключенных заключалась вовсе не в угодничестве перед начальством. Такое угодничество даже при желании могли проявить лишь очень немногие. Основная же масса каторжан-неуголовников и в лагере оставалась людьми труда, так же неспособными изменить свое отношение к этому труду, как неспособны на это пчелы или навозные жуки. От политических убеждений это почти не зависит. Даже те из обиженных Советской властью, кто желал ей скорейшего и полнейшего крушения, продолжали оставаться добросовестнейшими работягами. Усиленно вбиваемое в головы советских людей того времени представление о склонности всех «классово чуждых», от академика до колхозного свинаря, к политическому вредительству является грязной клеветой не только на этих людей, но и на Человека вообще.

Вот и теперь, нам бы «туфтить» напропалую, закладывать в стога непросохшее сено, заполнять середину кустами и корягами, укладывать порыхлее. Не все ли нам равно, погниет ли в этих стогах сено, промокнет ли оно осенью, а зимой смерзнется в сплошной ком или хорошо сохранится, если самим нам в это время загибаться на кайлах и тачках в забоях каторжных приисков и рудников? И уж подавно наплевать бы нам на огрехи кошения и высокую стерню на покосах. Но вместо этого мы с рачительностью собственников или, по крайней мере, работников у доброго хозяина заботились и о стогах и о делянках. Стоя уже на коньке только что сложенного зарода, Однако любовно расчесывал граблями его крышу, а я и бухгалтер поправляли вилами стены. И тут все услышали отдаленный рокот, доносившийся с реки. По ней поднималась моторка.

Поляна, на которой мы работали, была невдалеке от берега, но за прибрежными зарослями река не была видна. Зато она отлично просматривалась с вершины стога, на котором стоял Однако. Защищая рукой глаза от солнца, он с минуту вглядывался вдаль, а затем с криком:

— Баб везут, ребята! — скатился вниз и помчался по направлению к нашему стану, где был уже и причал для лодок.

— Сколько их, баб-то? — крикнул вдогонку звеньевому бывший бухгалтер.

— Три, кажется, — ответил тот уже издали.

— Ишь, как ему до баб приспичило, — сказал не то осуждающе, не то с завистью бывший сцепщик, — прямо взвился, как жеребец стоялый...

— Известно, — в тон ему пробурчал второй железнодорожник. — В своей Чалдонии, небось, первым парнем на деревне был. Привык девок лапать...

Обоим «гориллам» было уже под пятьдесят, что считается в лагере едва ли не глубокой старостью. Старше их в нашем звене был только старик-кашевар, помор откуда-то из-под Архангельска. Наши железнодорожники и вообще-то были люди хмурые и брюзгливые, а теперь и подавно. В противоположность им бывший бухгалтер был мужик жизнерадостный и веселый. В лагере он тоже слыл человеком, который ни в каком смысле не упустит ничего, что плохо лежит. Он и в лагерь-то угодил из-за какой-то городской крали, ради которой учинил подлог в колхозной денежной документации. Был старый колхозник сердцеед и большой любитель травить веселые байки. Правда, сейчас он старался не проявлять особенно своей жизнерадостности. Это было бы неприлично на фоне того обстоятельства, что он один среди нас не подлежал отправлению из сельхозлага. Поэтому колхозный сердцеед, хотя и взял под защиту женолюбивого Однако — дело молодое! — но как бы тоже с позиции этакого благонравного тихони:

— Это уж нам, старикам, что баба что сена копна! Копна даже мягче...

— Положим, брешешь, — усмехнулся в усы бывший обходчик. Мы устроили перекур, и даже он немного повеселел после пары затяжек махорки: — Блатнячка, которую ты в прошлом году на сенокосе ублажал, всему лагерю звонила, какой ты старик. Угодил, значит...

— Так то — в порядке производственной дисциплины... — ухмыльнулся бухгалтер.

— Это как же? — удивился я.

Он охотно пояснил:

— А вот как... Мужиков в нашем звене тоже было шесть человек. Да только одно звание, что мужики. Из троих уже совсем труха сыплется. Один был парень молодой, да сектант какой-то.

Случай, о котором рассказал бывший бухгалтер, вовсе не был анекдотическим исключением. Блатнячки действительно ставили главным условием своей работы на сенокосе обеспечение их полноценной любовью, пусть даже со стороны рогатиков и фраеров.

Еще издали мы увидели, как суетится наш звеньевой, помогая двум женщинам таскать сено в их шалаш. Этот шалаш стоял поблизости от нашего, вход против входа. Однако напоминал сейчас хлопотливого петуха, обрадованного прибытием кур в его курятник. Было похоже, что опасения бухгалтера не оправдаются и это наше пополнение состоит вовсе не из шмар. Главное комариное время уже проходило, с реки дул легкий ветерок, и хлопотавшие в своем шалаше женщины откинули сетки накомарников. Одна из них, за которой с особым усердием увивался наш старшой, была высокая и статная девка с простоватым лицом и басовитым голосом, за который ее прозвали «Отец Дьякон». Она стащила что-то на колхозном дворе и сидела за «расхищение народного достояния». Вторая была постарше. До ареста она заведовала небольшим магазином и в лагерь попала, по ее словам, за недостачу. В действительности же бывшая завмагша была осуждена за обмер и обвес покупателей. Она была хорошей знакомой, правда, уже по лагерю, нашего бухгалтера, и тот, поздоровавшись с ней за руку, тут же принялся ей помогать.

Третья из прибывших женщин в обустройстве своего нового жилья участия не принимала. Она стояла чуть в стороне, в том месте, где берег довольно круто обрывался к прибрежной гальке, и смотрела вслед удаляющейся лодке. Женщина стояла ко мне спиной. Но по росту, контуру всей ее маленькой фигуры и какому-то особенному повороту головы я сразу и безошибочно определил — Кравцова!

Мое сердце учащенно забилось, и в нерешительности я остановился в отдалении. Что это? Чудо нарушения закона о перемножении вероятностей, которое все-таки возможно, или лишнее доказательство женской способности исподволь организовывать события нужным им образом? В первом случае Кравцова могла даже не знать, что я здесь. А что, если встреча со мной окажется для нее неприятной неожиданностью? Но это почти невероятно. Женщины всегда интересуются, к кому их направляют, и с их желаниями здесь считаются. Выходило, что то, о чем я мечтал все эти месяцы, вопреки собственным убеждениям сбывалось. Но я был совершенно не подготовлен к этой встрече и продолжал растерянно стоять, не зная как мне вести себя дальше.

Вероятно, почувствовав мое присутствие, Юлия Александровна обернулась и откинула накомарник. На ее лице светилась ее обычная ласковая улыбка, как будто я никогда не проявил к ней неоправданной и грубой невежливости.

— Здравствуйте, мой дорогой рыцарь! — она еще называла меня «рыцарем», тогда как я чувствовал себя хам-хамом. — Ой, ну как же вы все тут заросли! — ласковым движением руки она откинула от моего лица накомарник, а я смущенно одернул сетку опять вниз и покраснел под ней, чувствуя, что веду себя как провинившийся бородатый школьник. Она засмеялась: — Какой же вы смешной, совсем большой ребенок. Помогите мне принести сена в логово, а то мне придется спать прямо на земле!

Обрадовавшись возможности хоть чем-то помочь, я на вилах принес ей чуть ли не полкопны, хотя и знал, что столько сена для одной постели не нужно. Но это так приятно, когда женщина восхищается, даже шутливо, твоей силой:

— Вы — усердствующий медведь! Куда столько?

Устройство постели заняло очень немного времени, а потом мы опять стояли рядом над обрывчиком у реки. Именно потому, наверное, что нам обоим надо было сказать друг другу много важного, мы молчали. И все же я чувствовал какую-то особенную, никогда прежде мной не испытанную радость, которую не могло омрачить даже сознание, что эта радость отпущена мне ненадолго, очень ненадолго. Еще каких-нибудь полгода назад, если бы мне рассказали о подобных переживаниях кого-нибудь другого, я сказал бы, что он находится под воздействием повышенного содержания в его организме некоторых веществ и прочитанных в молодости романтических измышлений. Но теперь я сам чувствовал себя влюбленным дураком и внутреннего стыда от этого состояния не испытывал. Ну и пусть!

Затянувшееся молчание нарушила женщина:

— Как здесь у вас красиво!

— У нас... — нашелся я.

Она счастливо засмеялась и прикоснулась к моей руке:

— Да, у нас...

А было здесь, действительно, красиво, хотя до сих пор, кажется, я ни разу не обратил на это внимания. Сопки на противоположном берегу обрывались к воде вертикальной стеной высотой метров в двести. Выше грозного, в карнизах и расселинах обрыва начинались крутые склоны, до самых вершин зеленевшие густыми зарослями карликового кедра. Чуть ниже по течению реки, через распадок между двумя сопками, виднелись в белесоватой дымке горные дали, а Товуй, наткнувшись на выступающую вперед крутую скалу, делал тут крутой поворот. В той же стороне было сейчас и солнце. Оно освещало реку таким образом, что казалось, будто она впадает здесь в горное озеро.

Стояли те считанные во всем году дни, когда здешняя природа под лучами неяркого и нежаркого солнца как бы меланхолически улыбается. Я сказал Юлии Александровне, что летние колымские ландшафты напоминают мне иногда грустную улыбку безнадежно больного, когда ему становится лучше. Она согласно кивнула. Такое сравнение приходило в голову не одному мне. Молодой поэт, которого отправили отсюда в позапрошлом году, сочинил на эту тему грустные стихи. Начинались они словами:

> Лето Приполярья — как улыбка
> Человека, видевшего горе.
> В синей дымке — горы, точно волны,
> Мертвой зыби каменного моря...

— Вон они! — показала вдаль рукой Кравцова. — Вы не находите, что здешние плавные горы и в самом деле похожи на ряды застывших волн?

Я ответил, что как художница она должна понимать это лучше меня. Она вздохнула:

— Поэту в заключении все же легче, чем художнику. Ему достаточно клочка бумаги и огрызка карандаша, чтобы писать. На худой конец можно сочинять стихи по памяти. А для живописца нужен мольберт, холст, краски...

— Что же тогда говорить ученым? — спросил я.

Смущенно засмеявшись, Кравцова опять тронула мою руку:

— Пожалуйста, простите! Это так глупо рассуждать в лагере о том, кому здесь хуже...

— Эй, мужики, бабы, обедать! — крикнул Однако.

Ему доставляла явное удовольствие возможность добавить сегодня это «бабы». Потомственный крестьянин, он чувствовал себя в их присутствии почти как на покосе в долине родного притока Оби, когда на заливные луга выходили косить всей деревней. Наш звеньевой был очень доволен сегодняшним пополнением, особенно радовался крепкой молодице, которая была женщиной точно в его вкусе. Он усадил ее на самое удобное место перед навесом кухни — высокий пень, на котором сидел обычно сам. Девица принимала его ухаживания смущенно, но с явным удовольствием. Бывший бухгалтер рассказывал веселые байки бывшей завмагше, которую он охаживал с уверенностью старого ловеласа и с очевидным успехом. Две пары из нас явно определились.

— Гляди-ка, — сказал вполголоса один из железнодорожников другому, — как наши кобели вокруг своих баб мелким бесом рассыпаются...

— А тебе что? — заметил седой помор, наш дневальный.

— Пусть каждый устраивается по-своему, лишь бы другим не мешал...

Я вспомнил надпись над входом в раблезианский монастырь[1], в котором каждый делал что хотел при одном-единственном условии: не мешать жить другим.

Наш кашевар был замечательный старик. Благодаря ему мы почти не замечали, что получаем уже урезанное количество хлеба, крупы и других продуктов. По профессии рыбак, он ловил в Товуе кету и горбушу, а в его небольших притоках — хариуса, мальму и сунжу. На берегу старый помор устроил хитрый «коптильный завод», где готовили лососиные тешки и балыки. Почти все лето мы не провели и дня не только без ухи и жареной рыбы, но даже без свежепосоленной красной икры. Речные дары природы были, конечно, к услугам всех сенокосных звеньев, но едва ли в каком-нибудь из них был еще такой же расторопный, несмотря на свои почти шестьдесят лет, хлопотливый и умелый работник, рыбак, повар и плотник, каким был наш дневальный. Сегодня он приготовил на первое уху из голов кеты, а на второе сами эти головы — прямо-таки деликатесное блюдо. Нам рыба начала уже приедаться — она вообще приедается скорее всего другого, и тут даже наш повар ничего не мог поделать, но дамы ели уху с удовольствием.

— А ну, Ученый, передай-ка своей знакомой еще мисочку! — сказал славный старик, наливая еще одну миску ухи для Кравцовой.

— Да присунься к ней поближе, чего стесняешься?

Мы сидели с ней по разным концам большой коряги, занесенной сюда весенним паводком, и под пристальными взглядами всей честной компании смущались как молодые на помолвке. Все здесь, конечно, знали, что в прошлом году меня из-за этой женщины пырнул штыком вохровец, теперь она приехала сюда, и вряд ли случайно. Внимание к нам, впрочем, было вполне благожелательным, и даже брюзгливые

---

[1] Имеется в виду «Телемское аббатство», описанное в романе Рабле «Гаргантюа и Пантагрюэль».

моралисты-железнодорожники глядели на нас без саркастической насмешливости.

— Баран да ярочка, чем не парочка? — сказал Однако, наверно больше для того, чтобы иметь повод довольно бесцеремонно облапить свою новую подругу. Но так как под «бараном» подразумевался я, то добродушно-насмешливый колхозный бухгалтер тут же поймал неуклюжего сибиряка на невежливости:

— Это ты нашего Ученого бараном величаешь?

Однако с деланным смущением поскреб кудлатую голову, а остальные рассмеялись. Хорошая погода, почти полное отсутствие комаров и приезд женщин заставили большинство членов нашего звена почти забыть, что скоро это наше относительное благополучие кончится и сменится временем жесточайших невзгод. Но если бы человек постоянно помнил, что при каких угодно жизненных удачах впереди его ждут страдания и неизбежный конец, то он, наверное, не мог бы существовать.

После обеда, работая уже в девять пар рук, мы поставили еще один стожок — благодаря разорванности покосов они здесь были небольшие — и закончили работу раньше обычного времени. Женщинам надо было еще доустраиваться в своем новом жилье, а мужчинам привести себя в порядок, во всяком случае тем из нас, кто хотел выглядеть кавалером перед нашими дамами. У бывшего бухгалтера была самодельная бритва, сделанная для него кузнецом-татарином в совхозной кузне из обоймы старого шарикоподшипника. Был у него даже осколок зеркала. А вот ножниц, чтобы обкорнать перед бритьем буйную поросль на наших щеках, которую уже никак нельзя было назвать щетиной, хотя она и не стала еще бородой, у нас не было. Поэтому костер, вокруг которого уединились у самой воды под обрывчиком Однако, бухгалтер и я, служил нам не только для подогрева воды в котелке. Головешками из этого костра мы обжигали друг другу бороды. Это один из тюремных способов борьбы с тем проклятием мужчины, которым, по выражению Байрона, является борода. Заключается он в том, что горящей головней проводят возле самой щеки и тут же примачивают эту щеку мокрой тряпкой. Дело требует известного навыка, иначе возможны ожоги. Без них, конечно, не обошлось и у нас, но «кто хочет быть красивым, тот должен уметь страдать» — утверждает французская поговорка. И мы терпели мучения и от огня, и от туповатой бритвы, которую не на чем было как следует выправить. Конечно, и после бритья мы остались теми же лохматыми оборванцами, от которых к тому же еще за версту несло теперь паленым, однако наши дамы нашли нас очень помолодевшими и чуть ли не красавцами. Очень возможно, что комплименты были почти искренними. Изо всех условных и относительных понятий красота — самое условное и самое относительное.

Время белых ночей почти уже прошло, и их «прозрачный сумрак» сменился теперь фиолетовыми сумерками, которые на юге служат переходной ступенькой к ночи, а здесь заменяют во второй половине лета саму ночь. После ужина Однако и бухгалтер повели своих дам в глубь острова под предлогом показа его достопримечательностей, старики залезли в свой шалаш спать, а я и Кравцова остались стоять на том же месте над обрывом, на котором мы встретились днем.

Вечер был совсем безветренный, комары донимали сильнее, чем обычно, и в своих накомарниках с черными сетками мы, наверное, напоминали изваяния двух довольно мрачных сторожевых фигур. Стояла задумчивая, чуть настороженная тишина. Горы на противоположном берегу реки казались выше, чем днем, и тоже таинственно молчали. Природа по ночам как бы отдыхала от своих вечных буйств. Еще немного, и мягкость и почти ласковость летнего времени сменятся отчужденностью и враждебностью ко всему живому осеннего ненастья, а затем морозами и метелями зимы.

Я думал, что и в моей жизни каторжника тоже происходит сейчас нечто подобное. И мне бы поскорее воспользоваться своей удачей, беря пример с тех простых крестьян, которые уединились сейчас с такими же простыми, но мудрыми бабами где-нибудь под копнами и стожками на скошенных делянках. Надо просто привлечь к себе и поцеловать стоящую рядом женщину, которая, хотя наверно и не без внутренней борьбы с самой собой, из-за меня напросилась и на сенокос, и в звено Однако. Днем она не без юмора рассказывала, как критически оглядел ее хрупкую фигуру старший бригадир: «Ох, уж эти мне интеллигенты да блатные!» — но потом, вздохнув, согласился. Может быть, он думал даже, что нехватка физических сил в женщине будет с лихвой возмещена их приливом в ее мужчине. Доброта и расчетливость вовсе не исключают друг друга.

Все было так просто теоретически и так сложно на практике! Как попытка начать плавать, изучив по книжке все приемы плавания. Я досадовал на себя, не зная как себя вести. Молча обнять женщину, которой я никогда не касался прежде, казалось мне чем-то грубым и почти циничным. Заводить с ней какой-то предварительный разговор — пошлым. Что-то подобное, наверное, испытывала и она. Неопределенность же отношений между мужчиной и женщиной неизбежно вызывает у них чувство напряженной неловкости.

Нас выручил хриплый и короткий звук, что-то среднее между ревом и мычанием, донесшийся откуда-то с середины реки. Кравцова испуганно схватила меня за рукав:

— Что это? — но тут же застыла в изумлении.

На смену грубому реву с той стороны реки пришел другой звук — переливчатый, долгий и музыкальный. Как будто кто-то задел мощный, но нежный и чувствительный музыкальный инструмент. Дикая, но удивительно красивая мелодия, многократно повторившись в лесистых ущельях между горами, затихла где-то вдали. Это было ночное эхо.

А толчком для него послужил рев морского зверя. Я показал Юлии Александровне на длинный галечный остров, едва возвышающийся из воды чуть ниже от нас по течению. На его светло-серой поверхности темнели едва видные сквозь сумерки продолговатые темные пятна. Это были нерпы, поднявшиеся сюда из моря в погоне за косяками кеты и горбуши. Но охота на рыбу является не единственной целью их захода в реки. Это занятие сочетается у них с занятием любовью, которую природа мудро приурочила не только ко времени относительного тепла, но и самого обильного в году питания. Морзвери «крутят любовь», как выразились бы наши надзиратели, главным образом, на таких вот отмелях, собираясь на них целыми стадами. В промежутках между занятиями едой и любовью животные спят, предусмотрительно выставляя бдительных дозорных.

Такой дозорный, наверно, и рявкнул сейчас, усмотрев опасность в какой-нибудь плывущей по воде коряге. Тревога оказалась ложной. Было видно, как приподнявшиеся на ластах звери один за другим снова опускаются на гальку. Сейчас они ведут себя тихо, но иногда поднимают такой рев, что в шалаше по ночам не могут уснуть даже уставшие за день люди.

В отличие от своей спутницы, в первый раз за ее трехлетнее отбывание в Галаганных вывезенной за пределы его главной усадьбы, я знал о здешней природе довольно много. В нашем Центральном лагере я жил только в промежутках между работой в лесных, рыболовецких, лесосплавных командировках и уже побывал даже на промысле морского зверя, вот этой самой нерпы. Нерпичьи шкуры и сало морзверя включаются в план нашему совхозу. А в прошлом году, примерно в такое же время года, находясь на сенокосе, только на другом участке, я участвовал даже в охоте на медведя. Но это, так сказать, в порядке частной инициативы. Медведей здесь множество, и отъедаются они летом главным образом за счет лососевых рыб, которые, отнерестившись, скатываются вниз по реке уже трупами или полутрупами. Той же гниющей горбушей здесь местами бывают буквально усеяны отмели и галечные косы. Но пока массовый нерест еще не начался, медведя легко заманить в какую-нибудь ловушку запахом тухлой рыбы. Скажем в западню, капкан или волчью яму. Среди заключенных попадаются всякие специалисты, в том числе и очень редкие, вроде эскимосологов или тунгусских шаманов. В том звене, в котором я косил сено в прошлом году, был медвежатник из Сибири. Охотник на медведя в самом прямом смысле этого слова. Он-то и научил нас «брать» этого зверя без ружья, как «брали» его люди, наверно, еще во времена пещерного периода.

— Это, наверно, страшно, охотиться на медведя? — поежилась Юлия Александровна, так и не отпустившая моего рукава.

Поощренный ее интересом, я рассказал целую серию эпизодов, связанных с первобытной охотой на хозяина тайги. Вообще-то мишки здесь добродушные и не очень большие. Но представьте себе медведя, пусть даже не очень крупного, упавшего в яму с ложным дном, которого люди пытаются убить с помощью вил и самодельных пик, а он вот-вот из этой ямы выберется! Стены-то у нее — галька, лишь слегка скрепленная илом. И разъяренный зверь легко рушит эти стены передними лапами, вооруженными страшными когтями. Взъерошенный, ревущий, с горящими глазами...

— Бррр, — поежилась женщина и, вероятно, безо всякого притворства прижалась ко мне вплотную.

Холодеющий ночной воздух стал еще немного темней, и в нем замелькали какие-то бесшумные тени. Это на охоту за комарами вылетели довольно многочисленные здесь летучие мыши. Их сложные остроугольные зигзаги можно было легко принять просто за рябь в глазах. Но вот одна из этих мышей хлопнулась на белый верх накомарника Кравцовой — ночью они летят на все светлое — и запуталась коготками на концах своих крыльев в ячейках его сетки.

Женщина испуганно вскрикнула, а я схватил руками безобидную зверюшку, превращенную человеческой фантазией в страшного нетопыря, и прочел о ней своей внимательной слушательнице целую лекцию. До недавнего времени было совершенно непонятно, как эти существа умудряются не натыкаться не только на стены абсолютно темных пещер, но даже на тонкую натянутую проволоку. Теперь установлено, что летучие мыши как бы ощупывают пространство впереди себя, посылая в него ультразвуковые сигналы и улавливая их отражение. По этому принципу и люди, наверное, могли бы построить очень полезные для себя приборы, например, устройства для предупреждения столкновения судов в тумане...

— Вы, говорят, были до ареста каким-то необыкновенным ученым вундеркиндом? — спросила Кравцова, возможно для того, чтобы отвлечь меня от не слишком интересной для нее темы.

Остановленный на середине своей лекции о том, что для целей локации можно было бы применить не только ультразвук, но и короткие электромагнитные волны и тогда ее дальность была бы на несколько порядков выше, чем у летучих мышей, я обиженно умолк. Выпущенный мною маленький птеродактиль — до сих пор я держал его в руке в качестве лекционного пособия — наискось скользнув вверх, как бы растворился в ночных сумерках, а я сначала сдержанно ответил, что подающим надежды молодым ученым я действительно был. Но еще несколько умело заданных вопросов, и я увлекся рассказом о себе. Такое увлеченное повествование о собственной персоне Тургенев называл «аппетитом». Правда, у меня такая повесть была неотделима от моих экспериментов, которые я ставил или хотел поставить, собственных изобретений, различных теорий; довольно многочисленных уже публикаций в научных журналах; только еще начатой ученой книги; участия в научных съездах и конференциях; несостоявшейся командировки в Массачусетский университет...

Словом, я опять забыл, что передо мной не коллега по профессии, а женщина, ждущая от меня совсем другого. Я тоже желал ее, но как-то так получалось, что от неумения обращаться с женщинами меня всегда, когда нужно было проявить инициативу известного рода, заносило совсем в другую сторону. И несло до тех пор, пока эту инициативу не брали на себя сами женщины. Долго рассказывая о своем проекте установки линейного ускорителя частиц в недрах материковых льдов Шпицбергена или Гренландии, я почувствовал, что моя рука свободна и, возможно, уже довольно давно. Кравцова смотрела на ту сторону реки, слегка отодвинувшись от меня. За сопками разгоралось бледное зарево — там всходила луна.

Человеческие спина и плечи обладают достаточной выразительностью, и по ним я понял, что моя слушательница скучает. Думает, наверное, что я совсем не то, что она себе вообразила, а на редкость занудливый и скучный тип. Правда, когда я умолк, она спохватилась и поспешно обернулась ко мне:

— Да, да, продолжайте... Это очень интересно, лед... — но я уже понимал, что ей это совсем не интересно. И что я веду себя как дурак, который кажется еще глупее от того, что он ученый. Досада на себя часто оборачивается желанием досадить другому, и в тем большей степени, чем меньше этот другой виноват.

— Поздно уже, Юлия Александровна, — сказал я почти резко, — а встаем мы с восходом солнца!

— Да, да... — поспешила согласиться женщина и первой направилась к площадке нашего стана. Подойдя к своему жилью, она откинула его полог. Уже выкатившаяся из-за гор луна осветила три несмятые постели.

— Как видите, здешние острова — пристанище любви не для одних только нерп... — Кравцова рассмеялась, как мне показалось, немножко деланно, и протянула руку. — Спокойной ночи, ученый монах! Спасибо за лекцию... — и скрылась за пологом.

А я поплелся к своему шалашу, чувствуя себя как человек, которому дали понять, что в лучшем случае он — вахлак и увалень, а в худшем, возможно, даже кривляка и позер. В размышлениях на эту тему я долго не мог уснуть, ворочаясь на своем месте, благо на нем было сейчас очень просторно. По бокам от меня были места Однако и бухгалтера. В углу посапывали спящие старики, раздражающе гудели несколько комаров, то приближаясь к моему прикрытому сеткой лицу, то с печалью в голосе отдаляясь от него. Полог из мешковины, закрывающий вход в шалаш, сначала красневший чуть видным багровым светом, светился уже холодным серебряным, а потом исчез и он, сменившись флюоресцирующим экраном катодной трубки. Я объяснял устройство этого прибора маленькой женщине, которая почему-то обидно смеялась, а потом с неожиданной силой толкнула меня в бок. Это где-то уже на рассвете вернулся со свидания один из моих соседей.

Ночное бдение наших героев-любовников не замедлило отразиться на их работе. Первоклассный косец Однако, шедший всегда первым, уступил сегодня это почетное место мне. А колхозный бухгалтер, тоже очень неплохой работяга, и вовсе норовил пристроиться в хвост косарям, так как во второй половине дня едва уже волочил ноги. Но старые железнодорожники, его постоянные оппоненты по вопросам морали, не позволяли этому «колхозному кобелю» отставать и угрожали «подрезать пятки», если он будет махать косой недостаточно активно. Выполнение плана по части баб не должно мешать производственному плану!

Женщины работали сегодня отдельно от мужчин, вороша сено на дальней делянке, где оно уже успело слежаться в рядах. Поэтому мы их видели только утром и во время обеда. Я думал, что Юлия Александровна будет на меня дуться. В конце концов, сколько раз она могла спускать мне мою бестактность, непонятливость и эту безобразную неуклюжесть в отношениях с женщиной! Но она была такой же, как вчера, ровной, ласковой и только немного чуть более насмешливой. Да и то так, что заметить это мог только я сам. Когда мы оказались рядом, она незаметно пожала мне руку. Нет, Кравцова была достаточно умна, чтобы не сердиться на то, чего все равно нельзя было изменить. И, очевидно, решила не настаивать более на своем праве быть пассивной стороной в деле постановки точки над «i», которое сама так отчетливо написала. Вечером, когда небо за сопкой опять начало багроветь от восходящей луны, а мы снова стояли на своем обычном месте, на берегу, я после долгого молчания спросил:

— Значит, вы считаете меня уже не монашествующим рыцарем, как прежде, а глупым ученым монахом, так, Юлия Александровна?

Она тихонько рассмеялась:

— А вы не находите, что оба они одинаково смешны? Вы просто большой ребенок!

И вдруг, приподнявшись на цыпочки, женщина обхватила меня руками за шею и, уткнувшись мне в грудь лицом, неожиданно заплакала:

— Злой ребенок! Из тех, которым нравится обрывать бабочкам крылья... Разве вы не видите, как я вас люблю...

Сначала я растерялся, начал что-то бормотать в ответ и, откинув сетку накомарника от лица плачущей женщины, руками пытался вытереть слезы на ее щеках. Но она плакала все сильнее и все теснее ко мне прижималась. И вдруг я почувствовал, как во мне поднялась откуда-то волна невыразимой нежности и острого желания. В одно мгновение эта волна смыла плотину всяких условностей и моих запутанных представлений о том, что хорошо и что плохо. Руки как будто сами подхватили маленькую, худенькую женщину, а ноги понесли ее прочь отсюда, где слишком близко от нас были другие люди. Женщина перестала плакать, и только слышно было, даже сквозь толстый ватник, как гулко бьется ее сердце. И в унисон ему, казалось, бьется мое.

Искать уединенного места долго не пришлось — их здесь было сколько угодно. Недалеко от берега, в густых зарослях тальника находилась уже скошенная поляна с одной-единственной копной посредине. К этой-то копне я и принес свою казавшуюся мне почти невесомой ношу. Все, что скопилось в нас обоих за целые уже годы противоестественных в сущности ограничений и запретов, внешних и внутренних, давнего интереса и глубокой симпатии друг к другу, сосредоточилось в эти минуты в стремлении к взаимному обладанию. И не было уже никаких препятствий для того, чтобы оно разрядилось теперь таким же взаимным наслаждением.

А потом мы сидели под той же копной и, устало обнявшись, молчали, как молчали и будут молчать в таких случаях миллиарды людских пар. По мере того как за сопками поднималась луна, наша лужайка становилась все более светлой, а окружающие ее кусты все более плотными и темными. Затем мы гуляли по острову, который весь целиком был сегодня в нашем распоряжении. Вчерашние любовники после почти бессонной ночи и длинного рабочего дня, едва поужинав, мертвым сном уснули в своих шалашах.

Женщины рассказывают о себе куда менее охотно, чем мужчины, и обычно только тогда, когда это по-настоящему нужно. Но теперь я должен был знать, кто же она, эта первая женщина, к которой я испытал истинное, почти неодолимое влечение. Тем более что очень может быть, она окажется и последней. И Юлия, хотя и довольно скупо, рассказала мне свою историю.

Мать у нее умерла в одну из эпидемий времен Гражданской войны, и она ее лишь смутно помнила. Отец, инженер-строитель, позже женился на другой женщине, с которой, как это чаще всего бывает, падчерица не нашла общего языка. Потом отец умер, а мачеха вышла замуж за другого, и Юлия оказалась фактически в чужой семье. В ней сироту не обижали, на это она не может пожаловаться, но и не могли дать того тепла, в котором, едва ли не острее, чем в хлебе, нуждается ребенок. И если она такое тепло все-таки знала, то оно исходило от старого друга ее отца профессора Кравцова. Это он заметил в ней недетскую тягу к живописи, помог поступить в художественное училище и его окончить. На протяжении многих лет духовно этот человек заменял ей отца. А потом, когда она была уже на последнем курсе, сделал ей предложение. Это был старый холостяк, собиравшийся весь век прожить одиноко, но под старость неожиданно сдавший свои позиции. «Седина в бороду – бес в ребро», как сам он шутил по этому поводу. Предложение было принято без особых колебаний. И не потому, конечно, что молодая девушка могла испытывать к пожилому человеку какое-то иное чувство, кроме дочернего. Но именно оно на холодном фоне жизни в неродной семье и определило, главным образом, ее решение. Кроме того, начинающая художница по-настоящему увлекалась только своим искусством и для мыслей о романах, а тем более для них самих, у нее как-то не оставалось времени. А скорее, наверное, просто не пришла ее бабья пора. Для многих женщин эта пора наступает сравнительно поздно, иногда даже слишком поздно. А тогда у нее было время, отмеченное радостью первых успехов, горестью неудач и всего того, с чем связана всякая творческая работа. Ухаживания молодых мужчин хорошенькой женщине льстили, но и только...

Как относился к этим ухаживаниям ее муж? Кравцов был внешне и внутренне высококультурным человеком, настоящим русским интеллигентом старой школы. Несколько старомодным, правда, и чуточку насмешливым, но умеющим подавлять внешние проявления раздражения, даже если они и вспыхивали. Тем более что, делая ей предложение, он сам сказал, что менее всего хотел бы оказаться этаким Синей Бородой, ограничивающим свободу молодой жены. И все же она не раз замечала, что старик иногда страдает от ревности, хотя и старается всячески это скрыть. Он никогда не унижался не только до семейных сцен, но даже до мелких замечаний и укоров.

Впрочем, профессор Кравцов был очень занят и почти ежедневно работал до глубокой ночи. В своей области он был одним из главных специалистов Советского Союза. Теперь Юлия часто с чувством вины вспоминает его, седого и усталого, склонившегося над чертежами в своем кабинете, в то время как она, что греха таить, флиртовала с молодыми художниками в соседней комнате. Но когда Кравцова арестовали, Юлия переживала это едва ли не тяжелее, чем смерть отца. Пыталась даже ходатайствовать за мужа в разных инстанциях, включая главного прокурора СССР. А наткнувшись на глухую стену безразличия и непонимания и разобравшись, что все ее попытки бесполезны, решила уподобиться декабристкам и ехать за ним в ссылку. Конечно, когда определится место этой ссылки. Но ехать за мужем в Сибирь ей не пришлось, так как через четыре месяца арестовали и ее. Где Кравцов сейчас и жив ли еще, она не знает. О том, что он осужден на максимальный срок как враг народа, она узнала только косвенным путем из материалов, касающихся осуждения ее самой как жены этого врага. От политических подследственных, как известно, писем не принимают. Муж, возможно, написал ей по их адресу после своего осуждения, но в бывшей профессорской квартире жили уже чужие люди. Юлия пыталась навести о нем справки через ГУЛАГ, но ей ответили, что заключенным справок они не дают...

Мы долго шли молча, погруженные в невеселые думы. Печальным было прошлое, беспросветным казалось будущее, а человек склонен жить либо тем, либо другим и менее всего настоящим. Тряхнув волосами, как бы отгоняя горькие мысли, Юля сказала:

— Не надо о грустном... Ведь сейчас нам хорошо, правда? Посмотри как хорошо кругом!

А кругом было действительно хорошо. Полная и высоко уже поднявшаяся луна заливала холодным светом и реку, на берегу которой мы опять стояли, и дальние горы, и пустынную сегодня отмель, на которой устраивали свои лежбища нерпы. По блестящей рябоватой поверхности воды тянулись лунные дорожки. Гранитный обрыв на том берегу, вообще-то серый, казался сейчас очень светлым, почти белым. Это впечатление усиливал еще и резкий контраст с нахлобученной на него черной шапкой зарослей стланика. Впрочем, в одном месте между обрывом и этими зарослями образовался горизонтальный каменный выступ, похожий на балкон под самой крышей какого-то гигантского замка. И как будто для того, чтобы подчеркнуть, как хороша в своей первозданности даже здешняя природа, из зарослей кустарникового кедра на этот балкон выкатились три четвероногие фигуры — одна огромная и две поменьше. Подойдя к самому краю обрыва, они как по команде, все трое поднялись на задние лапы. Юлия, чуть не задохнувшись от неожиданности и восторга, вцепилась в мой рукав:

— Смотрите, смотрите!

Но я их, конечно, увидел и сам. Медведица с пестунами. Залитые лунным светом звери как будто позировали перед нами. Потом медведица опять опустилась на четыре лапы и повернулась в сторону кустарника. Но сразу ее примеру последовал только один из медвежат. Второй это сделал, только получив от матери увесистый подзатыльник. И умилительная звериная троица скрылась в зарослях.

Через два-три дня после приезда женщин на наш остров жизнь на нем вошла в новое русло. От прежнего она отличалась образованием трех «семейных пар», к числу которых принадлежала и наша с Кравцовой. Не всегда можно было ответить на вопрос, что тут было проявлением почти настоящей семейной жизни, а что только ее имитацией. «Жены» штопали и латали своим «мужьям» их рванье, стирали его в реке, развешивали на веревках, придававших нашему табору вид лагеря каких-то беженцев. Правда, интеллигентка, да еще художница в прошлом, Кравцова не проявляла той степени хозяйственности, которой отличались сожительницы Однако и бывшего бухгалтера.

К тому же эти ухажеры просто потребовали от своих женщин, чтобы они их обслуживали — таковы народные представления о семейном укладе жизни. Я же этому противился. Но Юлия умудрялась то пришить мне на телогрейку оторванную пуговицу, то вышить вензель на квадратике вафельной ткани, выдаваемой лагерникам в качестве полотенца. А вот бывшая завмагша и ее бухгалтер вели даже свое отдельное кухонное хозяйство, хотя в нем здесь не было ни надобности, ни смысла. Выпросив у дневального пару каких-нибудь рыбешек и щепоть соли, они в отдельном котелке и на отдельном костре варили себе уху. Эта уха была хуже общей и требовала дополнительной возни, но она как бы символизировала семейный очаг. Особенно сильную тягу к подобным имитациям проявляли в лагере женщины. Выглядела она и трогательно и жалко одновременно, как усилия птицы свить гнездо из обрывков железной проволоки. Впрочем, у некоторых из лагерных пар их семейная идиллия на сенокосе повторялась из года в год. Иногда они строили планы и на будущее, не столь уж иллюзорные у тех, у кого срок истекал сравнительно скоро, а главное, были шансы отбыть этот срок до его конца в здешнем лагере. У мужчин такие шансы всегда находились под дамокловым мечом «кондуита», так как угон в дальний лагерь означал фактически вечный разрыв всяких связей. Отбывших срок обычно закрепляли за тем предприятием, на котором они работали, находясь в заключении. И уж совсем не могло быть никаких иллюзий у политических заключенных. Практически всех их должны были скоро вывезти отсюда. Да и у тех, что могли быть оставлены, даже у малосрочников, выход на относительную свободу был отодвинут войной в неопределенное будущее.

Фразу об относительности всего сущего приходится неустанно повторять, даже рискуя показаться банальным. Все мы считали примитивнейшие условия работы и жизни на сенокосе едва ли не райскими и с тоской наблюдали, как приближается конец этой нашей лагерной Аркадии. Правда, в этом году он оттягивался из-за несвоевременной доставки сюда женщин. План по сенозаготовкам выполняли уже за счет перестоявшейся, начинающей желтеть травы. Сивую от инея — в середине августа здесь начинались уже крепкие утренники — мы косили ее по утрам, пожухлую и жесткую. В лужах на болотах под ногами косарей со звоном проламывался лед. Приречные кустарники быстро теряли листву и с каждым днем становились все прозрачнее. Насколько быстро здешняя природа развивается весной, настолько же быстро, через какую-нибудь пару месяцев она торопится замереть, готовясь к зимнему сну. В стороне от охотскоморского побережья переход от золотой осени к белой зиме совершается обычно за одну ночь. Здесь же климат не такой выраженно континентальный, и между летом и зимой вклинивается хоть и недолгий, но очень неприятный период осеннего ненастья. В сентябре оно становится почти сплошным, но уже в конце августа относительно хорошая погода все чаще перемежается холодной и дождливой. Со стороны совсем недалекого моря наползают низкие, угрюмые облака, из которых почти всегда моросит нудный, какой-то безнадежный дождь. Делать на сенокосе в такую погоду ничего нельзя, и выматывающая, напряженная работа все чаще сменяется вынужденным бездельем. Все мы, мужчины и женщины вместе — так если и не веселее, то теплее — целыми днями в угрюмом молчании сидели в «мужском» шалаше. Для особого веселья не было ни причин, ни условий. Еще несколько дней такого сидения в холодном и протекающем доме из травы — теперь от костра в нем было больше ненужного дыма, чем тепла, — и всех нас отправят отсюда мокнуть и мерзнуть на картофельные и турнепсные поля. А потом почти всех наших мужчин ожидает «невольничья» баржа, нагаевская пересылка и каторга горных лагерей.

В один из таких невеселых дней в наше звено приехал старший бригадир с приказом готовиться назавтра к отъезду в Центральный лагерь. Косы и вилы сбить с рукояток и взять с собой, чтобы сдать в инструментальный склад совхоза — здесь они поржавеют. Сбитые черенки и грабли подвязать повыше к потолку шалаша, его не каждый год сносит водой. Старик был невесел и не подбадривал, как обычно, работяг какой-нибудь шуткой-прибауткой. Правда, на вопрос звеньевого о том, как идут дела на фронте — бригадир ехал из Галаганных, — он сбалагурил, предварительно убедившись, что никого поблизости нет:

— Дела хорошие, наши не даваются, из рук вырываются, одни только волосья у немцев между пальцами и остаются... — и сел в свою лодку: приказ о сворачивании сенокоса ему нужно было передать и во все другие звенья.

Олейник сказал еще, что контриков в Галаганных местное начальство постарается задержать до крайнего возможного предела и отправить отсюда едва ли не с последней баржей. Перспектива прибрежного плавания в период особо свирепых штормов тоже была не слишком веселой. Каботажные баржи здесь часто прибивало к берегу и расщепляло на мелководье. Самому предколхоза вряд ли все это угрожало. Ссылаясь на его возраст и какую-нибудь выдуманную болезнь, начальство сделает все возможное, чтобы оставить его здесь. Вряд ли печалили бывшего куркуля и военные неудачи Советской Армии. Говорили, что главная причина подавленного настроения старого крестьянина заключалась в другом. Как и все контрики, Олейник расписался в извещении, что он задерживается в лагере до конца войны. А его доярка, срок которой вот-вот истекал, дала ему понять, что так долго она его ждать не может. Кто знает, когда эта война кончится, а бабий век у нее на исходе. Мечта старика дожить свой век как положено человеку, если не с детьми и внуками, так хоть с одним близким человеком, по-видимому, рушилась.

Для Однако с его колхозницей и для меня с Юлией этот вечер был прощальным. Конечно, до отправления на этап мы могли еще не раз встретиться со своими женщинами где-нибудь в поле или в лагерной столовой. Но это будет только минутный обмен рукопожатиями или парой слов. Могло случиться и так, что этапную баржу неожиданно подадут днем, когда женщины будут в поле, или ночью, когда они будут заперты в своей зоне. Словом, сегодня у нас была последняя возможность уединиться и, если не поговорить, то хоть помолчать вдвоем.

Наше уединение, впрочем, было очень неуютным и вряд ли могло быть долгим, вот-вот снова должен был пойти дождь. Уходить далеко было незачем, я и Юлия стояли над рекой на своем излюбленном месте. Трудно было представить, что отсюда мы слышали музыкальное эхо на том берегу, видели залитый светом луны обрыв, а на нем смешные и в то же время грозные фигуры мишек. Все это было бесконечно давно. А сейчас чернее неба, укатанного низкими и плотными облаками, казалась только вода в реке. Без единого отсвета и отблеска, она скорее угадывалась, чем виделась внизу. Начинавшая уже вздуваться от осенних дождей река не плескалась и не журчала, как в летние вечера, а как-то неприятно хлюпала и угрожающе ворчала. Впрочем, и это неприветливое ворчание было слышно только в промежутках между порывами ветра, шумевшего в почти голых уже прибрежных зарослях.

Итак, немногие недели нашего коротенького летнего счастья окончились навсегда. В таких случаях принято убеждать себя, что должно не сетовать по поводу того, что всякая удача имеет свой конец, а радоваться тому, что удача все же была. Но эта рекомендация всегда остается чисто схоластической. Человеческая психика, как и брюхо, добра не помнит.

От навеса перед нашими шалашами доносилось гулкое рыдание на низких, басовитых нотах. Это плакала Отец Дьякон, прощаясь со своим Однако, работящим и крепким мужиком. Этой крестьянской паре навсегда бы остаться вместе, чтобы, как их отцы и деды, возделывать землю, заселять ее такими же работящими людьми. А их неизбежно разлучат, разорвут бездушные, недобрые силы и, наверное, очень скоро погубят благодушного, благожелательного сибиряка, несмотря на всю его крепость и силу.

Плач, особенно у детей и женщин, обладает свойством детонации. Уткнувшись лицом в мое плечо, беззвучно заплакала и Юлия. Все говорило за то, что она любила меня по-настоящему, как могут иногда любить женщины, к которым любовь приходит довольно поздно, когда их чувство уже достаточно надежно контролируется разумом и жизненным опытом, чтобы не оказаться просто незрелым увлечением. А вот была ли наша любовь вполне взаимной? Сначала мне казалось, что была. Но потом, как это чаще всего бывает у мужчин, я начал уставать от ласк женщины, втайне находя их избыточными и неизбежно однообразными. Особенно часто случается такая беда с людьми аналитического склада ума. Отсюда и происходит, наверно, знаменитое фаустовское: «О чем ты думал в те мгновенья, когда не думает никто?»

— О чем ты думаешь? — часто спрашивала меня Юлия, когда, сидя с ней где-нибудь под стогом, я уходил в себя.

— Да так, ни о чем... — отвечал я, как отвечал, вероятно, и гётевский Фауст своей Маргарите.

И сейчас я тоже ловил себя на том, что думаю не столько о разлуке с этой женщиной, сколько о своем мрачном будущем. Предстояла отправка в какой-нибудь из здешних горнорудных лагерей, в которых и в доброе-то время почти весь состав заключенных рабочих обновляется чуть ли не ежегодно. Правда, то, что сейчас война и миллионы людей гибнут на фронте, лишало каторжанские судьбы их горестной исключительности, но мысль об этом помогала мало. На душе было так же тоскливо, темно и холодно, как в этих вот зарослях, в которых свистел осенний ветер.

— О чем ты думаешь? — спросила, прижимаясь ко мне Юлия.

Она мелко дрожала и, очевидно, не только от нервного озноба. По ветвям тальника опять уныло шуршал дождь.

— Надо уходить, — сказал я.

Она опять заплакала и как-то безвольно подчинилась мне, когда я, обняв ее за плечи, повел к женскому шалашу. Но потребовалось усилие, чтобы оторвать женщину от себя и почти втолкнуть в это ставшее теперь совсем уже холодным и неуютным примитивное жилище.

В своих шалашах мы спали теперь, как спят арестанты в холодных бараках, прижавшись друг к другу спинами. Засыпая, мы слышали, как шуршит по травяной крыше дождь, и под это же шуршание поднялись утром. Моторную лодку, приближавшуюся снизу, мы долго только слышали, но не видели сквозь стену дождя и довольно плотного тумана. Вышедший из нее моторист сказал нам, что заберет с собой только женщин и старика-дневального. Остальным членам нашего звена было приказано остаться на островах для прессовки заготовленного сена в тюки. Эта работа производилась здесь ежегодно, так как иначе значительную часть сена нельзя было отсюда вывезти даже зимой. Работа на прессовке избавляла от участия в уборке корнеплодов, но мы, «женатики», рады ей сейчас не были. Для меня и нашего звеньевого она могла означать окончательную разлуку с нашими женщинами уже в эту минуту. Отец Дьякон повисла на шее у Однако и запричитала по нему как по покойнику. При этом она, наверное, подчинялась не только чувству, но и народной традиции. Интеллигенты же, особенно русские, наоборот, слишком стесняются публичного выражения своих чувств. Поэтому мы с Юлией даже не поцеловались на прощание, ограничившись рукопожатием. Зато плакать она могла сейчас не стесняясь, лица у всех были одинаково мокрыми от дождя. Безрадостный пейзаж подчеркивал тоску нашего расставания. Серая вода реки уже в полусотне метров сливалась с такой же серой стеной дождя и тумана. Сопки на том берегу были видны только в виде темных, размытых контуров. Мы с Однако долго стояли вдвоем на опустевшем берегу, прислушиваясь к рокоту удаляющейся лодки.

— Вот и все, однако... — сказал сибиряк, когда этот звук перестал быть слышен. «Вот и все!» — печальным эхом отдалось в моей душе. Видимо, я все-таки любил Кравцову, хотя и не так, как она этого заслуживала.

На другой день все мы, пятеро оставшихся здесь мужчин, переселились со своего островка на другой, расположенный в центре нашего архипелага и служивший поэтому местом, где ставился сенопрессователь. Эту нехитрую машину с конным приводом привозили сюда в самом начале зимы, когда все теми же волокушами можно было стягивать к ней сено даже с дальних островков через замерзшие протоки. А пока мы должны были починить здесь жилье, уже не шалаш, а землянку, зимнюю конюшню для четырех лошадей; поправить, пока не замерла земля, спуски к протокам на будущих дорогах для волокуш. Звеньевой наносил на некое подобие карты расположение стогов на всех делянках и водружал на стога высокие шесты. Иначе и с этой картой зимой их вряд ли отличишь от сугробов.

Занимаясь всеми этими делами, мы были уверены, что готовим рабочее место для других. Ведь всех нас, кроме бытовика-бухгалтера, должны были взять на этап еще до того, как устье Товуя замерзнет и в него уже не смогут войти морские баржи. Но выпал снег, замерзли протоки, мы собрали и установили привезенный к нам прессователь, а вызова на этот этап все не было. Когда прошли все сроки для прибрежной навигации, стало похоже, что руководству совхоза удалось все-таки выплакать у магаданского начальства право оставить у себя опасных контриков. Мы приободрились и начали прессовку сена, глядя на свое будущее уже менее мрачно, хотя голод начал заметно ощущаться даже в нашем сельхозлаге. Паек заключенных с началом войны урезали почти вдвое. Очень свободно стало трактоваться право начальства на замену одних продуктов для заключенных другими, менее полноценными. Сахар заменялся конфетами-карамельками, мясо — его отходами, крупа — кормовым зерном. В совхозе взяли под замок и стали строго учитывать такие виды съестного, на которые прежде никто не хотел и смотреть, например, нерпичье сало. Все, кто не имел непосредственного отношения к производству продуктов питания и откорму свиней, начали в галаганском лагере голодать, что случилось впервые в его истории.

Сначала мы с обычным прилежанием и добросовестностью рогатиков выполняли нормы по прессованию сена.

Но, получив за это паек, почти равный прежнему штрафному, поняли, что этак мы скоро вытянем ноги. И переключили свое внимание на поиск пропитания, благо такая возможность здесь была и зимой. Подо льдом проток мы ловили рыбу, а в приречных зарослях, в петли-ловушки, здешних маленьких зайцев-беляков. Все это требовало немалого труда и времени, и план по прессовке мы выполняли едва лишь процентов на тридцать. Начальство незамедлительно ответило на это штрафным пайком в его нынешнем варианте. Раскладка на одного человека в день состояла всего из двухсот пятидесяти граммов хлеба, тридцати граммов пшена и двух граммов соли. Это не так уж отличалось от смертного пайка осажденных ленинградцев.

Чтобы возместить нехватку хлеба, мы обворовывали своих лошадей, хотя их овсяной рацион тоже был урезан вдвое. Но лошади могут есть сено, которого у нас хватало. И мы сушили овес, толкли его в самодельной ступе из черемухового дерева и из полученной муки готовили овсяной кисель. Отсеянную шелуху мы обязательно примешивали к сену. Это на случай ветеринарной ревизии. Отсутствие в рационе лошадей овса легко устанавливается исследованием их помета. Но это в том случае, если овес сбывается на сторону или отходы при его неэкономном использовании выбрасываются. Но мы не были такими дураками. При других обстоятельствах невыполнение прессовщиками сена производственных норм вызывало немедленную их замену. Но сейчас это было отнесено за счет нехватки питания, и нас не трогали.

Каждую декаду звеньевой или иногда я оправлялись в Центральный лагерь за нашим скудным пайком. Его, наверное, было бы нетрудно унести в хозяйственной сумке, но нужно было получить также овсяной паек для наших лошадей. Поэтому кроме верховой лошади мы брали с собой еще одну под поклажу. Десятка два километров дорога шла по замерзшей реке, но ее чуть не постоянно заметала частая в середине зимы пурга. Поэтому большую часть пути приходилось тащиться пешком, ведя лошадь на поводу. И как ни рано мы оправлялись в дорогу, как ни спешили, звеньевому лишь раза два удавалось добраться до лагеря ко времени обеда и в столовой увидеть свою колхозницу. Мне же застать Кравцову так ни разу и не пришлось, хотя бригада засольщиц, в которой она опять работала, приходила на обед регулярно. Задержаться же до вечера было нельзя. И не только потому, что дежурный по лагерю следил, чтобы приехавшие из подкомандировок в зоне зря не околачивались, но и потому еще, что хлебного пайка на целую декаду ждали в нашей землянке, как Христова разговенья. Большинство сенопрессовщиков к этому времени уже с неделю хлебали уху без хлеба. Приходилось оставлять записки для Юлии у кого-нибудь из общих знакомых. Она тоже присылала мне записочки, обычно очень коротенькие, но всегда сочетающие в себе теплоту и ласковость женственности с какой-то мужественной твердостью.

Настроение у всех было мрачное. Хотя наступление немцев на Москву захлебнулось в невиданно жестоких и кровопролитных боях, было ясно пока только одно: война будет долгой и неимоверно трудной. Запрет на радио и газеты в лагере был снят из-за его несостоятельности. Репродуктор на столбе в зоне был снова водворен на свое место. Но атмосфера в лагере была унылая. КВЧ почти не работала. Петь, как известно, было и до Крылова на голодный желудок трудно. Разговаривать в бараках на политические темы боялись. В середине зимы на собачьих нартах из Магадана приезжал дальстроевский военный трибунал судить заключенных, вторично арестованных за контрреволюционную агитацию и саботаж. Под вторую часть пункта об антисоветской агитации (агитация в военное время), подвели одного немца с Поволжья и одного бывшего дьякона, а под пункт о саботаже — трех сектанток, отказавшихся работать в дни своих праздников. Всех пятерых расстреляли в небольшой лиственничной роще за поселком. Расстрел на редкость безобидных и работящих людей был, по-видимому, произведен в порядке устрашения заключенных. Дальстроевские полковники и генералы, слышавшие выстрелы разве только из дробовиков на охоте, тоже хотели внести свой вклад в дело защиты Родины. И внесли. На Колыме было расстреляно тогда несколько тысяч заключенных.

Выяснилось, что наша задержка тут на зиму высшим начальством санкционирована не была. Говорили, что в Магадане на галаганское лагерное и совхозное руководство сильно гневаются за то, что оно нарочно затянуло отправление отсюда политических до времени, когда навигация окончательно закрылась. Местное начальство оправдывается, ссылаясь на ранний ледостав и другие стихийные причины. Не исключено, что оно и в самом деле сознательно поставило Главное лагерное управление перед свершившимся фактом — кому охота оставаться без рабочей силы! Но повторно этот номер, конечно, не пройдет, и нас вывезут отсюда в самом начале очередной навигации.

Ждать этой навигации, однако, нам не пришлось. Задолго до ее открытия, где-то в середине апреля к нашему «куреню», отличимому от соседних сугробов разве только по торчащей из него железной трубе, подкатили собачьи нарты. Каюр оказался гонцом, которому было поручено объехать все дальние командировки и объявить заключенным, отбывающим срок по пятьдесят восьмой статье или многочисленным ее заменителям, срочное распоряжение начлага: не позднее завтрашнего дня явиться в центральный лагерь. Там мы будем проходить медицинскую комиссию на предмет пригодности к пешему этапу. Из Магадана поступил категоричный приказ: подлежащих этапированию контриков немедленно отправить в Нагаево пешим строем. Пути до него по прибрежному льду Охотского моря было дней десять-двенадцать. Каюр был мужик благожелательный и словоохотливый. Пары сотен километров, которые нам придется пробираться между торосами до главной колымской пересылки, он советовал нам особенно не бояться. Он не так давно проехал со своими собаками по этому пути, когда отвозил домой доблестный магаданский трибунал. Сплошных полей и бесконечных, непрерывных гряд торосов в этом году почти не образуется, их всюду можно обойти. Снега на льду почти нет, его сдуло в море страшными мартовскими штормами. Ну, а если застанет морская пурга, то торосы — это даже хорошо, за ними можно укрыться от ветра. Нет еще и опасности разломов льда, хотя частичное разрушение ледяной кромки скоро уже начнется. Поэтому-то так и спешат с нашими сборами на этап.

О причинах, по которым нас решено погнать пешком до Магадана, болтают разное. Одни говорят, что таким способом высшее лагерное начальство хочет показать местному, что средства борьбы с саботированием его приказов у него всегда найдутся. Другие толкуют, что опять зашевелился японец и война вот-вот распространится и на наши края. Но самым основательным считается предположение, что на голодном нынешнем пайке работяги основного дальстроевского производства начали загибаться в таком количестве, что срочно потребовалось их внеочередное пополнение.

Мне каюр привез записку от Юлии. Она писала: «Милый, скоро мы встретимся, чтобы расстаться. И, наверное, уже навсегда, если не произойдет чуда. Не могу передать тебе, как мне горько и больно».

Четверо заключенных с котомками за спиной — в них находились подлежащие сдаче перед этапом лагерные матрацы и одеяла — в угрюмом молчании вышли из землянки рано утром следующего дня. Нас провожал до дороги на главном русле такой же угрюмый бывший бухгалтер, остававшийся здесь пока за сторожа и конюха, а потом, наверное, и за звеньевого. Угрюм он был не только от того, что навсегда расставался с товарищами по заключению — в лагере это дело обычное, — а еще и от ожидавшей его здесь невеселой перспективы. Вместо нас сюда пришлют каких-нибудь блатных, которые ни работать, ни добывать себе подножный корм не станут. Такие только и умеют, что воровать да резаться в буру.

Пурги давно уже не было, санная дорога на реке была довольно сносной, и во второй половине дня мы добрались до главного лагеря. Здесь было для этого времени года необычно многолюдно. Со всех концов обширных владений галаганского совхоза ежечасно прибывали все новые группы хмурых контриков. Угрюмым казалось и лагерное начальство. На контриках держалось почти все здешнее хозяйство, а следовательно, и благополучие не только производственного, но и лагерного персонала. Не мог его настроить на веселый лад и полученный из Магадана начальственный «втык». Но он, несомненно, подействовал, и недостаток исполнительского усердия осенью галаганский начлаг возмещал сейчас его явным избытком. Отправление нашего этапа было назначено на послезавтра.

Вечером я стоял в длиннющей очереди комиссующихся к единственному здесь врачу. И когда тот напротив моей фамилии в длинном списке поставил пометку «к этапу годен», лагерь уже спал. На другой день во время обеда я смог перекинуться с Юлией только несколькими словами — в столовой было полно народу. Не меньше в ней было этого народу и вечером, но теперь, по крайней мере, время нас не ограничивало. Наша лагерная «тошниловка» в эти часы напоминала вокзал в день отправления на фронт воинских эшелонов. Она была заполнена разбившимися на пары людьми. Некоторые разговаривали, другие молчали, но все были подавлены. Прощание было грустным. У провожающих на фронт еще оставался какой-то шанс когда-нибудь увидеть своих любимых и близких, здесь же его практически не было. Фронт и тыл находились в состоянии активной переписки. Переписка между заключенными запрещена.

Многие женщины плакали. Уткнувшись в плечо моего видавшего виды бушлата, тихонько плакала и Юлия, теперь своих слез она уже не скрывала. Я молча держал в своих руках ее красные, опять припухшие от рассола руки. А о чем было говорить? О том, что никогда уже более мы не увидимся и даже вряд ли что-нибудь узнаем друг о друге? Но это было и так очевидно. В столовой почти все время находился дежурный комендант, но на влюбленных сегодня он почти не цыкал, ведь они «крутили любовь» в последний раз.

Прозвенел сигнал поверки, ввиду этапа теперь особо строгий.

— Все по своим баракам! — крикнул комендант.

Несколько женщин заплакали уже в голос, и среди них наша Отец Дьякон.

— Прощай, Юлия! — сказал я, чувствуя, что и сам вот-вот заплачу.

А она, приподнявшись на цыпочки, обхватила меня за шею и, откинув голову, смотрела почти остановившимся немигающим взглядом. Потом ее такие знакомые губы и подбородок по-детски задрожали, а из глаз неудержимым потоком снова потекли слезы. Руки женщины соскользнули мне на грудь и, как-то резко, почти зло оттолкнувшись от меня, Юлия пошла к выходу. Но на пороге опять обернулась ко мне. На несколько секунд я еще раз увидел ее сразу ставшее почти некрасивым заплаканное лицо с выбившимися на глаза из-под ушастой шапки волосами. Но людей из столовой энергично выгонял уже не один только дежурный. На помощь ему явились лагерные староста и нарядчик. Хлынувшая к выходу толпа заслонила от меня Юлию и вытолкала ее в тамбур.

На другой день утром назначенных на этап не выпускали из бараков до конца развода. А затем началась обычная предэтапная канитель: проверка по формулярам, сдача постельных принадлежностей и непременный обыск. Из кармана бушлата надзиратель вытащил у меня большой кусок соленой горбуши. Его сунула туда вчера вечером Юлия. Рискуя быть выгнанной из своей бригады куда-нибудь в дорожную — «соленая каторга» считалась теперь почти блатной работой, в ней не так сильно чувствовался голод, — она стащила рыбу с засолочной. На вопрос, где я взял эту рыбину, я ответил, что поймал еще летом на сенокосе, да сам-де и засолил. Объяснение было явно неправдоподобным. Но надзиратель попался добрый и сунул горбушу обратно мне в карман.

Затем каждому из этапников выдали сухой паек из расчета на три дня — в пути такие выдачи должны были повторяться, в последний раз покормили в галаганской столовой и приказали строиться в неизменные пятерки. Наконец длинная колонна этих пятерок выползла из лагерных ворот и сразу же свернула к спуску на лед Товуя.

Все в мире в представлении людей относительно, а их представления о собственном благополучии особенно. Оглядываясь на затейливые, ажурные ворота «богадельного» сельхозлага, многие переживали расставание с ним сильнее, чем разлуку с родным домом, начавшим для большинства из нас давно уже забываться. Через несколько лет заключения воля для арестанта, как в прошлом, так и тем более в будущем, представляется уже почти мифом.

День выдался, как и большая часть дней в апреле, морозный и яркий. Отовсюду, особенно на снегу реки, в глаза бил нестерпимо яркий свет. Он отражался от ее белой глади, граней ледяных торосов, которые выпучивали здесь высокие приливы с моря, и особенно резко от заснеженных склонов прибрежных сопок. Без боли в глазах на эти склоны нельзя было даже взглянуть. Всем нам, без сомнения, предстоял вдобавок ко всему прочему еще и мучительный световой ожог глаз. Защитные очки были только у охранников, двумя цепочками растянувшихся по обе стороны этапной колонны. Затем количество охранников должно было уменьшиться, но в первый день этапа провожать нас вышла чуть не вся галаганская ВОХР. При отправке уголовников в горные лагеря нередко случалось, что иной отчаянный блатной умудрялся шмыгнуть в сторону, чтобы забившись в какой-нибудь закуток, пережидать там, пока этап уйдет. При таком его составе, как теперь, подобная возможность была чисто теоретической, но вохровские уставы, в своей основе, часто и являются произведениями теоретичными и не всегда пригодными для практического применения.

По мере приближения к устью торосы встречались все чаще. Река и море в зависимости от прилива или отлива по два раза в сутки обменивались здесь водой. За торосами, между которыми вилял след нарт и множества собачьих лап, — тут брал начало «великий собачий путь» на Охотск и Магадан — на низком левом берегу Товуя чернели бревенчатые плоты. Так назывались здесь пирсы, служившие одновременно причалами для рыбацких лодок и катеров и площадками для первичной разделки рыбы во время путины. За плотами виднелись длинные белые сугробы с деревянными трубами-отдушинами наверху. Это были полуземлянки-полусараи засолочного пункта. Там в огромные, врытые в землю деревянные чаны с едким незамерзающим тузлуком засольщики укладывали рыбу.

Десятка два работающих здесь женщин, вероятно, внимательно следили за рекой сегодня. Поэтому, когда на ней появилась начавшая уже растягиваться колонна этапников, все они, увязая в снегу, высыпали на край деревянного настила. От него до середины очень широкой в этом месте реки, где пролегал наш «великий собачий путь», было чуть не полкилометра. Поэтому вряд ли какая из них могла различить отдельного человека в толпе мужчин, одинаково одетых в лагерные бушлаты и серые шапки-ежовки. Но женщин, отчетливо рисовавшихся на белом фоне засолочных сараев, можно было узнать и отсюда по фигурам и особенностям их движений. Я, во всяком случае, узнал Юлию в маленькой стоявшей чуть в стороне от других фигурке, махавшей длинноухим треухом.

Я тоже помахал в ответ своей ежовкой, хотя и не имел шансов быть замеченным, тем более что то же самое сделала почти вся колонна.

— Эх, и солнце же едучее, — крякнул, смахивая с небритых щек слезы, мой сосед по ряду, — ест глаза, как будто кто песку в них засыпал...

Ложь была наивна, последствия светового ожога не могли сказаться так скоро. Но я охотно согласился с жалобой немолодого уже дядьки, так как и сам чувствовал песок в глазах, причем очень колючий и едкий.

Уже на самой границе реки и моря, на линии, тянущейся с юга на север охотскоморского берега, в устье Товуя стоит огромная сторожевая скала. Летом она была едва ли не такой же белой от множества морских птиц, устраивавших на ней свои гнездовья, как зимой от снега. Сейчас поворот за эту скалу означал выход на настоящий морской лед и начало нашего многодневного шествия на север. Утес как будто даже не заграживал, а как бы отсекал нас от оставшегося уже далеко позади Галаганных с рекой, сверкающими приречными сопками и темными женскими фигурками, все еще продолжавшими маячить на высоких пирсах. На льду моря нас встретил ничем уже здесь не сдерживаемый, обжигающий ветер, дувший прямо в лицо. Он и в самом деле выжимал из глаз слезы и делал ненужным выдумывать причину их появления. Никто, впрочем, до этих причин тут и не доискивался, у каждого хватало своего горя. Мало где его еще бывает больше, чем на арестантских этапах.

— Кравцов!

— Евгений Николаевич! — Оборванный, до крайности изможденный, совершенно седой старик, опираясь на две кривые суковатые палки, вышел из кучки пожилых доходяг, только что выбравшихся из кузова привезшего их грузовика.

Пересыльный лагерь одного из дальних горнорудных управлений Дальстроя принимал очередной маленький этап, прибывший с его рудников и приисков. Это были первые годы после войны, когда повсюду на Колыме выискивали уцелевших заключенных-специалистов, конечно, только технических. Они были нужны, главным образом, для обслуживания американской техники, обильно поставляемой Соединенными Штатами Дальстрою по знаменитому «ленд-лизу».

Но специалисты, как правило, были тем хуже приспособлены к условиям каторжанской жизни, чем выше была их квалификация. В свою бытность всего лишь плохим «баландным паром», они мерзли быстрее других заключенных, и когда дальстроевское начальство спохватилось, что прожорливую печь колымской каторги оно топит мебелью, подчас очень дефицитной и дорогой, их оставалось уже совсем немного. А те, что уцелели, были большей частью уже инвалидами, почти не способными держать в руках нужный инструмент или штурвал какой-нибудь машины.

Что, например, может делать этот старик? Даже свои палки, добытые, вероятно, на какой-нибудь поленнице станичных дров, он удерживает с трудом. Пальцев, оставшихся на обеих руках Кравцова, едва хватило бы, чтобы укомплектовать ими только одну кисть — обычное здесь обморожение всех четырех конечностей, которое чаще всего случается с теми, кто, обессиленный физически и нравственно, почти перестает сопротивляться беспощадной стихии. Впрочем, если эта стихия — шестидесятиградусный мороз, то никакая воля помочь не может. К какому делу все-таки хотят пристроить этого калеку? Судя по его ответам на вопросы принимающего этап начальника здешней УРЧ, мозги несчастного старика еще не поддались оглупляющему действию дистрофии. Сохранить при ней относительную способность мыслить удается только очень интеллигентным людям. Вероятно, это инженер, и скорее всего, не рядовой. Но без пальцев на руках он не может работать за чертежной доской. А нынешние эдисоны и уатты, если они сами не могут изготовить годного в дело технического документа, примитивно меркантильному Дальстрою не нужны. Впрочем, те, кто выписал на этого увечного деда спецнаряд, скорее всего, просто не знают об его увечье. И с места, куда они прибудут, его тут же, наверное, отфутболят в какой-нибудь инвалидный лагерь.

Все эти мои размышления были праздными. Я тоже находился на здешней пересылке, следуя по спецнаряду куда-то под Магадан. И уже несколько дней как валялся на нарах одного из ее бараков, ожидая, когда здесь соберут всех комплектуемых по чьей-то заявке специалистов и перевезут уже на место назначения. Все эти годы после Галаганных я работал на предприятиях основного производства. Не раз «доходил» и обмораживался, хотя и не так сильно, как этот старик. Впрочем, я был моложе его, наверное, на добрые четверть века.

А вот мой интерес к каждой въезжавшей во двор этапной машине назвать вполне праздным было нельзя. В любой из них могли оказаться мои будущие коллеги. Может быть, даже этот Кравцов и еще два старика тоже с отмороженными руками и ногами, стоявшие с ним рядом, и уж подавно еще несколько человек из той же машины, но помоложе и покрепче. Впрочем, все глазели на вновь прибывших на пересылку и в надежде встретить среди них знакомых, что случалось не так уж редко, и просто от скуки.

Из своих «позывных» Кравцов назвал пока только имя-отчество и весьма почтенный год рождения.

— Статья и срок? — продолжал обычный опрос принимающий.

Оказалось, что пункт пятьдесят второй статьи был у старика самый обычный для технического специалиста — вредительство. А вот срок — нечастый даже для того времени: двадцать пять лет.

— Должно быть, важной птицей до ареста был, раз ему сталинский четвертак без сдачи сунули! — сказал кто-то рядом со мной.

Замечание было верным. Главный смысл «четвертака» заключался в подчеркивании важности преступления, совершенного осужденным. В случае вредительства показателем этой важности служил масштаб учиненной им «экономической контрреволюции». А он, в свою очередь, зависел прежде всего от служебного ранга вредителя. Даже пропустивший через свои руки многие тысячи заключенных начальник пересыльной УРЧ на несколько секунд задержал взгляд на двадцатипятилетнике, прежде чем чуть пожать плечами и сказать:

— Отходи!

Напоминая своими движениями передвигающегося по земле орангутанга, Кравцов отковылял в сторону. И все же в этих движениях не было той заторможенности и неслаженности, которая отличает пришибленных голодом и страданием людей, а голос калеки звучал безо всяких признаков сиповатости и старческого дребезжания. Глаза Кравцова не казались потухшими, как у большинства дистрофиков, а смотрели умно и почти спокойно. Словом, инвалид колымской каторги показался мне необычно подтянутым внутренне для недавнего кандидата в архив-три. Как-то по-особенному звучала для меня и его фамилия при всей ее обыкновенности. Но сколько я ни перебирал в памяти Кравцовых, которых встречал или знал, ни с одним из них это знакомство не было связано. Однако я не слишком доверял своей памяти, поскольку перенесенная дистрофия может вызвать в ней провалы подчас в самых неожиданных местах. И от этих провальных мест остается только неодолимое и непонятное беспокойство: Кравцов, Кравцов...

Решение трудной задачи и припоминание того, чего не можешь иногда вспомнить часами и днями, нередко происходят на грани бодрствования и сна. Возможно, что важную помощь такому припоминанию оказывают часто возникающие при засыпании зрительные образы. Лунный пейзаж, залитый холодным светом, скалистый обрыв, а над ним фигуры медведей. Рядом женщина. Я приподнялся на своих нарах мгновенно и сразу понял причину моего смутного беспокойства. Кравцов — это же муж Юлии, осужденный за вредительство, и именно на двадцать пять лет! Не он ли тот изуродованный старик, которого привезли сегодня на пересылку?

Было бы ложью, и вряд ли нужной, если бы я сказал, что все эти годы я хранил память о любившей меня женщине. Пять лет и вообще-то срок немалый, а большая его часть прошла для меня на грани жизни и смерти. И как всегда в таких случаях то, что было связано с чувством к женщине, если и приходило иногда на память, вызывало скорее недоумение, чем душевный отзвук. Конечно, остается еще память о сердечном тепле и чисто человеческой близости. Но вряд ли в меня бросит камень тот, кто подобно мне падал от изнурения и терял сознание от холода и голода, если я скажу, что когда жестокость жизни превосходит некоторый предел, многие из человеческих качеств становятся человеку чуждыми. И его ответственность за свою психику ненамного отличается от ответственности животного, причем бесполого.

Теперь, правда, я эту ответственность нести уже мог. К концу войны в Дальстрое прежний принцип постепенного истребления всего того, что, сохранившись, могло стать впоследствии живым укором организаторам ежовщины, уступил место некоторому сбережению рабочей силы. Несколько отодвинулись на задний план и три заслуженных кита дальстроевской горной техники: кайло, тачка и лопата, потесненные американскими бульдозерами и экскаваторами. «Второй фронт» в виде американских пищевых продуктов спас не только жизни сотням тысяч колымских каторжников, но и вернул многим из них человеческий облик и способность мыслить. В их числе был и я. А с тех пор как я был взят на учет как человек, знающий электромонтерское и немного слесарное дело, меня начали даже подкармливать и давать работу полегче. И после нескольких дней ничегонеделания на здешней пересылке я мог вспомнить даже идиллический ландшафт далекого озера в дельте Товуя.

Однако настроение, которое эти воспоминания вызвали во мне теперь, было отнюдь не идиллическим. Оно было неприятным и тревожным и походило на то, которое испытывает не слишком опытный мародер, подозревающий, что встреченный им на дороге беженец и есть тот человек, дом которого он когда-то ограбил. Если подтвердится, что почти безногий и безрукий старик, доставленный сюда сегодня, и есть муж женщины, с которой я был близок в лагере, мои ощущения, несомненно, будут именно такими. И бесполезно твердить себе, что дом все равно был уже брошен и обречен на опустошение. Вряд ли поможет и довод, что сама такая аналогия неправомерна и что сердце женщины не имущество, на которое кто-то может иметь какие-то права. Особенно тягостным окажется мое положение, если Кравцова направят в тот же лагерь, что и меня. Тогда, может быть, на целые годы я буду обречен при неизбежных встречах с этим человеком на тайное чувство стыда и вины перед ним, несмотря на все свои самозаверения, что никакой вины не было. Может быть, такие чувства были бы слабее, если бы предполагаемый муж Кравцовой был бы не в такой мере несчастен. Но он был почти раздавлен колымской каторгой и, физически искалеченный, несомненно обречен на смерть в заключении. Ведь чтобы выйти на волю, этому старику надо будет прожить еще больше пятнадцати лет!

И вдруг я почувствовал к этому старику почти ненависть того низменного типа, которая нередко возникает у обидчика по отношению к обиженному. И поймал себя на том, что злобно презираю Кравцова только за то, что он стар, дряхл и искалечен. Лагеря заключения тех времен были по большей части обществами со звериным укладом и такой же звериной иерархией. В них сильный или более удачливый презирал всякого, кто был слабее его или менее его удачлив. Такого вот Кравцова мог пнуть не только сытый прохиндей-придурок, но и какой-нибудь барачный дневальный.

Потом мне стало стыдно этой своей вспышки перед самим собой. Как легко и часто в человеке торжествует звериное начало! А ведь сейчас для него не было даже достаточного повода. Совершенно не доказано, что этот Кравцов и «тот Кравцов», которого я успел уже почти возненавидеть, одно и то же лицо. Совпадение фамилии, статьи и срока? Но на Руси есть, наверное, не один инженер с такой обычной фамилией, осужденный на максимальный срок по обычной статье за обычное, хотя и выдуманное техническое вредительство. Другие, уточняющие данные о Кравцове, муже Юлии, мне неизвестны. Я знаю, правда, что он — мостостроитель, но не знаю его имени. Этот назвал свое имя при перекличке этапа, зато я не знаю его профессии.

Конечно, нет ничего проще, чем разыскать новоприбывшего в одном из соседних бараков и от него самого узнать, тот ли этот Кравцов? К этому меня даже обязывал элементарный долг товарища по несчастью. Ведь муж упрятанной в лагерь жены вряд ли теперь знает, почему она не ответила на его письма. И вправе думать, что она, подобно многим женам арестованных в те годы, публично отреклась от него. Неопределенность часто бывает горше самой горькой правды, а такая и подавно. Что может быть тяжелее сомнения в элементарной душевной твердости близкого человека? Кроме того Кравцова и теперь, наверное, находится в Галаганных. Женщины в заключении умирают редко, и едва ли не еще реже их перебрасывают из лагеря в лагерь. Ее мужа — если, конечно, это был он — везли, скорее всего, в район Магадана, где не исключена возможность что-нибудь узнать о заключенной невольничьего сельхозлага.

Однако мысль, что несчастный старик может и в самом деле оказаться мужем женщины, с которой я был близок, вызывала во мне отчаянное сопротивление, а беседа с ним представлялась невероятно тягостной. Ведь он вцепится в меня мертвой хваткой, начнет расспрашивать о своей жене, интересуясь подробностями ее быта, знакомств, настроений и, хотя дело будет идти об уже довольно далеком прошлом, мне придется прикидываться немногознайкой, лгать, отводить глаза. Поэтому я продолжал убеждать себя, что фамилия, статья и срок Кравцова еще не дают мне достаточного повода, чтобы спросить у калеки-оборванца: не он ли известный даже за пределами нашей страны теоретик мостостроения? Зоологический эгоизм, развивающийся за годы заключения и примитивнейшей борьбы за существование, побуждал меня вести себя по законам страусиной логики, в данном случае не только глупой, но и подлой. Еще подлее было довольно тонкое для доходяги соображение, что вряд ли мы можем попасть в один лагерь с Кравцовым. Производству, которое сейчас меня затребовало, специалист по мостостроению, да еще теоретик, понадобиться никак не мог. А раз так, то либо будет установлено, что этот Кравцов — специалист другого профиля, а следовательно и не муж Юлии, либо я никогда так и не узнаю до конца, кем он был в прошлом, и для оправдания нечистой совести перед самим собой у меня останется небольшая лазейка.

Нежелание что-нибудь делать, гласит старая мудрость, находит тысячи причин этого не делать. А я могу добавить еще, что потеря разума начинается с потери этических принципов. И почти успокоенный своими доводами против необходимости уточнить, кто же такой Кравцов, я опять опустился на нары и закрыл глаза. И вновь меня разбудила, но уже не зрительная, а слуховая подсказка памяти, на этот раз — точная. Я слышал произнесенное голосом Юлии слово «гений». Это была рифма к имени ее мужа, почти несомненно заимствованная из известной строфы «Онегина». Однажды Кравцова рассказала мне маленький эпизод из своей семейной жизни. По случаю дня рождения хозяина дома один из гостей, коллега Юлии по профессии, нарисовал на него дружеский шарж. Рисунок изображал автора новой теории расчета мостов в виде арматурщика, сплетающего ажурный мост через широкую реку из красивых математических знаков. Рисунок профессору понравился, а вот по поводу шутейного стишка-подписи под ним он сказал, что объявление кого-либо гением даже в шутку и в очень специальной области сейчас небезопасно. Монополия на все виды гениальности принадлежит теперь только одному человеку во всей стране. Жена припомнила эту историю для характеристики своего мужа, человека не всегда осторожного по части политической шутки. И вообще-то острый на язык, он был к тому же несколько избалован отношением к старым специалистам в двадцатые годы. Возможно, что некоторая свобода высказываний Кравцова тоже сыграла свою роль в его аресте и осуждении. Для меня сейчас важно было только то, что его имя рифмуется так же, как и у главного героя пушкинской поэмы. Значит, мужа Юлии звали Евгением. Теперь в этом не было уже никаких сомнений.

Прятаться от собственной совести было теперь почти не за что. И скорее по логике чувства, чем по логике ума, я почувствовал острый стыд перед самим собой. Если я завтра же утром не сообщу этому человеку, что его жена не опозорила себя публичным отречением от него, а осталась ему преданным другом, то совершу самый низкий поступок в своей жизни, который потом никогда себе не прощу. Со мной произошло то, что почти всегда происходит с людьми, выздоравливающими от последствий голодного изнурения и, как выразились бы теперь, от лагерного стресса.

Теперь мысли о своем последнем лете в Галаганных вызывали у меня не только тревожные ассоциации. Они вызывали и теплые воспоминания о Юлии, о ее любви ко мне. Но дальше чувства благодарности и признательности к этой женщине эти воспоминания не шли. Ну, а ответная любовь или хотя бы ее остаток? Увы, современные психофизиологи с их пробирками и микроскопами ближе к истине, чем Шекспир и Данте. В одном анекдоте тех лет говорилось о старом колхознике, участнике колхозного съезда, которому после показа делегатам балета «Ромео и Джульетты» в Большом театре обратился столичный репортер:

— Вы, конечно, согласитесь со мной, что в нашей счастливой стране возможны проявления даже более ярких чувств, чем это было во времена Шекспира!

Но колхозник ответил уклончиво:

— Оно, знаете, гражданин хороший, теперь харч не тот и любовь не та...

Ссылаясь на плохой харч и многие годы, прошедшие со времени расставания с Кравцовой, я мог бы ответить примерно так же. И все же во мне пробуждался какой-то глухой протест, когда я думал, что в этом году у нее заканчивается срок заключения. Из лагеря ее, наверное, выпустят, война уже закончилась, но за совхозом закрепят бессрочно. У бывшей художницы и профессорской жены не будет иного выбора, как жить в глухом приполярном поселке, работать на совхозных полях и выйти замуж за кого-нибудь из посельчан, скорее всего тоже за бывшего заключенного. «Врагов народа» на Галаганных теперь почти нет, а интеллигентные уголовники, если и встречаются, то обычно это и есть подлинные подонки общества. И тонкая, интеллигентная женщина состарится рядом с каким-нибудь бывшим растратчиком или примитивным обвешивателем. ее настоящее — тяжело и безрадостно, будущее — беспросветно. Спасением от бередящих душевные раны воспоминаний прошлого может служить только душевный анабиоз. Но вряд ли у таких женщин, как Кравцова, он может быть достаточно надежным и глубоким. Эх, Юлия, Юлия...

Почти сразу после звонка побудки в наш барак вошел дежурный нарядчик и сказал мне, что после завтрака я отправляюсь с этапом к месту моего назначения. Я спросил, не знает ли он, в каком бараке находится заключенный Кравцов, так как мне нужно поговорить с ним до отъезда.

— Наговоришься еще, — сказал нарядчик, — в одной машине почти до самого Магадана ехать будете.

Оказалось, что большая часть тех, кто прибыл сюда вчера с Кравцовым, действительно едут в тот же лагерь, что и я. И только он и еще двое калек, найденных вместе с ним в каком-то инвалидном лагеришке, отправляются в самую столицу Дальстроя.

Вот как могут сложиться иногда обстоятельства! Я хотел повидать мужа Юлии, чтобы сообщить ему, что был ее товарищем по заключению, но по-прежнему считал это своим долгом, притом довольно тягостным, выполнив который я постарался бы держаться от старика подальше. Теперь же я должен был находиться вместе с ним в кузове небольшого грузовика по крайней мере дня два, в течение которых у меня не будет ни малейшей возможности даже на минуту избавиться от его общества. Два дня, впрочем, это только два дня.

Через час я уже помогал подсаживать Кравцова и его товарищей-калек в кузов газика. Сегодня он мне показался не таким несчастным и жалким, как вчера. Возможно потому, что седая щетина на щеках старика была сбрита во время этапной санобработки, а его лагерное грязное рванье было заменено залатанным и постиранным. По отношению к этапнику это был редкостный знак внимания со стороны пересылочного начальства, означавший, что им интересуются в самом дальстроевском центре. Старый инженер там, видимо, зачем-то срочно понадобился. Иначе даже на бушлат третьего срока Дальстрой бы для него не расщедрился.

Мое первое впечатление от бывшего профессора меня не обмануло. Он каким-то образом умудрился пройти через дистрофию, годы полуживотного существования и свое превращение в калеку без потери не только мыслительных способностей, но и интереса к жизни. Умные и живые глаза старика смотрели на своих попутчиков с каким-то доброжелательным вниманием. И только по временам в них можно было заметить затаенную тоску, которая исчезала, как только Кравцов замечал на себе чей-нибудь взгляд. Он принадлежал, видимо, к той породе людей, которые не ищут в окружающих сочувствия к себе. И притом не из мизантропической замкнутости, а из нежелания распространять на них свою долю житейской горечи. Как и другие два инвалида, приехавшие с ним вчера на пересылку, Кравцов сидел под стенкой водительской кабины, опираясь на нее спиной. Все остальные сгрудились в средней части кузова, где не так трясло, лицом по направлению движения. Это не по правилам автомобильного этапа, но в таких этапах, как наш, правила соблюдаются редко.

Я сидел через один ряд прямо напротив Кравцова. И когда старик останавливал на мне свой спокойный, изучающий взгляд, чувствовал себя именно так, как я это и предвидел. И как я предполагал, чувства неловкости не могли рассеять никакие самоуверения, что я не совершал ничего предосудительного по отношению к этому человеку и ни в чем перед ним не виноват. Я злился на себя за свою дурацкую интеллигентскую щепетильность, отводил глаза, уткнувшись взглядом в щелястый пол грузовика.

Наше путешествие начиналось хорошо. Был уже конец июня, когда на Колыме стоят солнечные, безветренные дни. Морозов нет даже ночью, а днем вполне уже явственно ощущается солнечное тепло. Правда, на сопках, особенно на тех, склоны которых покрыты редким лиственничным лесом, снег сверкал еще повсюду, но на самой дороге его уже давно не было. Укатанное до гладкости асфальта, почти не пылящее — щебень был тут первоклассный, а труда своих подневольных работяг для поддержания дорог в порядке дальстроевское начальство не жалело — главное колымское шоссе блестело на солнце. И хотя «Сталинская Владимирка» все время петляла из стороны в сторону и то забиралась в поднебесье перевалов, то снова скатывалась вниз, грузовик трясло очень умеренно и почти совсем не подбрасывало.

Хорошая погода, отсутствие в кузове тесноты и большой тряски, а главное, сознание, что нас везут не в очередной, трижды проклятый забой, а на более или менее человеческую, а не лошадиную работу, скоро создало у большинства этапников хорошее настроение. Обычную на этапе угрюмость и замкнутость сменила общительность и взаимный интерес. Немало способствовало этому и отсутствие в кузове конвоя. Единственный сопровождающий нас вохровец предпочел ехать в кабине рядом с водителем, хотя устав конвойной службы это запрещал. Но парень, видимо, не был новичком на этой службе и хорошо понимал, что заключенному надо быть сумасшедшим, чтобы выпрыгнуть из машины по дороге на значительно более легкую, чем в каторжном лагере работу, при которой требовались его профессиональные знания и навыки, а не только мускульная сила для работы с кайлом и тачкой. Впрочем, и побег с этапа в каторжный лагерь тоже был бы величайшей глупостью. Ведь тогда речь шла бы лишь о выборе, как лучше отдать концы: в безлюдной, горной тайге или с каторжанской тачкой в руках.

Сейчас подобной дилеммы ни у кого из нас возникнуть не могло, и наш охранник лишь изредка поглядывал на своих подконвойных через оконце в задней части шоферской кабины. А они, некоторые весьма словоохотливо, рассказывали своим соэтапникам, какими владеют специальностями и что знают или предполагают о том, куда и зачем их везут. Большинство оказалось более или менее квалифицированными рабочими самых разных специальностей. Один из калек, сосед Кравцова, был строителем с высшим образованием, другой — инженером-химиком. Это было время, когда в Дальстрое чуть не все пытались делать на месте, американская помощь уже сокращалась, а с Материка все еще почти ничего не поступало. На Колыме изготовляли стекло, керамику, даже серную кислоту и едкий натр.

Меня везли на стекольный завод под Магаданом, и я догадывался зачем. Там осваивалось производство электрических лампочек и, по-видимому, понадобился специалист по вакуумной технике. Своим попутчикам я сказал, однако, что я просто «лампдел», ни словом не обмолвившись о своей учености. Этак лучше. Во-первых, в лагерных условиях обыкновенный монтер вызывает к себе больше уважения, чем ученый-электрофизик, часто оказывающийся практически беспомощным. Во-вторых, всякое относительно высокое положение в прошлом в лагерном настоящем вызывает отчужденность, а то и насмешки. Подавляющее большинство интеллигентов опускается на каторге до жалкого состояния. Вероятно, по той же причине предпочитал пока помалкивать о себе и бывший профессор. Правда, по временам во мне начинал еще теплиться робкий огонек «безнадежной надежды», что сидящий передо мной калека все-таки не «тот Кравцов». Но тут грубоватый парень, шахтный электрик из Донбасса, спросил старика, иронически поглядывая на его лежащие на коленях руки:

— А ты, батя, где работать собираешься? Может, на кондитерском складе печенье перебирать? Так тоже на пайку небось не заработаешь!

Кое-кто нашел хамскую выходку шахтера остроумной шуткой и засмеялся. Особенно понравилась эта шутка мелкому уголовнику, который уже успел тут получить прозвище «Темнила». Его везли в магаданские мастерские точной механики в качестве часовщика, хотя Темнила, по его собственному выражению, «ни уха ни рыла» в часах не понимал. Предстоящее разоблачение нисколько Темнилу не смущало. За обман такого рода ничего не бывает, а срок идет. Обманщика отправят на нагаевскую пересылку, оттуда в какой-нибудь лагерь, где опять могут спросить на поверке: «Часовщики есть?» И Темнила снова будет часовщиком, как был уже обмотчиком электрических моторов, специалистом по производству растительного масла, выделке мехов, горячей штамповке металла и еще бог знает кем. Ни профессия, ни подобное поведение в лагерных документах почти не отражаются.

Самозванцы такого рода были не так безвредны, как можно подумать. Они подрывали доверие и к честным ремесленникам, и те нередко изнывали на общих работах в одном лагере, тогда как в них как специалистах была настоятельная нужда в другом. Обжегшееся на молоке начальство дуло на воду:

— Знаем мы вас!.. Все вы — темнилы...

Особенно потешала липового часовщика острота шахтера насчет того, что с такими руками, как у Кравцова, окажешься на штрафном пайке, даже перебирая печенье. Дурашливый малый закатывался в смехе, изображая, как калека, у которого на руках остались только мизинцы и большие пальцы, перекладывает с места на место какие-то легонькие предметы. Я видел, как на лицо Кравцова набежала краска, а в глазах вспыхнула затаенная боль. Сначала он сделал непроизвольное движение, чтобы убрать с колен свои клешни, а потом, сделав, по-видимому, над собой усилие, оставил их на месте, и только видно было, как все его четыре пальца впились в ткань латаных ватных штанов. Некоторое время старик сидел потупясь, а потом поднял глаза на шахтера. Теперь в них сквозь обиду светилась еще и горькая ирония.

— По-видимому, молодой человек, ваш вопрос следует формулировать так: «И куда это такую развалину тащат? Будто архива-три и бирки на левую ногу не нашлось бы и на его инвалидке?» Так было бы точнее и без обиняков, не правда ли? Тем более что этот вопрос, при взгляде на меня, приходит в голову не только вам одному...

Кравцов обвел всех своим проницательным взглядом, под которым даже самые грубые из нас почувствовали себя неловко. Ведь шахтер и в самом деле, хотя и по-своему, выразил общее довольно праздное любопытство. Насмешник и сам несколько смутился и пробормотал что-то насчет того, что ему-де не жалко, даже если увечный дед проживет еще столько, сколько уже прожил... Грубость мыслей и чувств вовсе не обязательно сочетается со злобностью, которая встречается немногим чаще, чем доброта. Что касается шахтера, то в нем они были до какой-то степени даже простительны. Его школами были угольная шахта, затем финский фронт, с которого он дезертировал, и вот уже несколько лет, колымские лагеря.

Невнятное бормотание грубияна было своего рода извинением, но «дед» не сводил с него своего горестно-насмешливого взгляда:

— Позвольте мне ответить вам в вашем же стиле. С лагерной точки зрения, я не только никакой работник, но и неудобный дубарь: сыграть на «рояле», как видите, я как следует не могу, и на ногу бирку повесить мне не на что, на ногах у меня и вовсе нет ни одного пальца. Вот я и думаю, что начальство спихивает меня в другой лагерь, чтобы избавиться от неудобств при моем захоронении...

Теперь любители лагерной шутки смеялись уже над шахтером, выбравшим предмет для насмешек явно себе не по зубам. Интерес к старику-инвалиду сразу стал благожелательным. Это ж надо, уметь так шутить даже над собственным несчастьем! Кто же он все-таки такой, и на какую работу в самом деле его хотят поставить? Этот вопрос был задан Кравцову уже в вежливой, почти деликатной форме.

Он ответил не сразу. Не надо было обладать особой проницательностью, чтобы увидеть, что развеселый юмор висельников дается бывшему профессору не так-то легко. Я ожидал его ответа, уже совершенно не сомневаясь, что передо мной тот самый Кравцов, портрет которого, хотя и скупо, но выразительно, набросала мне когда-то его жена. По ее словам, несмотря на свою благожелательность, профессор мог проявить жесткую насмешливость по отношению к необъективным критикам его проектов, бездарным диссертантам и туповатым студентам-дипломникам. Поэтому когда Кравцов ответил, что его везут в дорожное управление Дальстроя как специалиста по проектированию мостов, я воспринял этот ответ уже как единственно возможный.

Последовали уточняющие вопросы, на которые он отвечал сначала неохотно, но постепенно разговорился. Теоретик мостостроения понадобился магаданским проектировщикам, вероятно, в качестве консультанта-расчетчика. Дело в том, что мосты на главных колымских трассах необходимо срочно усилить в связи с предстоящей поставкой Дальстрою Штатами большегрузных автомобилей. С нагруженным прицепом эти автомобили весят около ста тонн. Мосты здесь, как известно, деревянные, и нагрузка для этого материала близка к предельной. Подбирать же конструкцию на ощупь, как здесь обычно принято, нет времени, да и опасно. А тут узнали, что на одной из дальних инвалидок содержится безо всякой пользы опытный специалист по этому делу...

— Вы писали в дорожное управление? — спросил кто-то.

Оказалось, что нет. С инвалидки своих услуг Кравцов никому не предлагал. Такие попытки он делал раньше, в год своего прибытия сюда. Но тогда ему дали понять, что тот, кто вредил на воле, будет вредить и в заключении и что такому врагу народа, как он, здесь могут доверить только тачку и лом. Тогда отношение к этим врагам было весьма принципиальным. Но как раз тачка и была тем инструментом, которого уже тогда пожилому и не привыкшему к физическому труду человеку доверять бы не следовало. Однажды бывший профессор свалился возле нее от изнурения и почти насмерть замерз. После больницы он был переведен в инвалидный лагерь, в котором и умудрился прожить все эти годы. Если считать — а сомневаться в этом трудно, — что основная функция колымских лагерей истребительская, то питание в них распределяется довольно несуразно. Полноценному, но лишь из-за недоедания не выполняющему норму работяге выдается смертный штрафной паек. А жизнь никуда уже не годного инвалида поддерживается хотя и голодным, но все же достаточным для сохранения этой жизни в течение многих лет тюремным пайком... Юлия была права и тут: ее мужу был свойственен довольно крамольный тип мышления. Теперь, впрочем, терять ему было уже нечего.

— Но если вы не писали в Дальстрой, то как же там о вас узнали?

На этот раз Кравцов молчал особенно долго. Ему, видимо, не хотелось начинать разговор на эту тему. Но интерес окружающих был явно благожелательным, а тема «о себе» слишком неотразимой для заключенного. И он рассказал нам историю своего вызова в Магадан.

Эта история была связана с его последним заявлением генеральному прокурору Союза о пересмотре его дела. В пользу таких заявлений он изверился уже давно, но тут бывшего профессора уговорил написать его бывший студент, попавший на инвалидку в первый же год своей работы на колымском прииске. Он всю войну прослужил на одной из железных дорог, построенных уже в советское время. Все мосты на этой дороге проектировались с применением кравцовских методов расчетов. Но именно за эти расчеты Кравцов и был осужден на двадцать пять лет каторги. Кто-то донес, а энкавэдэшевская «экспертиза» это подтвердила, что под предлогом экономии металла и рабочего времени Кравцов умышленно ослабил мосты, делая их неспособными выдержать вес особо тяжелых поездов. Хитрый вредитель, как было сказано в обвинительном заключении, имел в виду поезда с особо важными стратегическими грузами.

Однако мосты, не подвергавшиеся никаким переделкам, верой и правдой прослужили всю войну, хотя именно такие грузы провозились по ним почти непрерывно. Тот же бывший ученик Кравцова сообщил ему, что его учебник, изъятый после ареста автора-вредителя, издан снова под именем того доцента с кафедры теории мостостроения, который написал на своего руководителя донос. Теперь он уже сам профессор и руководит этой кафедрой, а «вредительские» формулы в учебнике Кравцова оставлены без всяких изменений. Со свойственной начинающим арестантам наивностью инженер-железнодорожник полагал, что столь очевидные факты могут поколебать уверенность в виновности его бывшего учителя даже Генерального прокурора СССР. И он убедил Кравцова подписать заявление на его имя, которое сам же и написал. Этот человек принадлежит к той породе людей, которые умеют сохранить благодарность к своим учителям. Такие встречаются не слишком часто...

— Ну, и что ответил Генеральный?

Сам Генеральный ничего не ответил. А из его ведомства на имя Кравцова пришел бланк с неразборчивой подписью и печатным ответом, что оснований для пересмотра дела не найдено...

— Я три таких ответа получил, — сказал кто-то.

— Все эти наши заявления — глас вопиющего в пустыне, — вздохнул пожилой столяр-модельщик. Он был членом секты «Истинно евангелических христиан», сидевший за отказ взять в руки оружие во время войны.

Все это, продолжал Кравцов, он рассказывает нам к тому, что его заявление Генеральному прокурору при всей своей безрезультатности было все же причиной того, что он сидит сейчас в этапной машине. Прежде чем отправить его по адресу, его заявление просмотрел лагерный опер. А у него сейчас нечто вроде внеслужебной нагрузки — выявлять на инвалидке нужных Дальстрою специалистов и по возможности отделить настоящих от шарлатанов и темнил. Сомневаться в том, что бывший профессор был настоящим, не приходилось, и опер сообщил о нем в дорожное управление.

— Никогда не знаешь, где найдешь, а где потеряешь, — сказал модельщик, — пути Господни неисповедимы. Может, если вы окажете магаданскому начальству важную услугу, вас к досрочному освобождению представят. Говорят, такое бывает...

— Бывает, что на копеечный лотерейный билет падает выигрыш в сто тысяч, — усмехнулся Кравцов. — Но в лотерее, по крайней мере, действуют законы относительной вероятности, пусть самой ничтожной. Безнадежность же положения таких, как я, определяется отнюдь не случайностью. Действия в отношении незаконно осужденных отличаются неторопливостью, но беспощадной последовательностью. И это логично, как логично для бандита, ограбившего свою жертву, ее прирезать...

Помолчав, он сказал, что не рассчитывает даже на сколько-нибудь долгое пребывание в проектной конторе управления. Даже если старый теоретик сумеет оказать этой конторе реальную помощь, в чем он отнюдь не уверен — этому могут помешать многолетнее отсутствие практики и гипертоническая болезнь, — то и тогда его, вероятно, сразу же отчислят по истечении надобности. Мавров, сделавших свое дело, тут долго держать не принято. Чертить он не может, а колымское мостостроительное КБ – не теоретический институт. Он не уверен даже, сумеет ли сколько-нибудь сносно пользоваться карандашом. Несколько дней перед своим отъездом из инвалидки старый инженер практиковался держать палочку из барачной метлы между мизинцем и большим пальцем.

Это были грустные размышления. И чтобы отвлечь от них Кравцова, кто-то спросил его о семье, знает ли он что-нибудь о ней, состоял ли в переписке? Старик насупился. Было видно, что этот вопрос вызывает в нем тягостные мысли. Потом все же он ответил, что из близких у него была только жена и что о ее судьбе он ничего не знает. Ни на одно из его писем из лагеря она не ответила...

— Молодая была? — неожиданно оживился шахтер.

— Да. Намного моложе меня...

Шахтер присвистнул. Такая жди, напишет! Вот он не старый еще, да и то его жинка как узнала, что он в лагере, так тут же и написала, что не надейся, мол, и не жди. Наверно другого нашла... А со стариками и подавно так. Вот на их шахте, как арестовали в ежовщину директора, так его жена, красивая такая шмара, комсомолка, на первом же общем собрании от мужа отреклась. Жила, говорит, с врагом народа потому, что не знала об его подлости. А теперь, говорит, знать его не хочу... Его потом расстреляли.

— Ну и жлоба! — вполголоса произнес кто-то.

Слово «жлоба», хотя оно и было произнесено безо всякой злой цели, явно попало в больное место стариковской души. Старик закусил губу и опять сжал колени своими клешнями. Затем, с трудом подбирая слова, глухо сказал:

— Я не верю в это... Не хочу верить...

Шахтер хмыкнул, а я, как-то неожиданно для самого себя — свой разговор с Кравцовым я намечал на время, когда мы останемся вдвоем, — громко сказал:

— И не верьте, Евгений Николаевич! Ваша жена вас не предала!

Крикнувший «жлоба» опять хмыкнул, а Кравцов взглянул на меня с благодарностью. Он счел, вероятно, что мои слова это лишь обычное голословное утешение. Но я повторил еще отчетливее:

— Юлия Александровна до конца осталась вашим другом. Но она не знает, где вы, Евгений Николаевич!

Теперь на лице старика появилось изумление:

— Как? Вы знали мою жену?

Я ответил, что знал. И не где-нибудь, а здесь, на Колыме, в одном из лагерей. Правда, в последний раз я видел ее в первый год войны. Но уверен, что и сейчас она жива и здорова. Вот-вот закончит свой срок.

Кравцов долго не мог прийти в себя от изумления. А когда он убедился, что я ничего не путаю и не вру, радость на лице старика скоро вытеснила грусть:

— Значит, произошло все-таки худшее... Жизнь Юлии сломалась из-за меня... Бедная девочка!

Я возразил. То, что случилось с Юлией Александровной, при нынешних обстоятельствах нельзя считать самым худшим. Во-первых, она выдержала экзамен на человеческую верность и сохранила в себе право на самоуважение, без чего жизнь таких людей, как она, немыслима. Это тем более важно, что потеря такого права вовсе не гарантирует члена семьи от ареста. Я знал многих жен, позорно отрекшихся от своих мужей и все же получивших лагерный срок как ЧСВН. Во-вторых, останься его жена на свободе, она попала бы в ленинградскую блокаду и, кто знает, пережила ли бы ее.

Это мое соображение было найдено окружающими весьма убедительным. Арест ленинградки — удача, тем более что она попала в сельскохозяйственный лагерь. Даже до войны было много заключенных колхозников, которые считали, что угодив в лагерь, они выиграли по сравнению с оставшимися в колхозе. Не так голодно, а воля, почитай, особенно в смешанных лагерях, почти та же. Начались рассказы на тему «Не было бы счастья, да несчастье помогло». Даже жлоб из Донбасса рассказал, как его товарищ по работе в шахте остался жив при взрыве рудничного газа только потому, что за час перед этим попал в небольшой завал. Кравцов слушал эти рассказы рассеянно, думая о чем-то своем, покачивая головой и повторяя:

— Бедная девочка, бедная...

Только когда примеры предотвращения большой беды меньшей иссякли, он спросил меня, как выглядела его жена, очень ли она мучилась в лагере, очень ли тяжелую работу заставляли ее выполнять? Я ответил, стараясь не впасть в слишком оптимистический тон, что женщин на особенно тяжелые работы в Галаганных не ставят, этот лагерь вообще знаменит своими благополучными условиями даже среди лагерей сельскохозяйственного производства.

Правда, с началом войны заключенным и в нем пришлось туго, но, я думаю, что с тех пор как на Колыму начала поступать американская помощь, там все пошло по-прежнему. Но старик продолжал вздыхать и покачивать головой. Он, видимо, принадлежал к тому типу людей, которые не так-то легко принимают желаемое за действительное и поддаются наркозу словесных утешений.

Разговор вокруг нас перешел на случаи, когда люди в лагере узнавали о своих близких и даже встречались с ними после многих лет взаимного неведения. Кто-то рассказал, как старик-дневальный на нагаевской пересылке, разгребая снег перед воротами лагеря, увидел на машине, въехавшей в эти ворота, свою дочь. Не то за сотрудничество, не то просто за сожительство с немцами-оккупантами в своей деревне она была приговорена к многолетней каторге. Кто-то другой вспомнил, как столыпинский вагон, в котором его везли, остановился однажды вечером на какой-то станции окно в окно рядом с купе освещенного мягкого вагона, стоявшего на параллельном пути. Ехавшие в этом купе дама и офицер, по-видимому ее муж, с ужасом смотрели на грязных, заросших арестантов, сгрудившихся у зарешеченного оконца столыпинки. А потом один из этих арестантов вдруг закричал:

— Это моя жена! Клянусь вам, это моя жена...

Он сделал ей жест рукой, но женщина, видимо, его не узнавшая, задернула штору, а поезд тронулся. Что в этих рассказах было невероятной правдой, а что правдоподобным вымыслом, судить трудно. Но в их основе, несомненно, лежали действительные случаи. Мир, как известно, тесен. Тем более был тесен, при всей его тогдашней необъятности, мир тюрем и лагерей.

Постепенно все устали от разговоров и умолкли, тем более что шла уже вторая половина дня, когда арестантскую словоохотливость неизменно приглушает голод. Молчал, то ли думая о своей жене, то ли вспоминая прошлое, и Кравцов. Меня он больше ни о чем не расспрашивал.

На ночлег мы остановились в каком-то захудалом дорожном лагере. В его столовой этапникам выдали по миске баланды, а затем отвели на ночлег в заброшенный барак с грязными, полуразвалившимися нарами. Барак не отапливался, даже печка в нем была поломана, а ночи стояли еще холодные. Спастись от холода на голых нарах можно было только попарно, объединив наше внутреннее тепло и лагерное обмундирование. Нас с Кравцовым объединила в такую пару на эту ночь сама судьба, хотя я и не сказал бы, что очень хотел этого. Я проникся к нему и уважением, и симпатией, но это не значило, что я мог чувствовать удовольствие от лежания с этим человеком под одним бушлатом. Надо же было так случиться, что наши пути сошлись так тесно во времени и пространстве! Правда, на коротком их участке и почти безо всякой вероятности повторения в будущем.

Сколько бы я ни гнал от себя мысль, что ни в чем не виноват перед Кравцовым, какое-то подспудное ощущение вины меня не оставляло. И вызывало если не антипатию, как вчера на пересылке, то активное нежелание быть с ним слишком близко. Тем более что я почти не сомневался, что старик заведет тягостный для меня разговор о своей жене, как только рядом не окажется посторонних. О многом, что могло его интересовать, он явно не хотел при них говорить. Я же предпочел бы присутствие этих посторонних, так как тогда мне было бы легче оправдать перед собой необходимость кое о чем умолчать, а иногда и просто соврать. Нигде человек не склонен так часто прибегать к страусиной практике, как в спорах с самим собой. Не то чтобы я был таким уже принципиальным поборником абсолютной правдивости. Но я знал, что даже «ложь во спасение», если Кравцов будет меня допрашивать о подробностях жизни своей жены, будет для меня отягощена ощущениями кошки, которая знает, чье сало съела. Я сердился на себя за такое вульгарное сравнение: ну какая же я кошка, а жена этого старика — сало? Но в том-то и сила большинства подсознательных ощущений, что они — алогичны.

Я и Кравцов лежали рядом, прижимаясь друг к другу спинами, единственная пара, расположившаяся на нижних нарах. Все остальные, даже калека с инвалидки, взгромоздились на верхний ярус. Подняли бы мы на этот ярус и безногого старика, но он заявил, что из-за большего на один градус тепла делать этого не стоит. Нетрудно было догадаться, что таким способом Кравцов хочет избавиться от соседей. Надежды, что сегодняшняя ночь обойдется без тягостного для меня разговора, больше не оставалось. Подавив вздох, я по-братски поделился с мужем женщины, с которой был близок, местом на своем бушлате, разостланном на шершавых досках.

Мой сосед долго не начинал разговора, которого я ждал с чувством унылой неизбежности. Время от времени он поднимал голову, прислушиваясь к храпу и сопению наверху. Когда эти звуки стали сплошными, он спросил вполголоса:

— Вы не спите?

На секунду во мне промелькнуло подленькое желание прикинуться спящим. Будить уснувшего воспитанный человек, конечно, не стал бы, а завтра на людях все было бы для меня проще. Для меня, но не для него. И я ответил, что нет, не сплю. И даже повернулся к нему лицом. Слушать затылком было бы невежливо.

— Насколько я мог заметить,— сказал Кравцов, — вы были хорошо знакомы с моей женой.

Я ответил, что да, нам приходилось часто беседовать при встречах на полях и в лагерной зоне. Интеллигентные люди в лагере всегда тянутся друг к другу.

— Скажите, — он приподнялся на локте и понизил голос почти до шепота, — она вспоминала когда-нибудь обо мне?

Я не солгал, ответив, что Юлия Александровна вспоминала о своем муже с неизменной теплотой и горечью сожаления о его судьбе. Она ездила в Главную прокуратуру, хотела даже стать чем-то вроде современной декабристки.

— Бедная девочка... — старик растроганно помолчал. — Значит, она простила мне, что я, хотя и невольно, стал причиной крушения ее судьбы... И вы говорите, что она не питает ко мне чувства злобы?

Да нет же! Наоборот, Юлия Александровна говорит о профессоре Кравцове как о своем величайшем благодетеле и друге, почти отце... Я говорил убедительно, так как мне пока не нужно было обманывать бедного старика. Он опять вздохнул:

— Да, да, отца... Только как отца... Печальная привилегия возраста...

Интеллигентный человек, он не задавал мне щекотливых вопросов, и я начал уже надеяться, что напрасно боялся этого разговора. Но Кравцов испытывал, по-видимому, неодолимое желание поделиться с кем-то переживаниями, мучившими его, вероятно, не только все эти годы, но и прежде. Такое случается и с людьми сильного характера.

— Вы знаете, радостно, наверное, слышать о дочерней любви дочери или другой женщины, к которой сам не питаешь иных чувств, кроме отцовских... Но Юлию я любил. Любил долго и запоздало и долго колебался, прежде чем предложил ей супружество. Над стариковской любовью к молодым женщинам принято смеяться. Временами я и сам смеялся над собой, хотя и почти сквозь слезы. И пытался скрывать эту любовь от своей законной, но слишком молодой жены. Это трудно. Но еще труднее скрывать ревность... Вы не возражаете, что я тут разоткровенничался перед вами, случайным попутчиком? Вам, конечно, безразлично и, может быть, непонятно. Но вы знали Юлию, и это дает мне некоторое право на подобный разговор...

Я ответил, что нет, почему же?.. Я все отлично понимаю... И, действительно, понимал. Но до чего, однако же, тесен мир! Перефразируя известную поговорку о Вселенной и башмаке, я мог бы тогда сказать, что не вижу проку ото всех ее просторов, если место в них мне нашлось только под одним бушлатом с этим стариком!

А он, заручившись моим вынужденным согласием слушать, продолжал:

— Одно из самых мучительных чувств на свете — подавляемая и скрываемая ревность. А именно это чувство я испытывал, и не один год... Я понимал, конечно, и его несправедливость по отношению к своей жене, и его, так сказать, зоологический характер. Но легче мне от этого не было. Ревность старше любви на столько же, на сколько первобытный ящер старше человека разумного. И сидящий в нем ревнивый павиан соответственно сильнее этого человека. Но мне, кажется, удалось скрыть от Юлии этого своего павиана. И она никогда не узнает, чего мне это стоило...

Я мог бы подтвердить, что жена Кравцова, хотя и замечала переживания пожилого мужа, действительно не догадывалась, насколько они мучительны и глубоки. Но я сказал только, что совершенно согласен с его определением любви и ревности как сочетания в человеке чисто человеческого и чисто животного начал.

— Настоящая любовь по своей природе — жертвенна; ревность же — зоологически эгоистична...

— Вот, вот, — подтвердил он. — Но с этим редко соглашаются. Бытует мнение, что ревность — признак любви. Но это пошлая глупость. Она не более чем вредный и опасный рудимент при этой любви, способный ее убить... — Помолчав, он вздохнул: — Мне, впрочем, это не угрожало, так как любви ко мне не было. Существовал ее суррогат — уважение. И была верная дружба, выдержавшая, как я узнал от вас, жесточайшее испытание. А любовь была только дочерняя... Что ж, иначе и не могло быть при нашей разнице в возрасте. Я был наивен, надеясь на что-то большее...

Я досадовал на себя за то, что сделал слишком большой упор на слове «отец», говоря об отношении Юлии к мужу. Но кто ж его знал, что старик будет так тяжело реагировать на это слово. Теперь оставалось только слушать продолжение его излияния:

— Мне стыдно признаться, — говорил Кравцов приглушенным, свистящим шепотом, — что я и сейчас еще продолжаю ревновать свою жену. Мне тяжело думать, что она совсем еще не старая женщина, которой ничто женское не чуждо.

Я признаю абсолютность ее права на общение с мужчинами, но заранее ненавижу каждого из этих мужчин...

Во мне шевельнулось досадливое и злобное чувство. Что, если бы этот современный Отелло знал, рядом с кем он лежит! Досаду и злость усиливало еще и чувство ложности моего положения. Все это были мелкие чувства, но в тот момент они были сильнее чувства справедливости. Кравцов был прав: чем грубее и атавистичнее в нас наши ощущения, тем они неистребимее. Поэтому я мерно задышал, прикидываясь спящим. Хватит с меня этих интеллигентских откровений, они достаточно надоели мне и во мне самом. Прислушавшись, Кравцов второй уже раз за этот вечер спросил меня:

— Вы не спите?

Положительный ответ на такой вопрос еще возможен со стороны того, кто действительно засыпает. Прикидывающийся спящим не может не промолчать. Старик обиженно крякнул. Что может быть оскорбительнее равнодушия к крику наболевшей души, почти к исповеди! Потом он повернулся ко мне спиной и долго не спал, горестно вздыхая и ворочаясь. Мне опять стало его жалко и стыдно своей черствости, но исправить дело было уже нельзя.

На другой день он был хмур и молчалив, сидя на своем месте под кабиной этапной машины. Во второй половине дня машина въехала в ворота довольно большого лагеря, расположенного на главной колымской трассе. Это и был тот лагерь, в который везли меня и почти всех остальных наших этапников, за исключением Кравцова и его товарищей по инвалидке, тоже следующих в Магадан. Но и те, кто был здесь уже «дома», питались сегодня еще по этапному аттестату. Поэтому прямо с машины нас отвели в столовую, довольно просторную и аккуратную. Кравцов, столяр-баптист, шахтер и я уселись за один стол. Старик продолжал насупленно молчать, а елейно благодушный сектант спросил его, не собирается ли он сделать попытку связаться со своей женой на Галаганных из магаданского городского лагеря? В принципе это возможно, так как в этом лагере живут заключенные-матросы, работающие на катерах и баржах, совершающих рейсы до гавани в устье Товуя. Они не откажутся передать записку. Кравцов угрюмо ответил, что нет, не собирается. Более того, он считает подобные попытки назойливой бестактностью по отношению к женщине, вероятно, мысленно давно его схоронившей. Такое представление освобождает ее от необходимости, хотя бы только этически, считаться с его существованием, и нарушать это представление не следует. Тем более что оно не так уж далеко от истины. Гипертоническая болезнь и ее периодические кризы все чаще ставят Кравцова на грань неизбежного конца.

Мне опять стало совестно за свое поведение прошлой ночью по отношению к этому глубоко интеллигентному и самоотверженному старому человеку, а баптист сказал:

— Это от того, Евгений Николаевич, что вы не верите в Бога. Верующему же всегда легче жить на свете, ибо Вера и Надежда — неразделимы...

Несмотря на свою скромную профессию, столяр был не рядовым членом своей секты, а ее проповедником, очень начитанным и неглупым. Но как всякий верующий человек, он мыслил догмами. Догма о единстве веры и надежды (и еще — любви), вызывала у меня озорную мысль о надежде как «матери дураков», а верный своей носорожьей прямолинейности шахтер оскалился:

— У нас на прииске тамошний лекпом говорил, что сначала гипертонию лечить незачем, потом лечить ее нечем, а дальше и лечить-то некого...

Это была весьма распространенная тогда на Колыме «докторская» шутка. Гипертония в те годы была только еще недавно изобретенной болезнью, и средств против нее почти не существовало.

В столовую вошел здешний нарядчик с бумажкой в руке и прокричал:

— Транзитные, кому до Магадана! Вылетай к машине!

Я и шахтер помогли Кравцову выбраться из-за стола и выйти во двор зоны. Но проводить его до нашего газика, стоявшего у ворот, мы уже не имели права. «Оседлым» лагерникам подходить к этапной машине не разрешается.

— Что ж, прощайте, — сказал мне старик, протягивая свою рогатую культяпку, — спасибо за сведения о жене!

Он так же попрощался с шахтером и баптистом, подавшим ему его палки, и поковылял на них через двор к машине.

— Поди ж ты, — вздохнул столяр, — вчера так обрадовался весточке о своей жене, а сегодня опять затосковал. Должно быть, любил ее сильно...

— Любил, не любил, — сказал шахтер, — а радости, небось, мало думать, что твоя баба среди чужих мужиков околачивается... Поди, она там не очень теряется на своем сельхозе! Скажи, а? — толкнул он меня локтем в бок.

— Баба, она баба и есть, за ней глаз нужен...

Я пожал плечами:

— Какое удовлетворение может доставить добродетель, которую нужно охранять?

Пролетарий эпохи официально объявленного социализма меня даже не понял:

— Как какое? Если бабе, да еще молодой, полную свободу дать, так она тебе верность не соблюдет! Раньше, говорят, жен за измену мужья голыми по деревне кнутом гоняли...

— Дикость это и невежество, за неверность кнутом наказывать! — рассердился баптист, — и вере Христовой это противно...

— Как противно? — удивился приверженец домостроевских взглядов, — разве не по вашей вере неверным женам на том свете полагается в смоле кипеть?

— Нет, не по нашей, — сказал евангелист, — мы верим в Бога, который есть Всепрощение и Любовь. Не Христос ли сказал, когда к нему подвели женщину, совершившую прелюбодеяние: «Кто из вас без греха, первый брось в нее камень!»

Я тоже, конечно, знал знаменитую притчу о Христе и грешнице и считал ее, пожалуй, высшим выражением евангелического гуманизма. Но как и все, основанное на идеалистической вере в человеческую добродетель, она осталась, пользуясь словами того же Евангелия, зерном, «упавшим на каменистую почву».

Шахтер озадаченно поскреб затылок. Он был не слишком силен в теологии, и спорить со своим противником ему было явно не под силу.

Возле этапного газика шла возня. Трое калек, цепляясь за борта машины своими изуродованными конечностями, несмотря на попытки взаимной помощи, никак не могли взобраться в ее кузов. Наконец им помог выскочивший из своей кабины водитель. Провожавший этап нарядчик считал, видимо, такую помощь ниже своего достоинства. Но вот шофер захлопнул дверцу кабины, мотор заработал и машина выехала в открытые ворота. Мы помахали отъезжавшим руками. Они с вежливым равнодушием ответили нам тем же. Ворота закрылись.

Я никогда больше не видел бывшего профессора и ничего не слышал о нем, хотя пробыл в близком от Магадана лагере более двух лет. Ничего не знаю и о судьбе его жены. Поговорка о тесноте мира, при всей ее звонкости, относится всего лишь к категории красных словечек. А ее кажущаяся убедительность происходит от того, что впечатляющие своей маловероятностью встречи людей и перекрещивания их судеб иногда действительно происходят. Другое дело повторение этих встреч. Такое повторение лежит уже за пределами практически вероятного. Тем более невероятно оно для лагеря, в котором делается все возможное, чтобы до минимума свести общение между лагерными подразделениями и их заключенными.

Мосты через колымские реки были в том же году весьма оперативно и, по-видимому, вполне надежно усилены. Во всяком случае, тяжеловесные, с многотонными вагонами-прицепами американские «даймонды» проходили по ним безо всяких приключений. Нет никаких оснований сомневаться, что расчет усиливающих конструкций был произведен опытной рукой Кравцова. Но через полгода, по словам заключенных комендантского лагеря в Магадане, его уже там не было. По всей вероятности, как старик и предполагал, его списали на очередную инвалидку в качестве сделавшего свое дело мавра. И вряд ли со своим грузом болезней, увечий и неизбывной арестантской тоски он долго после этого прожил. Впрочем, все мы, в конечном счете, мавры, которые рано или поздно уходят.

1969

Декабристка

> Ген – мифическая единица наследственности, приписываемая морганистами живой природе.
> *БСЭ. 1952*

> Ген – элементарная единица наследственности, представляющая собой отрезок молекулы дезоксирибонуклеиновой кислоты.
> *БСЭ. 1971*

Отделение № 17 колымского лагеря специального назначения, носившего, как и все такие лагеря, условное полушифрованное название, было по своему составу несколько необычным. Если почти все остальные отделения Берегового лагеря обслуживали прииски и рудники, то заключенные Семнадцатого работали на довольно большом ремонтно-механическом заводе, расположенном на берегу реки Омсукчан. Поэтому рабочая сила подбиралась здесь не только по принципу «поднимай побольше, кидай подальше!», как в большинстве лагерей, а еще и в некотором соответствии с потребностями предприятия, которому были нужны металлисты, машиностроители, металлурги и многие другие специалисты. Но со времени разгрома сталинским наркомом Ежовым неисчислимого множества вредительских организаций в СССР прошло уже десять лет. Подавляющее большинство арестованных тогда технических специалистов давно уже позагибалось на приисковых и дорожных кайлах и тачках, особенно в первые годы ежовщины. Теперь бериевское МГБ занималось вылавливанием изменников и предателей, в первую очередь живущих на бывших оккупированных и вновь присоединенных территориях. Этапы, тянувшиеся сейчас на Колыму, по численности не уступали этапам конца тридцатых годов. Население некоторых из республик едва ли не полностью подлежало переселению в лагеря и вообще в места «весьма отдаленные». Но инженеров и квалифицированных рабочих среди недавно арестованных было мало. Мода на диверсантов и вредителей в промышленности прошла. Трудности с набором рабочей силы для Семнадцатого осложнялись еще и тем, что он мог принимать только особо опасных преступников, подлежащих содержанию в Берлаге.

Вообще-то таких заключенных было много, а среди них немало специалистов высшего класса, но, увы, не технических. Центр тяжести борьбы с вредительством переместился теперь в область гуманитарных и биологических наук. Засевшие до поры в вузах и научно-исследовательских институтах квелые интеллигенты не только не знали сколько-нибудь полезного ремесла, но и чернорабочими были плохими. Поэтому все лагеря, особенно такие, как Омсукчанский, от них отмахивались. Но для слишком разборчивых потребителей существует такая мера воздействия, как принудительный ассортимент. И пересылки, прежде всего нагаевская, сбагривали скопившуюся на них второразрядную рабочую силу, навязывая ее в качестве нагрузки к той, которая была необходима покупателю. В таком же порядке в виде «прицепа» к токарю, литейщику или конструктору получал какого-нибудь искусствоведа или ботаника Омсукчанский завод. Ничего-де, пригодятся в качестве подсобных рабочих. Еще чаще этому заводу навязывали всяких ксендзов, бывших лавочников из Западной Украины и Прибалтики, но это был уже один черт.

Постоянным избытком на ОЛП № 17 подобной рабочей силы и объяснялось то, что неплохо оснащенный, в основном американской техникой, омсукчанский завод, имевший свой мартеновский цех, немало полуавтоматических станков и хорошую металловедческую лабораторию, почти не имел ни вспомогательных машин, ни внутризаводского транспорта. Их заменял тут дешевый «баландный пар» в виде многочисленной «комендантской» бригады. Работяги этой бригады перетаскивали с места на место огромные тяжести, убирали зимой снег со двора и крыш, летом рыли траншеи и котлованы, подметали в цехах мусор и стружку. Этой бригаде в лагере был отведен отдельный барак, правда, самый плохой во всем ОЛП, приземистый, с подслеповатыми оконцами, холодный и тесный.

Вечерняя поверка давно закончилась. Дело шло к отбою, и почти все обитатели барака подсобников уже спали. У арестанта только те часы жизни и принадлежат ему по-настоящему, которые он проводит во сне. Только дневальный копошился у печки, и два заключенных играли в шахматы за грубо сколоченным щелястым столом. Со двора вошел человек и, остановившись у порога, начал смахивать снег со своих ЧТЗ снятой с головы «ежовкой». Этот заключенный вернулся из КВЧ, куда ходил справляться, нет ли для него письма. Выдача арестантам поступивших в лагерь писем, да еще раздача в бараки домино, шахмат и шашек составляли едва ли не единственную обязанность этого захудалого учреждения.

В лагере все всегда знали куда, кто и зачем выходит из барака в вечернее время. Тем более — дневальный. Поэтому, не поворачивая головы, он спросил у вошедшего:

— Ну как, Шестьсот Шестьдесят Шесть, есть тебе письмо?

— Ни, мэни ще пишуть... — вздохнул тот, судя по типу лица и особенностям выговора «захидняк», то есть украинец из недавно освобожденных западных областей, — а от Моргану-Менделю, тому есть... — и он достал из кармана бушлата сильно потертый конверт, уже вскрытый и заклеенный по узкому краю полоской бумаги со штемпелем лагерной цензуры.

— Это какому же Моргану-Менделю, — поинтересовался один из шахматистов, — Садовому Горошку?

— Ни. Горошек нещодавно получил листа... Доценту.

— А разве у Комского есть кто-нибудь на Материке?

— Выходит есть... Доцент, а Доцент! Комский! Чи ты спишь уже?

Тот, кого называли Шестьсот Шестьдесят Шесть, осторожно тормошил за плечо человека на верхних нарах, с головой укрывшегося серым тюремным одеялом.

— Тут я тоби листа принес, должно з дому... Дневальный у кавэчэ кажэ, що вже днив пъять валяется... Слышь, Комский!

На спине добровольного почтальона красовался большой белый прямоугольник с черным номером У-666. Прямоугольники поменьше с тем же номером белели у него и на суконном треухе без меха — «ежовском шлеме», и на левой штанине под коленом. Однако тот, кто сделал бы из этого поспешный вывод, что заключенные спецлагов обращаются друг к другу по номерам на их одежде, впал бы в серьезную ошибку. Хватало с этих людей и того, что по этим номерам их окликали надзиратели и конвойные. «Шестьсот Шестьдесят Шесть» было прозвищем.

Дело в том, что его обладатель был арестован и осужден за принадлежность к секте «свидетелей Иеговы», последователи которой верят в предсказанное Апокалипсисом пришествие Антихриста. Символом этого Антихриста, согласно тому же Апокалипсису, является число 666. Случилось так, что именно иеговисту в серии «У» и досталось мистическое «число зверя», которым, по его вере, враг Христа и рода человеческого будет метить людей после своего появления на земле. Потрясенный этой смешной случайностью едва ли не больше, чем только что полученным двадцатилетним каторжным сроком, свидетель Иеговы сначала умолял лагерное начальство заменить выпавший ему номер любым другим числом. Но сделать это было нельзя, даже если бы в спецлаге и было принято удовлетворять подобные претензии заключенных. Номера, написанные типографской краской на кусках бязи, выдаются им согласно порядковому номеру в лагерном реестре. Не переписывать же этот реестр ради блажи какого-то изувера с мозгами набекрень. Тогда иеговист заявил сгоряча, что лучше сгниет в темнице лагерного карцера, чем напялит на себя одежду с клеймом Антихриста. Однако решимости пострадать за веру у благодушного и, в общем, совсем неглупого дядьки из львовского пригорода хватило всего на неделю. Размышления в кондее привели его к согласию с мыслью, что уготованный для него в лагерной УРЧ одиозный номер действительно всего лишь случайность. Если даже начальник этой УРЧ является слугой Антихриста, то он не так глуп, чтобы подобно апокалиптическому «зверю из бездны» клеймить всех своих рабов одним и тем же числом. Но главная причина быстрой сдачи сектанта заключалась в том, что его подвиг не находил тут ни в ком ни сочувствия, ни понимания. Большинство заключенных ОЛП-17 не были не только религиозными фанатиками, но даже просто верующими людьми. С их точки зрения, мышиная возня вокруг забавного числа из трех шестерок была всего лишь смешной затеей, и если ты уж обречен стать «человеком номер...», то не все ли равно, какой это номер? Мысль, не лишенная основательного резона. Мужик как мужик во всем, что не касалось практических соображений относительно Армагеддона и близкого конца света, покладистый не совсем в соответствии с принципами своей секты, иеговист согласился с этой мыслью. Вскоре он привык не только к своему клейму, но даже к прозвищу Шестьсот Шестьдесят Шесть, оказавшемуся единственным результатом его безнадежной попытки сопротивляться железным установлениям лагеря.

Всевозможные прозвища в ходу не только среди лагерников-уголовников, но и среди политических заключенных. Но в отличие от блатных, у которых эти клички заменяют им в лагерном быту имена и фамилии, прозвища политических редко имеют такое значение. Обычно они применяются лишь в шутку, либо когда нужно намекнуть на прошлое заключенного или особенности его дела. И, как правило, они не бывают связаны с внешними признаками своих носителей, как у большинства блатных. Если «контрики» шутливо именовали своего товарища «Штабс-капитаном», то можно было не сомневаться, что именно в этом чине он и состоял во власовской армии. Старика ювелира, признавшегося в попытке взорвать Кремль с помощью подкопа, называли «Диверсантом». Бывшего председателя городского совета прозвали «Заведующим Советской Властью», сокращенно – «Завом». А так как этот «Зав» работал сейчас барачным дневальным, то его величали также «Рыцарем метлы». В подобных прозвищах почти всегда звучали нотки политического сарказма.

И уж никак не отделим был такой сарказм от прозвищ, которыми наделялись отдельные категории заключенных, объединенных общими признаками вменяемых им преступлений.

С довоенных времен сохранились еще осужденные на длительные сроки «долгоносики», обычно сельскохозяйственники и работники элеваторов, обвиненные в порче зерна, «предельщики», как называли бывших железнодорожников, посаженных еще при Ежове. Существовали и менее массовые группы, например, «лизатчики», бывшие работники медицинских научно-исследовательских учреждений. Вроде бы для советских людей эти ученые-душегубы изобретали новые фармацевтические препараты, именуемые «лизатами». Гнусная сущность этого изобретения выявилась в процессе над кремлевскими медиками, «убийцами» Горького. Новые времена несли и новые песни. С недавнего времени перечень разновидностей зловредных врагов народа обогатился еще одним видом — «морганами-менделями». Так упрощенно называли в лагере бывших ученых-биологов, агрономов, садоводов и зоотехников, осужденных за ересь менделизма-вейсманизма-морганизма. Это течение в биологической генетике было объявлено одним из проявлений фашистской идеологии. И теперь ему давался бой со всей решительностью и размахом, присущими стране, руководимой Вождем, основательность политики которого равнялась только его сверхчеловеческой эрудиции и гениальной научной прозорливости.

В здешнем отделении Берегового лагеря вейсманистов-морганистов было двое. И оба они как члены бригады «куда пошлют» жили в этом бараке. Поэтому, кроме обобщающего «морган-мендель», каждый из них носил еще индивидуальное прозвище, также связанное с их бывшей ролью апологетов реакционной науки. «Садовый горошек» был автором учебника биологии для сельскохозяйственных школ. В главе о законах наследственности он не сделал пояснения, что так называемые «законы Менделя», выведенные этим монахом из наблюдений за цветением садового горошка, являются лишь статистическими, а отнюдь не биологическими закономерностями. Следствие и суд усмотрели в этом упущении злонамеренность, и садовый горошек тихого инока обошелся его незадачливому последователю в пятнадцать лет лагеря особого режима. Другой морган-мендель в прошлом был доцентом одной из кафедр биологического факультета университета. Отсюда и его барачное прозвище — «Доцент».

Хотя Комский еще не спал, но откинул одеяло лишь после довольно настойчивых толчков в плечо Шестьсот Шестьдесят Шестого, так как никаких писем не ждал. Несмотря на свои сорок лет, женат он не был. Его родители давно умерли, а единственный брат погиб на фронте. Конечно, возможно, что письмо мог написать кто-нибудь из знакомых или товарищей по работе. Но в принципе возможно и нахождение клада под полом этого барака. Практически же письмо с воли исключалось. Не такие сейчас времена, чтобы кто-нибудь ради бесцельной переписки с осужденным врагом народа решился навлечь на себя подозрение в политической неблагонадежности. От заключенных особлага отрекаются нередко даже их жены и дети. Пример тому — тот же Садовый Горошек. Этот любящий муж и отец, помимо тех двух писем в год, которые разрешается посылать отсюда домой, выхлопотал у начальства разрешение послать еще одно письмо. Рискуя угодить в поездной карцер, он выбрасывал из вагонного оконца на этапе «ксивы» в самодельных конвертах. С одной из пересылок на деньги, вырученные от продажи пиджака, отправил жене телеграмму. Ответом ему на протяжении почти двух лет было глухое молчание. И только недавно Садовый Горошек получил, наконец, письмо из дома. По поручению матери, точнее под ее диктовку, ему писала его десятилетняя дочь. Девочка просила папу не беспокоить их более своими письмами. Она и мама не желают иметь ничего общего с человеком, которого советский суд счел за благо изолировать от общества. Садовый Горошек тогда страшно убивался. Он и подумать не мог прежде, что его подруга жизни способна проявить к нему такое непостижимое бездушие. И терялся в догадках, пытаясь его объяснить. Что это? Холодная расчетливость или некритичность гражданского мышления, когда человек верит всему, исходящему от властей предержащих? Доцент, слушая сетования Садового Горошка, угрюмо усмехался. Так ему, рыхлому папаше-обывателю, и надо! Не напрашивайся на общение с теми, для кого ты теперь отрезанный ломоть, прошлогодний снег, скорлупа от выеденного яйца! Тем более что письма из спецлагеря — вроде голосов из загробного мира, слышимых в старину дураками на спиритических сеансах. Нельзя писать о местности, в которой ты живешь, о работе, которую выполняешь, даже о собственном самочувствии. Большинство пишут отсюда родным, чтобы выклянчить у них продуктовую посылочку. Но ведь такая посылка — это унизительная милостыня, которую принявший никогда и ничем не сможет возместить. И у отверженных должно быть свое достоинство.

Садовый Горошек возражал, что хорошо одиночке-бобылю, вроде Комского, рассуждать так! А каково ему, переживающему крушение семьи, составлявшей главный смысл его жизни! И снова Комский сардонически усмехался. Если ласточка вьет гнездо на краю вулканического кратера, постоянно угрожающего извержением, то с нее и спрос мал. А человек должен думать, в какое время он живет. И не давать воли инстинкту размножения, за какую бы личину этот инстинкт ни прятался — романтической любви к женщине или этакой вот тяги к домашнему уюту! Комский был убежденным холостяком и до ареста. Но, так сказать, для себя. Теперь же он был убежден, что в эпоху «империалистических войн и пролетарских революций» надо быть дураком, чтобы жениться, а тем более заводить детей. Не особенно верил бывший доцент и в дружбу. Вообще это был хмурый и необщительный человек, если и любивший в своей жизни что-нибудь по-настоящему, так это свою науку. Отлучение от нее он переживал очень тяжело, хотя никому этого не говорил, даже бывшему коллеге по профессии — Садовому Горошку.

С выражением недоверия на худом, с глубоко запавшими глазами лице Комский смотрел на поданный ему конверт. Но в четко выведенном адресе номер почтового ящика, фамилия, имя и отчество адресата, все было правильно. Письмо было ему, Комскому. Но от кого? Почерк казался ему незнакомым. Обратного адреса на конверте не было. Незнакомым было и название почтового отделения, проставленное на штемпеле пункта отправления. Вероятно, это было село или маленький городок, и отправитель письма не хотел, чтобы даже почтовики узнали его фамилию. Повертев конверт так и этак и еще раз пожав плечами, Комский оторвал бумажку со штемпелем «проверено» и вынул из него вчетверо сложенный тетрадный лист. Он был исписан тем же, что и на конверте, округлым разборчивым, хотя и не очень ровным почерком. Начиналось письмо обращением: «Дорогой Сергей Яковлевич!». Теперь доцент подумал, что узнать почерк ему мешает только его некоторая невыразительность. Не утерпев, он заглянул в конец письма, где после характерного для сельской местности длинного адреса были выведены фамилия, имя и отчество отправителя письма, точнее, отправительницы — Нина Габриэлевна Понсо.

Так вот кто был автором неожиданного послания — Нина Понсо, его бывшая студентка! Пожалуй, только эта, склонная к некоторой восторженности и почти фанатической увлеченности — чем именно для нее, вероятно, не так уж важно — девушка и могла отправить на далекую каторгу письмо своему бывшему учителю. Поступая так, она рисковала своей гражданской репутацией. Советскому человеку, да еще биологу по образованию — если ей, конечно, не помешали закончить биофак — не гоже состоять в переписке с еретиком, проклятым со всех университетских амвонов. Но это как раз и было в духе «Итальяночки» — так звали Понсо, действительно итальянку по отцу, в ее группе. Комский хорошо помнил эту невысокую девушку с большими глазами и овальным лицом, обрамленным слегка вьющимися волосами. Красавицу Итальяночку сильно портила хромота— результат неудачного прыжка с парашютом. При ходьбе она опиралась на толстую палку.

На последнем курсе Понсо очень увлекалась биологической генетикой — специальностью доцента Комского. Хотя, возможно, она просто убедила себя, что увлекалась. Влюбленные женщины, особенно женщины того душевного склада, к которому принадлежала Нина Понсо, всегда немного чеховские «Душечки». А студентка Понсо была влюблена в руководителя своей группы генетиков. Доцент испытывал почти неловкость, ловя на своих лекциях взгляд выразительных глаз Итальяночки. Это был взгляд религиозной фанатички, слушающей проповедь своего вероучителя. Комский делал вид, что целиком относит его к восторгу перед хромосомной теорией наследственности, которую он излагал вопреки точке зрения на эту теорию официальной советской науки. И хотя мужчина в расцвете лет не может оставаться равнодушным к влюбленному взгляду красивой женщины, а Понсо вызывала к себе еще и чувство сострадания своим увечьем, доцент держался с этой студенткой еще строже и суше, чем с остальными. А она, безусловно, заслуживала и любви, и сострадания. Понсо непоправимо повредила себе бедро при ночном прыжке с самолета во время выпускных испытаний курсанток школы радисток-парашютисток. Семнадцатилетней девушкой, только что окончившей среднюю школу, она записалась на курсы добровольцев, которых готовили к работе в тылу врага. Тогда шел только третий год войны. И в том, что Нина не была застрелена или повешена немцами, вина была не ее, а вывороченного пня, на который она угодила, приземляясь в темноте с парашютом. Переиначивая известную поговорку, Толстой утверждал, что сказка часто сказывается куда медленнее, чем делается дело. Еще решительнее не в пользу «сказки» проявляется ее медлительность по сравнению с быстротой мысленного воображения. Все это Комский живо представил себе за считанные секунды, в течение которых он не мог продолжать чтение из-за нахлынувших на него воспоминаний.

С первых же строк этого письма оказалось, что заглядывать в его конец не было необходимости. Понсо и не надеялась, что бывший доцент ее помнит. Способная проявлять настоящее мужество, она в то же время была скромной и застенчивой в общении с людьми, подчас почти робкой. Вот и сейчас Нина напоминала своему бывшему учителю, что она была одной из самых усердных его учениц и, наверное, самой убежденной почитательницей его научного таланта и гражданского мужества Сергея Яковлевича, оставшегося в ее представлении образцом человека высшей научной честности. Лагерный цензор оставил эти строчки не вымаранными, вероятно, просто не сумев вникнуть, о чем, собственно, идет речь. Несчастье, постигшее Комского, продолжала Понсо, она восприняла и продолжает воспринимать как свое собственное. Не писала ему так долго только потому, что не знала, куда адресовать письмо. Главное лагерное управление МВД, куда она обратилась с просьбой сообщить ей адрес заключенного Комского, потребовало от нее доказательств, что она приходится ему близкой родственницей. Пришлось... Тут цензор прошелся по строке своей кисточкой с тушью. Заключенные не должны знать, к каким уловкам прибегают иногда их корреспонденты, а чаще корреспондентки, чтобы дознаться, где находятся теперь их бывшие друзья.

О себе бывшая студентка Комского сообщала, что университет, хотя и не без серьезной заминки перед самой сдачей государственных экзаменов, она закончила. Однако с мечтой стать исследователем в области экспериментальной биологии ей пришлось расстаться, вероятно, навсегда. По вузовской разнарядке Понсо была отправлена учительствовать в довольно большое, но отдаленное от железной дороги и бедное село. Преподает биологию, но эта работа не доставляет ей большого удовлетворения. Тем более что ее предмет числится сейчас в списке тех, в которых учителю не позволяется отступать ни на йоту от утвержденной программы. А это... Тут опять шло несколько строк, густо вымаранных тушью. Вероятно, в них было написано, что это нередко заставляет учителя вдалбливать детям догмы, в которые он сам не верит. Славная девушка с прямолинейным и смелым, хотя и немного наивным характером! Вряд ли ей, не скрывавшей своей приверженности взглядам осужденного еретика от науки Комского, простили эту преданность. Отсюда, скорее всего, и заминка при окончании ею университета, а также ссылка в далекое село.

Живется ей тут безрадостно и одиноко. На всю здешнюю школу она одна преподаватель с высшим образованием, а это никак не способствует сближению с коллегами. Молодых мужчин почти нет не только среди них, но и во всем селе. Те немногие, что уцелели на фронте, тоже постарались в родной колхоз не вернуться. Поэтому, хотя село и не подвергалось во время войны разрушению, оно продолжает нести на себе тяжелый отпечаток военных лет. Только пусть Сергей Яковлевич не подумает, что мучительная сейчас, и не только в таких селах, проблема — нехватка женихов, как-то затрагивает ее лично. Где уж ей, хромоножке и старухе, которой вот-вот стукнет целых двадцать пять лет, думать о замужестве. Но даже если бы женихи и поклонники окружали ее восхищенной толпой, ни на кого из них Нина все равно не посмотрела бы. Дело в том, что она давно любит человека, воплотившего в себе ее высшие представления об уме, таланте, честности и гражданском героизме. Теперь, когда положение студентки по отношению к своему преподавателю более ее не связывает, она может не скрывать от него, кто этот человек. Конечно же, это он, Сергей Яковлевич Комский.

Дочитав до этого места, Комский провел ладонью по глазам и, потянувшись, насколько это было возможно не рискуя свалиться с нар, к тусклой лампочке под потолком, он снова перечитал его. Нет, он прочел и понял правильно. Тут было твердо выписано скорее детским, чем женским почерком, объяснение в любви. Объяснение, адресованное молодой свободной девушкой пожилому каторжнику, к тому же только еще начинающему свой бесконечный срок. Не знай Комский достаточно хорошо характер своей бывшей студентки, он счел бы письмо неумной и злой шуткой. Но в отношении Нины Понсо это полностью исключалось.

Вообще-то Комский знал женщин достаточно хорошо, чтобы это объяснение, возможно, самое удивительное во всем современном мире, не явилось для него откровением. Молодые студентки не так уж редко влюбляются в своих преподавателей, часто уже немолодых. Тут действует какой-то закон, общий для воспитанниц когдатошних институтов благородных девиц и студенток-пролетарок советских вузов. Но эта влюбленность — девчоночья блажь, детская болезнь вроде кори или коклюша, которая быстро и бесследно проходит. Тут же было нечто иное, что выдержало испытание не только немалым уже временем, но и полнейшим крушением, почти унижением самого объекта любви. Неужели любовь и в самом деле существует, и она не просто выдумка досужих романистов и не только самообман восторженных отроков? А может быть, это род психического недуга? Однако при некоторой необычности своего характера Понсо была студенткой не только очень способной, но и на редкость подтянутой и организованной. Впрочем, так ли уж все это противоречит возможности психического «бзика»?

Читая письмо дальше, Доцент решил, что его бывшая студентка попала под влияние навязчивой идеи. Она писала, что смысл своей жизни видит теперь единственно в том, чтобы, дождавшись его освобождения, стать ему помощником и другом. А до того помогать ему, чем только сможет и, прежде всего, морально. Годы ожидания, пусть долгие, ее не страшат. Ведь тому, кто имеет в жизни настоящую цель, нипочем многое, что пугает других. Но для того чтобы обрести такую цель, она должна получить его разрешение. Пусть он не отталкивает ее любовь и право на ожидание. Без этого ее жизнь навсегда останется таким же бессмысленным существованием, каким она является теперь.

Еще Нина просила Сергея Яковлевича не терять свойственной ему твердости духа и верить так же, как верит она, что все еще изменится к лучшему. Надо только пережить лихолетье. Доказать своей веры она не может, но ведь на то она и вера...

Да, да... Генов католицизма или какой-нибудь антипапской ереси быть, конечно, не может. Но гены, предопределяющие жизненное поведение человека, плоско рационалистическое или возвышенно-героическое, несомненно, существуют. Кто знает, может, быть у этой итальяночки были предки, готовые взойти на костер из стремления к подвигу. Недаром же она еще совсем девчонкой поступила в школу разведчиц «одноразового использования», которые с почти абсолютной неизбежностью погибали после первого же радиосеанса. Комский был очень взволнован письмом, но привычка мыслить профессионально не оставляла его даже теперь. Письмо было проникнуто надеждой, что Правда и Справедливость восторжествуют, а так как он, Комский, был борцом за научную истину против... Тут все, вплоть до пожеланий здоровья, бодрости и просьбы непременно ответить, было залито тушью. В «постскриптуме» Понсо писала, что вышлет посылку, как только подтвердится его адрес.

Комский снова и снова читал и перечитывал удивительное послание. Это был редчайший человеческий документ, предложение подвига самоотречения. Молодая сельская учительница с другого конца света даже не просила ответной любви. Она только хотела стать его «другом и помощником» в каком-то неопределенном, гипотетическом будущем. Комскому было теперь стыдно вспоминать, как глядя в лицо своей добровольной ассистентке в лаборатории или благоговейной слушательнице на лекциях, он с некоторой иронией думал, что она годилась бы в качестве модели как для Мадонны, так и для Магдалины. А ирония-то была, оказывается, совсем не к месту...

— Зачитался, Е-275! — насмешливо окликнул его кто-то снизу.

Задумавшись, Комский не заметил, как в барак вошел дежурный комендант с надзирателем, чтобы прежде чем навесить на дверь амбарный замок, убедиться, что все обитатели на месте. Доцент сунул письмо под подушку и натянул на голову одеяло. Несмотря на усталость — сегодня Комский целый день катал на ручной тележке тяжеленные стальные болванки — он долго еще не мог уснуть. Письмо бывшей студентки взбудоражило воспоминания о последних неделях его жизни на свободе. Они были не такими уж давними — бывший доцент университета был арестован немногим более двух лет тому назад, — но уже начинали тускнеть в его памяти. А вот теперь в ней всплывали детали, казалось, навсегда позабытые.

Лицо студентки Понсо, ее обожающий взгляд. Это на той лекции, когда в стихийно возникшем диспуте он высмеял, изменив, правда, правилам научной аргументации, этого тупого ортодокса-мичуринца. Эпизоды травли «морганиста» со стороны таких же вот ортодоксов при трусливом молчании остальных. Чувство обреченности и снова теплый сострадательный взгляд.

Но что она могла, эта немножко склонная к экзальтации студенточка? Оказывается, она могла быть до конца прямой и честной. Недаром ее, рекомендованную в аспирантуру при кафедре, угнали в глухое село. И хорошо, что еще не выперли совсем из университета перед самым его окончанием. Как иначе толковать туманное слово «заминка» для выпускницы, у которой все ее академические дела были в полном порядке? Но самое поразительное в том, что Понсо не только сохранила влюбленность в своего незадачливого учителя, но и предлагает посвятить ему, фактически бессрочному каторжнику, собственную жизнь. Способность к самопожертвованию и есть единственное подлинное доказательство настоящей любви. Но это ведь сумасшествие! Разве в том, чтобы вместо одного утонувшего стало два, содержится хоть капля здравого смысла? Странной девушке надо ответить, и притом так, чтобы отрезвить ее. Ей надо мягко, но убедительно разъяснить безнадежность ситуации, всю несостоятельность ее благородных, но безнадежных побуждений.

Почти весь следующий день Е-275, катая чушки, обдумывал письмо, которое он отправит своей бывшей студентке.

Вечером он обратился к начальнику КВЧ, ведающему перепиской заключенных, что желает воспользоваться своим правом отправить письмо на Материк. Тот проверил по специальной ведомости, что Е-275 действительно ни разу еще этим правом не пользовался, и выдал ему конверт без марки и половину листа почтовой бумаги. Считалось, что этого вполне достаточно, чтобы написать все, что разрешается писать из спецлага. То есть жив, здоров, целую детей, мать и еще кого-нибудь из близких родственников. Пришлите, пожалуйста, продуктовую посылочку.

Содержание письма Комского было куда более сложным. Поэтому он старался писать по-возможности мелким и убористым почерком. Он благодарил Нину Габриэлевну за ее чувства к нему. Но ее мечты и надежды, к сожалению, совершенно неосуществимы. Знает ли она, например, что он осужден на двадцать лет заключения в лагерях особого режима? А это значит, что если даже он останется жив на протяжении еще восемнадцати лет, то выйдет отсюда уже ни на что не годным дряхлым стариком. Она же к тому времени будет немолодой женщиной, загубившей свою жизнь и молодость ради человека, которому ничем нельзя помочь. Разве что отправкой время до времени продуктовых посылок. Но того, чем кормят в лагере, ему вполне достаточно. И пусть Нина Габриэлевна поймет его правильно — он не примет ее посылку, если она ее пришлет. Не будет он отвечать и на последующие ее письма. Это, конечно, невежливо и грубо. Но лучше поступить так, чем оказаться гнилой колодой на жизненном пути другого человека. Пусть она постарается убедить себя, что человек, к которому она питает такое удивительное чувство, умер. Тогда все станет на свое место и будет, в сущности, почти соответствовать действительному положению вещей. Существование, на которое он обречен на протяжении целых двадцати лет, так и называется: «гражданская смерть!».

А вот ей, молодой и красивой женщине, хоронить себя не следует. Но даже отказавшись от личного счастья, ей следует стремиться к реальным целям, а не предаваться несбыточным мечтам. Подумав, Комский закончил письмо словами: «Спасибо, дорогая Нина, за Вашу преданность. Однако прощайте и не пишите мне больше».

Письма, в которых заключенные допускали избыток жалких слов, нередко возвращались им лагерной цензурой для переписки. Опасался этого и Комский. Но его письмо возвращено не было. Возможно потому, что МВД не возражало против правильной оценки заключенным своего нынешнего положения и разъяснения своим близким всей несбыточности надежд. Пусть побольше советских граждан знают, что решение карательных органов советского государства делаются всерьез и подлежат выполнению до конца, каким бы далеким этот конец ни казался.

Закончилась бесконечная колымская зима, и наступила холодная хмурая здешняя весна. И все же она означала, что письма на Материк, долгие месяцы ожидавшие открытия навигации, отправятся наконец в свое путешествие за два моря и десять тысяч километров суши. А с пароходами, прибывшими в порт Нагаево, доберутся до Колымы письма и посылки. Это не значит, конечно, что их тут же, галопом, начнут развозить по лагерям, большинство которых находится в сотнях километров от моря. Письмо, которое получил Комский во второй половине зимы, вряд ли переплыло Охотское море позже начала ноября месяца.

Доцент часто думал об этом письме и о своем ответе на него. Иногда он даже перечитывал истертый от лежания под матрацем тетрадный листок, начинавший уже распадаться на сгибах. Летом этот листок у него отобрали при очередном ночном шмоне. Заключенным спецлага не положено держать при себе никаких бумажек.

Где-то, в далеком далеке, его любила женщина. Вот уж никогда бы Комский не поверил в это до получения письма от Понсо, хотя в свое время женщины влюблялись в него довольно часто — было в нем что-то, что им нравилось. Но к большинству из них он оставался равнодушен. Он был холостяком того почти исчезнувшего ныне типа, которые живут одиноко не потому, что хотят сохранить свободу общения с женщинами. Из-за увлеченности наукой, изобретательством, иногда искусством они долго остаются просто равнодушными к мысли о браке и обзаведении семьей, а потом, подобно Комскому, становятся почти враждебными этой идее. Недаром в старину были люди, уходившие в монастыри из любви не к Богу, а к вычислению логарифмов или наблюдению за жизнью растений, как тот же Мендель. В наше время ученому нет необходимости бежать в монастырь, но Комский был близок к мысли, что семья для человека — нечто вроде липкой бумаги для мухи. Угодив на нее, уже не взлетишь ни в прямом, ни в переносном смысле. Впрочем, рассуждения на эту тему были теперь уже чистой абстракцией. Абстрактной казалась Комскому и любовь к нему этой милой чудачки Понсо. Интересно, сумел ли он своим жестким письмом хоть немного вправить ее вывихнутые мозги? И тут Доцент поймал себя на том, что, в сущности, не хочет этого. Человеческая психика все еще в немалой мере состоит из побуждений, устаревших уже ко времени питекантропов. Титул «разумный» человек присвоил себе, в сущности, произвольно.

Но оказалось, что питекантроп в Комском мог не расстраиваться.

К осени он получил от Понсо второе письмо. Она писала, что его ответ огорчил ее меньше, чем можно было думать. Он жив, и это главное. А лишить ее права любить и ждать его возвращения он не может, несмотря на свои рассуждения, в которых так убедительно доказывает нелогичность ее чувства к нему. Но есть ли логика в чувствах вообще, а в женской любви в особенности? Для женщины это чувство часто бывает тем более неодолимо, чем меньше оно согласуется с тем, что называется здравым смыслом. Пусть Сергей Яковлевич постарается если не понять это своим сухим умом мужчины и ученого, то хотя бы принять к сведению, так как она, несмотря на все его запреты, будет изредка посылать ему свои глупые письма. Даже зная, что не получит на них ответа. Ведь никакая «гражданская смерть» не может лишить человека способности чувствовать и понимать. А раз так, то существует и надежда, что, убедившись в твердости ее намерений, он перестанет игнорировать ее чувство к нему. Этого с нее пока довольно. А что ее чувство не блажь и не проявление шизофрении, докажет время. Она уверена, что оно работает на нее. Когда-нибудь он убедится, что женщины могут быть весьма логичными в своем кажущемся алогизме.

Она по-своему умна, эта итальяночка с лицом тициановской венецианки и упрямством фанатички. Логике здравого смысла она противопоставляет резоны опасной решимости, основанной на пусть самой маловероятной возможности удачи. Понсо писала еще, что посылку все-таки она ему отправила. Совсем маленькую. В ней только кулек сахару, запаянная банка топленого масла и несколько пачек галет. Он очень огорчит ее, если не примет эту посылку. От принятой ею жизненной линии она не отступит и еще докажет ему, что способна и на нечто большее, чем снаряжение в лагерь продуктовых посылочек!

Какие еще смелые благоглупости затевала эта решительная дама? Сидевший в Комском питекантроп торжествующе ухмылялся. Вот оно, доказательство преобладания в человеческом поведении подсознательной Воли над хваленым Разумом! Почти непрерывно полемизирующий с ним Хомо Сапиенс негодовал. Комский не имел права потакать поведению этой сумасшедшей. Он должен сделать все возможное, чтобы его пресечь. Во всяком случае, необходимо противопоставить ее женскому упрямству сильную волю мужчины. Пусть даже на радость все тому же питекантропу!

Когда на имя Комского в лагерь пришла посылка, его вызвали в каптерку, где такие посылки вскрывались в присутствии дежурного по лагерю. Увидев заключенного с номером Е-275 на шапке, каптер поддел было топором крышку фанерного ящика.

— Не надо, не вскрывайте! — торопливо сказал получатель.

— В чем дело, Е-двести семьдесят пять? — нахмурился дежурный.

— Я прошу отправить эту посылку обратно! — заявил Комский.

Надзиратель и заключенный кладовщик уставились на него с изумлением. Такого в их практике еще не бывало. Чтобы заключенный, да еще подсобник, сидящий на голом гарантпайке с его баландой из плохо ободранного овса, отказался от галет и масла! Чокнутый он, что ли, этот Е-275!

— Выходит, тебе нашей кормежки от пуза хватает! — насмешливо сощурился дежурняк.

— Выходит, так, — хмуро подтвердил Комский.

— Что ж, вольному воля... — пожал плечами дежурный.

Каптер осклабился. Ему показалось очень смешным это выражение в применении к обвешанному номерами спецлагернику. Тем не менее, он действительно имел право не принимать посылки, как сумасшедший имеет право носить на голове валенок.

— Может, еще передумаешь, а? — крикнул кладовщик вслед исхудавшему человеку, которому отказ от посылочной вкуснятины стоил очевидных усилий.

Но Комский решительно вышел из каптерки, хотя ему было очень жаль и отправительницы посылки, и самого себя. И так хотелось сладкого чаю с галетами и маслом. Выражение «забыл вкус» настоящей человеческой еды по отношению к нему, похоже, не годилось. Иначе почему бы Комский уходил в свой барак с таким усилием, как будто ему приходилось отдирать подошвы лагерных бурок от липкой густой грязи.

В конце прошлого века немецкий биолог Вейсман высказал тогда еще чисто умозрительное предположение, что передача наследственных признаков у живых организмов происходит при помощи специальных носителей, неких единиц наследственности — генов. В этих генах, по мысли автора смелой теории, и заключается то, что позже получило название «наследственной информации». Зародышевые клетки, по утверждению Вейсмана, по существу бессмертны. Они живут в отличие от «смертной сомы», составляющей весь остальной организм, на протяжении всей жизни вида. Никакие изменения как в самих соматических клетках, так и в характере их образования, составляющих организм в целом, по наследству не передаются. Только изменения в структуре самих генов, их «мутация» — тоже термин Вейсмана — способны внести изменения в наследственные признаки вида. Мутация же в генах происходит редко и только под воздействием чисто внешних, большей частью даже не связанных с жизнью вида случайных причин.

Большая часть мутаций неблагоприятны для существования вида, и только некоторые из них способствуют появлению особей с повышенной жизнеспособностью. Однако постоянно действующий фактор естественного, а иногда и искусственного отбора, отметая неудачные эксперименты природы и взлелеивая удачные, направляет эволюцию всего живого в нужное русло.

Взгляды сторонников теории генов радикальнейшим образом отличались не только от общепринятых взглядов на эволюцию видов, но и от воззрений французского биолога конца восемнадцатого — начала девятнадцатого веков Ламарка. По Ламарку, эволюция видов определяется воздействием на организм в целом условий его обитания. В начавшемся споре ламаркисты приняли новую теорию в штыки, объявив ее бездоказательной. Вейсманисты взяли на вооружение почти забытые к тому времени старые наблюдения чешского монаха Менделя над чередованием окраски цветов у садового горошка. Четкий закон, по которому это чередование происходит, не зависит от условий существования растения. Позже еще большим подспорьем для менделистов-вейсманистов явились многолетние наблюдения ряда исследователей над чередованием окраски глаз у мушки-дрозофилы. Сторонники существования генов заявили затем, что они нашли и реального носителя этих генов. Ими являются ядра так называемых хромосомных клеток. Вскоре и сама теория получила название «хромосомной». На Западе хромосомная теория была признана большинством ведущих ученых-биологов. Особенное развитие новая генетика получила в работах американского биолога Моргана и его школы.

А вот в России теория Вейсмана была встречена весьма неприязненно с самого начала. Ее решительно отрицал называвший эту теорию «мендельянством» Тимирязев. Не признавал утверждения, что нельзя передать потомству тех изменений вида, которые возникли в организме животного или растения в результате воздействий на него человека или естественной среды обитания, и Мичурин. К концу жизни этот садовод-практик из провинциального Козлова был объявлен «великим преобразователем природы», хотя его роль такого преобразователя не пошла дальше опытов смелой гибридизации хозяйственных растений и выведения новых сортов яблок и слив.

Однако спор о существовании или несуществовании генов оставался чисто научным спором, пока в него не вмешался универсальный гений – Сталин. Орлиный взор Корифея всех наук усмотрел в вейсманизме-менделизме-морганизме опасность для марксистских взглядов на историю и судьбу народов. Если признать, что линию видовых признаков ведут некие гены, а сами эти гены неизменимы, то следует признать и неизменимость творческих способностей целых народов и рас. А отсюда один шаг до объяснения, что отсталость одних и ведущее положение других народов в истории культуры зависит от раз и навсегда данных им природой генов. Недаром фашистская антропология, делившая людей на расу рабов и расу господ, широко пользовалась представлениями Вейсмана. Следовательно, эти представления являются фашистскими в своей основе и их проникновению в советскую науку надлежит дать бой всеми имеющимися у социалистического государства средствами, включая тюрьмы и лагеря.

Возможно, историкам удастся когда-нибудь установить, в результате какого взаимодействия между диктатором и его окружением возникают столь категорические оценки целых областей в науке и искусстве и их роли в человеческом обществе. По-видимому, одной только, пусть даже патологически непоколебимой веры деспота в свою непогрешимость для этого еще недостаточно. Нужно также царедворческое умение подсказать ему некую мысль таким образом, чтобы самовлюбленный властитель воспринял ее как свою собственную. Тогда подсказавшему эту мысль, а иногда и целой школе его единомышленников, предоставляется благодарнейшая роль скромных разработчиков идеи, исходящей от полубожественного источника. Идея эта непререкаема в принципе. Для ее реализации и развития не существует ни материальных, ни кадровых ограничений. И за заслуги в деле этого развития и борьбы с инакомыслящими щедрым потоком идут чины, деньги, ордена и звания. Отсюда и обилие руководящих сталинских идей в таких разнополюсных областях науки и техники, как конструирование самолетов и оружия, геология, языкознание и др. Но нигде, пожалуй, его способность узреть в научной проблеме то, чего не могли увидеть в ней даже специалисты, не наделенные, однако, его гением, не сказалась так ярко и широко, как в науке о наследственности. Проводником идей и указаний Вождя в этой области явился его любимец и верноподданнейший слуга, академик и президент Академии сельскохозяйственных наук Трофим Денисович Лысенко.

На июльской сессии 1948 года Академии наук СССР Лысенко зачитал доклад под названием «Положение в биологической науке», объявленный программным документом для всей советской биологии и смежных с ней наук на ближайшие годы. На этом докладе президента ВАСХНИЛ собственной рукой Вождя было начертано: «Одобряю. Сталин».

Зачитывая доклад, автор постоянно ссылался на проникновенные указания Вождя и Учителя, а также на основополагающие открытия и мысли великого Мичурина. Созданную им советскую биологическую школу академик Лысенко именовал «мичуринской», отведя для себя лишь скромную роль продолжателя и пропагандиста. Мичуринская теория возрождала и развивала убиенную на Западе реакционными буржуазными биологами гипотезу Ламарка. Выдуманный этими биологами зловредный миф о генах мичуринская школа начисто отрицала. Правда, политическая реакционность этого мифа обходилась в докладе стороной. Главная зловредность мифа, по мнению автора доклада, состояла в его деморализующем влиянии на специалистов, занятых приспособлением и использованием свойств хозяйственных животных и растений для человеческих нужд. Допустив существование неизменяемых зародышевых клеток, эти специалисты должны тем самым признать свое бессилие перед природой. Им остается только надеяться на случайные и маловероятные мифические мутации в генах, что, по существу, ничем не отличается от прежнего упования на Господа Бога. А вот представления об эволюции по Ламарку-Мичурину-Лысенко, разделяемые величайшим гением человечества, дает им в руки могучий рычаг воздействия на природу. Изменяя условия обитания одного вида, можно даже превратить его в другой. И притом, на протяжении очень короткого времени.

Для настоящих ученых подобное заявление звучало почти так же, как если бы докладчик призвал отказаться от представления о шарообразности Земли и снова объявил ее плоской. Однако перечить ему решились очень немногие. Ведь Лысенко был пророком, если не бога, то Полубога-Вождя, который не может ошибаться. Но зато может уничтожить всякого, хотя бы намекнувшего на свое несогласие с ним.

Мичуринская школа — понимай, сам академик Лысенко — отрицала также существование внутривидовой борьбы, обвиняя в ошибке самого старика Дарвина. Допустить существование такой борьбы — значило лить воду на мельницу вейсманизма-морганизма.

Но, пожалуй, самым важным положением доклада Лысенко было признание, что «не все благополучно в Датском королевстве». К сожалению, среди советских биологов существует немало приверженцев морганистской ереси. С ними надлежит начать решительное сражение, стратегия которого также намечалась в докладе главы советской биологии, фактического шефа Академии наук и неофициального представителя в этой Академии самого Сталина. Все, что Лысенко говорил, надлежало понимать как исходящее от самого Вождя.

В решении июльской сессии АН было записано, что отныне положения мичуринской биологии должны стать единственными теоретическими положениями, допустимыми в научно-исследовательской работе и в практике животноводства и растениеводства. Со всякими прочими воззрениями, и прежде всего вымыслами вейсманистов-менделистов-морганистов, надлежит вести последовательную борьбу, считая их в лучшем случае вреднейшим заблуждением. Поддержать эту борьбу призывалась вся научная общественность страны. В декларационной части решений сессии АН советская биологическая наука объявлялась ведущей для биологов всего мира. Масштаб исследований последователей школы академии Лысенко достиг небывалой высоты. Такие достижения возможны только в стране с централизованным управлением сельским хозяйством. А главное — это следовало читать между строк — в какой еще стране наука освещена гением того, чья мысль проникает во все области деятельности Советского государства?

Участники сессии заверяли любимого Вождя, что преданное анафеме еретическое учение о генах будет искоренено быстро и до конца. Они клеймили позором тех советских ученых, которые пошли на поводу у хромосомной теории и других реакционных вымыслов западных мракобесов от науки. Решения сессии заключались приветствием великому Сталину, принятым под овации всех ее участников.

То, что произошло на сессии АН, в меньших масштабах повторилось на общих собраниях работников всех научно-исследовательских институтов, включая и не имеющих отношения к биологии, а также рабочих, колхозников, студентов и школьников. Почти все они до сих пор слыхом не слыхали о морганистском учении в биологии, да и теперь не поняли толком, что оно, собственно, такое. Но это почти никому не помешало проголосовать за принятие резолюции, в которой ересь морганизма объявлялась орудием международной реакции. В борьбу с этой реакцией немедленно включилось и вездесущее ведомство маршала Берии. И хотя подавляющее большинство советских морганистов сразу же после июльской сессии АН публично признали свои ошибки и раскаялись, далеко не все они избежали тюрьмы и лагеря. И уж ничего не могло спасти тех, кто упорствовал в ереси. Потребовалось очень немного времени, чтобы совместными усилиями советской науки, советской общественности и МГБ лжеучение морганизма в СССР было совершенно искоренено. Огромная заслуга в этом деле принадлежала той части ученых-биологов, которые, не считаясь с ложными интеллигентскими традициями, осведомляли «органы» о вредном инакомыслии своих коллег. Осведомители даже не делали из этой своей деятельности особой тайны. Дело в том, что прослыть секретным сотрудником МГБ ученому, особенно молодому, было очень выгодно. Выгоднее даже, чем громогласно шельмовать морганистов на собраниях и конференциях. Знаменитую фразу кого-то из римских императоров «Пусть ненавидят, лишь бы боялись» тайный осведомитель мог бы перефразировать так: «Пусть презирают...». А страх перед доносом заставит всех этих презирающих, особенно если рыло у них в пуху морганизма, не только любезно улыбаться при встрече с заведомым доносчиком, но и писать восхищенные рецензии на его статьи и диссертации, выдвигать на повышение, рекомендовать в заграничную командировку. Нечего и говорить, что никто не был так предан Вождю и Учителю, так воинственно не провозглашал принципы мичуринской биологии, как присяжные шельмователи инакомыслия в биологии и стукачи.

Они молниеносно продвигались по службе, становясь на место канувших в небытие морганистов-вейсманистов. При этом обладать особыми способностями к науке и эрудицией от них не требовалось. Их с лихвой возмещало достаточно внимательное чтение библии последователей и приверженцев академика Лысенко — написанной им книгиа под названием «Агробиология». В ней излагались все основные принципы мичуринского учения. Цитаты из этой книги приводились почти во всех публикациях и печатных выступлениях против ереси морганизма наряду с изречениями Сталина, Энгельса, Дарвина и Мичурина. Ссылка на мнение главы советских биологов приравнивалась к доказательству, а всякое расхождение с его точкой зрения вызывало подозрение в политической благонадежности инакомыслящего. Чем очевиднее научная несостоятельность догм, принятых на вооружение воинствующей идеологией, тем больше такие догмы нуждаются в аргументации вроде кнута, каторги, а то и виселицы. Даже относительно кратковременное господство таких догм отбрасывает науку на десятилетия назад. Так получилось и в советской биологии.

Доцент биофака Комский не был просто приверженцем хромосомной теории. Он активно способствовал ее утверждению не только пропагандой морганистских взглядов на лекциях, семинарах и лабораторных занятиях со студентами, но и собственными работами над ядрами хромосом. Его публикации в научной печати работ по искусственному воздействию на пол потомства у насекомых и кольчатых червей почти неотразимо подтверждали верность представлений о решающей роли этих ядер в передаче наследственных признаков. Но после того как редакторы специальных журналов, печатавших такие публикации, начали получать от начальства нагоняи, а потом и вовсе лишались своих должностей, статьям Комского либо совсем не давали хода, либо до неузнаваемости искажали их редакционными правками. Откуда-то дул холодный ветер начальственного недовольства, заморозивший и докторскую диссертацию Комского. Вначале она была признана украшением не только кафедры, на которой он работал, но и всего университета. Но потом ее автору стали намекать, что в первоначальном виде эта работа не пойдет. В ней нужно таким образом изменить акценты, чтобы то, что прежде служило подтверждением хромосомной теории, превратилось бы в ее отрицание.

— Понимаете, дорогой Сергей Яковлевич, — дружески внушал ему руководитель кафедры, пожилой профессор, — сейчас не те времена, чтобы отстаивать научную истину вопреки мнению высокого начальства. Времена Галилея и Джордано Бруно прошли...

В прошлом настоящий ученый, завкафедрой был обременен годами, болезнями и семьей. А главное — жизненным опытом, который учит, что и в науке донкихотство не только бессмысленно, но и опасно. А он, доцент Комский, — настоящий Дон-Кихот со своими опытами по изучению наследственности у низших животных, которые он демонстрирует даже перед студентами. Наедине со своим доцентом профессор готов согласиться с его точкой зрения на наследственность. В молодости он также был убежденным «мендельянцем» и в написанном им учебнике даже отразил в сочувственном тоне взгляды Вейсмана. По счастью, этот учебник устарел и более не употребляется. Но теперь старый ученый не афишировал своих взглядов. Советовал он смириться и своему более молодому коллеге. Как бы ни был остер меч научных доводов вейсманизма, в СССР ему не рассечь крыльев мельницы, движимых ветром из Академии наук.

Комского возмущало такое соглашательство. Ученый — это прежде всего служитель истины. Хорош же будет этот служитель, если начнет слушаться не голоса научных фактов и научной логики, а казенных инструкций, сочиняемых чиновниками от науки!

Старик сокрушенно кряхтел:

— Эх, дорогой мой Дон-Кихот! На современном языке это называется не соглашательством, а диалектическим мышлением...

После июльской сессии Академии антивейсманистский ветер сверху превратился в шторм. Всюду выявлялись и подвергались общественному осуждению вейсманисты-морганисты. Был, разумеется, «выявлен» и Комский. Однако на специально посвященном этому вопросу заседании кафедры, состоявшемся сразу после начала учебного года, еретик не раскаялся. На протяжении всего заседания он угрюмо молчал, а на следующий день, на лекции у старшекурсников — Комский давно уже выполнял на биофаке профессорские обязанности — он опять чертил на доске схемы комбинаций хромосомных клеток, предопределяющих появление определенных наследственных признаков у потомства их носителей. Такой вызов принципам советской биологической науки парторг кафедры расценил уже как враждебную вылазку.

Почетную роль парторга выполнял молодой аспирант, заканчивавший кандидатскую диссертацию на тему об обмене веществ в организмах как факторе изменения наследственных признаков. Сам этот фактор зависит от условий жизни животного или растения и является, таким образом, промежуточным звеном в воздействии внешней среды на наследственность. Эта совершенно ненаучная и бездоказательная гипотеза была придумана Лысенко и его последователями как попытка гальванизировать и модернизировать ламаркизм. Диссертация молодого коммуниста чуть не целиком состояла из пересказа глав «Агробиологии» и длиннейших цитат из этого труда. Но именно это и обеспечивало диссертационной работе правоверного ортодокса от биологии восхищенные отзывы рецензентов и безотказное присуждение автору ученой степени.

Но даже еще не «остепенившись», парторг командовал на кафедре всем, что касалось идеологической выдержанности научных работ ее сотрудников и поведения их самих. И хотя молодой начетчик был очень ограниченным и довольно невежественным для научного работника человеком, выдвинутым в аспирантуру исключительно за свою правоверность, все на кафедре, кроме Комского, делали вид, что относятся к нему с уважением. А ее руководитель, бывший «мендельянец», своего агитпропа откровенно побаивался: ходили слухи, что он еще и сексот.

И все же после того, как все члены кафедры выступили с осуждением Комского, а парторг с большевистской прямотой предложил резолюцию, в которой собравшиеся заклеймили своего коллегу позором и заявили, что таким, как этот явный морганист, не место в советской науке, старик сделал попытку смягчить нависший над крамольным доцентом приговор. Он много раз, сказал профессор в своем выступлении, обращался к Сергею Яковлевичу с увещеванием отречься от своих взглядов. Теперь он в последний раз просит сделать это. Кому не случается ошибаться, впадать в легкомыслие и недомыслие! И тогда собрание — заискивающий взгляд в сторону парторга, — учитывая научные заслуги доцента Комского, может быть, согласится принять по этому вопросу не столь жесткое решение.

Все смотрели на Комского, и на этот раз замкнувшегося в угрюмом молчании. Что, у него язык отсохнет, если он заявит, что заблуждался-де, долгие годы находился под гипнозом лженаучных доводов реакционной буржуазной науки? А теперь, прочтя «Агробиологию» и другие труды школы великого Мичурина, прозрел и кается в грехе морганизма. Однако всякая надежда на спасение заблудшего исчезла, когда Комский, не вставая с места, сказал, что считает отречение от своих убеждений делом не только постыдным, но и бессмысленным. Не перестала ведь вертеться Земля от отречения Галилея!

Пока секретарь кафедры вписывал в протокол заседания предложенную парторгом резолюцию, профессор печально думал, что вот и нет у него самого талантливого и эрудированного из его сотрудников. Конечно, Галилей был прав не только в том, что Земля вертится, но и в том, что истинная наука рождается там, где умирает догма. Конечно, у инквизиции не было логических доводов против учения Галилея, зато был костер. А этот Комский упорствует с одержимостью фанатика. Он принадлежит к людям, о которых сказано, что они пишут поперек даже на разлинованной бумаге. Впрочем, возможно, поведение доцента, давно известного сторонника вейсманистского учения, объясняется его убежденностью, что отрекайся не отрекайся, а арестован будешь — уж слишком много тому примеров. Никто, конечно, не верит в искренность отречений, добытых пыткой или угрозами. Но у отрекшегося от своих убеждений еретика его мученический венец сильно тускнеет в глазах современников и потомков. И хотя сейчас не средние века, а Комский не Галилей...

— Вы голосуете за резолюцию? — спросил парторг сидевшего рядом руководителя кафедры.

— Да, да конечно... — очнулся от задумчивости и поднял руку тот.

Через неделю после этого заседания Комский был арестован. А до того он продолжал выполнять свои обязанности лектора и руководителя лабораторных занятий в группе генетиков. Студенты тоже знали, что он обречен, поэтому Комский часто замечал на себе то сострадательные, как у той же Понсо, то любопытные, как будто он сидел в телеге, в которой возят осужденных на эшафот, то враждебные отчужденные взгляды. Среди студентов, особенно старшекурсников, было уже достаточно определившихся людей. Одни, не способные торговать и поступаться своими убеждениями, были заведомо обречены стать неудачниками. Другие, будущие карьеристы, полагали, что ради «Парижа жизненных удач» стоит признать господствующую догму. Наконец третьи — эти всегда составляют подавляющее большинство — были просто конформистами, бездумно принимающими на веру все, что исходит от начальства, преподавателей или является господствующим мнением. Но все были сейчас сбиты с толку, а некоторым приходилось мучительно перестраиваться. В этом деле им пытались помочь те из сокурсников, которые искали случая продемонстрировать перед остальными свою ортодоксальность. Они часто задавали Комскому явно провокационные вопросы. Однажды комсорг группы, докладывавший обо всем, что происходит на лекциях Комского парторгу кафедры, спросил у Сергея Яковлевича, что он думает о наследовании признаков, искусственно прививаемых человеком растениям и животным? Как известно, на этом была основана садоводческая практика великого ботаника Мичурина. Только нужно повторять воздействие на организм растения из поколения в поколение. Комский ответил, что он не садовод и не может судить о том, какие приемы используются для улучшения пород фруктовых деревьев. Но насколько ему известно, ни один еврей или мусульманин не родился еще обрезанным, хотя это воздействие на их организм производится уже в течение многих тысяч поколений. Захохотала мужская половина аудитории, смущенно потупились девушки. И только Итальяночка открыто смеялась, восхищенно глядя на осунувшегося и хмурого Комского. Уж кто-кто, а она никак не хотела верить разговорам, что этот замечательный ученый и вдохновенный лектор непременно будет арестован. Ведь он ничего не требовал принять на веру и не бормотал невнятных доводов, как мичуринцы вроде этого дурака-комсорга, в пользу своей теории! А тот, уязвленный не столько ловким ответом лектора, сколько смехом его слушателей, обиженно заявил, что ответ не по существу. И ничем его, верующего в «Агробиологию», не разубедить. Поэтому нечего над ним хихикать, особенно тем, кто считает себя принадлежащими к пролетарскому студенчеству — эпитет «пролетарский» тогда еще бытовал в вузах, хотя употреблялся гораздо реже, чем в тридцатые годы, не говоря уже о двадцатых. Комский мог бы напомнить ершистому комсоргу, что сейчас не комсомольское собрание, а лекция. Но вместо этого он рассказал своим слушателям анекдот, относящийся ко времени позднего ренессанса. Однажды, после того как анатом везалиевской школы показал на трупе некому схоласту, что все нервные нити сходятся у человека не в сердце, а в мозгу, тот сказал: «Вы показали мне это так хорошо, что не читай я у Аристотеля прямо противоположного утверждения, я бы вам поверил». Снова смеялись студенты, угрюмо бычился их комсомольский организатор, а у сидевшей в первом ряду Нины Понсо восторженно блестели глаза.

Эти слова, в числе многих других доказательств контрреволюционности настроений бывшего доцента, припомнил ему прокурор на суде Специальной Коллегии. Ни этот суд, ни предварительное следствие не испытывали недостатка в информации о его зловредной деятельности. А еще спустя полгода злостный морганист-вейсманист-менделист, в составе семи тысяч таких же подневольных пассажиров парохода «Джурма», плыл по Охотскому морю к берегам негостеприимной Колымы. С пересылки в порту Нагаево он, как особо опасный преступник, был отправлен в отделение № 17 Берегового лагеря. То, что именно в это отделение, было для начинающего каторжника большой удачей. Во всех прочих отделениях колымского спецлага условия жизни и работы заключенных были куда более тяжелыми. Комского навязали омсукчанскому заводу в качестве довеска к бронзолитейщику из Харькова, отливавшему при оккупантах подшипники для вражеских танков. Но так как ученый-биолог не знал ни инженерного дела, ни какого-нибудь полезного ремесла, то его определили в бригаду «куда пошлют». Бывшему доценту вручили атрибуты его новой профессии: кол для «подваживания» неподъемных тяжестей, по-лагерному — дрын, лопату и метлу. Здесь же Комский получил и свой личный номер Е-275, который каждый мог считать с его бушлата, телогрейки, штанов и шапки. Работягой Е-275 оказался угрюмым и молчаливым, зато безотказным и не таким уж слабым. Поэтому его чаще всего наряжали на такие работы, как погрузка и разгрузка с машин станков и крупного металлолома, разборка этого металлолома вручную и перекатка из цеха в цех тяжелых болванок. Доцент никогда не возражал и не просился на более легкую работу. Ломовой труд имел свои преимущества. Они заключались в том, что днем тяжелая работа отвлекала от еще более тяжелых мыслей, а ночью эти мысли гасила усталость.

Ужасов недавнего времени в колымских лагерях, тем более в лагере, обслуживающем завод, уже не было. Ушла в прошлое смертельная штрафная пайка. При любом выполнении и на любой работе заключенный, даже каторжанин особлага, получал гарантийные восемьсот грамм хлеба. Лагерному начальству было запрещено продлять рабочий день лагерников по своему произволу. В общих лагерях он был ограничен десятью часами, в специальных — двенадцатью. В Берлаге, правда, без выходных.

Для бывшего доцента, не ставшего профессором одного из старейших университетов страны только из-за своей непокладистости, потянулись дни заключения, медленные и тягучие каждый в отдельности, но казавшиеся прошедшими непостижимо быстро, когда они складываются в месяцы и годы. Этот тюремный парадокс времени объясняется очень просто. Способность к непосредственному ощущению хода времени ограничена у человека пределами немногих суток, а может быть, и одними сутками. На больший отрезок времени его биологические часы не заводятся. Поэтому даже в ретроспективе мы оцениваем время только умозрительно. Но для всякой перспективы, прямой или обратной, необходимы какие-то отметки времени в виде событий изменения окружающей обстановки. Дни же в заключении похожи друг на друга, как лица идиотов. Как страницы жизни они могут быть уподоблены невыразительным рисункам на стекле, сделанным по одному трафарету. Сложенные в толстый пакет, они становятся от этого только менее прозрачными. Таким же тусклым и однообразным представляется арестанту-большесрочнику и его будущее. Это «дорога в никуда», на которой даже смерть представляется просто очередным шагом, последним, но ничем не отличающимся от миллионов предыдущих шагов по безрадостному пути неволи.

Правда, такое ощущение времени и своей арестантской жизни приходит к осужденному не сразу. Ему предшествуют месяцы, иногда даже годы, когда отчаяние сменяется в человеке надеждой, цепляющейся подчас за самые ничтожные и сомнительные поводы, чтобы снова смениться отчаянием. Постепенно оба этих крайних состояния духа посещают заключенного все реже, все больше сводятся к общему знаменателю безразличия и апатии. В таком состоянии и находился Комский ко времени, когда он получил письмо от своей бывшей студентки. И в его ответе Понсо не было ни позы, ни рисовки безнадежности своего положения. Он думал так, как писал.

Габриэль Понсо, сын Джузеппе Понсо — стеклодува из Венеции, почти уже не помнил о своем итальянском происхождении. Жена Габриэля Осиповича была русской, а из троих его детей только последний ребенок, дочь Нина, по внешности и темпераменту была, ни дать ни взять, бабушка — итальянка с берегов Адриатики. Оба сына пошли в мать, курносую и широкую в кости волжанку. Однако и Нина знала по-итальянски только несколько слов, которым научил ее отец. Это были, главным образом, благозвучные приветствия с красивым обращением «синьор» и «синьора». Уже в пионерские годы, узнав, что «господин» и «госпожа» слова больше буржуазного обихода, чем пролетарского, Нина заменила их не менее красивым «камараде». Ведь она была дочерью потомственного рабочего.

Габриэль Понсо унаследовал профессию стеклодува от своего отца, деда и прадеда. В Россию он приехал в начале века, как выразились бы сейчас, за «длинным рублем».

Молодого парня сманил сюда дядя, работавший на одном из крупных стекольных заводов. Профессия мужчин в роду Понсо была не только потомственной, но и семейной. В холодную и чужую страну Габриэль, как и брат его отца, ехал только, чтобы подзаработать деньжат и, вернувшись с ними на родину, жениться. И так же как его дядя, застрял здесь навсегда. Сначала все откладывал отъезд на родину. Потом грянула война. И хотя в принципе возвращение домой было возможно — Италия была союзницей России — оно означало для Понсо мобилизацию на фронт. А он вовсе не был патриотом, а главное, понятия не имел, что там делят Италия и ее непосредственный враг — Австро-Венгрия. Возможно, однако, что главной причиной того, что и второй Понсо остался в России, была не война, а смешливая голубоглазая Маша, подносчица заготовок в цехе, где работал Габриэль. Ради нее он, католик, даже принял православие. Впрочем, он не был особенно предан ни католическому богу, ни его наместнику на земле — римскому папе.

Потом были революция, гражданская война, голод и холод, брюшной тиф, от которого умер первенец супругов Понсо — Марк. Своим детям они выбирали имена, общие для итальянцев и русских.

Габриэль Понсо вступил в большевистскую партию, воевал с Деникиным и Врангелем, был ранен, переболел сыпным тифом. Когда после многолетнего перерыва завод снова начал работать, он вернулся в свой цех, теперь уже в качестве мастера. Где-то в середине двадцатых годов у Понсо родилась дочь Нина. Ей было всего лишь лет пять, когда сравнительно сытая жизнь периода НЭПа снова сменилась полуголодной, а временами и настоящим голодом первых пятилеток. В тридцать седьмом старика Понсо посадили: иностранец по происхождению, состоящий в переписке с родственниками в фашистской Италии. Правда, этими родственниками были его престарелые родители, ныне уже покойные, а последнее письмо в Италию относилось к началу тридцатых годов, но главный принцип ежовского НКВД был, похоже, тот же, что и у инквизиторов-карателей средневековья: «Бей правого и виноватого, на том свете разберутся». И все же Габриэлю Осиповичу повезло. В 1939 году он попал в те десять процентов осужденных за мнимую контрреволюцию, которых после восемнадцатого партийного съезда выпустили из лагерей и тюрем с полной реабилитацией. Работать, однако, он уже не мог. Душила профессиональная эмфизема, усиливавшая старую болезнь сердца. А вскоре началась война с немцами, и с фронта пришла похоронка на второго сына Александра. Получив ее, старый Понсо скончался от инфаркта. Мать и дочь, учившаяся уже в девятом классе, остались одни. А через год, едва окончив школу, Нина откликнулась на призыв, адресованный ко всем девушкам-патриоткам, поступать в школы разведчиц-парашютисток. Не помогли ни слезы матери, ни ее мольбы пожалеть ее старость. Ведь это же верная смерть, быть заброшенной с парашютом в тыл неприятеля! А она, Нина, ее последняя дочь и последняя опора в старости! Нина и в самом деле была послушной и любящей дочерью. Но ее звал на подвиг долг патриотки и комсомолки. Об этом долге твердили сейчас все, но только немногие, подобно ей, понимали его так безоговорочно.

Мать проплакала глаза, читая письма дочери из наглухо закрытой школы разведчиц, где девушки обучались нехитрым основам радиотехники, приемам морзянки и работе ключом. Здоровая, смелая и ловкая девушка, она быстро и хорошо освоила прыжки с парашютом. Но в одном из последних писем уже из военного госпиталя Нина писала, что серьезно покалечилась и, вероятно, навсегда останется инвалидом. Предстоящую отправку домой она переживала едва ли не сильнее, чем свою навечную хромоту. Мать была счастлива — хоть калека, зато жива.

В течение года Нина работала на стекольном заводе, том самом, где работали ее отец и старший брат. А потом поступила на биофак университета, благо большой университетский город был совсем недалеко. Почему именно на биофак? Тогда Нина могла бы ответить на этот вопрос лишь по-школярски банально: биология в школе интересовала ее больше других предметов. Она была активной участницей кружка юннатов, составляла гербарий, ловила бабочек. И вот теперь, когда Понсо могла бы поступить в один из модных тогда технических вузов — конкуренции со стороны мужчин почти не было, они были на фронте, — она избрала биологический факультет.

Было еще одно грустное соображение. Университет готовит, главным образом, учителей. Работа эта почти сидячая и вполне подходит человеку, ковыляющему с палкой. Нина никогда не забывала, что увечье обрекает ее на серую, одинокую и безрадостную жизнь, без славы и подвигов. Правда, она читала и слышала о подвигах гражданских и духовных, не требующих ни физической выносливости, ни силы мышц. Образцом такого подвижника был, как известно, писатель Николай Островский. В старину, говорят, были герои в науке и философии. Но их время прошло. Нина видела ученых, преподававших на факультете биологию и смежные с ней науки. Люди знающие, но большей частью весьма обыкновенные. И наукой они, видимо, одержимы не были. И никого заразить любовью к ней не могли. Без особого энтузиазма училась и Нина, хотя привычная самодисциплина, подтянутость и хорошие способности помогали ей осваивать науки лучше подавляющего большинства сокурсников.

Так было до времени, когда она начала слушать курс лекций, которые вел доцент Комский. Этот человек не только был влюблен в свою науку, но умел увлекать ею других, хотя вряд ли ставил эту цель перед собой специально. Целью и смыслом жизни была для него биология. На своей вступительной лекции Комский говорил, что наука о жизни вскоре должна стать ведущей, как в прошлом механика, а теперь физика. И если она еще не занимает такого положения, то только потому, что изучая самые сложные из явлений, еще не нашла для них достаточного количества обобщающих законов. Человек приравняется к божеству не тогда, когда он достигнет иных миров, а когда решит поставленную еще древними задачу постижения самого себя, то есть биологических закономерностей, лежащих в основе всякой жизни.

Студентка Понсо слушала лекцию, как ребенок слушает сказку, затаив дыхание и приоткрыв рот. А она-то считала, что наука, в которой она готовилась стать специалистом, — второразрядная. Где уж биологии — думала Нина прежде — с ее анатомированием лягушек и скучной классификацией организмов по Линнею, до физики или химии. Но теперь она знала, что это не так. Хорошо, что колеблясь между биологией и химией, она выбрала эту прекрасную, как она теперь понимает, науку о живом. Ведь ничто ей не мешает и самой стать биологом-исследователем, в меру сил помогающим своей науке занять то место среди прочих наук и в жизни человечества, о котором так вдохновенно говорит доцент Комский. Никогда бы она не подумала прежде, встречая в коридорах этого сухого и хмурого с виду человека, что он не только большой ученый — об этом она слыхала, — но и настоящий мечтатель. Особенно, когда речь идет о его научной специальности — генетике.

Здесь Комский со свойственным ему умением к обобщению и широкому охвату всего, чего он касался, говорил о неспособности подавляющего большинства людей удивляться подлинным чудесам природы только потому, что чудеса эти окружают нас со всех сторон и повторяются непрерывно. Таково чудо наследования потомками внешнего вида и основных свойств своих предков на протяжении тысяч и миллионов лет. Люди же чаще удивляются достаточно редкому в природе неповторению в детях общих черт их родителей. И таращат глаза на какую-нибудь белую ворону, равнодушно проходя мимо черной, которой-то и следовало бы удивиться по-настоящему. Биологическую генетику создали люди, способные на такое удивление. Целью этой науки является разгадка механизмов передачи наследственных признаков. Решение задачи о том, почему перышки пролетавшей за окном вороны по цвету и форме почти такие же, как у ее предка, жившего десятки тысяч лет тому назад. Можно считать уже установленным, что все наследственные признаки вида как бы закодированы в особых, неумирающих клетках, передающихся из поколения в поколение. Расшифровка кода этих клеток и составляет главную задачу генетики. Помимо необозримого в своей перспективе практического значения, такая расшифровка, возможная только с применением методов, принятых в точных науках, поставила бы биологию не только в ряд с этими науками, но и сделала бы ее первой среди главных разделов человеческого знания. Что так будет, явствует уже из того, что существование еще недавно гипотетических генов на сегодня можно считать доказанным. Слушатели Комского могут убедиться в этом сами, наблюдая появление определенных признаков у потомства некоторых животных в зависимости от комбинации ядер хромосомных клеток у их родителей. Правда, животных низших. Но есть все основания полагать, что то, что является физическим воплощением понятия *ген*, состоит из крупных органических молекул, общих для всего живого. И представляют ли его слушатели те перспективы, которые открыло бы перед человечеством проникновение в тайну комбинаций этих молекул, а тем более нахождение способа перестройки этих комбинаций по своему усмотрению!

Некоторые из слушателей перешептывались. Это были студенты, у которых успеваемость по социально-политическим предметам значительно превышала успеваемость по специальности. Они знали, что учение о генах не только не одобряется корифеями советской биологии, но и считается ими ложным и едва ли не враждебным марксистской идеологии. Неизвестно, правда, почему. Но раз таково мнение руководящего начальства, то Комскому следовало бы подчиниться установкам свыше, а не гнуть свою линию вопреки этим установкам! Знала о разногласиях Комского с официальной точкой зрения на некоторые разделы биологии и Понсо. Но это еще более возвышало ученого в ее глазах. Если он ошибается, то пусть его противники докажут его неправоту, а не пытаются его запугать.

Для Нины наступила пора открытий. Настоящим открытием стала для нее генетика, оказавшаяся наукой, которой стоит посвятить жизнь. Понсо вошла в состав студенческой группы, руководимой Комским и занимавшейся генетикой более углубленно, чем остальные ее сокурсники. Она освоила искусство препарирования под микроскопом и часто помогала своему учителю в лаборатории. Прочла всю литературу по генетике, которую только могла достать. Читала она и публикации «мичуринцев», содержавшие не столько аргументацию в пользу их взглядов, сколько глухие угрозы в адрес «морганистов». Оказалось, что и в середине двадцатого века надо обладать иногда немалым мужеством, чтобы не отступить от своих научных взглядов, причем явно прогрессивных и отчетливо аргументированных. Это было ее вторым открытием.

А третьим было то, что она стала испытывать к своему руководителю не просто уважение и робость ученицы, а нечто гораздо большее. Иначе почему бы, когда он обращался к ней с вопросом на семинаре или подходил к микроскопу, за которым она работала, сердце билось так громко, что Нина боялась, как бы он этого не услышал. Это была явная влюбленность, ставшая для Нины открытием, ее испугавшим. Она запрещала себе влюбляться даже в своих сверстников, чтобы не поставить себя в унизительное положение физически неполноценной калеки, безнадежно домогающейся чьей-то любви. Комский же был старше ее лет на двадцать и к тому же слыл ученым сухарем, за занятиями своей наукой позабывшим даже жениться. Потом она узнала, что он не так уж чурался женщин и далеко не всех их держал на расстоянии.

Состояние Нины походило на мучительную и заразную болезнь, которую приходится ото всех скрывать, а тщательнее всего от Комского. Правда, углубленный в свою науку, он не очень-то присматривался к своим студенткам, и тем более не интересовался их внутренними переживаниями. Временами Нина ловила себя на том, что и она, в глубине души, ругает его сухарем. Но потом ей становилось стыдно своей несправедливой злости. Ну какой же он сухарь, этот увлеченный своим делом, а то и горящий вдохновением человек!

Заканчивался предпоследний для Понсо учебный год, за которым после каникул следовали месяца три занятий на факультете, преддипломная практика и сдача госэкзаменов. Нина очень надеялась на лето, которое она проведет у мамы. В течение этих месяцев она не будет видеть Комского, и обуявшая ее блажь, наверное, пройдет. Тогда она сможет общаться с ним не как млеющая от обожания институтка, а как советская студентка-комсомолка и, возможно, его будущая сотрудница. А всякие там мечтательные завихрения и несбыточные надежды останутся в институтском прошлом.

Но находясь на каникулах, Понсо узнала, что вейсманизм-моргинизм, и до сих пор едва терпевшийся в советской науке, объявлен ее злейшим врагом. Даже в общей печати публиковались статьи, объявляющие его последователей едва ли не агентами мирового империализма. Ходили слухи об аресте ряда выдающихся советских биологов. Нина по-настоящему испугалась, что подобная участь может постичь и Комского. При возвращении на занятия ее страхи подтвердились.

Говорили, что если апологет хромосомной теории Комский не раскается в грехе вейсманизма, то головы ему не сносить. Никакого научного спора между передовой советской наукой и теми, кто примкнул к лагерю буржуазных лжеучений и мракобесов, быть не может. В лучшем случае, при условии их полного «разоружения», эти еретики от биологии могут отделаться общественным шельмованием, как один из молодых ассистентов на биофаке, слезно каявшийся в ереси морганизма и заявивший на общефакультетском собрании, что он впал в эту ересь под влиянием Комского.

А вот сам Комский, по-видимому, и не думал разоружаться. На своих лекциях и лабораторных занятиях со студентами он вел себя так, как будто решения Академии наук о сущности вейсманизма-морганизма вовсе не было, и это учение так же дозволено, как и теория естественного отбора. Студенты-старшекурсники знали, что крамольного доцента не раз прорабатывали на кафедре, что с ним велись душеспасительные беседы, но что все это — зря. Комский продолжал свои опыты с хромосомами и говорил о них как о вместилище клеток наследственности с их генами! Хотя само это понятие было проклято ныне официальной советской наукой. И внешне он держался по-прежнему. Только запавшие глаза доцента и его обтянутые кожей скулы выдавали, чего ему это стоит. Студенты знали, чем все это, почти наверняка, кончится. Большинство из них лекций Комского более не записывали: все равно и то, что было записано ранее, придется выбросить. Кое-кто начал держать себя на занятиях развязно, а некоторые задавать лектору провокационные вопросы и затевать дискуссии вроде той, которую затеял «главный комсомолец» студенческой группы. Кончалось для них это почти всегда так же плачевно, как и для комсорга. Комский был не только эрудированным ученым, но и находчивым полемистом. Поэтому от таких выпадов стали воздерживаться, но слушали вполуха, перешептывались, девчонки хихикали.

Вскоре Понсо осталась едва ли не единственной студенткой на курсе, которая продолжала записывать лекции опального доцента. Она не ограничивалась, как все другие теперь, только обязательными посещениями его лаборатории, а по-прежнему задерживалась после занятий, чтобы записать ход давно начатого опыта или наблюдения. Комский принимал это естественно, как будто все оставалось таким же, как прежде, и ни его поведение, ни ее преданность своему учителю не были чем-то особенным. Впрочем, было похоже, что он расценивает эту преданность до обидного упрощенно. И улыбался чуть-чуть иронически, когда Нина пыталась высказать ему свою убежденность в правоте воззрений хромосомной генетики. Она обиделась бы еще больше, если бы знала, что он вспоминает в это время чеховскую «Душечку».

А на самом деле Нина хотела выразить ему свое восхищение мужеством ученого и гражданина. Она ведь знала, что он живет и работает сейчас в условиях почти общей отчужденности и скрытой травли. Что угроза ареста, нависшая над ним, совершенно реальна. Надо обладать огромным гражданским мужеством и внутренней стойкостью, чтобы не поступиться в таких условиях своей научной совестью. Но как только Нина пыталась заговорить об этом, Комский пожимал плечами и переводил разговор на другое.

Прежде она думала, что нет подвига выше воинского. Теперь же знала: есть подвиг подлинной гражданственности, к которому следует отнести и стойкость в своих научных взглядах и убеждениях. Героический поступок на войне поощряется всеми средствами, прежде всего моральными, ставится в пример другим. Даже совершая его в одиночку, солдат знает, что за ним стоит его армия и народ. Героизм на фронте — это массовость, воинский порыв, нередко доходящий до самозабвения, уверенность, что ты не один. Гражданский же подвиг совершается, как правило, вразрез с господствующей точкой зрения, нередко против нее. А это значит, что поднявший свой голос против установившегося исторически или навязываемого свыше предрассудка, суеверия, несправедливости обрекается на одиночество и непризнанность. Он действует не в состоянии экстаза или порыва, а ясного сознания неравенства сил и своей обреченности. Расправа с ним производится почти всегда при равнодушии и непонимании со стороны народа. Но даже если этот народ и понимает что-нибудь, то и тогда, по ироническому выражению Тараса Шевченко, он «мовчить, бо благоденствує». И несмотря на все это, во все века находились люди, которые отстаивали истину в их понимании даже под угрозой гибели на костре. К людям такого типа Нина относила и Комского.

Однажды доцент, отличавшийся исключительной пунктуальностью, не явился на утреннюю лекцию. Ему звонили, телефон не отвечал. Тогда поехали к нему на квартиру — может, что случилось, он ведь одинок! Оказалось — случилось. Под утро Комского увезли в автомобиле какие-то люди. Это видели его соседи по лестничной площадке.

Весть об аресте Комского была принята большинством старшекурсников с тем спокойствием, с каким принимается сообщение о смерти давно и безнадежно больного человека. Что ж, никто ничего иного и не ожидал. Многие его жалели — это был, несомненно, одаренный ученый и яркий интересный лектор, — но только втихомолку. И уж подавно помалкивали те, у кого в голове вертелся крамольный вопрос: а почему следует считать естественным арест ученого только за то, что он мыслил не по установленному стандарту? Разве свобода изысканий, предположений и теорий не является непременным условием развития всякой науки? Да и не только науки. Но таких было очень немного, один-два — и обчелся. Это было поколение, для которого понятия юридической законности не существовало. Если кто-то чем-то не угодил властям предержащим, они имеют право на его уничтожение или изоляцию. На основе какого из положений Конституции или хотя бы какой морали? А это уж не вашего ума дело! Есть «специалисты», которые, получив соответствующий приказ, «подобьют клинья» под кого угодно. Но это, собственно, уже вопрос декорума, чисто внешнего оформления.

На таком же отношении к вопросам законности и прав гражданина была воспитана и Нина Понсо. Правда, еще совсем девочкой она слышала рассказы отца об ужасах и несправедливостях тридцать седьмого года. Но во-первых, она мало что в этих рассказах понимала. А во-вторых, его-то все-таки освободили, поскольку старик Понсо был ни в чем не виновен!

Но теперь ей хотелось кричать от чувства обиды и несправедливости. Как какой-нибудь бандит или вор, в тюрьму был брошен человек, являвшийся для нее образцом настоящего ученого и гражданина. Он был лучше и выше всех людей, которых она знала. Нине приходилось сдерживаться, чтобы не замахнуться своей палкой на злорадствующего главного комсомольца группы.

— Достукался, морганист чертов! — не скрывал своей радости по поводу ареста крамольного доцента комсорг.

Он сказал это нарочито громко, чтобы слышали те, кто на этого врага народа разве что не молился. И при этом вызывающе поглядывал на Понсо. Это она хихикала громче всех, когда Комский непристойной шуткой ответил на протест советского студента против его попыток высказывать на лекциях зловредные морганистские взгляды. Как большинство злых дураков, комсорг был болезненно самолюбив и не мог забыть, как отбрил его тогда наконец-то арестованный морганист. Слух о метком ответе профессора облетел весь биофак, и ребята при встрече с незадачливым защитником правоверных позиций во взглядах на наследственность обидно скалились, а девчонки еще обиднее фыркали в кулак. Кое-кого из этих весельчаков надо будет проучить, чтобы отбить у остальных охоту веселиться там, где требуется подчеркнутая серьезность.

Однако устраивать особую сенсацию из ареста очередного врага народа не полагалось. И на курсе по поводу исчезновения Комского шушукались только во время «окон», образовавшихся в часы, когда в расписании занятий стояла его фамилия. Правда, уже через два-три часа она была густо замазана чернилами.

Понсо с трудом дождалась конца этого дня. На лекциях она почти ничего не слышала. С последней пары она пошла не в общежитие, как обычно, а забрела в голый и неприютный сейчас городской парк и, забравшись в глухую аллею, дала волю слезам.

Нина не была так наивна, чтобы тешить себя несбыточными надеждами на освобождение Комского. Он был сторонником научной теории, объявленной сейчас контрреволюционной. Но и она тоже считала эту теорию безусловно правильной. Выходило, что и она — контрреволюционерка. Тут заключалась какая-то ужасная неправильность, что-то органически уродливое. Но это не было неправдой частного случая, когда можно надеяться на признание несправедливости или ошибки. В искоренении вейсманистского течения в биологии принимало самое непосредственное участие Министерство государственной безопасности. А это значило, что Сергей Яковлевич не только не вернется в свою науку, но и будет выслан в какие-то далекие, холодные и бесприютные края. Возможно, что и она, его прилежная ученица и последовательница, будет проработана по комсомольской линии. Комсорг намекал на необходимость поговорить кое с кем из тех, кто подозрительно усердно подхалимствовал перед репрессированным вейсманистом-морганистом. Может быть, ее даже выгонят из комсомола. И уж во всяком случае не оставят при кафедре, где она надеялась работать вместе с Комским, пошлют учительствовать куда-нибудь подальше. В лучшем случае, если ей удастся узнать, куда отправлен Сергей Яковлевич, она сможет с ним переписываться. В принципе это не исключено. Мама, помнится, писала отцу в лагерь.

И если такая переписка состоится, то она не станет более таить от Комского своих чувств к нему. И не только потому, что признаться на бумаге легче, чем сделать это глядя человеку в лицо. Оставайся Сергей Яковлевич на воле, Нина вряд ли бы когда-нибудь решилась на такое признание, слишком большая пропасть отделяла их друг от друга. Она — увечная калека, он — убежденный холостяк, которого не смогли заманить в супружество и не такие женщины. Но теперь Комский всего лишь «бывший», обездоленный человек, у которого и после его выхода на волю не будет ни кола ни двора. И вероятно, в течение долгих лет заключения не будет никого, кто напишет ему хотя бы слово сочувствия. Возможно, он будет тронут готовностью любящей женщины ждать его освобождения хоть пять, хоть десять долгих лет...

И тут Нину осенила мысль, от которой она выпрямилась на скамейке, а наполненные слезами глаза почти мгновенно высохли. А почему эта женщина должна пассивно ждать освобождения любимого человека вдалеке от него, даже если место его заключения находится где-то за Полярным кругом? Что если она сама поселится где-нибудь поблизости, попросившись на учительство в места, в которые мало кто едет добровольно? И хотя окончивших вузы распределяют по разверстке, такие заявления удовлетворяются почти всегда. Тогда, может быть, она будет иногда даже видеться со своим любимым, поддерживать его морально, помогая чем сможет материально. Одним словом, станет современной «декабристкой». Чем это будет не подвиг, о котором она мечтала с юношеских лет?

Нина больше не плакала. До позднего вечера ковыляла она по пустынным аллеям облетевшего сада, присаживаясь на засыпанные палыми листьями скамейки, когда очень уж сильно начинала болеть изувеченная нога. Теперь ее деятельная натура получила определенное жизненное задание, а ум — пищу для размышлений. А подумать было о чем. Свое решение необходимо хранить в тайне ото всех, иначе найдутся люди, которые любыми средствами постараются помешать его осуществлению. Допустимо ли, чтобы к осужденному за контрреволюцию в науке ехала его ученица, бывшая студентка советского вуза и комсомолка? Но нужно еще, чтобы она не стала этой «бывшей» без диплома. При первой возможности ее постараются выпереть из университета, хотя она почти уже выпускница. А чтобы не дать повода для этого, нельзя поддаваться на провокации, в которых, вероятно, недостатка не будет. Уже сегодня тот же комсорг явно вызывал ее на открытое возмущение своими оскорбительными выпадами против арестованного ученого. Он из тех храбрецов, которые рады пинать лежачего. А скажи она хоть слово в защиту Комского, ей сразу же «пришьют дело», и хорошо, если только по комсомольской линии. Но она постарается не выдавать своей тоски по Сергею Яковлевичу, как допустила это сегодня.

Вернувшись в общежитие, Нина рано легла спать, тайком от соседок по комнате сунув под подушку полотенце на случай, если не удастся сдержать слез. Девичьи подушки нередко выдают сердечные тайны их хозяек. Предосторожность оказалась не лишней. Поднявшись утром раньше всех, Нина незаметно прошмыгнула в умывалку, чтобы холодной водой убрать следы слез.

Выдержать характер и не показать своего горя она сумела настолько, что на факультетском комсомольском собрании, посвященном вопросу о разгроме на биофаке последователей морганизма-вейсманизма, свивших себе гнездо в лаборатории бывшего доцента Комского, ее фамилия прямо не упоминалась. Говорилось лишь о некоторых комсомольцах, которые пошли на поводу у этого сторонника лжеучения, чем показали свою идеологическую неустойчивость. Им предоставляется сейчас возможность объяснить товарищам, что они допустили это по недомыслию и теперь отрекаются от своих ошибочных взглядов и осуждают ныне репрессированного органами МГБ врага народа — Комского. Но на это унижение Нина не пошла. Когда несколько человек выступили с покаянными речами, сидевший в президиуме комсорг спросил у Понсо, забившейся в дальний угол аудитории:

— А тебе разве нечего сказать?

— Нечего! — ответила она, не вставая с места.

— Гляди, тебе жить! — угрожающе предупредил комсорг.

И все же Нина, вероятно, закончила бы университет без особых событий, если бы не попыталась выкрасть и сохранить журнал многолетних наблюдений Комского над чередованием наследственных признаков у подопытных насекомых. В этих наблюдениях не было ничего особенно оригинального, но арестованный доцент часто использовал их результаты как наглядное доказательство несостоятельности ламаркистских воззрений. Поэтому блюстители мичуринско-лысенковского учения на факультете были поступком студентки-выпускницы чрезвычайно разгневаны и возмущены.

Выражение «выкрала журнал» было применено ими не совсем правомерно, больше для придания делу о попытке спасти записи еретических опытов доцента характера преступления. Понсо только подобрала журнал, выброшенный из лаборатории Комского при ее разгроме. Изорванный и смятый, он валялся на полу в коридоре в куче других его записей, множества макрофотографий, книг и журналов со статьями западных и отечественных морганистов, в том числе и самого Комского, разбитых коллекций старых препаратов и прочего вредного хлама. Наутро этот хлам должны были сжечь на мусорной свалке. А до того дежурной уборщице было дано указание следить, чтобы ничто из предназначенного для сожжения, не дай бог, куда-нибудь не уплыло. Эта уборщица и видела из-за застекленной двери в конце коридора, как какая-то студентка вороватло сунула в свой портфель одну из выброшенных толстых тетрадей. Задержать похитительницу уборщица не сумела. Стеклянная дверь из другой половины коридора была забита, и ей пришлось перебегать на место происшествия через верхний этаж. Тем временем воровка скрылась. Но бдительная охранница мусорной кучи хорошо ее запомнила: хроменькая, с палкой, с волнистыми волосами по обе стороны лица. На следующее утро, когда студенты были на занятиях, по комнатам общежития прошлась комиссия, следящая за порядком. Она-то и обнаружила, конечно совершенно случайно, что студентка Понсо в нарушение всех правил держит у себя под матрацем какую-то макулатуру.

От исключения ее спасло только прошлое курсантки-добровольца, ставшей инвалидом почти на фронте. Официально была принята версия, что журнал она стащила из-за записей, которые не относились к проблеме наследственности непосредственно и были нужны выпускнице для ее дипломной работы.

Ко времени, когда начала работать комиссия по распределению выпускников биофака по местам их будущей работы, Нина еще ничего не знала о Комском — в тюрьме ли он еще или уже увезен в лагерь, а если вывезен, то куда. В прокуратуре справки об арестованных давали только близким родственникам по предъявлении ими документов. Но она знала, что в большую часть мест, где находятся дальние лагеря — а в ближние политических преступников не отправляли, — можно завербоваться по договору. На тех, кто завербовался на Крайний Север или Дальний Восток, не распространялся железный закон о «крепостном праве» — правительственном указе о прикреплении трудящихся к предприятиям и учреждениям, где они работают. Труд учителя нужен везде, и предприятия, осваивавшие тайгу Сибири, просторы Арктики или пески Каракумов, не откажутся, наверное, заключить договор с молодым специалистом. Поэтому сейчас практически не имело значения, куда ее пошлют. Понсо не просила, как большинство других выпускников, не направлять ее в деревню. Впрочем, ей, только чудом не выгнанной из университета из-за инцидента с тетрадкой Комского, нельзя было даже заикаться об этом.

В селе, где она учительствовала, Нина еще острее почувствовала свое одиночество. Ковыляя мимо умолкавших при ее появлении колхозниц, она всякий раз ощущала на своей спине их не столько сочувственные, сколько откровенно любопытствующие взгляды. Вот еще одна вековуша, хоть и красива она, и образована! Но теперь вон сколько девок да баб, таких же красивых и молодых, коротают свой век без мужей, хотя и руки, и ноги, и все прочее у них на месте. А эта, помимо всего, еще и не якшается ни с кем, ничего о себе никому не рассказывает. Правду, наверное, другие учительши говорят, что образованностью своей задается. К тому же по фамилии и по внешности она, вроде, еще и не русская какая-то!

В селе о человеке, да еще хоть сколько-нибудь заметном, всегда все известно. О новой учительше знали, что письма она пишет своей матери и еще по каким-то казенным адресам. Позже она стала отправлять письма в далекий Магадан, причем на конверте вместо марки и настоящего адреса был написан какой-то «почтовый ящик». Такие письма посылают в армию и еще кое-куда, где людей тоже содержат на всем готовом. На селе были бывшие солдатки, мужья которых прямо с фронта угодили в лагерь: кто «за Власова», а кто «за плен». Эти знали, что Магадан означает Колыму. По-видимому, у учительши кто-то сидит там в лагере. Но кто? Из ее анкеты было известно, что ни отца, ни братьев у Понсо нет, и она — незамужняя. Неужто жених! Это у хромой-то? А кто ж еще, если она даже собрала ему посылку. Потом, правда, эта посылка с Колымы вернулась.

Таинственность почтовых связей чудно́й учительши возбуждала любопытство не одних только сельских баб. Это любопытство обострилось еще больше, когда Понсо, побывав во время своего длинного учительского отпуска в Ленинграде, привезла из тамошнего представительства треста по освоению Дальнего Севера огромную, в полстолешницы, анкету. Эта анкета предназначалась для лиц, выражавших желание заключить с Дальстроем трудовой договор. Но абы кого Дальстрой, видимо, не брал. Среди множества вопросов, на которые полагалось отвечать кратким «да» или «нет», был такой: «Имеете ли вы родственников, репрессированных советскими карательными органами, в том числе находящихся на территории Колымско-Индигирского района» особого назначения? Был также вопрос о существовании таких родственников вообще.

На оба эти вопроса следовал ответ: «Нет». Это отметили сельсоветчики, заверявшие заполненную учительницей анкету.

Прошли, однако, месяцы после отсылки всех необходимых документов в отдел кадров Дальстроя, прежде чем оттуда вернулся подписанный уже обеими сторонами бланк договора. Гражданка Понсо извещалась, что на работу в районе особого назначения она принята. Должность будет ей предоставлена в соответствии с ее специальностью, но в каком именно пункте РОН будет решено уже на месте. Прибыть она должна с началом навигации через Охотское море. Подъемные деньги ей переводятся.

Согласно положению о завербовавшихся на работу в Дальстрой, администрация школы была обязана отпустить учительницу в течение ближайших двух недель после извещения отделом кадров. Полярная навигация, однако, начиналась только поздней весной, уже после окончания учебного года. А до того Нине оставалось только изучать учебную географическую карту, благо таких карт в школе было несколько. Ее маршрут до Колымы представлялся будущей декабристке невероятно длинным. Десять тысяч километров до одного из дальневосточных портов на Тихом океане, затем путешествие на пароходе через Японское и Охотское моря. Да и там, на месте, ей придется жить в каком-то из дальних поселков, затерянных среди сопок, все еще почти пустынного и самого холодного на земле края. Но тем больше оправданий для ее решения согреть своей относительной близостью существование дорогого ей человека. Скорее бы весна!

Труднее всего далось Нине расставание со старой матерью, к которой она заехала на несколько дней после увольнения из школы. Узнав, что неисправимая фантазерка-дочь отправляется зачем-то в страшно далекую Колыму, мать плакала едва ли не горше, чем когда провожала ее в школу радисток. С этой Колымы, говорят, почти никто и никогда не возвращается. И если уж Нина не хочет жить, как все люди, то подождала бы хоть до того недалекого времени, когда ее мать закончит свой нелегкий жизненный путь. А так, кто закроет ее глаза, кто проводит на кладбище? Плакала и Нина. Но изменить уже ничего нельзя. А главное, ее звал голос долга.

На этот раз, правда, не перед народом, а только перед одним человеком, который к тому же и не требовал этого. Но, по понятиям Нины, его исполнение было для нее обязательно.

Дорога от ворот омсукчанского завода до лагеря шла сначала вдоль берега реки по Главному Колымскому шоссе, поворачивала невдалеке на мост через Омсукчан, продолжалась по улице небольшого поселка вольных и, пересекая неширокое кочковатое болото, упиралась в массивные ворота ОЛП № 17. Длинная колонна заключенных, отработавших на заводе дневную смену, только начинала еще этот недолгий путь, четко маршируя по укатанному как асфальт шоссе. Довольно широкая тут и еще полноводная после недавнего весеннего паводка река оранжево блестела в лучах низкого солнца. А оно лениво спускалось, как бы размышляя, продолжать ли ему закатываться за далекие сопки или уже не стоит? Стояло начало июля, самый разгар колымской весны с ее тихими и грустными белыми ночами.

Была еще не ночь, но и не слишком ранний вечер. Смена закончилась давно. Но ведь всех выводимых с завода заключенных надо было тщательно обыскать, не несет ли кто-нибудь из них какой-нибудь железки? Любая железка, даже большой гвоздь, рассматривались в спецлаге как оружие или материал для него. Затем надо всех обысканных построить перед верстаками и раза три пересчитать. Тут ведь были не какие-нибудь уголовники, воры, бандиты и убийцы, а состоящие на особом учете опасные враги народа, за каждого из которых конвоиры отвечали головой. Всегда находились нарушители, пытавшиеся пронести в лагерь пару кусков кокса для барачной печки или кирпич для ее ремонта, несколько гвоздей для приколачивания отставших досок на нарах или еще что-нибудь в этом роде. В таких случаях возникали дискуссии: оружие это или не оружие? Ведь можно же хватить конвоира кирпичом по голове или ткнуть его гвоздем в глаз! Подобные дискуссии почти неизменно заканчивались победой конвойных, вооруженных такими аргументами, как свирепый мат, рапорт о кондее для вступившего с ними в препирательство или наручники, которые демонстративно свисали у некоторых солдат из карманов шинелей. Но все это требовало времени.

Бо́льшая часть охранников, служивших в лагерях особого назначения, состояла из мальчишек-первогодков срочной службы. Политрукам и командирам не составляло труда убедить зеленых юнцов, что их подконвойные чуть не сплошь бывшие помощники гестапо, расстреливатели, вешатели и работники душегубок. Такие, конечно, способны на все. Из чрезвычайной опасности этих заключенных вытекала и необходимость сбивать их на марше в очень плотные колонны. Шеренги-пятерки ставились одна к другой почти впритык. Такое построение преследовало две цели. Одна — официальная, состояла в том, чтобы укоротить цепочки автоматчиков, охраняющих колонну с боков. Решившемуся на рывок арестанту труднее прорваться через густую цепочку бойцов, чем через жидкую. В это верили «солдатики-подсвинки», набранные из малограмотных призывников. Другая цель была куда реальнее. Она заключалась в превращении пешего этапа в сплошную му́ку для заключенных. В слишком тесной колонне шагать свободно нельзя, идти в ней можно только в ногу, точнейшим образом соблюдая ритм марша. Иначе задние начинают наступать на пятки впередиидущим, сбивать их «с ноги», и вся цепочка построенных в затылок людей начинает путаться в собственных ногах, как человек, пытающийся идти с надетыми на ноги мешками. Растянуться колонна заключенных не может. Сзади и спереди этой колонны в две-три шеренги идут солдаты, вооруженные не автоматами, как все остальные, а винтовками с примкнутыми штыками. В этом тоже проявлялась двойная тактическая предусмотрительность спецлаговских полковников и генералов. Из винтовки можно было вести прицельный огонь по беглым этапникам, сумевшим-таки прорваться сквозь ливень автоматных пуль, а штыки наставлять против головы и хвоста колонны конвоируемых, если та проявляла склонность самовольно удлиняться. В таких условиях колонну с шага сбивал даже единственно споткнувшийся арестант. Затем следовала команда:

— Колонна, стой! — и предупреждение, что в случае повторения такого беспорядка весь этап будет поставлен «на выстойку». Продолжительность «выстоек» увеличивалась по мере числа повторений безобразий со стороны этапируемых. При сносной погоде даже получасовое стояние никого особенно испугать не могло, но в трескучие колымские морозы и на пронизывающем ветру оно становилось пыткой. Эта мера была тем более действенной, что на арестантов, плохо осваивающих искусство маршировки, обрушивались злоба и гнев их же товарищей. Поэтому его, в конце концов, постигали даже самые неспособные, вроде пожилых интеллигентов, никогда не проходивших военной службы. В хорошую погоду и на приличной дороге строй марширующих берлагерцев мог бы умилить, вероятно, самых требовательных из муштровиков-зубодробителей аракчеевских времен. Однако в грязь, гололедицу, пургу, да еще на узкой и неровной дороге не могла помочь никакая муштра и никакое усердие самих арестантов. А этого только и нужно было старательным вооруженным соплякам. Одетые в отличные полушубки поверх ватного обмундирования и обутые в валенки, они могли «от пуза» измываться над полураздетыми арестантами и придираться к нарушению строя. Но сейчас погода и дорога были отличными, и арестантские картузы с черно-белыми полосками номеров над козырьками ритмично колыхались вверх и вниз по всей длине тесно спрессованной колонны людей с заложенными назад руками.

В одном из первых ее рядов шагали три арестанта с номерами одной серии: Е-270, Е-275 и между ними Е-931. Знающий здешние порядки человек мог сделать вывод, что первые два поступили в лагерь одновременно, третий же — намного позже. Буквы арестантских «серий», по тысяче человек в каждой, лагерное начальство нарочно путало, чтобы сбить с толку тех, кто попытался бы установить по ним приблизительное число пронумерованных заключенных. Но поступать так же с цифровой частью номера не было ни возможности, ни необходимости. Поэтому порядковый номер, следующий за буквой, если он принадлежал арестантам разного «привоза», мог служить чем-то вроде начальной даты их спецлаговского стажа. Любой заключенный с первого взгляда на номер Е-931 мог сказать, что его обладатель — арестант-новичок, вероятно, только что прибывший на Колыму с одним из первых пароходов навигации этого года. Факт сам по себе маловажный. Однако появление этого арестанта в здешнем лагере сразу же возобновило споры, начавшиеся между «интеллигентами бэ-у» — бывшего в употреблении, как они сами себя называли — около года тому назад. Но, конечно, не из-за личного номера новоприбывшего, его статьи или срока. Все это было весьма обычным, так же как и ежегодное весеннее пополнение лагеря. Оживление полузабытых споров вызывала бывшая профессия новичка — профессор кафедры лингвистики одного из историко-филологических факультетов.

В конце лета прошлого, 1950 года, на обычно пустующем лагерном стенде для газет неожиданно был вывешен номер газеты «Правда» со статьей Сталина «Марксизм и языкознание». Статья была написана в порядке «дискуссии» с приверженцами языковедческой школы, основанной давно уже покойным к тому времени академиком Марром. В ней, как говорилось в не замедливших последовать восхищенных комментариях, Корифей всех наук не оставил камня на камне от псевдореволюционной, «яфетической» теории происхождения языка, которую он называл «пресловутой». Статья была доведена до сведения даже заключенных врагов народа. Пусть и они знают, насколько могуч и всеобъемлющ гений вождя мирового пролетариата, способный проникать в глубину таких наук, о самом существовании которых подавляющее большинство простых смертных даже не ведает!

Было ясно, что наведя порядок в биологии, Корифей принялся теперь за языкознание. Испытавшие на себе его методы научного спора, в том числе номер Е-270, известный в своем бараке по прозвищу Садовый Горошек, полагали, что и в очередной полемике Сталин останется верен этим методам. Иначе как бы он стал Корифеем? Благодушный от природы Горошек был теперь в своих суждениях зол, а в прогнозах — пессимистичен.

В отличие от него, хмурый и суровый с виду Доцент старался соблюдать объективность и не поддаваться скрытому желанию большинства обиженных, чтобы их несчастья распространялись на как можно большее число людей. Он внимательно и не один раз прочел статью Сталина. Насколько может судить неспециалист — а автору статьи помогали, конечно, настоящие языковеды — яфетическая теория марровской школы построена на весьма шаткой основе. Поскольку

Генералиссимус, он же политик, непревзойденный инженер-конструктор, биолог и прочая, и прочая решил снискать себе еще и славу языковеда, то более благодарного объекта для нападения, чем эта теория, пожалуй, и не сыскать. Однако шумному походу против смиренных языковедов трудно придать политическую окраску при столь же тенденциозном освещении школы Марра, как в недавнем прошлом вейсманистской школы в генетике. Похоже, что этого не особенно хочет и сам Сталин. Называя яфетическую теорию «пресловутой», он, тем не менее, не объявляет ее реакционной, как морганизм в биологии. Скорее Вождь упрекает сторонников этой теории в избытке незрелой революционности, стремлении к сокрушению основ буржуазной науки ради самого такого сокрушения. Комский полагал, что дело обойдется временной опалой для марровцев со снятием оной после их покаяния. Даже биологи-морганисты были арестованы далеко не все. А их ересь не чета марровской зауми!

Остановились на том, что спор решит время. Если языковедов начнут сажать, то некоторая их часть поспеет к этапу на Колыму как раз к будущей навигации. Не исключено, что кто-нибудь из сраженных аргументами Корифея ученых попадет и в подразделение № 17. Вот тогда-то спор и решится, причем Горошек был уверен — в его пользу. Когда стало известно, что профессор лингвистики действительно воспитанник марровской школы, он торжествовал:

— Ага, что я говорил?

Торжествовать, однако, было рано. Предположения Комского о характере дискуссии в языковедении были к истине ближе. Профессор рассказывал, что эта дискуссия была чрезвычайно шумной в том смысле, что статья «Марксизм и языкознание» читалась на собраниях рабочих и служащих, студентов и школяров-старшеклассников, много раз повторялась по радио, штудировалась в специально организованных многочисленных кружках. И уж, конечно, она, как откровение, изучалась на кафедрах языковедения. Апологеты яфетической школы отреклись от ее учения сразу и почти безо всякого сопротивления. В том числе и он, бывший завкафедрой, а ныне заключенный номер E-931. Подавляющее большинство советских языковедов исповедовали марровскую веру в единство процесса образования всех языков мира потому, что эта вера была до поры официальной. Попробуй, не прими ее в двадцатые годы, когда решительность в ломке установившихся воззрений считалась главным признаком революционности!

Раскаявшегося марровца вроде бы простили и даже оставили в прежней должности. И все бы, вероятно, сошло благополучно, если бы однажды черт не дернул профессора за язык. Просматривая только что переизданный учебник грамматики для средних школ, он обратил внимание на эпиграф, взятый из сталинской статьи о языкознании. На титульном листе учебника стояло: «Грамматика есть собрание правил об изменении слов и их сочетаний в предложении» и подпись «Сталин». И надо же ему было состроить тогда, что за всякий иной ответ на вопрос о предмете грамматики школьник рискует получить двойку. Вокруг, казалось, были только вполне свои люди... Да и шуткой своей профессор если и хотел что-нибудь дискредитировать, то вовсе не Вождя, которому он отнюдь не «ставил двойки». Насмешки заслуживали только его усердные не по разуму восхвалители. Все это бывший профессор сказал на суде спецколлегии. Но его доводы остались без внимания. А вот то, что он был многолетним последователем ложного учения в языкознании, разгромленного в гениальном труде Сталина, суд во внимание принял и сопоставил со злостным выпадом подсудимого в адрес автора этого труда. И вот результат — двадцать лет заключения в лагерях особого назначения!

Бывший языковед, как и все почти интеллигенты ОЛП-17, был зачислен в ту же подсобную бригаду. Здесь ему были поручены для начала обязанности метельщика в одном из цехов. Подавленный своим несчастьем, старик старательно шаркал метлой по неровному полу из поставленных на торцы чурбаков, пугливо озираясь на работающие станки. В новой профессии его наставляли, а иногда даже помогали два старых арестанта, оба бывшие биологи. Но самой ценной их поддержка оказалась на пути следования подконвойных до завода и обратно в лагерь. Никогда не проходивший армейской службы, старик-профессор никак не мог попасть в ногу с марширующей колонной, все время сбиваясь и спотыкаясь. Доцент и Садовый Горошек опекали его, повторяя, как бестолковому новобранцу-рекруту: «Левой, левой...» — конечно, вполголоса, чтобы не слыхали конвойные. Но когда и это не помогало, они под локти приподнимали сухонького старика от земли, чтобы опустить его под ту же команду «Левой!». При этом Е-275 и Е-270 рисковали угодить в наручники за недержание рук за спиной. Старик тоже понимал это и, весь взмокший от напряжения, старался шагать в ногу. Уже через несколько дней это ему почти удавалось. Старая поговорка «если зайца долго бить, он и спички научится зажигать» получала практическое подтверждение.

Арестантская колонна подходила уже к повороту на мост, когда начальник конвоя, молодой усердный сержант-служака, заметил грузовик-студебеккер, который стоял за ответвлением дороги, свернув на нее, по-видимому, из-за какой-то неисправности. В этом не было ничего особенного, но сержант забеспокоился — мало ли что! Он вытащил из-за борта своего защитного ватника наган и взвел курок. Держать во время этапирования заключенных пистолет в кобуре, даже расстегнутой, было, по его мнению, недопустимо из-за недостаточной готовности оружия к бою. Как и его солдаты, начальник конвоя верил в опасность марша от завода до лагеря не столько всерьез, сколько «понарошку», как играющий в войну мальчишка. Но тем более опасны в руках таких незрелых людей становятся оружие и власть. Гулаговское начальство не только смотрело сквозь пальцы на убийство охранниками заключенных по малейшему формальному поводу, но фактически поощряло их. Прошлой зимой этот сержант застрелил заключенного, который шел крайним в ряду и, наступив на след от тракторных саней, упал на бок. А поскольку верхняя часть его тела оказалась за пределами разрешенной для колонны зоны, был уличен «в побеге». Такое понимание конвоирами своих прав, в сущности, совершенно не расходилось с буквой получаемых ими инструкций.

Помимо служебистского усердия, обязывающего начальника конвоя проявлять особую бдительность при появлении на пути этапа посторонних машин, людей и прочего, действиями сержанта руководила еще и мальчишеская рисовка.

У кабины студебеккера с невыключенным мотором, в котором копался пожилой шофер, стояла молодая красивая женщина. По сторонам кроличьей шапки-ушанки выбивались волнистые волосы, большие темные глаза смотрели на приближающийся этап с выражением изумления и испуга. И немудрено. На синеватой стали оружия в руках конвоя мрачно отсвечивали лучи закатного солнца. За частоколом штыков и ружейных дул послушно шагали государственные преступники, опасные изверги, порученные охране доблестных советских воинов. Сержант, размахивая наганом, бегал вдоль строя и кричал свирепым голосом:

— Под-тянись! Р-руки назад! — хотя подтягиваться было уже некуда, а руки все заключенные держали, как положено, заложенными за спину.

Сержант был доволен. Он и его войско производили, несомненно, очень сильное впечатление на женщину, похоже, недавно приехавшую на Колыму. Наверное, она впервые видела занумерованных заключенных, так как сделала шаг поближе к дороге. И при этом опиралась на палку, которую держала в руке, — хромая, что ли? Но посторонним приближаться к этапу, да еще спецзаключенных, не разрешается. Сержант сделал властный жест пистолетом и крикнул:

— Не подходи!

Он делал вид, что женщина на обочине дороги ему совершенно не интересна. Во всяком случае, не более чем дорожный знак. Но его подконвойные откровенно пялили на нее глаза. И не потому, что она была для них в такую уж диковину. Женщины в Омсукчане, в отличие от большинства других колымских поселков, не были особой редкостью. Однако ни одна из них не шла в сравнение с этой. А главное, все местные женщины смотрели на прогоняемых по улице заключенных с таким же равнодушием, как в деревне смотрят на стадо коров или овец. В глазах же проезжей красавицы светился ужас и сострадание. В исхудалые, заросшие лица арестантов она вглядывалась с таким вниманием, как будто выискивала среди них кого-то знакомого. Возможно, ей это удалось. При повороте колонны на дорогу к мосту женщина, до того стоявшая подавшись всем корпусом вперед, вдруг выпрямилась и закрыла нижнюю часть лица рукой. Как человек, сам себе зажимающий рот, чтобы не вскрикнуть. Одновременно в начале арестантского строя произошла заминка — кто-то там сбился с ноги. Послышался окрик конвойного:

— Засмотрелся, Е-275! А ну не зыркай, прямо гляди!

Но тот, наверное, не только продолжал зыркать, но и не соблюдал при этом ни шага, ни равнения, так как перекос рядов, начавшийся впереди, грозил смешать весь строй.

— Колонна, стой! — заорал сержант, подбегая к месту происшествия.

— Все этот вот, — пожаловался один из солдат, дулом автомата указывая на немолодого уже, худого арестанта.

— Раззявил на бабу рот, как будто бабы сроду не видел...

Нарушитель строя и теперь стоял полуобернувшись назад, как будто не слышал обращенных к нему ругани и угроз. Он смотрел на женщину, стоявшую на обочине дороги, но не с любопытством, как все, а с изумлением. Да и как было Комскому не изумиться? Ведь это была она, его бывшая студентка Понсо! Так вот что означали ее туманные намеки на возможность с ее стороны какого-то необычного поступка! Этим поступком оказался ее приезд на Колыму. И, конечно же, ради него и для него. Что это, ребяческая наивность, сумасшествие или, действительно, жертвенная, самоотверженная любовь? Во всех случаях — это жертва, бесполезная для него и почти самоубийственная для этой странной девушки...

— Е-275, выйти из строя! — приказал начальник.

И так как арестант медлил, его из рядов грубо выдернул конвойный солдат:

— Особого приглашения тебе еще надо!

Въедливый и наблюдательный сержант, что-то уже заподозривший, переводил взгляд с заключенного на проезжую, все еще стоявшую у дороги в полусотне метров позади. Надо будет узнать, кто она и куда следует? Похоже, что водитель грузовика остановил здесь свою машину специально и копается в ней только «с понтом». Сейчас, правда, уже закрыл капот и залез в кабину, но выехать на трассу, пока почти всю ширину бокового пути занимает колонна заключенных, он не может.

— Свою знакомую, кажется, встретили? — с палаческой вежливостью обратился сержант к заключенному номер Е-275.

Тот только теперь спохватился, что вел себя крайне неосмотрительно.

— Нет, это мне только показалось...

— А кажется, так крестись, — сострил начальник колонны. — А чтоб тебе еще чего не показалось, — сказал он, вынимая из кармана наручники, — дальше в браслетах пойдешь!

Привычным движением молодой тюремщик надел на нарушителя «браслеты» и рукояткой револьвера пнул его обратно в строй. Затем скомандовал:

— Колонна, шагом марш!

Выровнявшиеся ряды арестантов мерно заколыхались дальше, а деятельный сержант бегом вернулся к грузовику. Тот при его приближении рывком тронулся с места, пытаясь прошмыгнуть на Главное шоссе почти впритык к замыкающей шествие шеренге солдат. Сержант вскочил на подножку студебеккера:

— А ну, стой!

Шофер нехотя остановил машину:

— Чего такое?..

Его пассажирка ненавидяще смотрела на человека с пистолетом в руке, а на щеках у нее блестели слезы. Вряд ли была она чужой этому Е-275! Может быть, даже его сестра или жена. Тогда небольшое происшествие на этапе в лагерь превращается в запрещенную попытку связи со спецзаключенным. Но выяснять это — дело опера. Начальник колонны имеет время и право собрать только предварительные сведения. От моста слышался топот колонны, вступившей уже на его настил.

— Куда путь держите?

— В Берлех, муку в тамошний лагерь везу, — ответил водитель.

— Не тебя спрашиваю! — отмахнулся от него сержант.

Но женщина смотрела в противоположное окно, а плечи у нее вздрагивали.

— Ладно, выясним, — сказал начальник конвоя, — номер машины я записал.

И чтобы поддержать свой престиж начальника, он накинулся на шофера:

— Ты что, не нашел другого места, где свой драндулет поставить?

— А искра, она не спрашивает, где ей в баллон уйти... — дерзко ответил тот и нажал на акселератор.

Стать «декабристкой» в сталинской России было потруднее, чем в России Николая I — «Палкина». В районы, где отбывали наказание репрессированные по политическим статьям, родственники на жительство не допускались. Правда, на материке, даже в самых отдаленных и глухих его уголках, уследить за этим удавалось не всегда. Но в колымский «район особого назначения» новоселы из вольных допускались только после тщательной проверки их органами МГБ. Получить пропуск в этот район было труднее, чем заграничный паспорт. «Органы» весьма настороженно относились к тем, у кого в колымских лагерях были хотя бы просто старые знакомые. И вряд ли такой пропуск получила бы учительница Понсо, если бы охранные органы Дальстроя проведали об ее действительных намерениях. Но лагерная цензура не имела относительно ее писем к Комскому особых указаний, а бдительные граждане из доброхотов, следившие за ней по месту ее работы, просто не знали, что на далекой Колыме она может явиться «персоной нон грата». Поэтому, промучившись десять дней в вагонной духоте и скуке, больше двух недель в ожидании в порту Находка грузового парохода, который взял бы пассажиров до Нагаево, и восемь дней плавания через Японское и Охотское моря Нина прибыла, наконец, в столицу Дальстроя. Магадан оказался полукаторжанским городком с множеством деревянных щитовых домов, длинных приземистых бараков, которые тут называли «лежачими небоскребами», и некоторого количества двух-, трех- и четырехэтажных кирпичных домов, самым древним из которых была крепкая невысокая тюрьма. Но «царь-домом» Магадана был массивный и хмурый пятиэтажный корпус Главного и Политического управлений Дальстроя. Тут же помещался и дальстроевский отдел кадров, куда надлежало явиться прибывшим на Колыму по договору.

Поселившаяся в местной гостинице Понсо с этим, однако, не спешила. До начала учебного года было еще далеко, и она хотела пожить тут недельку-другую, чтобы ознакомиться с городом и, насколько возможно, с краем. Так, по крайней мере, Нина объяснила своим соседкам по номеру. Она действительно целыми днями бродила по городу, опираясь на палку, смотрела на окружающие его унылые невысокие сопки и бесконечные ряды «лежачих небоскребов». Часть этих небоскребов была за колючей проволокой — там была зона лагеря и разные мастерские, в которых работали заключенные. Другие, по меткому выражению местного населения, стояли «бесконвойно». Заключенные, которых в городе можно было встретить на каждом шагу, тоже делились на «подконвойных» и «бесконвойных». Подконвойные копали траншеи и котлованы для городских строений. На работу и с работы их водили не слишком стройными колоннами солдаты в полуформе, которых называли «вохровцами». Бесконвойные работали везде: дровоколами и уборщицами в той же гостинице, кочегарами в многочисленных здешних котельных, обслуживали баню и прачечную — словом, исполняли в городе всю черную работу. Много среди них было и женщин.

Нина скоро научилась отличать зэков от вольных не только по убожеству их одежды, но и по манере держаться, почти всегда какой-то приниженно-настороженной, и по особому выражению лиц. В них была какая-то тусклость, как у рельефа на старых монетах. Нина обращалась к заключенным со словом «товарищ», хотя и знала уже, что по отношению к зэку делать этого не следует. Но тем это явно доставляло удовольствие и увеличивало их доверие к только что прибывшей с Материка. А доверие было необходимо, так как Нине нужна была их помощь в выяснении вопроса: что это за «почтовый ящик», в который она посылала письма Сергею Яковлевичу. Не выяснив, где находится этот «ящик», нельзя было явиться за назначением на работу. Вероятно, в отделе кадров ей предложат на выбор несколько мест, где требуются учителя. Выбрать нужно будет то, которое ближе всех к лагерю, где находится Комский. Даже если там окажется только начальная школа, она согласится, забыв о биологии, обучать детей грамоте.

Идея Нины заключалась в том, что заключенные, получая письма из дома через свои «почтовые ящики», могут знать номера и других почтовых ящиков. Вполне вероятно, что многие из них бывали не только в здешнем лагере и ведут переписку с кем-то из других лагерей. Чтобы не вызывать особых подозрений своими расспросами, прямодушная и не терпящая лжи Нина научилась немножко обманывать и лукавить. Она показывала собеседнику запечатанный конверт, на котором был написан почтовый адрес Комского, но фамилия адресата была ею выдумана, как выдумана и история этого письма. Его Нине якобы сунула на Находкинском причале какая-то женщина с просьбой опустить в почтовый ящик в Магадане. Так-де вернее и скорее дойдет. Но оказалось, что никаких почтовых ящиков здесь нет. Письма нужно сдавать на почту с предъявлением паспорта для занесения в какой-то реестр. А как она ответит на вопрос: кому она пишет? Но и выбрасывать письмо было бы нечестно. Так, может быть, товарищ знает, где находится этот п/я? Тогда, при случае, письмо можно было бы передать адресату, минуя почту...

Бесконвойники внимательно рассматривали дробь секретного почтового индекса, над чертой которого стояло трехзначное число, а под чертой — двухзначное. Построение этого индекса было им известно. Нижняя цифра означает ОЛП — отдельный лагерный пункт, где содержится арестант. Верхняя — лагерное объединение. В целом все они знают, числитель дроби означает СВИТЛ — северо-восточные исправительно-трудовые лагеря. Но тут значится что-то другое. Может быть, это один из берлаговских «олпов», где зэки щеголяют с номерами на спине? Тогда лучше гражданке не связываться с этим письмом. Но вообще они знают не так много, как она думает. Большинство бесконвойных — малосрочники, которых редко гоняют из лагеря в лагерь. Переписка же заключенных между собой не разрешается. От сообщения о каких-то здешних лагерях, где заключенных окликают не по фамилии, а по номеру, на Нину повеяло холодом. Разве есть в Советском Союзе такие лагеря? Знающие люди ее уверяли: есть, и притом, весьма многочисленные. Один из таких лагерей находится здесь, на Колыме, и называется «Береговым». Нет, ни к какому берегу он отношения не имеет. Все подразделения Берлага находятся далеко отсюда, в горной глубинке. Почему «Береговой»? Да так, «с понтом», как говорят блатные, чтобы «никто не догадался»...

Из письма Сергея Яковлевича Нина знала, что он находится в лагере особого режима. Но она думала, что этот режим заключается в размещении лагерей в особо дальних и суровых местах, как эта вот Колыма, да еще в цензуре над перепиской заключенных... Но чтобы можно было превратить человека в «такой-то номер», этого она себе представить не могла. Но может быть, такие лагеря существуют для каких-нибудь убийц-рецидивистов, оккупантских палачей, садистов-насильников, а бывший мирный ученый содержится совсем в другом месте?

Но эту надежду рассеяла здешняя кастелянша. У нее была любовь с одним шахтером из далекой глубинки. Познакомились здесь, в гостинице, когда он проводил в Магадане отпуск. Ездила и она к нему. Дыра, конечно. Но что ей еще делать? После отсидки по статье «обмер-обвес» в торговлю обратно не принимают. Пожалуй, сдохнешь на гостиничных наволочках да простынях.

Обратиться к словоохотливой бабенке с вопросом: не берлаговское ли управление означает верхнее число в таинственной «дроби», посоветовал Нине гостиничный кочегар. На шахте, где работает жених кастелянши, вместе с особо доверенными вольными трудятся заключенные Берлага. Та сама об этом не раз говорила.

Увидев конверт с таинственным «п/я» и услышав миф о женщине из Находки, она отчаянно замахала руками. У этой женщины с пристани явно кто-то сидит в Берлаге! Вот это число над черточкой кастелянша видела на будках с колючей проволокой, когда была на побывке у своего Павлика. Там этой проволокой все кругом опутано. А уж какой конвой у этих «прокаженников»! Легавый на легавом, кругом вышки с пулеметами. На работу и с работы берлаговских заключенных гоняют с таким количеством двуногих и четвероногих охранников, что их хватило бы на десяток тысяч обыкновенных арестантов. Никого к тамошним зэкам и на пушечный выстрел не подпускают. Свиданий им не разрешают ни с кем: ни с женой, ни с сестрой, ни с матерью. У каждого на спине отакенный номер, буква и число... Должно быть, больших дел они натворили. А за попытку передать в такой лагерь что-нибудь незаконным образом под суд отдадут, это уж точно. Так что лучше будет, если Нина бросит это письмо в печку!

Нина письмо уничтожила, свою задачу оно уже выполнило. Но чем больше информации получала Нина, тем меньше радости она ей приносила. Становилось ясно, что ее представление о политических лагерях в Советском Союзе и о возможности помочь их заключенным были по-детски наивными. Возникла мысль о необходимости уехать отсюда пока не поздно. Согласно одному из пунктов трудового договора, заключивший его мог этот договор аннулировать в любой момент до получения конкретного назначения. Однако, приступив к работе, он попадал под действие закона о прикреплении трудящихся. Но покамест она — вольный казак. И уедет на Материк сразу, как только убедится, что бесконвойники, слышавшие о Берлаге из вторых и третьих рук, и эта не слишком умная болтушка — правы. Но для этого ей нужно еще узнать, что означает нижняя часть берлаговского индекса.

Присматриваясь к населению гостиницы, Нина поняла, кто ей сможет в этом помочь — экспедиторы предприятий из колымской глубинки. Они постоянно приезжали в здешний «Колымснаб» за оборудованием, запчастями, стройматериалами и многим другим для своих приисков, рудников и заводов. Ей повезло. Первый же снабженец, к которому обратилась Нина, объяснил ей, где находится ее таинственный «ящик». У поселка Омсукчан, на реке того же названия. Это на Главной трассе. Омсукчана не минуешь, если едешь отсюда куда-нибудь дальше пятисотого километра по Главному шоссе.

Теперь Нина знала уже не условный, а действительный адрес места, где находился Комский. Еще несколько дней назад это открытие доставило бы ей огромную радость. Но теперь радоваться она не спешила. И была права. Пожилой экспедитор, работавший на авторемонтном заводе, расположенном почти рядом с заводом в Омсукчане, мог многое рассказать о тамошнем лагере и о Берлаге вообще. Место страшное. Сам он — бывший военный, попал в лагерь еще в тридцать седьмом. Ни за что, как все тогда. Сроку была десятка. А у многих других, схваченных в том же году, были сроки побольше — пятнадцать, а то и двадцать лет. Все они, когда в сорок седьмом — сорок восьмом годах организовался Берлаг, угодили в этот чертов лагерь. Хотелось бы повидаться кое с кем из бывших товарищей по заключению, помочь им по части питания, написать пару слов. Но нельзя. Все это для заключенных особлага запрещено...

Нина удивилась. На Материке у нее была знакомая, брат которой здесь, на Колыме. И как она теперь понимает, в этом самом Берлаге. Однако отправления для него принимали! Старик усмехнулся. Так то с Материка! А здесь всякого, кто решается письмом или посылкой выразить свое сочувствие заключенному лагеря для особо опасных преступников, навлекает на себя подозрение как его потенциальный помощник в побеге. Или еще черт-те в чем! Это уж закон — шума и показухи всегда тем больше, чем меньше за ними кроется содержания...

Бывший полковник, участник Гражданской войны, старый большевик был вдумчив, умен и имел огромный жизненный опыт. Уж ему-то не верить было нельзя. Нина совсем приуныла. Вот тебе и декабристка, утешительница страдающего за правду героя! Похоже, оставаясь здесь, Понсо скорее могла повредить Комскому, чем помочь ему. Надо уезжать! Денег на проезд до Материка должно еще хватить. Но раньше она должна повидать все же бедного Сергея Яковлевича. Хоть только мельком, хоть краем глаза!

В Находке по совету бывалых людей Нина запаслась десятком пачек чая. В таких местах, как Колыма, это — запрещенный товар. Заключенные, да и не только они одни, делают на обыкновенном чае крепчайший настой, по виду напоминающий деготь. Настой этот называется здесь «чифиром». Он обладает сильным возбуждающим действием и разрушает сердце быстрей, чем самый беспробудный алкоголь. Поэтому чай на Колыме запрещен строже, чем водка. Особенно привержены к чифиру шоферы на длинных трассах. Он помогает им преодолевать физическую и нервную усталость во время тысячекилометровых рейсов по горным дорогам. За «калым» в виде осьмушки чая любой из них возьмет пассажира в самый дальний рейс.

За три таких осьмушки Нина договорилась с водилой-заключенным из магаданского лагеря, что тот прокатит ее на своем студебеккере в дальний конец трассы и обратно. А при переезде через Омсукчан мотор этого студебеккера «забарахлит» в таком месте дороги, с которого можно будет с близкого расстояния наблюдать берлаговский развод. И, конечно, в соответствующее время. Она хочет увидеть своего старшего брата, угодившего в этот самый Берлаг...

— Немцам он, что ли служил? — спросил водитель.

Нина ответила, что нет, ее брат был ученым. Но принадлежал к тому направлению в биологии, которое осудил Сталин.

— Ну, кто «усу» не потрафит, тому хана... — понимающе сказал шофер. — А ты что, сюда за длинным рублем приехала?

— За ним, за ним самым, — поспешила согласиться Нина. Мол, пришлось скрыть от спецчасти Дальстроя, что брат у нее в Берлаге сидит...

— Да уж как иначе? — согласился водитель. — Только мало тебе будет радости от этого свидания, девка...

Да и он, шофер, непременно наслушается от «бериевских гвардейцев» — берлаговских охранников — и угроз, и матюков. Не любят они, когда какой-нибудь посторонний на их подконвойных смотрит. Ну, да чего не вытерпишь ради лишней пачки чифира? Благородный напиток! Мозги от него как стеклышко чистыми становятся. Не то что водка, от которой либо лихачом, либо сонной тетерей становишься. Свои восемь лет — они, правда, уже на исходе — водила тоже схлопотал по пьяному делу. Машину новую разбил. Знал бы тогда про чифир, не произошло бы этого...

А вот во время рейса шофер и его пассажирка почти все время молчали. От мрачных мыслей Нину не могли отвлечь даже открывавшиеся с перевалов чудесные виды. Стояло лучшее на Колыме время года. Темные склоны сопок были местами оживлены зеленью молодой хвои лиственниц, яркость которой как бы подчеркивали темно-зеленые заросли кедрастланика. Блестела в широких проемах вода, еще не спавшая после весеннего многоводья. В долинах рек буйно зеленели лиственные кустарники. А в светлой дымке солнечного дня виднелись бесконечные цепи дальних гор.

Нина уже знала, что эти горы так красивы только при взгляде на них со стороны. Тех же, кто вынужден жить среди них, сопки, большей частью угрюмые и безлесые, угнетают. Стойкий до недавнего времени оптимизм Нины не выдержал соприкосновения с колымской действительностью, так же как и ее наивные планы. Единственным оправданием ее приезда сюда могла бы быть встреча с Сергеем Яковлевичем. Но состоится ли она? А если состоится, то не будет ли последней в ее жизни?

Возле какого-то полусарая, одиноко стоявшего у дороги, шофер остановил машину и, оставив свою пассажирку в кабине, ушел в развалюху:

— Подожди немного, я сейчас!

Нина заметила, что водитель захватил с собой одну из полученных от нее пачек чая. Вернулся он только через добрых полчаса повеселевший, с блестящими глазами:

— Старик тут один живет. Здорово умеет чифирь заваривать!

Шоферу, видимо, очень хотелось поговорить о достоинствах этого напитка богов, но Нина беседы не поддержала. Грузовик бежал быстрее, чем до остановки у «чифирной забегаловки», как будто он тоже хватил «первяка». Водитель разъяснил Нине, что «первяк» — это настой, слитый с заварки, осьмушка на пол-литровую банку, в первый раз. Есть еще «вторяк» и «третяк», но это, конечно, уже не то. А чифирные забегаловки разбросаны на трассе повсюду, без них она замерзла бы, как машина без горючего.

К проходу через омсукчанский мост ночной смены из лагеря они опоздали.

— Не журись, девка! — утешал Нину все еще не утративший словоохотливости шофер. — Сама говоришь, твой братик, или кто он тебе там, — ученый. А ученому на заводе какая работа, подними да брось... Зачем таких в ночную смену водить?

Когда вдали заблестели штыки берлаговского конвоя, водитель открыл капот и начал отвинчивать какие-то гайки.

— Смотри, девка! — предупредил он Нину. — Не вздумай заорать или руками замахать, когда увидишь своего! Тогда нам с тобой разговоров с опером не миновать. Только я калымщик да и все, а ты МВД обманула...

Нина и сама это хорошо знала. И все же она не сумела сдержать себя. Действительность все время оказывалась хуже самого худшего, что она могла себе вообразить. Растерялся в первую минуту этой невероятной встречи и Комский.

Однако вызванный сразу же по возвращении в лагерь к оперу, он был уже угрюмо замкнут. Да, принял было какую-то проезжую за свою давнюю знакомую. Только откуда ей здесь взяться? Ошибка это... Опер смотрел на вызванного с привычной подозрительностью и недоверием:

— Ошибка, говоришь?

Начальник конвоя сообщал в своем рапорте, что проезжая заплакала, когда он надел наручники на нарушителя строя, заключенного Е-275. Это было не совсем точно. Нина не смогла сдержать слез после того, как он ударил Комского пистолетом, а солдат прикладом автомата. Но это была деталь, не имеющая принципиального значения. Важнее была такая деталь, как фасон пальто, в которое была одета проезжая дама. Наблюдательный сержант особо подчеркивал, что таких пальто на Колыме еще нет.

— Ну что ж, проверим! — сказал оперуполномоченный, отпуская Комского. Молодой служака описал в своем рапорте приметы подозрительной женщины и сообщил номер грузовика, на котором она ехала. Опер переслал данные в магаданский оперчекотдел.

Там всерьез заинтересовались сообщением из ОЛП-17. Дело в том, что магаданские чекисты сами обратили внимание на недавно прибывшую в Особый район гражданку. Она носилась с каким-то письмом, расспрашивая о местонахождении «почтового ящика», принадлежащего как раз семнадцатому подразделению Берегового лагеря. Но особенно подозрительным поведение гражданки Понсо стало после того, как она задержалась вблизи этого лагеря, а возвратившись в Магадан, потребовала расторжения своего трудового соглашения с ДО и выдачи ей обратного пропуска на Материк. Этот пропуск не был ей выдан на том основании, что для расторжения договора с Дальстроем Понсо должна немедленно вернуть этой организации все выплаченные ей денежные суммы и оплатить свой проезд до Нагаево. А так как денег у молодой учительницы уже не было, то и путь на Материк оказался для нее закрытым. На «беседе» в оперчекотделе Понсо вела себя спокойно и на запугивания не реагировала. Она заявила, что о заключенном Комском ничего-де не знает. Адрес какого-то здешнего лагеря хотела узнать, пытаясь оказать услугу неизвестной женщине из Находки. Уразумев, что это было бы серьезным нарушением здешних порядков, незаконное письмо сожгла. В Берлаг ездила для того, чтобы поближе увидеть здешние края. Они ей не понравились, и поэтому Понсо решила вернуться домой. А о причине, почему грузовик, на котором она ехала, остановился именно на пятьсот четвертом километре, спросить, наверное, следовало бы у его мотора...

Спрашивали об этом, конечно, не у мотора, а у водителя грузовика. Тот сказал, что на Пятьсот Четвертом у него отказал насос, который шоферы называют «лягушкой». И вообще драндулет, на котором он ездит, разваливается на ходу. С сорок третьего года этот студебеккер по здешним дорогам бегает. Такие уж на их автобазе порядки. Хорошие машины — вольняшкам, а заключенному водиле — гроб на колесах. Авось на нем еще срок схлопочет или голову себе сломит... Почему калымит? А кто из здешних шоферюг не калымит? Да и как бы иначе шло по здешним трассам пассажирское движение? Словом, от хитрого «водилы» ничего путного не узнали. Когда его спросили, не заметил ли он чего-нибудь необычного в поведении своей пассажирки, особенно когда мимо нее проводили заключенных, шофер ответил, что особо к этому не присматривался, возился с мотором. А расстроена она была, это верно. Так это, должно быть, с непривычки к здешней обстановке...

Оперуполномоченному МГБ по ОЛП-17 было дано задание: выяснить, не имел ли заключенный номер Е-275 до своего ареста или находясь уже в лагере каких-либо контактов с гражданкой Понсо? Фотография этой Понсо на всякий случай прилагалась.

Однако Комский, когда опер показал ему фотографию Нины, сказал только, что это, кажется, та самая женщина, которая стояла тогда у дороги. Но он повторял, что прежде этой женщины нигде не встречал. Ничего-де не говорила ему и ее фамилия.

Тогда уполномоченный достал из ящика стола журнал регистрации почтовых отправлений здешних заключенных на Материк. Заключенный Е-275 сделал таких отправлений два: письмо и посылку, которую он возвратил ее отправительнице, некой Понсо. Той же Понсо Н.Г. было адресовано и письмо Комского на Материк, правда, единственное. Фамилия женщины на фотографии, тождественность которой с проезжей, странным образом оказавшейся у дороги в спецлагерь, Е-275 не отрицает, тоже Понсо Нина Габриэлевна. Может быть, он теперь сумеет припомнить, в какой связи между собой находятся все эти факты?

Свое знакомство с Понсо Комский вынужден был припомнить. Да, она его бывшая студентка. Сознаваться в этом он не хотел потому, что боялся повредить этой девушке. По той же причине он отказался от переписки с ней. Об отправленной назад посылке Понсо гражданин оперуполномоченный знает сам. А вот зачем бывшая студентка биофака приехала на Колыму, этого ее бывший учитель знать не может.

Опер записывал показания Комского в протокол допроса с таким видом, с которым говорят: «Знаем мы вас... Пока к стенке не припрешь, ни в чем не сознаетесь...» Поэтому по поводу заверений допрашиваемого, что тот ничего не знает о причинах появления здесь гражданки Понсо, уполномоченный, отпуская Е-275, сказал по своему обыкновению:

— Это мы еще проверим...

Но и того, чего он добился от Комского, было вполне достаточно, чтобы уличить эту гражданку в сознательном обмане органов МВД. Теперь Понсо была подвергнута допросу уже по всей форме, с фиксацией ответов на такие вопросы, как состояла ли она прежде под судом и следствием? Но особенно оскорбительным показался Нине вопрос, находилась ли она в интимной связи с доцентом Комским в свою бытность его студенткой? Магаданский оперчекотдел интересовался также тем, признаёт ли Понсо осужденные советской наукой фашистские воззрения этого лжеученого? Не проповедует ли она этих взглядов в своей педагогической практике? Не имеет ли с репрессированным за контрреволюционную деятельность заключенным Комским какой-либо зашифрованной переписки и не по его ли тайному заданию она прибыла в район особого назначения?

Несмотря на всю нелепость некоторых вопросов, существовала весьма реальная угроза того, что органы МГБ сумеют, если захотят, получить на них положительный ответ.

В злом всемогуществе этих органов Нина уже не сомневалась. Но особенно ошеломляющим оказался для нее намек, что если с ней, покамест еще вольной гражданкой, здесь вынуждены немного цацкаться, то с ее другом-заключенным, если тот тоже будет привлечен к делу, такое цацканье совершенно необязательно. Поэтому пусть-ка лучше гражданка Понсо не запирается и чистосердечно ответит на все поставленные перед ней вопросы.

И гражданка Понсо призналась, что в Особый район она приехала только потому, что хотела быть поближе к человеку, которого любит. Но поступила она так не только без ведома и согласия Комского, но и против его желания поддерживать с ней даже письменную связь. Вот письмо Сергея Яковлевича, которое подтверждает это. И если она совершила преступление, то пусть сажают ее в тюрьму, но не отягощают участь и без того обездоленного человека...

В тюрьму Нину не посадили. Не вернули ее и на Материк по этапу, как угрожали сначала. Было решено оставить гражданку Понсо на Колыме, благо она сама заключила с Дальстроем трудовое соглашение. В соответствии с этим соглашением, на территории Колымско-Индигирского района ей предоставлялась работа по специальности. Правда, в весьма отдаленном поселке, зажатом в хмуром ущелье среди голых безлесых сопок, который был конечным пунктом вихлястой, боковой трассы, большую часть года закрытой из-за заносов на высоких перевалах. Там была неполная средняя школа. Понсо должна была дать подписку, что о последствиях, которые могут навлечь на нее дальнейшие попытки установления незаконных связей с заключенным Комским, она предупреждена. Такие попытки тем более бессмысленны, что вряд ли этот заключенный останется в том же лагерном подразделении, в котором он находится сейчас. За гражданкой Понсо сохраняются все права и льготы, связанные с работой на Крайнем севере. Только пусть она без промедления добирается до места своего назначения.

Нина не стала декабристкой в классическом понимании этого слова. И тем более не смогла облегчить Комскому его пребывания на каторге, как мечтала когда-то. Наоборот, из заводского лагеря его угнали на работы в подземные рудники. Не организовывала Понсо для интеллигентных каторжан ни библиотеки, ни салона для дружеских встреч. Она сама оказалась на положении фактически ссыльной в дальнем углу Колымы, состоящей под полугласным надзором МГБ. Для Нины Понсо это были угрюмые годы тяжких жизненных лишений и мучительных душевных терзаний. И все же, как и все ее знаменитые предшественницы по истории российской каторги, она сумела показать, на что способна героическая женщина ради попавшего в беду любимого человека. Даже если этот человек не отвечает на ее чувства и не только не требует от нее никаких жертв, но и решительно отвергает их. Тем более что бессмысленность всякой жертвы в тогдашних обстоятельствах была очевидной.

Однако подвиги самоотречения, совершаемые людьми, независимо от своего практического результата обладают силой морального воздействия. Особенно неотразимо оно оказывается для тех, ради кого эти подвиги совершаются. В этом смысле полусумасшедшее поведение бывшей студентки Комского оказалось, вопреки всем соображениям здравого смысла, оправданным. Случилось так, что алогизм женского Чувства Нины был ближе к извилистому ходу Истории, дамы тоже часто весьма алогичной, чем мужская логика Комского.

Поэтому усталый, сникший после восьми лет каторги человек, глядя на преждевременную седину в волосах молодой женщины и скорбные складки у ее рта, не повторил ни одного из тех жестких слов, которые он написал ей несколько лет назад. Он не хотел этого, да в первые минуты встречи и не мог. Мешал подступивший к горлу ком и набегающие на глаза слезы. Плакала, уткнувшись в изодранный ватник Комского, и Нина. На спине ватника и на штанине под коленом, на всех тех местах, где недавно был нашит номер Е-275, красовались свежие заплаты. Произошла эта встреча в лагере обычного типа, в который временно, перед тем как быть окончательно упраздненным и почти полностью распущенным, был превращен бывший спецлаг. Такая же участь, как известно, постигла и все остальные лагеря особого назначения. Они оказались всего лишь ненужной выдумкой угодливых царедворцев Верховного шизофреника. Ненамного пережил своего создателя и весь созданный его злой волей бессмысленно жестокий режим.

Не станем судить, насколько чувство, охватившее Комского после встречи с продолжавшей его любить женщиной, было ответной, хотя и запоздалой любовью. Но вряд ли тот прочный сплав, который образовался в сознании мужчины из чувства глубокой признательности к женщине, восхищения ее самоотверженной стойкостью и чувства душевного тепла, сменившего долгий холод одиночества, следует ценить ниже подчас слепого влечения. Так или иначе, но застарелый холостяцкий скепсис Комского в отношении брачной жизни ушел в прошлое.

Итак, редкий для повестей о «Колыме лагерной» счастливый конец? Вряд ли, однако, на таком его названии следует особенно настаивать. В повести об одной из декабристок нашего столетия — их было не так уж мало — добродетель торжествует лишь после того, как главная жизненная линия ее героев оказывается сломанной, порок же не наказуется вовсе. Талантливый экспериментатор и мыслитель особо тонкой области науки о жизни, Комский в эту науку не вернулся, хотя и мог это сделать. Как и его жена, он стал рядовым учителем биологии. Утрата огромного куска жизни в ее самом творческом периоде невосполнима ни для кого. Но особенно тяжела такая утрата для человека научного поиска. Комский же был слишком честен и, пожалуй, слишком самолюбив, чтобы топтаться на задах своей науки, понимая всю невозможность для себя догнать ее передний край. Ведь этот край движется вперед с непрерывно нарастающей скоростью, не дожидаясь, пока снова соберутся с силами после нанесенного им удара отдельные борцы за научный прогресс. Вместо них становятся другие, более счастливые. Это правильно и справедливо.

Другое дело — карьеристы от науки, для которых эта наука всего лишь сытная кормушка и удобная лесенка к ученым званиям, чинам и орденам. В сталинский период нашей истории многие приняли на вооружение бездумное подобострастие перед высочайше утвержденной Догмой и крикливую борьбу с научным инакомыслием. Особенно преуспели в этом апологеты «мичуринского» учения. Однако и после того как стала очевидной несостоятельность этого «учения» и моральная сомнительность их методов борьбы за него, эти люди и не подумали уходить из науки. Как и их соратники по борьбе с западными веяниями в других областях знания: «мракобесием» кибернетики, «заумью» теории относительности, «буржуазной реакционностью» научной организации труда и ряда других новшеств, доблестные воители с ересью вейсманизма-менделизма остались, как говорится, «при всех своих». Быстро перестроившись в соответствии с новыми политическими установками в биологической науке, они продолжали занимать в ней руководящее положение. Вряд ли для кого-нибудь являлось секретом, что «ученые» этого типа способны только тормозить развитие науки. Зато они со своим гибким «диалектическим» мышлением весьма удобны для введения этой науки в русло официальной идеологии. А так как такая потребность может возникнуть и в будущем, то не следует тревожить душевный и жизненный покой этих людей громким напоминанием об их доносах на инакомыслящих, травле настоящих ученых и прочем, в чем повинна только впоследствии осужденная практика «культа».

Более других пострадал, пожалуй, только верховный глава «неоламаркистов», они же «мичуринцы», непререкаемый пророк от биологии, устами которого вещал сам Сталин, академик Лысенко. Конечно, не могло быть и речи о лишении этого дважды Героя социалистического труда, трижды лауреата сталинской премии, шестикратного кавалера высших орденов Советского Союза и прочая, и прочая, хотя бы части его титулов и регалий. Но с поста президента ВАСХНИЛ, правда, безо всякого шума и распубликования, он был все же смещен в рядовые члены ее президиума.

1972

Перстенек

На фоне «ковра» из мешковины, на котором лагерный художник изобразил идиллический пейзаж с лазурным озером и неизбежными лебедями, Нинка Пролей-Слезу рисовалась этакой златокудрой Гретхен со старомодной немецкой открытки. Как всегда в этот час перед поверкой и отбоем, самый мирный и личный в железном распорядке лагерного дня, она в позе султанской одалиски полулежала на своей койке, опираясь голым локтем на набитую сеном подушку. Эффекта белокурых и пышных, несмотря на довольно короткую лагерную стрижку, Нинкиных волос и ее ярко-синих глаз на миловидном, немного кукольном лице не мог испортить даже грубый загар, неизбежный при работе под открытым небом. В такие минуты, как сейчас, когда Ниной владело спокойное лирическое настроение, трудно было даже вообразить себе, что эти глаза могут стекленеть от злобы, а ее пухлые, полудетские, хотя ей было уже далеко за двадцать, губы некрасиво перекашивались, изрыгая брань, по сравнению с которой архаическая матерщина всяких там извозчиков и сапожников былых времен показалась бы невыразительным ученическим этюдом только еще начинающего сквернослова.

Наволочка подушки, на которую опиралась Нинка, была украшена по краю вышивкой, составленной из повторяющихся сердец, пронзенных стрелами, а в середине было сердце покрупнее, пронзенное уже не стрелой Амура, а кривоватым злым кинжалом. Все эти украшения были сделаны хозяйкой койки самолично.

Подобное украшательство в лагере не только не поощрялось, но и считалось порчей государственного имущества.

Однако блатняцкая символика стоила риска угодить на пару суток в кондей. Кроме того, для таких как Нинка «красючек», этот риск был очень невелик. И дежурные надзиратели, и лагерный староста были нестарыми еще мужиками, не замечавшими и не такие нарушения лагерного устава, если они производились достаточно красивыми «шмарами».

А уж до того, что рисуют заключенные на собственной коже, не было дела даже этому уставу. Тут право собственности признавалось абсолютно. Кожа твоя, что хошь на ней, то и малюй. Тем более что всякие запреты в этом деле заранее были обречены на провал. Да и зачем бы государству запрещать метить себя несводимой татуировкой людям из преступного мира, если эта татуировка очень облегчает работу уголовного розыска? Неистребимая традиция вступает здесь в совершенно очевидный конфликт со здравым смыслом. Но уголовный мир считается уродливым порождением общества, в котором могут быть любые несуразности. А мало ли подобных противоречий можно насчитать и в обществе, признаваемом нормальным?

Блатнячка Пролей-Слезу не составляла исключения из общего для всех блатных правила. Из-под короткого и широкого рукава ее казенной рубашки из грубой бязи выглядывал все тот же драматический символ сердца, пронзенного кинжалом. Под его наколотым чуть ниже плеча изображением синела подпись, сделанная полукругом: «Умру за любовь».

Кроме самой Нинки на ее койке сидели еще две моленькие блатнячки, привезенные с Материка только в эту навигацию и доставленные в Галаганных всего две недели назад одной из последних барж. Разинув рты и смахивая набегающие слезы, девчонки слушали в повествовании Нины историю ее жизни. Захватывающее жизнеописание с самого начала отличалось невероятно трагическими подробностями. Статную красавицу графиню уводили на расстрел страшные небритые солдаты с красными ленточками на папахах. За длинное шелковое платье графини цеплялась пухлыми ручонками крохотная, разряженная в кружева девочка. Несчастная графиня в проеме высокой двери заламывала над головой руки, а девочка громко плакала. Солдаты грубо оторвали ее и отшвырнули в угол.

— Ниночка, дитя мое!

Слушательницы заливались слезами. Часто останавливалась от поступающего к горлу комка и сама рассказчица.

— А ты же говорила, что имя и фамилию для тебя в детском доме с потолка списали... — перебила Нину Розка Косая, ее соседка по барачной койке. Они состояли в ссоре, да и вообще Розка была желчная и злая баба. Она уже давно прислушивалась к Нинкиному рассказу, кривя тонкие губы и саркастически улыбаясь.

Поведение Косой было в высшей степени бестактным с точки зрения блатной, да и вообще тюремной этики. Всяк вправе рассказывать о себе, что ему угодно. Ты что, легавый, чтобы доискиваться до правды? Не любо — не слушай, а врать не мешай. Но соблюдение этических норм общежития женщинам дается с трудом. В случае же неприязненных отношений между ними это чаще всего становится практически невозможным.

Пролей-Слезу оскорбленно умолкла и некоторое время продолжала молчать с видом обиженного ребенка. Потом кукольно-детское выражение сошло, точнее, мгновенно слетело с ее лица. Оно стало злым, почти некрасивым и сразу будто постаревшим. Злобно оскалился, как у разъяренного зверька, маленький рот:

— Дешевка, дура косоглазая!

Теперь во внешности заключенной Нины Сергеевой ничто и отдаленно не напоминало графскую дочь.

Началась визгливая женская перебранка. Розка заявила, что именно Нинка Пролей-Слезу и является в здешнем лагере самой большой дурой. Она — чокнутая, и это всем известно. А из дешевок — самая дешевая. Кто у нее, Розки, сманил богатого хахаля, лагерного штымпа-каптера? Обрадовалась, дура мокроглазая, что этот каптер — деревня деревней, и на таких как Нинка, сисястых и лупоглазых, его ведет! Тоже графиня! Только пусть не намыливается зря! Ни в аристократки, ни в настоящие блатные ей не пролезть. Как была глупой штымпёхой, так штымпёхой и сдохнет!

Перебранка разгоралась. Молоденькие гостьи Пролей-Слезу переметнулись через койку и отдалились на безопасное расстояние. Это была далеко не излишняя предосторожность.

Врагини уже стояли в тесном проходе между койками, дрожа от злости, с разметанными волосами, нацелив друг на друга ногти на растопыренных полусогнутых пальцах.

Однако смелая и драчливая, несмотря на свою сентиментальность, Пролей-Слезу на этот раз почему-то не приняла боя. Неожиданно повернувшись к Розке спиной, она бросилась на койку и, уткнувшись лицом в вышитое на подушке сердце, затряслась от рыданий. Блатные прозвища обычно метки, и слезливость действительно была одной из отличительных черт Нины Сергеевой. Через минуту ее слезы растеклись по наволочке почти до самого бордюра из простреленных сердец. Но теперь это были не сладостные и теплые слезы возвышающего самообмана, а едучие и горькие слезы незаслуженной обиды. Она, может, даже и не врет вовсе, рассказывая о своем детстве, а изображает его таким, каким оно ей почему-то представляется. И часто искренне верит, что это, пусть смутная и зыбкая, но настоящая память о том, что было до того, как ее нашли кем-то брошенную или забытую на железнодорожной станции во время гражданской войны. А Розка, стерва, шпыняет ее тем, что даже имя Пролей-Слезу придумали уже в детдоме. Как будто это что-то меняет... И не отбивала она у этой косой и костлявой дылды с жидкими волосами ее хахаля! Он сам ее бросил, жадную, завистливую и злую. Вот она и срывает теперь злость на мечтательной Нине, грубо разрушая ее красивые и никому не мешающие воздушные замки. Хамовитая, не способная понять ничего возвышенного, скандальная баба!

Конечно, «инкубаторная» Сергеева не может теперь доказать, что она дочь каких-то русских аристократов, потерявших ее в двадцатые годы во время панического бегства от большевиков. Однако и обратного та же Розка доказать не может. И что ей за дело, если новенькие молодячки и в самом деле будут некоторое время думать, что воровка и лагерница Пролей-Слезу — несостоявшаяся графиня? Вот Розка-то и есть настоящая дешевка, штымпёха базарная!

Всякому грамотному человеку, который захотел бы проанализировать «воспоминания» Нины о первых годах ее жизни, бросилась бы в глаза их схожесть с описанием жизни аристократов в дешевых романах начала века. Затрепанные книжечки этих романов еще сохранились кое-где в первые послереволюционные десятилетия. Пару из них удалось прочесть, конечно тайком, и детдомовке Сергеевой. В одном романе главным героем был подкидыш, жулик и вор, оказавшийся маркизом по происхождению. Его-то историю, переиначивая на разные лады, и перенесла на себя Нина. В детдомовской среде, как и в мире уголовщины, аристократическое происхождение рассматривалось не как клеймо, а как печать трагической судьбы.

Ни возраст, ни проза лагерной жизни не уменьшили в Пролей-Слезу склонности к неуемному фантазированию. В столкновениях с реальностью это было ее слабым местом, в которое постоянно метила в ссорах и драках с ней вульгарная реалистка Косая. Нередко ей удавалось почти полностью парализовать волю к действию своей противницы, злым своим языком заставляя ее испытывать сильную душевную боль. Иллюзии у некоторых людей составляют их единственное реальное богатство, и разрушение этих иллюзий причиняет им тяжелейшие страдания.

При поверхностном взгляде на лагерное население предвоенных лет оно могло показаться серой, безликой массой одинаково бесправных и одинаково обездоленных людей. Но такое впечатление было бы ошибочным. Люди, даже обезличенные внешней формой и условиями существования, всегда остаются разными.

Прежде всего, заключенные в те времена делились на две главные категории: «врагов народа» и «бытовиков». Правда, выражение «враги народа» было скорее политическим термином, чем тюремно-лагерным. В официальных документах враги народа назывались «контингентом ка-эр», а в обиходе просто «контриками», «фашистами» или «троцкистами». Зато слово «уголовники», дабы не обидеть оных, было вполне официально заменено деликатным «бытовики». При Ежове воры, грабители и убийцы, заключенные в лагерях, были главными помощниками и союзниками НКВД в деле добивания «врагов народа». Их привилегированное положение в лагерях сохранялось еще очень долго и после падения «сталинского наркома».

Общество уголовников было менее разношерстным, чем контингент «ка-эр», в котором в принудительном общежитии находились служитель культа и старый большевик-подпольщик, бывший белогвардеец и командир Красной Армии, профессор и полуграмотный крестьянин. Кроме того у уголовников была и общность идеи «красивой жизни» за счет презренных «фрайеров» и «штымпов». Но и блатные хевры вовсе не являются ни монолитными, ни демократическими организациями. Они строились по принципу прямолинейной и откровенной иерархии, основанной на уважении к силе. Почти такой же примитивной, как иерархия в сообществах животных.

Вокруг вожака, обычно самого заслуженного в данном лагере бандита-рецидивиста, объединяется элита первого круга, так называемые «центровики». Случается, впрочем, что фактический руководитель хевры предпочитает оставаться в тени, действуя через подставное лицо. «Вожак — бугор» и его «центровики» правят всеми делами, лишь иногда консультируясь со «щипачами», «скокарями» и прочим ворьем второго ранга. И уж никто ни о чем не спрашивает околачивающихся на задворках блатного общества «сявок». Это чаще всего юнцы, воровская деятельность которых пока не пошла дальше кражи дамской сумочки в трамвае или стаскивания с веревки мокрого белья. Мечту этих сявок стать признанными тяжеловесами руководители хевры нередко используют для побуждения их к убийствам и другим тяжким преступлениям. Та же структура и те же принципы, только несколько осложненные, действуют и в законспирированных воровских сообществах на воле.

В смешанных лагерях, разделенных на мужскую и женскую зоны, раздельно существуют и воровские сообщества этих зон. Но фактически женская хевра является только фракцией мужской, и притом, далеко не полноправной. Несмотря на репутацию бельма на глазу у лагерного начальства, шумные и скандальные банды женщин-уголовниц по отношению к мужской воровской организации подобны государству-сателлиту, зависимому от ведущей державы. Их суверенитет более чем относителен.

Идея женской эмансипации и независимости здесь отвергается начисто. В том числе и самими женщинами, хотя среди них есть немало и очень серьезных преступниц, включая опасных мокрушниц-рецидивисток. И дело тут не только в консервативной психологии людей, большей частью крайне невежественных и духовно примитивных. Главная причина такого положения заключается в первобытности отношений мужчин и женщин, вызванной тем, что никакие иные формы этих отношений в лагере невозможны.

Каждая из женщин-блатнячек, если только она не совсем еще «вышла в тираж», должна иметь своего покровителя на мужской половине. Главным образом от воровского ранга ее покровителя и зависит ее положение в блатном мире. И тут на первый план выходят не столько профессиональные качества уголовниц, сколько их чисто женские достоинства. Это нередко противоречит интересам хевры в целом. Как и во всяком кастовом обществе, подбор более или менее постоянных пар является тут делом не только личным. В него часто вмешивается правящий совет, хотя его решениям подчиняются далеко не все и не всегда. Возникают противоречия и конфликты, тем более частые, что состав мужской хевры не постоянен. Мужчин часто перемещают из лагеря в лагерь, многие опять попадают под следствие, некоторые освобождаются. Отсюда вытекает неустойчивость их подопечных на ступенях блатной иерархии. Тут происходят постоянные смены положений, возвышения и падения, в результате которых возникает озлобленность, взаимные претензии и непрерывные склоки между соперницами. Не составляла исключения в этом смысле и женская зона сельскохозяйственного лагеря Галаганных.

В иерархии лагерных шмар Нина Пролей-Слезу занимала едва среднее место, хотя не только по внешним данным, но и по записи в своем уголовном формуляре она не уступала главным лагерным львицам. Однако несмотря на довольно тяжелую, полубандитскую статью и немалый для бытовички срок, ей сильно недоставало многих качеств, необходимых для настоящей уголовницы. И наоборот, были весьма присущи слабости, нетерпимые в воровском деле. Сентиментальность и мечтательность — не в счет, они нередко отличают и не таких еще преступников, как Пролей-Слезу. А вот свойственные ей простодушие, привязчивость, склонность ставить личные симпатии выше обязательств, налагаемых званием блатной, — все это было едва терпимыми минусами, сильно снижавшими ее положение в галаганской хевре. Несмотря на благоприобретенную истеричность — качество, не считающееся в блатном мире отрицательным, — способность броситься в драку против как угодно сильного противника и умение по временам отчаянно сквернословить, Сергееву не принимали всерьез как настоящую воровку и считали действительно немного чокнутой. И если бы не миловидная внешность, влюбчивость и пусть несколько глуповатая смелость, не миновать бы Нине положения одной из самых захудалых шмар.

Ее история была обыкновенной до банальности. С раннего детства и до юности на ее долю достался несладкий и скудный хлеб приютов для беспризорных ребят, которых во множестве породила разруха и братоубийственная война. Не стал этот хлеб слаще и в начале тридцатых, когда девочка с придуманным именем и фамилией стала уже мечтательным подростком. Наступил период индустриализации, кое-где даже более голодный, чем годы гражданской войны. Но для воспитанницы детского дома серый мир за его окнами был «волей», которую она наделяла в своем воображении множеством ярких и привлекательных черт. Ее идеализации в громадной степени способствовали рассказы девчонок постарше, выловленных с улицы уже чуть ли не в подростковом возрасте. На правах познавших все прелести вольной жизни, бывшие беспризорницы отчаянно врали и фантазировали. Особенно когда обретали благодарную аудиторию в лице той же Сергеевой, не помнившей ничего из своего доприютского прошлого. А тут еще книжки, раздобытые откуда-то все теми же старшими девчонками, про благородных и галантных воров, графов и графинь, опасную и тем более яркую и восхитительную любовь. Постепенно желание вырваться любыми средствами из унылого мирка детдомовских спален и коридоров на простор широкого и яркого мира стало у задумчивой и рассеянной, плохо успевающей по всем школьным предметам Нины Сергеевой почти навязчивой идеей. Поэтому было бы не совсем справедливо утверждать, что во всем виноват только ее совратитель, испорченный шестнадцатилетний малый, подбивший ее на совместный побег из своего приюта-полутюрьмы. Скорее, он был только ее долгожданным проводником в счастливый мир вольной волюшки, в котором нет ни подъемов по звонку, ни тусклой жизни по расписанию, ни осточертевших учебников, ни воспитательниц со скрипучими голосами. Однажды ночью Нина ушла в этот мир классическим способом — через окно, под которым ее ждал бесстрашный и предприимчивый рыцарь-освободитель. Внешне он смахивал на общипанного и взъерошенного петуха, но воображение Нины было достаточно пылким, чтобы снабдить его всеми недостающими качествами. А уж что касается его яркой и богатой биографии и героических сторон характера, то тут уж рыцарь позаботился о себе сам. Слушая его повествование, Нина восхищалась им все больше. Малец и в самом деле уже не раз убегал из коллекторов для беспризорных и безнадзорных детей, уезжал в другие города под вагонами в ящиках для песка, умел воровать, курить, пить водку, сквернословить и даже, по его уверениям, нюхать «марафет». Он хвастал перед замирающей от жуткого восторга подругой, что был участником бандитских шаек, помогал им в налетах на сберегательные кассы и был любим знаменитыми шмарами. Бывалый уголовник, как и положено настоящему блатному, обильно оснащал свою речь матерными словами и при этом стрелял слюной сквозь сжатые зубы. Правда, такие манеры не вполне соответствовали образу жулика-аристократа, описанному в книжке про парижских воров. Но по бесстрашию, ловкости и находчивости ее приятель, как казалось Нине, нисколько им не уступал. Другое дело, что красть ему приходилось не жемчужные колье из шкатулок в спальнях княгинь, а пучок редиски или кусок сала у зазевавшейся крестьянки на базаре. Это было не намного легче. Время было голодное, и за своим товаром мужики следили во все глаза. Но именно преувеличенный страх перед «ворами» их и губил. Пока женщина фиксировала все свое внимание на подозрительной девчонке, делавшей вид, что подкрадывается к ее товару, Нинкин партнер и в самом деле хватал что-нибудь с телеги или лотка и задавал стрекача. Так решалась проблема питания. А поскольку время было летнее, спали юные бродяги где придется, лишь бы не попасть на глаза «мильтону». Но гуляли они очень недолго.

Однажды инициативный Нинкин покровитель придумал хутроумный план ограбления торгового киоска, тогда их называли ларьками, на вокзальном перроне. Он стащил где-то большой моток толстой железной проволоки и в сумерках обмотал этой проволокой уже закрытый ларек. Другой ее конец он прикрутил к буферу остановившегося на ближайшем пути товарного поезда. Расчет грабителей основывался на том, что киоск не имеет пола, а стоит прямо на земле. Поэтому, когда поезд тронулся, за опрокинувшимся и потащившимся между путями ларьком образовался след из посыпавшегося с его полок убогого товара. Тут были спички, папиросы, пачки суррогатного кофе и пакетики овсяного толокна, единственного пищевого продукта, который тогда продавался без карточек. Технически расчет вполне оправдался. Но изобретатель оригинального способа ограбления не учел шума, который производил ларек, с грохотом пустой бочки запрыгавший по шпалам. Тревожно засвистел дежурный по станции, залязгали тормоза остановившегося поезда, и невесть откуда выскочили, тоже дувшие в свистки, мильтоны. Прижимая к животу несколько пачек толокна и дешевых папирос, Нина мчалась куда-то в глубь станционных задворков. Ее партнер бежал в противоположную строну. Обоих поймали. Громыхающий киоск привлек к себе внимание едва ли не всех пассажиров на вокзале, и за изобретательными грабителями, кроме милиционеров, увязалась добрая сотня преследователей-добровольцев.

Нина оказалась в колонии для несовершенолетних преступников. Это была уже настоящая школа уголовщины. Здесь старшими товарками правонарушительницы Сергеевой были девчонки с таким уголовным стажем и опытом, что ее недавний учитель и наставник с его рисовкой и враньем почти сразу померк. Как оказалось, он почти ничего не знал о подлинно преступном мире с его конспиративными «малинами», героикой непрерывной войны с легавыми, роскошными пирами и широкой воровской жизнью по принципу «хоть день — да мой!». В колонии же отбывали срок лихие девки, «наводчицы» и «малинщицы», бывшие любовницы удалых воров-ухарей, от одного имени которых легавые приходили в трепет. Под влиянием этих просветительниц мечты Нины из полудетских размытых и неопределенных становились более конкретными. К концу ее двухлетнего срока они определились полностью.

Ее идеалом стала теперь блатнячка, верная подруга и помощница рыцарей уголовщины в их смелых подвигах и, конечно же, жрица воровской любви.

После выхода на волю ее мечты стать членом воровской малины сбылись почти сразу: помогли знакомства, приобретенные в колонии. Но воровское сообщество — не цивильный клуб, в котором его члены вольны оставаться, а вольны уходить. Положение принятого в хевру, хотя бы пока условно, обязывает его к преступным действиям. Иначе он всего лишь опасный своей неблагонадежностью фрайер, а не связанный веревкой общей ответственности блатной. Нинке, получившей тогда свое первое блатное прозвище «Красючка», давали пока несложные поручения. Она стояла «на вассере» при совершении домовых краж, переносила награбленное другими в надежные места, помогала главной малинщице в ее хлопотливом хозяйстве. Вот тут-то и выяснилось, что она вовсе не обладает нужными для воровки и малинщицы качествами: изворотливостью, находчивостью и хладнокровием. Избыток смелости и решительности не только не возмещает отсутствие нужных качеств, но может оказаться иногда абсолютно бесполезным и даже вредным. При первом же серьезном хипише Красючка проявила несообразительность, граничащую с глупостью, и провалила всю малину. И что с того, что потом она пыталась защитить эту малину при помощи отломанной от стула ножки и легавым пришлось ее связывать? Старые воры жестоко фрайернулись, слишком доверившись неопытной шмаре по рекомендации влюбленного в нее молодого вора.

Но теперь надлежало использовать неопытность Красючки и ее склонность к самопожертвованию, чтобы за ее счет смягчить участь главных руководителей воровской шайки. На прогулках по тюремному двору и через условные тайники в коридорной уборной подследственная Сергеева начала получать «ксивы» от своих однодельцев. То льстивыми посулами, то глухими угрозами Нину уговаривали принять на себя значительную часть преступлений, совершенных старшими членами хевры. С точки зрения воровской морали такое требование являлось не только резонным, но и этически оправданным. Одно дело ответственность перед Законом старых воров-рецидивистов, другое — несовершеннолетней девчонки. А главное, как основная виновница провала она должна хоть частично искупить свою вину перед товарищами. И если она поступит так, то те обеспечат ей «красивую жизнь» даже в заключении. Но горе ей, если она «ссучится»! Тогда и под землей ее рано или поздно настигнет «темная»!

И угрозы, и обещания благодарности были в сущности ненужными. Казнившаяся сознанием своей непростительной вины, Нина готова была пойти под расстрел и брала на себя преступления чуть ли не всей своей хевры. В советском уголовном праве уже тогда начинались веяния, согласно которым признание обвиняемого — мать доказательств. Главным показателем работы уголовного розыска было количество раскрытых дел. За счет кого — имело уже второстепенное значение. И следователи, и судьи скорее всего понимали, что девчонка принимает на себя чужую вину, но доказывать признавшемуся в совершении преступления, что он его не совершал, считалось тогда абсолютно противоестественным для сотрудников правоохранительных органов. Сергеева получила восемь лет с отбыванием срока в отдаленных лагерях.

Большую половину этого срока она уже отбыла, причем два последних года здесь, в колымском сельхозлаге Галаганных. «Красивая» блатная жизнь, тюрьмы, этапы, лагеря не прошли для нее даром. Как и почти все блатнячки, она стала истеричной, временами скандальной и злой. Чувствительность и склонность к обидчивости сделали Нину не в меру слезливой, особенно в периоды душевной угнетенности. Но склонности к мечтательности и фантазированию в ней не смогла вытравить даже грубая и холодная проза лагерной жизни. Правда, теперь это фантазирование все больше переключалось на прошлое. И когда у нее изредка случались внимательные слушатели, вроде этих двух молодячек, на Нину находило настоящее вдохновение. Тогда в байках о прошлом знаменитой воровки появлялись не только предки-аристократы, но и удалые красавцы-любовники, вырывавшие ее из рук целой своры вооруженных до зубов легавых и увозившие бесстрашную и ловкую Красючку на лихих тройках с бубенцами. Теперь она уже принимала участие в смелых налетах на банки и сберкассы, нередко заканчивавшиеся грандиозным сражением с теми же легавыми.

Все это вранье вызывалось потребностью мечтательной натуры не столько в обмане окружающих, сколько самой себя. Этот самообман становился все нужнее по мере того, как против ее воли в Нинке все больше крепло пугающее чувство реального. Все более смутным и неопределенным делалось ожидание счастья «воровской некупленной любви», о которой пелось в одной популярной блатняцкой песне, и все глубже в сердце Нины, как скользкая и холодная лягушка, вползало сомнение в самом существовании такой любви. Где она, как и достойные настоящие мужчины? В представлении Пролей-Слезу представление о таком мужчине отождествлялось с понятием «настоящего» вора. Но где они, эти рыцари уголовной героики с их бесшабашной удалью, смелостью, безмерной щедростью и готовностью пойти на любой подвиг не только ради любимой женщины, но даже ради просто красивого жеста? Было очень похоже, что все это осталось только в тускнеющем воображении неисправимой мечтательницы да может быть еще в какой-нибудь уцелевшей от старых времен книжке с обтерханными краями.

Говорят, что прежде, еще при царе, такие герои были. Воровские предания еще помнят знаменитых налетчиков, умелых и решительных взломщиков-медвежатников, гениальных жуликов-аферистов. Старые воры говорят, что неплохо им жилось и при НЭПе. Даже Гражданскую войну кое-кто из старых уголовников поминал добром. Тогда, конечно, работать было небезопасно, и чека, и контрразведка, чуть что, могли поставить к стенке. Зато и поживиться во время погромов, взятий городов, бесчисленных бегств, отступлений и наступлений было чем. Воры и налетчики объединялись иногда в целые армии, вроде банды Мишки-Япончика, составлявшей одно время серьезную политическую силу в Одессе. А теперь... Было очень трудно возразить что-нибудь дельное старому, морщинистому менту — начальнику здешней КВЧ, когда тот, собрав вокруг себя блатных, начинает толковать с ними «про жизнь». Про то, например, что воровскому племени в Советском Союзе пришла хана и нет этому племени никакого ходу. Всякий человек в социалистическом государстве находится на строгом учете и жестко прикреплен к месту своей работы и проживания. Свободно мотаться по стране никому не позволено, жить не работая — и подавно. Буржуев в СССР нет. Обворовывать можно либо трудящихся, у которых «в одном кармане вошь на аркане, а в другом — блоха на цепи», либо государство. Но по закону о расхищении народного достояния за кражу килограмма гвоздей со строительства или мешка картошки в колхозе паяют червонец срока... Начальник усиленно советовал всем скокарям, домушникам, ширмачам и щипачам честно «добивать» свой срок и «завязывать», переквалифицировавшись в серых фрайеров. Перспектива была унылая, но возражали начальнику КВЧ только сявки да иногда молодые блатнячки, вроде Пролей-Слезу. Старые воры, такие же седые как и этот начальник, понуро молчали. Что тут скажешь? Что вор-де живет хоть одну неделю в несколько лет, зато как живет! На одном извозчике сам едет, а на двух других за ним его портянки везут... Но ведь даже эти портянки существуют только в воображении желторотых сявок.

Временами Ниной овладевало глубокое уныние. Неужели ее жизнь так и пройдет без встречи хотя бы с одним настоящим мужчиной, похожим на героев воровских легенд? Во всяком случае, здесь, в Галаганных, это невозможно. В лагерях легкого труда, да еще такого, как сельскохозяйственный, где работающих трудно держать под постоянным конвоем, содержатся больше старики, инвалиды, мелкосрочники и всякая мелочь пузатая: незадачливые фармазоны, начинающие скокари, погоревшие на краже лубяных чемоданов с грязным бельем, да чердачные воришки-сявки. На этом фоне к воровскому сословию может причислять себя даже нынешний Нинкин, а в прошлом Розкин хахаль — здешний каптер. До ареста он был колхозным полевым учетчиком, мухлевал за взятки трудоднями. Брал за их приписку с кого десяток яиц, а с кого и курицу. Говорит, жил богато... Хоть бы приврал чего-нибудь... А то: двух кабанов кормил, избу-пятистенок строил... Действительно, серый деревенский штымп без намека на воображение.

Конечно, и теперь еще должны были существовать где-то бандиты-налетчики, крупные воры-рецидивисты и ловкие, знающие великосветское обращение фармазоны, хотя, скорее всего, только в тюрьмах и лагерях. Но в том-то и состояла главная беда, что встретиться с ними, особенно здесь, на Колыме, даже после отбытия срока, женщине было крайне трудно. Серьезных рецидивистов-мужчин содержат в таких лагерях, куда женщин вообще не отправляют. А на ссыльно-поселение бывших заключенных обычно оформляют в те же края, где они отбывали свой срок. Все шло к тому, что мечтавшая о яркой и сильной любви Нина так и завянет, такой любви не вкусив. И выйдя на здешнюю куцую волю, в лучшем случае превратится в «котиху», неработающую жену какого-нибудь мужлана в поселке. Все здесь завидуют одной из лагерных красючек Машке Дам-в-Глаз, которую взял в сожительницы приехавший с Материка агроном. Но не Нина, нет!

Она перевернула подушку. Слезы из глаз еще продолжали катиться, но уже не так бурно. Большая часть горечи ушла вместе с ними, и слезы продолжали течь уже почти по инерции. Пролей-Слезу подняла голову и украдкой взглянула в сторону ненавистной соседки. Косая лежала на койке, укрывшись одеялом с головой и повернувшись к Нине худым задом. Радуется, небось, злючка косоглазая, что сумела так больно ужалить удачливую соперницу. А она ей и не соперница вовсе! Пусть забирает обратно своего штымпа вместе с его карамельками и крохотными комочками масла, которыми тот с кряхтением оделял своих любовниц. Да только он не пойдет уже к Косой, так как понял разницу между угловатыми костлявыми выдрами и женщинами, которые могут быть очень ласковыми, если захотят... Нина достала из тумбочки крохотный осколок зеркальца. Конечно же, опять покраснели глаза и некрасиво распух нос. Этак она станет похожей на чувашку Матильду. Надо умыться. Захватив с собой маленький прямоугольник вафельной ткани, именуемый в лагере полотенцем, Нина отправилась в умывалку.

Но в проходе между рядами коек ее чуть не сбила с ног стремительно влетевшая в барак Римка Жидовка. Будь эта Римка любовницей рядового лагерника, а не здешнего нарядчика, можно было бы подумать, что за ней гонится дежурный надзиратель и она сейчас начнет прикидываться, будто и не выходила из барака. Но лагерный запрет на любовь для таких персон, как нарядчик и староста, практически не существовал. И дежурняк сделал бы вид, что не замечает Жидовки, даже если бы столкнулся с ней на пороге нарядчиковой кабины.

Значит, причина Римкиного возбуждения в чем-то другом. Это подтверждалось и тем, что вместо того чтобы пройти к своему месту, Римка подсела на койку своей приятельницы Розки Косой и откинула одеяло с ее головы:

— Послушай, что я тебе сейчас расскажу, Розка...

Через секунду вокруг них столпились любопытные. Римка по своему положению нарядчиковой любовницы знала почти все лагерные новости. Особенно те, которые касались перемещения заключенных из бригады в бригаду, водворения их в кондей, отправления на штрафные участки и тому подобное. Нередко в кругах, близких к лагерному начальству, знали и о предстоящих этапах, как сюда, так и отсюда. Среди приготовившихся выслушать новость была и Нина, уже забывшая о своем намерении умыться. А судя по волнению, с каким Жидовка торопилась эту новость поведать, она была чрезвычайной.

Уже вечером в темноте к галаганской пристани причалила баржа. Из ее трюма под конвоем пятерых вохровцев вывели троих заключенных и отправили в здешний кондей. Среди прибывших есть один необычайно серьезный «урка», каких в Галаганных до сих пор и не видывали. Статей в формуляре этого урки, как и имен, не перечесть. Его настоящая фамилия Живцов, а нынешнее блатное прозвище — «Гирей». Судимостей у него штук десять, а сидит Гирей в лагерях уже лет пятнадцать. В послужном списке у него и вооруженные ограбления, и убийства, но самое главное, из-за чего он не выходит столько времени из заключения, — побеги. Упрямый рецидивист не хочет смириться с участью лагерного раба и все бегает, бегает... Ради нескольких недель, а то и дней воли он снова и снова рискует быть застреленным при совершении побега или убитым при поимке. Человек, по-видимому, невероятно решительный и смелый.

Все это Римка знала, конечно, от своего хахаля, которого специально по случаю прибытия в здешний лагерь этого Гирея с товарищами вызывали в кабинет к начлагу. Там состоялось целое совещание, в котором кроме начальника лагеря и нарядчика принимали участие также лагерный староста и начальник УРЧ. Решали вопрос о том, где, как и на каких условиях содержать в здешнем лагере неожиданное пополнение.

А оно, это пополнение, было не только неожиданным, но и случайным. Троицу тяжеловесов задержали после очередного побега где-то на юге Колымского Особого района и переправляли теперь в Магаданскую следственную тюрьму. Но разыгравшийся на море шторм заставил команду буксирного катера, тащившего баржу, на которой везли преступников, искать укрытия в заливчике, образованном устьем здешней реки Товуй. Оказалось, что старая деревянная «лайба» дала течь и вряд ли сможет добраться до нагаевского порта. Участок берега тут совершенно открытый, а с Охотским морем в конце октября шутки плохи. В результате переговоров по радио с главным начальством колымских лагерей в Магадане этапному конвою приказали оставаться здесь до весны, а своих подопечных сдать в местный лагерь. Начальник Галаганных получил предписание временно взять троих этапников к себе, поскольку тюрьмы в здешнем поселке нет.

По этому случаю лагерное начальство находится сейчас в большом затруднении. Возник вопрос, где содержать опасных рецидивистов. Роль тюрьмы в Галаганных исполняет лагерный карцер за зоной, где и содержат подследственных. Но что этот деревянный кондей для Гирея, убегавшего и из настоящих тюрем! Даже на Колыме он умудрился добраться до самой границы Материка, что никому до него не удавалось. Словом, задали работы местному начальству эти лихие ребята! Завтра вопрос о них будет решаться на самом высоком уровне. Римкин любовник назначен посредником в переговорах между начальством и бандой Гирея, а точнее, ее главарем...

Вот это мужчина, вот это блатной! Женщины сгрудились вокруг рассказчицы, стараясь не проронить ни слова из ее сообщения. Но самой внимательной слушательницей Римки была Нина Пролей-Слезу. Она забыла не только о том, что шла в умывалку, но и об очередном оскорблении, нанесенном ей Розкой. Синие Нинкины глаза глядели на рассказчицу почти не мигая, а рот с пухлыми губами полуоткрылся, как у ребенка, слушающего сказку о непобедимом богатыре.

Характер преступности и социальный состав преступников меняются в зависимости от уровня общественного благополучия. Если в трудные периоды жизни преступления совершаются главным образом из-за нужды, то в благополучные — на первое место выходят пресыщенность и скука. И при этом преступность неизбежно молодеет за счет совсем еще незрелой молодежи.

По нынешним понятиям период НЭПа в СССР рисуется скорее скудным, чем чрезмерно благополучным. Но все в мире относительно. Он был сытым, даже очень сытым по сравнению с только что минувшими временами Революции и Гражданской войны. Кроме того, это было время спада в массах революционного энтузиазма, а для многих и крушения их чаяний и надежд.

Часто одни и те же внешние факторы и внутренние предпосылки порождают как героев, так и преступников. Эти понятия далеко не всегда являются антитезами друг другу, как принято думать. Нередко они друг другу сопутствуют, что особенно верно в отношении тех свойств человеческого характера, в силу которых одни в юности становятся Мальчишами-Кибальчишами, а другие бандитами, как Живцов. Тут все решает время и внешняя среда.

В середине двадцатых годов население одного из крупнейших городов Союза было взбудоражено слухами о почти еженощных уличных ограблениях, иногда с убийством. Действовала какая-то удивительно наглая банда, которую, несмотря на четкую определенность ее почерка, долгое время не удавалось поймать. Одной из странных особенностей этого почерка было частое несоответствие тяжести и жестокости совершенного преступления с его видимым результатом. Из-за поношенного пальто, кошелька с мелочью или стареньких карманных часов подвергшийся нападению почти всегда получал сотрясение мозга. Во многих случаях тяжелое, а в некоторых и смертельное.

Жертвами преступлений шайки — а что это была шайка, и притом, довольно многочисленная, доказывали многие обстоятельства совершения преступлений — неизменно были одинокие, запоздалые прохожие. Рассказать они могли весьма немногое и всегда одно и то же. За неожиданным ударом чем-то тупым и тяжелым по затылку следовала мгновенная потеря сознания. А когда пострадавший приходил в себя — тут же на тротуаре или, чаще, в больнице, — он оказывался ограбленным.

Молва, как всегда в таких случаях, не преминула во много раз увеличить число жертв бандитской шайки, а ее действия снабдить фантастическими подробностями. Рассказывали, что ночные грабители прыгают на прохожих с деревьев и высоких заборов, что на лицах у них устрашающие маски и что все они отличаются необычайным ростом и силой. В городе началась паника. Люди старались не засиживаться в гостях и не задерживаться на работе. С вечерних смен на предприятиях возвращаться группами. Но все поступить так, разумеется, не могли, и число пострадавших непрерывно росло.

Взрыв общественного негодования был тем более велик, что когда, наконец, банда была поймана, она оказалась шайкой подростков, юнцов и девиц, в основном детей крупных нэпманов или хорошо оплачиваемых советских служащих. Вожаком шайки оказался восемнадцатилетний Геннадий Живцов, сын директора довольно популярного в городе магазина. Он был ее организатором и единственным совершеннолетним членом банды. Да и то больше формально, так как восемнадцать Живцову только-только сравнялось.

Наука о социогенезе и до сих пор не знает толком, как возникали и укреплялись те этические барьеры, которые обеспечивают существование и развитие человеческого общества. И каково соотношение биологической наследственности и передаваемой внушением и воспитанием традиции в переходе этих барьеров от поколения к поколению. Отсюда и неизвестность, почему иной подросток, нередко наделенный повышенной жизненной стойкостью и жизненной энергией, развивающийся в относительно нормальных условиях, не воспринимает тех моральных табу, без которых человек из личности общественной превращается в личность антиобщественную. Пытаясь объяснить это явление, кивают то на заброшенность ребенка, то на избыток неумной родительской опеки, то на ущемление свободы, то на ее избыток, то на голодную бедность, то на забалованность и закормленность.

Детство Генки Живцова, по крайней мере позднее, проходило в условиях, по тогдашним понятиям, весьма завидных. Он жил в большой теплой квартире, был всегда накормлен, хорошо одет и ухожен. Но и только. Мать, домашняя хозяйка, ограниченная и необразованная женщина, ничего больше дать сыну не могла. А отец, очень занятой человек, интересовался только его школьной успеваемостью, которая была средней, то есть вполне терпимой. Впрочем, в советской школе тех времен, кроме множества других новаторских принципов, господствовал еще и такой: родителей не только не следует привлекать к делу воспитания своих детей, но, по возможности, отстранять от него. Мы не дореволюционная гимназия, делавшая ставку на папашины розги и ремень! Никаких сигналов из школы не поступало, а сам Генка родителям никогда о себе и своих делах ничего не рассказывал. Это был рослый, нелюдимый, скрытный и неразговорчивый парень с хмурым взглядом исподлобья, склонный к размышлениям. Генка много о чем-то думал, много читал. Чем он забивал себе голову, никого не интересовало. Мать была недостаточно грамотна, чтобы в этом разобраться, а отец особенно и не вникал. Читает и читает. Лучше, чем собак на улице гонять.

Так оно и шло. Гена окончил семилетку и поступил в профессиональное училище. Тут в нем, как будто, проявилась склонность к занятиям ремеслами. По вечерам он стал пропадать в столярной и слесарной мастерских училища. Уже на третьем, последнем курсе он стал задерживаться далеко заполночь. Мать тревожилась, особенно в те недели, когда в городе только и разговоров было, что о подвигах таинственной банды. Отец посмеивался:

— А мы с тобой молодыми не были, что ли? В парке с девчонками гуляет парень...

Пугала мать этой бандой и сына:

— Шляешься где-то, а сегодня опять трахнули кого-то по затылку, говорят, помер...

Генка угрюмо усмехался:

— Меня не трахнут! — и к вечеру опять исчезал.

Так было до тех пор, пока однажды он не вернулся домой ночевать. Мать всполошилась:

— Дошлялся, трахнули...

И помчалась искать сына по моргам и больницам. Там его не было. Не зная, что и думать, она обратилась в милицию. Оказалось, что там о месте пребывания Геннадия Живцова отлично знают. Именно в эту ночь была окончательно выслежена и задержана в полном составе шайка малолетних негодяев.

Перед заполненным до отказа залом одного из городских театров показательным судом судили только одного вожака шайки. Остальные ее члены присутствовали под конвоем тут же, но скорее в качестве свидетелей, чем подсудимых. По действующим тогда законам судебная ответственность начиналась только с восемнадцати лет. Ничего страшнее колонии для несовершеннолетних правонарушителей не ждало даже тех членов живцовской банды, которые были непосредственными виновниками гибели людей. Поэтому почти вся враждебность и мстительное настроение публики сконцентрировались на долговязом угрюмом парне, сидевшем за барьером между двумя конвойными с винтовками. Раздавались выкрики:

— К стенке сукиного сына!

Председатель суда стучал по столу карандашом и угрожал крикунам удалением из зала. В первом ряду сидела рыхлая пожилая женщина, мать подсудимого, и почти непрерывно плакала. Живцова-старшего на суде не было. Узнав, что его сын и был главным руководителем шайки, чуть не полтора месяца терроризировавшей целый город, он свалился с сердечным приступом и теперь лежал в больнице без гарантии выздоровления.

Мать Живцова за большие деньги наняла для него опытного и умелого адвоката. Тот в начале своей защитительной речи напомнил суду, что перед ним, в сущности, еще мальчик, ставший формально совершеннолетним буквально за несколько дней до ареста. Свою защиту адвокат строил главным образом на том, что хотя подсудимый Живцов и попадает под статьи о бандитизме и вооруженном ограблении, в его действиях и действиях его банды практически отсутствовал всякий меркантилизм. Скорее это была по своей психологической сущности почти полудетская игра, нападения и грабежи, так сказать, понарошку. Прямое продолжение тех игр в разбойников, которые велись в школе. Его подзащитный обладает повышенным, хотя и угрюмым воображением, явными организаторскими способностями и склонностью верховодить. И на скамью подсудимых он попал, не понимая по малолетству и не зная о возможностях другого, лучшего применения этих своих качеств. Адвокат обращал внимание суда на то, что его подзащитный, несмотря на внешне благополучные условия жизни в семье, был, в сущности, безнадзорным ребенком. Читал он, как выяснилось, почти исключительно про сыщиков и воров, благо у его отца с молодости сохранилось множество таких книжек с обязательным продолжением. Мальчишка оказался в числе тех читателей подобной литературы, которые становятся на сторону нарушителей закона, изгоев общества.

Теперь вспомнили, что Гена Живцов еще в семилетке был главным организатором и вожаком тайных мальчишеских групп. Он убеждал своих сверстников, а чаще ребят помладше, что они то благородные разбойники, то заговорщики против власти, то тайные мстители за попранную правду. «Мстители» расквашивали носы «ябедам», в вечерних сумерках забрасывали из-за угла нелюбимых учителей мокрыми снежками, случалось даже, что выбивали в их квартирах окна. Все эти художества, как правило, своевременно раскрыты не были. Живцовские школьные группировки отличала конспиративность и железная дисциплина. По тем же законам существовала и банда грабителей, набранная ее организатором из пятнадцати-шестнадцатилетних мальчишек и девчонок. Это и было главной причиной, почему ее так долго не удавалось раскрыть.

И все же истинной целью этой шайки, по убеждению защитника, была не нажива за чужой счет — это видно хотя бы из того, что не было сделано ни одной попытки что-либо реализовать из награбленного. Ее самоцелью была опасная игра сама по себе, а также желание и стремление ее вожака руководить и командовать. И уж подавно никто из юных нарушителей закона никого не хотел убивать. Об этом говорит и то, что при нападении на свои жертвы они не пользовались обыкновенными молотками, которые проще всего было бы достать, а деревянными колотушками, собственноручно изготовленными Живцовым. Из всего этого адвокат сделал вывод, что его подзащитный должен рассматриваться не как закоренелый бандит и убийца, а только как заблудший птенец, сбитый с толку избытком внутренней энергии при недостатке практического соображения и моральных принципов.

Прокурор над этими доводами иронизировал. Послушать адвоката, так перед судом находится сейчас не опасный подстрекатель и совратитель целой оравы желторотых подростков, а этакий мальчишка-шалунишка, которого достаточно оттрепать за уши. То, что антиобщественная устремленность подсудимого умножается на его недюжинный талант преступного организатора и конспиратора, делает Живцова еще более опасным. Свою почти гипнотическую власть над им же совращенными юнцами он употреблял только во зло, и никто из них не смел даже пикнуть. Характерно его прозвище в банде — «Пришибей». А что касается «гуманности» молотков того типа, который обычно употребляется жестянщиками и медянщиками, то Пришибей заделал внутрь этих молотков по тяжелому слитку свинца. От удара такого кияна жертва падает, не издав звука, куда вернее, чем от удара слесарным молотком. Тут жесткий и холодный расчет, а не гуманность. От ударов живцовскими киянами трое стали инвалидами, а двое умерли. А что касается бескорыстия разбойников, то последней их жертвой стал пожилой бухгалтер, возвращавшийся с затянувшегося заседания. Они его специально подстерегали, так как были уверены, что толстый портфель бухгалтера набит деньгами. Здесь проявилась их неопытность как грабителей, но это не та неопытность, которая дает право на снисхождение. Словом, прокурор требовал для Живцова высшей меры социальной защиты — расстрела. Зал встретил это требование одобрительным гудением, на фоне которого прозвучал отчаянный женский вскрик. Это свалилась без памяти мать подсудимого. Сам же он оставался внешне спокоен и только изредка посматривал на судей и публику взглядом затравленного волка.

Суд, однако, не вынес ему смертного приговора. Десять лет ДОПРа со строгой изоляцией. Теперь зал гудел уже разочарованно. Знаем мы, что такое эти нынешние дома принудительных работ, как называются теперь тюрьмы. И что такое вынесенный судом срок, пусть даже десятилетний. Поживет парень в этакой казарме, вроде рабочей, и через три-четыре года выйдет на волю. Народ по отношению к убийцам и насильникам всегда жаждет мести и редко бывает удовлетворен мерой наказания, вынесенной им законным судом.

В двадцатые годы такая неудовлетворенность была постоянной, а мягкость наказаний вызывала всеобщее возмущение. В советской юстиции тех времен, особенно по отношению к уголовным преступникам, господствовали благодушные и наивные теории и полуконфиденциальные установки. Все они исходили из принципа, что наказание уголовника — это не возмездие и не общественная месть, а только исправительно-воспитательная мера. И только за редким исключением следует применять высшую меру, и то не наказания, а «социальной защиты». Мол, все преступники исправимы. И что их не следует даже травмировать этим жестким словом, а официально именовать только правонарушителями. Не должно быть также в социалистическом обществе тюрем и каторжных лагерей, всё это атрибуты «тюрьмы народов» царской России. У нас же только ДОПРы и колонии правонарушителей, в которых, кроме общественно полезного труда, они приобретают хорошие специальности, получают образование, участвуют в художественной самодеятельности. Ни над кем тут не должно довлеть чувство безысходности. Каждый при хорошем поведении имеет право на освобождение по «одной трети». И эта, одна треть, не была туманным обещанием. Для подавляющего большинства попадавших в ДОПРы она действительно реализовывалась. Ничего особенного, как правило, не представляла и сурово звучащая «строгая изоляция», разумеется, от общества. Осужденные содержались в общих камерах, запирающихся обычно только на ночь. Правда, осужденных к «строгой изоляции» не пускали, как других, по делам в город и не отпускали к родственникам и женам на выходные дни. Но только этим вся разница и ограничивалась.

Кто знает, что было причиной этого непостижимого благодушия. Может, усталость от суровости времен военного коммунизма, когда за кражу с лотка на базаре или карманную кражу в трамвае могли поставить к стенке. Возможно, надо было рассеять укоренившееся убеждение, как у нас, так и за границей о невероятной свирепости большевиков. Немалое значение имела, наверное, и действительная вера в возможность воздействия на преступную психику мерами убеждения и просвещения. Всего вероятнее, что эти факторы действовали одновременно.

Но благими намерениями вымощена дорога в ад. Во времена НЭПа и в непосредственно последующие годы преступность, особенно мелкая, расцвела пышным цветом. Воры чувствовали себя почти безнаказанными — подумаешь, несколько месяцев ДОПРа, а общество от них не огражденным. Дело кончилось разворотом в сторону неслыханно жестокой карательной практики, которая, как это ни парадоксально, привела к новому росту преступности. Судебная свирепость сменилась новым периодом благодушия, за которым последовало очередное ожесточение. Кое-кто из ученых юристов именуют этот процесс закономерным, на манер приливных и отливных течений, другие — шараханьем из одной крайности в другую.

Даже в эпоху наибольшего либерализма по отношению к уголовным преступникам среди них находились такие, которые не извлекли для себя из этого либерализма никакой пользы. Это были, главным образом, те, кто считал себя вступившим в конфликт со всем обществом и его установлениями. К их числу, сразу же после первого своего осуждения, причислил себя и Геннадий Живцов.

Начало отчуждения человека от общества и враждебности к нему бывает разным. У Живцова это осознанное отчуждение началось с момента, когда он почувствовал на себе злые и враждебные взгляды сотен людей, сидевших в зале суда. И он понял, что тоже ненавидит их. Собственно, это было лишь кристаллизацией чувства к обществу, которое, хотя и смутно, он испытывал и раньше, даже когда еще только обдумывал, а не совершал свои преступления. Вместе с желанием причинить кому-то зло обычно зарождается ненависть к жертве, которая укрепляется окончательно, когда это зло причинено. Предметом подобной ненависти могут быть и отдельные лица, и группы людей, и общество в целом. В последнем случае может возникнуть почти маниакальное стремление не подчиняться законам и установлениям этого общества. И не потому, что это несет какую-то выгоду для преступившего их, а только потому, что дает ему ощущение противопоставления себя этим законам. Начинается война между человеком и обществом, в которой репрессии по отношению к нему, призванные сломать его «злую волю», обычно только усиливают его ожесточение. Иногда это происходит под знаком фанатической приверженности религиозному или политическому учению. Тогда рождаются герои и мученики.

Живцову в этом смысле не повезло, и он стал изгоем и отверженным в обществе во имя самого этого изгойства и отверженности. Он принадлежал к той очень небольшой части уголовных преступников-рецидивистов, которые огромный заряд своей внутренней энергии растрачивают либо на холостые выстрелы, либо на стрельбу по несоразмерно мелким целям.

Угодив в ДОПР, Живцов и не подумал с помощью элементарно благонравного поведения сократить себе срок, после чего войти в русло нормальной жизни. После года заключения он бежал из тюрьмы, подбив на совместный побег еще двоих молодых правонарушителей. Втроем они занялись уличными грабежами, на этот раз без всяких фокусов с колотушками и другими необычными приемами. С практической точки зрения это было оправдано только в начале «незаконной воли» беглецов, когда надо было сменить одежду и приобрести деньги на дорогу подальше от своего города. До введения паспортной системы было еще далеко, и околачиваться на воле, не совершая особо тяжких преступлений, они могли бы довольно долго. Но лихая троица «брала на прихват» запоздалых прохожих в темных переулках, пока недели через две не была поймана. Последовали новые десять лет той же «строгой изоляции», но уже с соответствующей пометкой в деле. Живцов, он же Тимофеев, поскольку при аресте им был предъявлен отнятый у кого-то документ, был вывезен в один из дальних старинных Централов, в которых содержались преступники-рецидивисты. Убежать отсюда было непросто, и «Чума» — такое прозвище теперь носил Живцов-Тимофеев — употребил свою мрачную энергию на войну с тюремными «суками» и «наседками». По подозрению в убийстве одного из них Чума довольно долго сидел в одиночке. Однако доказать, что задушил своего соседа по камере именно он, не удалось, и следствие по этому делу было прекращено. Но с тех пор тюремное прозвище Живцова сменилось на другое — «Хана сукам», которое скоро сократилось до просто «Хана». В тюремных камерах он стал одним из признанных центровиков.

Через пару лет началась индустриализация страны, и прежнюю безработицу сменила острая нехватка рабочих рук. Одним из резервов по этой части было население ДОПРов, доселе евшее государственный хлеб почти даром. За немногими исключениями заключенные были вывезены в лагеря принудительного труда. Живцов попал в один из таких лагерей в Карелии. Допровской лафы тут не было и в помине. Заключенные получали едва достаточное для жизни питание только в том случае, если выполняли нормы выработки на повале и сплаве леса. На работу, правда, можно было и не выходить. Но «отказчикам» полагался совсем уж голодный штрафной паек и круглосуточно запертый штрафной барак с голыми нарами и почти неотапливаемый. Настоящие блатные-законники в таких бараках сидели редко. Это был слишком дорогостоящий и не очень остроумный способ утверждения своего неподчинения лагерному режиму, более пригодный для сявок. Живцов, когда нарядчик объявил ему, что он включен в бригаду лесоповальщиков, только пожал плечами и на следующее утро вышел в лес вместе с этой бригадой. Но в течение всего дня просидел у костра, так и не прикоснувшись к пиле и топору. На замечание бригадира, бывшего лесника, пускавшего «налево» государственный лес, Хана ответил издевательской блатняцкой присказкой, что он этого леса не садил и рубить его не собирается. Тот записал ему невыполнение и посадил на штрафной паек. Это как будто подействовало, и Живцов вместе с еще одним блатным из той же бригады принялся за работу. Но оба были неумелыми лесорубами, и случилось так, что одна из первых сваленных ими лесин размозжила голову недогадливому бригадиру. Следствие по этому делу даже не заводили. Случай весьма обычный. При работе под конвоем лесорубные звенья располагаются слишком близко друг от друга, и людей убивало и калечило на лагерном лесоповале чуть ли не каждый день.

Новый бригадир понял, что такие, как Хана, находятся тут не для того, чтобы работать, а для того, чтобы «отбывать срок». Для работы есть «рогатики», за счет которых ему и надлежит выводить выполнение норм на полную пайку.

Число рогатиков непрерывно возрастало. В лагеря тянулись эшелоны крестьян, бунтовщиков против коллективизации, всевозможных «вредителей» и «троцкистов». Для лагерных блатных началось золотое время. Теперь заставлять их работать и не пытались. Почти официальной деятельностью социально близкого элемента стало обеспечение веселой жизни для контриков. Грабить их разрешалось совершенно безнаказанно, вплоть до «конфискации» дров, заготовленных теми для своих бараков. Ведь это был не грабеж, а выражение народного гнева против врагов Советской власти!

Такому, как Живцов, занимавшему в лагерной хевре одно из ведущих мест, можно было бы отбывать свой срок припеваючи. Вместо этого, одевшись почище и запасшись деньгами за счет вновь прибывших в лагерь троцкистов, он снова ушел в побег. И снова с группой. Роль командира и вожака была его манией.

При попытке ограбить какое-то захолустное почтовое отделение банда попалась. Все повторилось по обычной схеме: тюрьма, новое следствие и новый «червонец» срока, ставший для Живцова уже как бы неразменным. После суда, когда его везли в новый лагерь, теперь куда-то за Енисей, Живцов пытался бежать с этапа, прорезав стенку арестантского вагона, но неудачно.

Теперь побеги из мест заключения стали для него чем-то вроде азартной игры для маниакального игрока. Как и всякий игрок, он, в сущности, понимал, что конечный проигрыш неизбежен. Даже если ему и удавалось иногда, с риском быть тут же застреленным, продраться сквозь колючую проволоку лагерной ограды и всевозможные оцепления, заставы и пикеты окололагерной зоны, то и за их пределами беглеца ждало мучительное существование бесприютного волка. В стране уже действовала паспортная система, и был установлен строжайший полицейских режим. Вопрос поимки беглого преступника был, в лучшем случае, вопросом какой-нибудь пары недель.

Острота игры со смертью, ставшая для Живцова почти потребностью на фоне беспросветного житья в бараках и лагерях усиленного режима, была не единственной побудительной причиной его отчаянных рывков. Его война с легавыми диктовалась также необходимостью поддержания в лагере своего авторитета бесстрашного урки. Он принадлежал к тем людям, которые за признание окружающими их исключительности и превосходства готовы платить даже такой ценой, как смертельная опасность и страдания. Неизбежно присутствует в таких случаях и элемент самолюбования. Эти стимулы нельзя сбрасывать со счетов, хотя их и принято замалчивать, даже при совершении людьми подвигов во имя подлинно высоких целей. В подвигах же, являющихся самоцелью, элементы престижа и позы всегда являются главными.

Повторять свои побеги Живцову становилось все труднее и опаснее. Его брали под все более строгий надзор и, наконец, привезли на Колыму. Существовало убеждение, усиленно поддерживаемое лагерным начальством и никем еще не опровергнутое, что с территории Особого Колымо-Индигирского района никому еще не удалось убежать. Его границы, помимо морей, гор, бесконечной тайги, рек, болот и дальстроевской ВОХРы, охраняли еще погранвойска. Такие же, как и на границах с иностранными государствами. Но то, что пугало других, стало рекордом-мечтой неисправимого бегуна. На Колыме его обуял спортивный азарт того класса, который владел в свое время людьми, достигавшими высочайших горных вершин, земных полюсов и пересекавших на утлых кораблях неведомые моря. Только у Ханы, пожалуй, этот азарт был лишен даже тени надежды на достижение каких-либо жизненно полезных результатов. Не годился тут и старый лозунг: «Свобода или смерть», вдохновлявший не только революционеров, но и узников, решавшихся на побег из тюрем: ничто не ждало бежавших с Колымы и на вожделенном Материке, кроме скорой и неизбежной поимки. Но это был Материк, своего рода Джомолунгма здешних беглых. Достичь его — означало побить совсем еще девственный по убеждению Живцова рекорд. Пусть даже ценой своей жизни. Ведь взамен приобреталась неувядаемая арестантская слава, как у того легендарного каторжника царских времен, который переплыл Байкал в бочке из-под омулей.

Пересидев зиму в лагере дальнего колымского прииска, весной Живцов ушел из этого лагеря вместе с еще двумя отчаянными блатными. Один из этих блатных «заигрался», то есть оказался несостоятельным должником при проигрыше в карты и его ждала расправа партнера. Другой получил извещение, что его товарищ по старому, остававшемуся пока не раскрытым «мокрому» делу сгорел. Если он «расколется», обоих ждет «вышка». Таким образом, обоим товарищам Ханы терять было уже нечего.

Впрочем, он был теперь уже не «Хана», а «Гирей». Как ни странно, но это была своеобразная трансформация предыдущей клички Живцова. Он и здесь поставил себя в лагере на должную высоту, и кто-то из новых обожателей Ханы придумал сократить это прозвище до более почтительного «Хан». Кто-то другой добавил к нему имя «Гирей», пользовавшееся среди блатных популярностью и неизвестно откуда идущим уважением. Потом уже сам «Хан Гирей», не любивший многословия и длинных прозвищ, попросил, чтобы его называли просто «Гирей».

Гирей и два его товарища шли на юг, где по реке Охоте проходила одна из границ Дальстроя с Материком. Опыт Живцова помогал ему угадывать, где можно ожидать вохровских засад и тайных пикетов, находить без компаса правильное направление, сбивать с толку собак-ищеек. Впрочем, следует сказать, что устраивать на беглых облавы и погони, как это делалось обычно при побеге заключенных из карельских или архангельских лагерей, на Колыме было не принято. Охрана дальстроевских лагерей с полным на то основанием делала главную ставку на громадность незаселенных пространств, суровость климата и неодолимость без нужного оснащения и подготовки естественных преград. Большинство беглых здесь, в конце концов, сами приплетались к какой-нибудь вооруженной заставе. Другие, более упорные или совсем уж незадачливые, погибали. Но обычно это случалось уже к осени. В течение короткого, но иногда довольно теплого колымского лета в здешней тайге можно существовать за счет множества ягод, местами грибов и рыбы в многочисленных ручьях и речушках. Кроме этого подножного корма к услугам беглых иногда были также неохраняемые склады провианта для лагерников-бесконвойников, ловивших в речках рыбу для местных нужд или заготовлявших сено. Если, конечно, на такие склады им удавалось набрести.

После двух месяцев изнурительного похода, трудность которого может понять только тот, кто сам брел по лесным дебрям и каменистым ущельям практически без обуви, день и ночь кормил своей кровью таежный гнус и жил жизнью не человека, а загнанного зверя, трое беглецов дошли до Охоты. Как уже было сказано, эта река долгое время служила границей дальстроевского «государства» и усиленно охранялась по обоим берегах. Левый, дальстроевский, пикетировали и патрулировали колымские вохровцы, правый, материковский — «зеленые околыши», солдаты пограничных войск. Собаки дальстроевской охраны напали на след беглецов, когда те на одном из левобережных притоков Охоты уже сколотили плот для спуска в главную реку и переправы на ее правый берег. Заслышав звуки погони, Живцов и его товарищи не стали дожидаться, пока она их настигнет, и демонстративно в дневное время выплыли в Охоту на виду у правобережных пикетов. Этим они показывали, что сдаются «зеленым околышам». «Красные околыши» левого берега их бы, почти наверняка, перестреляли.

Больше месяца беглые сидели в тюрьме города Охотска, куда их доставили пограничники. Сначала дожидались конвоя, который прибыл за ними из Магадана, затем морской оказии для отправления в обратный путь. Такая оказия представилась, наконец, в виде старой деревянной баржонки, следующей в Нагаево с грузом пустых бочек для дальстроевских рыбпромхозов. Предстояла магаданская следственная тюрьма, лагерный трибунал и засылка в какой-нибудь из колымских штрафных лагерей, убежать из которого можно разве что на тот свет.

Охотский прокурор пытался пришить пойманным беглым также мокрое дело. В том районе, где они бродили, без вести пропали два охотника из числа руководителей небольшого леспромхоза. Такие убийства совершаются обычно ради захвата оружия, одежды и провианта. Но ничего этого на сдавшихся беглецах и в месте строительства плота обнаружено не было. Дело, пахнувшее расстрелом для всех троих, пришлось прекратить.

На «Охотах» началось уже время свирепых осенних штормов. Во время одного из них баржа, и так дышавшая на ладан, едва не развалилась и осталась зимовать на Галаганных вместе со своим грузом и пассажирами. Буксирный катер, штормоустойчивый «кавасаки», ушел в Нагаево без нее.

Как и говорил нарядчик, главное совещание по вопросу о новоприбывших состоялось на другой день. Теперь уже в кабинете местного оперуполномоченного и без участия заключенных. Кроме хозяина этого кабинета и начальника лагеря присутствовали также командир местной ВОХР и начальник УРЧ.

Формально дело обстояло просто. Этапники числятся под следствием, значит, они должны сидеть за решеткой в полной изоляции от остальных заключенных. Но здешний лагерный карцер не дает возможности кого-нибудь по-настоящему изолировать. Да и убежать из него едва ли не проще, чем из лагерной зоны. В то же время отъявленные бандиты-рецидивисты будут в нем томиться и время от времени обязательно устраивать всякие демонстрации вроде голодовок и прочих блатняцких штучек еще похуже. Начлаг предлжил соломоново решение. Водворить временно приписанных к лагерю подследственных в камеру с усиленной охраной только весной, когда появится реальная возможность для побега. А до того содержать в общей зоне в бараке бытовиков.

На зиму Галаганных начисто отрезается от всего света. Опытный начальник был уверен, что в это время даже самых заядлых бегунов в заснеженные сопки и силой не выгонишь именно потому, что люди они бывалые. А тут — светлый и теплый барак, работа «не бей лежачего», бабы... О бабах, конечно, официально говорить нельзя, но иметь в виду их значение как якоря для самых забубенных голов не только можно, но и нужно. Словом, если оперативный уполномоченный и командир охраны не возражают, начлаг гарантировал, что общий язык с этим Гиреем и его товарищами он найдет. Это всегда возможно. И этим избежит многих неприятных эксцессов, вплоть до убийства надзирателя в кондее или еще чего-нибудь в этом роде. Принцип изоляции подследственных фактически не нарушался. Никто их здесь не знает, никого они не знают, а связи с внешним миром — никакой. Белые мухи уже полетели, а на море образовалась «шуга».

Опер опасался, что высшее начальство может обвинить их в нарушении формы. Начлаг пожимал плечами. А откуда оно об этом узнает? Ко времени, когда в горах стает снег и начнется каботажная навигация, беглые будут сидеть в местном изоляторе, который к тому времени следует укрепить и окружить колючей проволокой. Но одно дело держать при этом изоляторе усиленную охрану в течение пары недель, другое — семь-восемь месяцев. В конце концов совещание согласилось с доводами начальника лагеря.

По его поручению и с его негласными полномочиями парламентер-нарядчик отправился в карцер, в одной из камер которого уже сутки жили трое подследственных. Они встретили его хмуро и едва ответили на приветствие. Тем не менее, Гирей, которого нарядчик узнал сразу по тому, как тот сказал своему соседу по нарам:

— А ну, подвинься, дай человеку место! — видимо, был согласен на переговоры. Иначе бы он не назвал представителя лагеря «человеком».

Нарядчик сказал, что есть возможность сплошного канта и житья лучше не придумаешь, если ребята со своей стороны пообещают соблюдать, хотя бы внешне, лагерные благоприличия. Говорил он, разумеется, только от своего имени. Их зачислят в бригады по их выбору и, как с людей временных здесь, особой работы спрашивать не будут. Питание в этом лагере такое, какого нигде больше на всей Колыме нет. Жить они будут в лучшем бараке с железными койками и картинками на стенах. Если кто из них захочет день-два поваляться в бараке, то с местным лекпомом всегда можно найти общий язык, он мужик понимающий. А главное, — здесь нарядчик понизил голос до шепота и подмигнул своим слушателям с видом сутенера, предлагающего богатым клиентам живой товар, — тут сколько угодно баб. Есть такие шмары, что и на воле не сыщешь! И все они к услугам таких лихих ребят, как Гирей и его товарищи. Уже сейчас среди здешних блатнячек только и разговоров, что о них.

На угрюмых физиономиях двух оборванцев — все трое были в той самой одежде, в которой они пробирались сквозь сотни километров тайги и гор — появилось выражение явной заинтересованности. Один даже ухмыльнулся и подмигнул другому. Но их вожак, к удивлению парламентера, не только не проявил к его сообщению энтузиазма, но и пропустил его мимо ушей. Выдержав паузу, означавшую, что в предложении нарядчика для них нет ничего неожиданного или особо интересного, Гирей, глядя в сторону, ответил, что это предложение в принципе принимается, но имеются кое-какие дополнения. Во-первых, всем троим лагерь должен выдать новое обмундирование. В этом они отсюда и шагу не сделают. Во-вторых, он напоминает, что работать они и без всяких уговоров не обязаны как находящиеся под следствием — тут блатной закон совпал с государственным. В-третьих, кормить всех троих должны в лагере «от пуза». И не тем, чем кормят работяг, а тем, что сами повара жрут. На этих условиях они согласны выходить с разводом из лагеря и вместе с этим разводом возвращаться, как какие-нибудь фраера. Пока, конечно, это им не надоест... Что последует за этим «надоест» Гирей не сказал и только угрюмо усмехнулся. Затем он откинулся на нарах и повернулся лицом к стенке, видимо, считая аудиенцию оконченной. Нарядчик ушел от него с чувством недоумения, вызванного тем, что Гирей ни единым звуком или жестом не дал понять, что слышал его сообщение о почти полной свободе здесь общения с женщинами. Всех блатных, попавших в смешанный лагерь, даже если они были до крайности изнурены этапами и тюрьмами, этот вопрос интересовал всегда даже больше вопроса о питании. При всей своей уродливости и скудоумии психология уголовного мира является как бы эпикурейской.

Нарядчик поделился своими впечатлениями и недоумениями со своей любовницей, та с Розкой и всеми другими соседками по женскому бараку. И это стало для женщин главной темой всех разговоров и дискуссий. Самые вульгарные и прозаичные из них тут же заявили, что герой-то, оказывается, «атрофированный» и принялись по этому поводу зубоскалить и скабрезничать. Другие им возражали, что ничего смешного тут нет. Мужчины, подвергавшиеся смертельной опасности — а Гирей, судя по его биографии, бывал в такой ситуации много раз, — часто утрачивают свою мужскую силу. И что это повод для сочувствия, а не для грубых шуток. Но самую возвышенную теорию для объяснения равнодушия Гирея к женщинам выдвинула Нина Пролей-Слезу. Она заявила, что для мужчин такого героического склада, как он, нужна женщина с соответствующими духовными и иными качествами. На абы какую он не западет. Поэтому и не хочет говорить о бабах вообще. Это вам не мелкий блатной или сытый лагерный придурок, которому некуда «дурную кровь» девать...

Розка Косая не преминула хихикнуть, что уж не она ли, чокнутая Пролей-Слезу, намыливается в любовницы к Гирею? Вот будет пара — атрофированный и мокроглазая штымпеха! Нинка ответила, что его атрофированность — это пока что только бабья трепотня, а насчет «намыливания», то почему бы и нет? Она же не такая, как некоторые, которые помимо того, что рылом не вышли, ничегошеньки-то в настоящей любви не понимают...

— То-то ты из-за любви от своего художника к каптеру перекинулась! — парировала Розка.

Перепалка между соседками как всегда кончилась руганью. И как всегда вульгарно-реалистические позиции Косой оказались более сильными. Вокруг обидно смеялись бабы, а Нина плакала.

Через два дня на утреннем разводе женщины увидели, наконец, пресловутого Гирея. Но только со спины: женские бригады ставились позади мужских. Гирей в новых валенках и новом бушлате стоял в первой пятерке бригады строителей рядом с ее бригадиром и упорно, как солдат на часах, глядел куда-то впереди себя. Было видно только, что он высок, довольно широк в плечах, но слегка сутул. Многих из сгоравших от любопытства женщин прямо-таки подмывало забежать вперед и заглянуть ему в лицо. И они не преминули бы это сделать, если бы не весьма значительный шанс тут же угодить в кондей за нарушение порядка на разводе. Дежурный по лагерю и так зол на женщин за галдеж и толчею в их рядах. Блатнячки при помощи выкриков и насмешливых замечаний пытались заставить Гирея обернуться.

— Эй, Гирей Гиреич, — кричала одна, — погляди, какая птичка летит!

— Гирей, а Гирей, — хихикала другая, — у тебя вся спина сзади!

— Да чего вы к человеку пристали? — унимала их под общий смех третья. — Может у него чиряк на шее?

Но Гирей так и не обернулся. Почти весь день он хмуро и молча просидел возле печки в плотницкой, большом и высоком полусарае на здешнем стройдворе. И на протяжении этого дня в плотницкую то и дело заглядывали лагерницы, главным образом из числа самых разбитных шмар. Видимо, на соседней свиноферме все свиньи сегодня взбесились, так как чуть не во всех ее отделениях они переломали загородки и нужно было сделать заявку на их ремонт. Такие же заявки сыпались и из телятника, и из коровника. Много женщин приходило также за растопкой для печек, потребность в которой вдруг резко возросла. Некоторые из посетительниц пытались заговорить с лобастым, угрюмым, совсем еще молодым мужчиной, одиноко сидевшим возле железной печки. Но он или отмалчивался, или отвечал на вопросы односложно и нехотя, все больше хмурясь. Внимание женщин, судя по всему, очень раздражало Гирея.

Более того, это внимание его явно смущало. Искушенные шмары своим наметанным женским взглядом довольно верно заметили, что за хмурыми взглядами и угрюмым выражением худого лица знаменитого бандита скрывается обыкновенная женобоязнь, та самая, которая бывает до поры у еще нетронутых мальчишек. Так что отпадали версии о его мужской неспособности и романтической разочарованности. В этих случаях он вел бы себя иначе. Похоже, что свирепый убийца, грабитель и необыкновенный смельчак — девственник.

Это была сенсация, которая всколыхнула всю женскую зону. В закутах животноводческих ферм, овощехранилища, рыбозасолочной и других углах совхоза они делились впечатлениями, не переставая ахать и удивляться.

Приезжала в плотницкую за отходами на дрова для свинофермы и возчица этой свинофермы Пролей-Слезу. Ей разрешили взять несколько небольших обрезков. Она унесла их, кося глазами на склонившегося за печкой Гирея. Но тут же вернулась и попросила разрешить ей взять еще большой дуплястый комель, валявшийся у стены мастерской.

— Ну и бери его, чего спрашиваешь? — ответил бригадир плотников. Комель действительно валялся тут с незапамятных времен.

— А кто мне поможет его на сани взвалить? — спросила возчица. И при этом так выразительно посмотрела на самого молодого тут и единственного незанятого человека, сидящего у печки, что Гирей встал, нахлобучил на стриженую голову шапку и вышел за Ниной во двор. Не глядя на нее, он довольно легко поднял с земли тяжелый, набрякший влагой, мерзлый чурбак и бросил его в сани.

— Так ты еще и силач, оказывается! — пропел ласковый женский голос. Особенно многозначительно прозвучало это словечко «еще». Оно означало, что другие, высокие гиреевские качества обладательнице голоса уже известны. Взявшись за ручку двери плотницкой, Гирей обернулся. И увидел глядевшие на него с почти детским любопытством и неподдельным восхищением женские глаза. Такие синие, каких он никогда еще в своей жизни не видывал. Миловидное лицо возницы с пухлыми, красиво очерченными губами выражало почти обожание, которое, выражаясь языком из прочитанных им когда-то отцовских книжек, Гирей мог бы назвать «институтским».

Но и так он почувствовал, что взгляд этот иной, чем у других любопытствующих женщин, приходивших поглазеть на него, как на диковинного зверя. Иной была и сама эта синеглазая, которая не только не вызывала в нем желания обругать ее, как других женщин сегодня, но как будто притягивала его к себе своим ласкающим взглядом и голосом. Так они и смотрели друг на друга несколько секунд. Потом Гирей отвернулся, еще ниже нахлобучил на лоб шапку, как будто собирался выйти во двор, а не вернуться в натопленное помещение, и скрылся за дверью мастерской.

Рано начавший кочевать по лагерям и тюрьмам, Живцов действительно не знал женщин. В преступность он вошел, миновав мир профессиональных уголовников с их культом почти свободной любви и активными совратительницами. Во время своих кратковременных пребываний на воле он ни разу не был ни в одной малине. В лагерях содержался исключительно мужских.

Конечно, как и всякий здоровый молодой мужчина, Живцов ощущал тоску по женщинам. Но он был фанатической натурой, в которой желания, побуждаемые инстинктом, всегда смягчаются, а нередко и почти совсем вытесняются стремлениями, вызванными сознательными идеями. У Гирея такой идеей были побеги из мест заключения, установление тут своеобразных рекордов и другие способы выражения своего неподчинения всяким и всяческим законам.

Голод переносится труднее, когда перед глазами голодного появляется пища. Верно это и в отношении полового голода. Там, где Гирею случалось бывать до сих пор, женщин не было и в помине. Здесь же они мелькали на каждом шагу. Смутные и неопределенные до сих пор желания теперь принимали конкретные, почти осязаемые формы. Гирей долго ворочался, прежде чем уснуть в эту ночь на своей царской постели — матраце и подушке, набитых свежим сеном. В голову лезло всякое. И чаще всего другого женское лицо с преданно глядящими на него синими глазами. Живцов пытался гнать от себя эти видения, но безуспешно, испытывая от этого досаду и злость. Дело в том, что про себя он решил удивить здешний лагерь среди прочего еще и тем, что будет держаться в стороне от баб. Ему казалось, что осуществить это намерение будет тем более легко, что он, ничего на свете как будто не боявшийся, болезненно стесняется женщин и теряется в их присутствии. Репутация такого святого Антония была, конечно, предпочтительней репутации неумелого сердцееда. Однако похоже, что реализовать намеченную программу будет не так-то просто.

На другой день, сидя у печки в плотницкой, Живцов ловил себя на том, что очень хочет, чтобы синеглазая возчица появилась опять. Но ее не было. Зато на следующий день Пролей-Слезу прикатила в своих санях на стройдвор с самого утра. В плотницкую она вошла с кнутом в одной руке и пилой в другой, раскрасневшаяся от легкого мороза. От этого васильковые Нинкины глаза под опушенными инеем длинными ресницами сияли, казалось, еще ярче.

— Мужики, кто из вас кавалер? Помогите стойки от старой коптилки на дрова спилить!

Занятые каждый своим делом плотники, в большинстве уже почти старики, заулыбались. До чего ж хитры эти бабы! Остов коптильни, сгоревшей года два назад, торчит на берегу Товуя километрах в двух отсюда. Возиться с обгорелыми бревнами, чтобы добыть дрова для свинофермы, нет никакой необходимости — их пока хватает и поблизости. Тому, кто решится на подобное кавалерство, не миновать скандала с бригадиром из-за срыва дневного задания, снижения категории питания и, возможно, водворения на старости лет в кондей за связь с женщиной. Исключение составлял только новый член плотницкой бригады, не умевший держать в руках топор и не скрывавший этого. Его-то, конечно, и охмуряла хитрая блатнячка. Продолжая строгать, тесать и долбить, плотники искоса наблюдали за Гиреем.

Что он чурается баб, знали теперь и они. Тем более ложным было сейчас его положение. Отказать женщине в услуге, не имея для этого даже выдуманного повода, — поступок недостойный настоящего мужчины, каковым слыл этот блатной. Поехать с ней на старую коптильню, в которой, несмотря на пожар, сохранились еще скрытые от людских взоров закуты, означал потерю ореола монашеской неприступности, о которой только и судачат сейчас лагерные бабы.

Именно эту раздвоенность и испытывал сейчас Гирей, насупившись на скамейке за печкой. Возможно, что привычная склонность к демонстративности взяла бы в нем верх над искренним желанием помочь этой женщине, выжидательно глядевшей на него своими синими глазами, если бы не разговор, услышанный им вчера в лагерной столовой. Его вели несколько женщин, занявших место недалеко от него и вряд ли случайно. Толковали они о какой-то Нинке, задумавшей охмурить некоего нового в этом лагере человека. Одна, слегка раскосая с тонкими губами, говорила:

— Поди ж ты! Дура, дура, а хитрая... Помоги, говорит, бревно поднять! Потом она это бревно в канаву вывалила...

Было очевидно, что к этой Нине некоторые ее товарки, может быть даже все, относятся недружелюбно. И ее неудача с продолжением «охмурения» Гирея будет использована для насмешек и издевательств над ней. А именно желание оградить и защитить ото всех эту синеглазую с ее ласковым, выжидательным взглядом и было в нем сейчас самым главным и сильным изо всех чувств. Ничего похожего за всю свою тридцатидвухлетнюю жизнь Живцов еще не испытывал.

Напоминая медведя, неохотно повинующегося приказанию хорошенькой дрессировщицы, Гирей вылез из-за печки, нахлобучил шапку и вслед за возницей вышел из плотницкой.

— Вот, а говорили, что этот блатной баб совсем не признает! — сказал кто-то, когда дверь за необычной парой закрылась.

— Я вот тоже уже восемь лет как вареников в сметане не признаю, — заметил длинноусый дядька, отесывающий длинное бревно, — потому что нема их...

— Да нет, — возразил первый, — говорят, принципиально не признает...

— От тоби и принципиально! — кивнул длинноусый на окно, за которым из ворот стройдвора выезжала, сидя в санях рядом с Гиреем, Нинка Пролей-Слезу.

— Бабы, они такие... — протянул кто-то из угла.

— Сами вы бабы! — рассердился бригадир, за столиком под окном заполнявший наряды. — Человек поехал женщине в работе помочь, а вы тут рассудачились...

Старший плотник был склонен к некоторой идеализации людей и часто принимал желаемое за действительное, полагая, что братская любовь и чувство взаимной выручки, несмотря ни на что, лежат в основе человеческой натуры. Он сидел «за веру», так как проявил на воле избыток усердия в проповеди учения «истинно евангельских христиан», членом секты которых состоял с ранней молодости. В ответ длинноусый плотник иронично запел простуженным басом:

— Баламутэ, выйды з хаты, хочу тэбэ закохаты...

— Тьфу на вас! — плюнул баптист, — с такими не захочешь да согрешишь!

Вечером уже весь лагерь знал, что грозного блатного и женоненавистника Гирея «повело» на Пролей-Слезу. В свою плотницкую он вернулся похожий на трубочиста, так как не менее трех часов пилил с ней на старом пожарище горелые бревна. Хотя и часа хватило бы напилить на одни сани дров.

Уж что-что, а нормы выработки на подобные работы в лагере знали.

Что все это правда, красноречивее всего говорили Нинкины глаза. Они стали, если это вообще возможно, еще более синими и мечтательными. Завести ее в этот вечер не смогли даже ядовитые уколы злоязычной Розки. После отбоя ее не дождался в своей каптерке любовник каптер, устроивший на следующий день сцену ревности. Ругаться с ним, как обычно, Нина не стала, а просто заявила этому штымпу, что он ей надоел и может убираться к своей Косой или куда угодно еще. Тот полез было к ней с кулаками, но она напомнила отверженному любовнику, что вовсе теперь не беззащитна, как прежде. И что тут ему не деревня «из одного двора», где он был «первым парнем». Есть кое-кто похлеще, чем деревенские штымпы. Каптер плюнул и сказал, что был дурак, когда связался с городской сукой. Ничего другого от таких, как Нинка, и ждать не следовало. Но кулаки убрал.

А для нее наступило время любовного счастья. В Гирее Нина обрела именно того любовника, о котором подевчоночьи мечтала все эти годы. Он был силен, бесстрашен и неумело нежен. В делах любви этот зрелый мужчина оказался робким учеником. Гирей не знал даже того, что было пройденным этапом для первого Нинкиного любовника и просветителя, с которым она убежала из детского дома. Роль наставниц в таких делах нравится большинству опытных женщин, даже если их ученики неумелы и робки просто по молодости. Учеником же Нины стал сильный и смелый мужчина, одного взгляда которого все тут побаивались. Любовь к нему усилилась еще чувством почти материнской опеки, которое часто проявляется в женщине по отношению к мужчине независимо от соотношения их возрастов. Ответное чувство Гирея тоже было искренним и сильным. Эта любовь была у него первой во всех смыслах этого слова.

Но по отношению к окружающим она не была отмечена тем просветлением, которое отличало теперь Нину. Скорее наоборот. Взгляд Гирея в первые недели их сближения стал даже более угрюмым и тяжелым. Но это была лишь защитная реакция от возможных насмешек. Ведь он не выдержал характера и, как бычок на веревочке, сразу же пошел за первой приласкавшей его женщиной. Здесь все имели право так думать. Да так они и думали. Но в открытую некоторую насмешливость проявляли лишь женщины, и то только по отношению к его любовнице. Однако на Пролей-Слезу их «подначки» почти не действовали и постепенно они прекратились. Во-первых, Розка, бывшая прежде в этом деле главной заводилой, вернувшись к своему каптеру, к Нине больше не приставала. Во-вторых, Нина, хотя и временно, стала теперь одной из первых дам галаганской хевры.

Со временем ее любовь с Гиреем превратилась в одну из привычных здесь полулегальных связей. Любовь в местах заключения, вообще-то, запрещена. Но там, где она возможна, например, в смешанных лагерях, она неизбежна. И тогда с любовью ведется постоянная и упорная война. У начальника лагпункта Галаганных была даже специальная ведомость, в которой были выписаны все пары, подозреваемые в сожительстве или хотя бы в стремлении к нему. Остряки называли ее кто «кондуитом», кто «актом гражданского состояния». Попавшие в этот «акт» за нарушение монастырского устава лагеря очень часто ночевали не в своих бараках, а в кондее за зоной. Но что запрещается быку, то позволено Юпитеру. Заключенный Живцов и заключенная Сергеева были одной из тех пар, связи которой, конечно негласно, было велено не замечать. Тем более что связь эта была заведомо временной, рано или поздно грех лагерной любви будет искуплен навечной разлукой.

А пока что все шло тихо и гладко, как будто троицы опасных рецидивистов в лагере и не было. Мудрая политика сердцеведа и человековеда, здешнего начлага, по-видимому, полностью оправдалась.

Нина Пролей-Слезу похорошела еще больше и почти избавилась от своей склонности впадать в истерическое буйство. Да и поводов для этого практически не было. И когда, от времени до времени, она снова начинала «заливать» о своем якобы аристократическом прошлом, ее никто уже не перебивал. И не только потому, что Пролей-Слезу была теперь признанной шмарой высшего ранга, а потому также, что на фоне ее нынешней красивой любви с Гиреем никакое ее вранье не казалось уже таким неправдоподобным.

Бесконечная колымская зима прошла для влюбленных так быстро, как ни одна еще зима в их небогатой радостями жизни. Незаметно подошел субполярный апрель с его ослепительным солнцем, яркость которого многократно усиливал снег, сверкающий на склонах сопок, белой глади Товуя и торосах еще застывшего моря. Но до того, как оно сломает свой ледовый «припай», достигающий местами пары сотен километров, оставались уже считанные недели. Чуть позже ото льда очистится река и буксирные баржи смогут заходить с приливом в ее устье. Начнется навигация, означающая для любовников неизбежную и вечную разлуку. Оба они были слишком опытными арестантами, чтобы строить на этот счет какие-нибудь иллюзии. Во время встреч с Гиреем где-нибудь в уголке свинофермы, конюшни или телятника Нина все чаще плакала, прижимаясь лицом к его плечу. А он гладил ее, как маленькую, по голове, молчал и все время думал какую-то угрюмую думу. Прежде, когда прошла его смешная во взрослом человеке мальчишеская неуклюжесть и застенчивость, было не так. Гирей много рассказывал Нине, как, начитавшись книжек про благородных разбойников, мечтал в детстве заделаться таким разбойником. Вроде Робина Гуда или Кузьмы Рощина. Был такой лет сто тому назад предводитель шайки, удивительно хитрый, изобретательный и неуловимый. Этот Кузьма наводил ужас на помещиков-крепостников, уездных чиновников и жандармов, простой народ он не только не трогал, но и защищал. Мальчишеские попытки Живцова стать кем-то вроде этого Рощина закончились тем, что он стал вечным арестантом, разменявшим свои недюжинные душевные силы на бесконечные побеги. Большая часть этих побегов была как бы прыжками с крыши в темноту. Другие были подготовлены и организованы несколько лучше, но все они заведомо обрекались самой жизнью на провал. Гирей понимал это и сам. Дело тут было не в конечном результате, а в потребности действия, необходимости в отдушине для выхода злобной и неукротимой энергии. После игры со смертью жизнь, даже тюремная, приобретает на некоторое время какую-то ценность. Гирей рассказывал, как ему случалось отсиживаться от двуногих и четвероногих ищеек в холодной жиже глубокого болота, неделями бродить в лесу без пищи и крова, раненому отлеживаться под какой-нибудь колодой. Один раз вохровцы нашли его в лесу лежащим без сознания, с воспалившейся раной, до неузнаваемости заеденного комарами. Оперативники не пристрелили его только потому, что в тот раз такое действие им трудно было бы объяснить попыткой сопротивления с его стороны. А кроме того, они считали, что он и так подохнет. То же думали и тюремные врачи, судя по тому, что они разрешили спецчасти снять у него отпечатки пальцев, якобы посмертные. Для «архива-три» это все равно, а с чуть теплых пальцев отпечатки получаются лучше, чем с совсем окоченевших. Но возня легавых с пальцами Гирея пропала зря — он опять выжил! А вот чего у него не было, так это приползания к легавым из побега на животе, как это часто случается с другими беглыми. Не было и никогда не будет...

Нина могла слушать рассказы своего Гены часами, не шелохнувшись. И только в особо страшных местах зябко поеживалась и прижималась к нему еще теснее. Но теперь он почти все время молчал и думал, отвечая невпопад на ее вопросы. Тогда она начинала плакать и бормотать глупые бабьи слова о том, что он ее больше не любит и что она давно замечает, как он поглядывает на других баб вроде красючки свинарки из третьего цеха, бывшей артистки. Вот уже она задаст этой фраерше, даром что та предоставляет им место для свиданий! Гирей в таких случаях обзывал Нину дурой, сердился и уходил.

А однажды он был особенно мрачен и сказал ей, что вскоре, видимо, их встречам наступит конец. На днях шторм на море разломал лед, а очередным отливом его отнесло от берегов. По Товую идет уже верховая вода, вот-вот лед тронется. Через какую-нибудь пару недель начнут ходить баржи. Но еще раньше временно приписанных к здешнему лагерю этапников посадят за решетку. Ту, которую делают сейчас в совхозной кузнице для одной из камер местного кондея. Меняют в этой камере и запоры на двери. Нет никакого сомнения, что ее готовят для водворения в нее беглых. Опер и лагерное начальство боятся, что как только на реке сойдет лед, отчаянные бегуны переправятся через Товуй и зададут стрекача в горы. Вообще-то для этого еще рано. Снег в распадках и на северных склонах сопок еще не сошел. Разлились ручьи и реки, бегут местами сокрушительные горные потоки. Да и время от середины мая до середины июня в этих местах едва ли не хуже января. И все же начальство беспокоится не зря...

На этот раз Нина и Гирей находились в маленьком щелястом сарайчике, одиноко стоявшем посреди еще заснеженного картофельного поля. Но на кучах навоза, вывезенного на это поле еще зимой, снег уже стаял, и они темнели рыжебурыми пятнами на глазированной глади поля. Узкие полосы солнечного света, проникавшие сквозь щели сарая, пересекали сложенную под стеной груду тяпок, мешки суперфосфата в углу и сидевшую на них Нину. Она тихонько всхлипывала и вытирала слезы углом по-старушечьи повязанного темного платка.

То, что Геннадий сказал ей сейчас, не составляло, конечно, особенного секрета. Но вот он обошел все стены сарайчика, оглядывая в его щели поле. На нем никого не было. И все же Гирей понизил голос, когда сказал, что его сегодняшний разговор с Ниной будет весьма секретным, важным и деловым. Настолько важным, что прежде чем решиться на него, он получил согласие двух своих товарищей. Они дали его, хотя и не без колебаний. Бабам в ответственных делах особенно доверять не следует. Насилу убедил их, что опытной блатнячке Пролей-Слезу доверять можно. Может, зря старался? Она собирается его слушать, или так и будет реветь?

Нина поспешно вытерла лицо рукавами бушлата:

— Нет, нет! Что ты, Геночка! — Она лучше даст себя изжарить живьем, чем нарушит доверие своего любимого и его друзей...

Он опять обошел стены сарая и сел с ней рядом. Так вот. Он и ребята замыслили новый побег на Материк. Было бы глупо не использовать возможности, которые предоставляет нынешняя близость к южной границе Особого района. В прошлом году, чтобы добраться до этого Товуя, им понадобился месяц. Легавых к югу от него куда меньше, чем к северу, так как здесь нет ни рудников, ни приисков. Только редкие леспромхозы да на морском берегу рыбные промыслы. Многое дает и прошлогодний опыт. Одним словом, если беглецам удастся оторваться от погони, которая за ними будет выслана отсюда, у них есть немалый шанс прорваться на Материк и тем утереть нос колымским легавым, хвастающимся, что с их «Чудной Планеты» выхода нет. Конечно, и на этом Материке долго не погуляешь, зато будет достигнуто то, чего здесь еще никто не достигал...

Она прижалась к нему и заплакала:
— Ох, убьют тебя, Геночка...

Он пожал плечами. Конечно, это очень возможно. Ну а разве лучше дожидаться, когда тебя уморят на каком-нибудь штрафном или выстрелят в затылок, предварительно связав руки и засунув в рот кляп?

Но речь сейчас не об этом. Нет сомнения, что за Гиреем и его товарищами всю зиму велась тайная слежка, а сейчас она непременно усилилась. Сухарь, обнаруженный под матрацем, или добытые где-то сапоги вместо валенок могут привести к тому, что всех троих сунут в кондей даже раньше срока. И тут большую помощь им может оказать Нина. Лагерный ларек здесь богатый. В нем продают и галеты, и сало, и сахар. Деньги у нее есть. Пусть, когда сама, а когда под предлогом недомогания или еще чего-нибудь через приятельниц, накупает побольше этого добра. И припрятывает его где-нибудь за зоной. Да пусть стащит пару ножей на свиноферме. Они всегда под рукой у дежурных свинарей на случай, если срочно понадобится прирезать заболевшую свинью. И, вероятно, ей будет не трудно отстирать пару мешков из-под корма и переделать их в заплечные.

Нина согласно кивала. Она сделает все, что от нее требуется. И довольно толково перечислила эти задания в ответ на его приказание повторить их. А потом уткнулась лицом в колени и зарыдала, уже не заботясь, что их кто-нибудь услышит. Гирей угрюмо поглаживал ее по вздрагивающим лопаткам. В первый раз в своей лагерной жизни он испытывал горечь от мысли, что должен будет уйти из очередного места своего заключения. Ведь тут он в первый и, наверное, в последний раз встретил женщину. Прежде он и думать не мог, что необходимость разлуки с ней будет переживать сильнее, чем разлуку с родным домом, извещения о смерти отца, а через несколько лет и матери. Ценой отказа от мечты о рекордном количестве побегов эту необходимость можно было бы отсрочить на пару-тройку недель. Но это явилось бы унизительным малодушием, которого Гирей никогда бы себе не простил.

Во время ежедневных поверок немолодой уже заключенный Горчаков, он же дядя Ваня и он же «Достань-Воробушка», всегда становился крайним на правый фланг, так как был самым высоким человеком в лагере. Вернее, самым длинным. Впечатление неестественной вытянутости было первым, которое возникало при взгляде на Достань-Воробушка. Сотворив дядю Ваню почти на полторы головы выше, чем люди нормального роста, природа затратила на него материала не больше, а пожалуй, даже меньше, чем на каждого из нас. Все поперечные размеры в этом человеке были гораздо меньше нормы. У него было вытянутое, как будто сдавленное с боков лицо; худые и длинные, как у цапли, ноги; руки с длинными, похожими на щупальцы, пальцами. Неестественно узкие плечи переходили непосредственно в длинную шею, как у человечков из черточек на детских рисунках и древних иероглифах. А когда дядя Ваня стоял или шел, то невольно вызывал удивление: как ему еще это удается?

Однако при всей несуразности своего телосложения — выражение «теловычитание», пущенное в употребление физиком Ландау, тогда еще не было в ходу — Горчаков был человеком благодушным, очень неглупым, трудолюбивым и великим мастером на все руки. По своей настоящей профессии он был железнодорожником и прежде служил на Восточно-Китайской железной дороге дежурным по станции. Эту должность, по его словам, Горчаков выбрал потому, что машинисты приближающихся поездов видели красную фуражку на голове у дяди Вани раньше, чем станционный семафор. Красная фуражка была нужна, чтобы зарабатывать на жизнь. Для души же Горчаков занимался дома всевозможными рукодельными ремеслами, начиная от починки часов и кончая клейкой чемоданов. На эти дела у него был необыкновенный талант. Но подавая заявление о репатриации после передачи КВЖД в полную собственность Маньчжоу-го, Горчаков и в мыслях не имел, что пригодится родине не как железнодорожник, а именно как ремесленник. Обвиненный в туманной контрреволюционной деятельности, выраженной тремя буквами «КРД», он угодил, как и все почти репатрианты, в лагерь. И здесь за непригодностью к тяжелой физической работе был назначен на должность лагерного сапожника. С ремонтом лагерных чуней, башмаков и валенок дядя Ваня справлялся легко. По совместительству он чинил также барачные ходики, а иногда и карманные часы начальника лагеря и тех из надзирателей, у кого они были. В благодарность за эти услуги надзиратели не замечали, что дядя Ваня открыл в своей сапожной что-то вроде частной ювелирной мастерской.

Среди вольного и заключенного населения Галаганных были в большом ходу мундштуки и перстни, считавшиеся тем более ценными, чем они были затейливее и вычурнее. В разработку всевозможных образцов этих предметов и их изготовление дядя Ваня вложил немало умения и настоящей изобретательности. В качестве материала для его изделий в ход шло все, начиная от ископаемых бивней мамонта, благо их тут в вечной мерзлоте находили часто, и кончая целлулоидными ручками для зубочисток. Лагерный ювелир по желанию заказчика мог украсить мундштук затейливой инкрустацией или монограммой из латунной проволоки. Такая работа стоила иногда чуть ли не килограмм сливочного масла и была доступна только вольняшкам и главным лагерным придуркам. Но для более широкого потребления дядя Ваня выпускал, и притом серийно, и более дешевые вещи. В большом ходу среди заключенных были перстни, которые влюбленные дарили друг другу на память. Разработанная Горчаковым технология изготовления этих перстней делала их доступными даже для самых бедных. Ювелирный филиал сапожной мастерской помещался в ее дальнем углу. Здесь находились необходимые инструменты и приспособления для работы, запас материалов и уже готовые изделия.

Однажды вечером, когда дядя Ваня на самодельном станке, построенном по тому же принципу, что и древнее приспособление для добывания огня трением, просверливал в заготовке для мундштука продольное отверстие, на пороге его мастерской появилась блатнячка Пролей-Слезу.

— Здорово, дяденька Достань-Воробушка!
— Здорово, девка! — откликнулся мастер. — Присядь на минуточку, пока я дырку досверлю...

Нина присела на чурбак у печки, глядя, как ювелир тянет веревочку, обернутую вокруг вертикальной деревянной оси примитивного сверлильного станка. Через минуту он обернулся:

— Что-то ты девка похудела вроде...

Замечание, впрочем, было сделано больше для этикета. О романе своей посетительницы с Гиреем Горчаков, как и все в лагере, знал. Как знал он и то, что скоро их общению наступит конец. И поэтому нисколько не удивился, когда Пролей-Слезу достала из кармана кулек карамели:

— Вот, дядя Ваня, принесла тебе...

— На память своему Живцову чего-нибудь подарить хочешь? — спросил тот.

Нина вздохнула:

— Перстенек бы мне, дядя Ваня...

Мастер достал коробочку с готовыми перстнями:

— На вот, выбирай! Размер-то знаешь?

Перстни были на разные вкусы, цены и случаи. Гладкие, «обручальные» кольца из латуни и алюминия, массивный перстень из «самоварного золота» с большой костяной печаткой, на которой был выгравирован какой-то герб, и целая серия витых перстеньков из проволоки с разноцветными «камнями» из пластмассы. Эти кольца были самыми простыми по способу изготовления и, соответственно, самыми дешевыми. Медная проволока подходящей толщины свивалась вдвое, ее концы спаивались и в месте спайки слегка разводились. Затем в это место вправлялся кусочек цветного материала, добытого из поломанного гребешка или ручки старой зубочистки. Покупательница с женской внимательностью и придирчивостью перебирала товар. Больше других ей нравился перстень с печаткой, но он был ей не по карману, да и явно мал для Гиреевой руки. Вздохнув, она отложила его в сторону. Затем задержалась на луженом витом перстеньке с камнем из полированного эбонита:

— Достань-Воробушка, а нельзя сюда еще сердечко вставить? Хорошо бы красное...

Ювелир покачал головой. Оно, конечно, хорошо бы, красное на черном смотрится. И материал для того сердечка нашелся бы, зуб из старого гребешка. Да только непросто такое сердечко выпилить и в эбонит вправить. Все равно что блоху подковать... Нина смотрела на мастера почти умоляюще:

— Дядя Ваня, навек ведь расстаемся...

Горчаков крякнул и провел рукой по длинному лицу. Он был урод, но и уроды не остаются без пары. Достань-Воробушка знал, что такое горечь разлуки. Его жену тоже арестовали и завезли в какой-то лагерь, он не знал куда:

— Ладно, девка, постараюсь сделать. Заходи на днях...

В самом конце мая лед на Товуе тронулся. В главной усадьбе Галаганского совхоза, расположенного почти у самого его устья на левом берегу реки, этого события каждый год ждали с немалым страхом и задолго к нему готовились. Горным рекам и речкам некуда сбрасывать свои полые воды иначе как в море, и малейшее затруднение с их стоком угрожает бедственным наводнением. Для предупреждения заторов льда во время ледохода ледяной покров на реке, начиная от ее устья и на протяжении нескольких километров вверх по Товую, дробили взрывами. Но полной гарантии от заторов это не давало. Особенно часто они возникали в месте, где река, делая довольно крутой поворот, образовывала на своем правом берегу излучину. Здесь в нее вдавалась невысокая и довольно пологая сопка. На склоне этой сопки стояла избушка, специально построенная для пикета взрывников, ежегодно выставляемого здесь во время ледохода. Обязанностью пикетчиков было следить за рекой и при появлении на ней опасных нагромождений льда взрывать их.

От избушки, которая служила и наблюдательным пунктом, было отлично видно и слышно, как, теснясь и толкаясь в русле шириной более полукилометра и все же тесном для них, в море несутся льдины. Иногда они напоминали стадо ошалело торопящихся куда-то испуганных животных. Сходство с животными становилось особенно сильным, когда какая-нибудь здоровенная глыба, расталкивая стадо более мелких льдин, наполовину высовывалась из воды, наткнувшись на такую же глыбу, плывущую впереди. Начиналась свалка, похожая на драку разъяренных чудовищ. Но она продолжалась недолго. Яростно вздыбившиеся льдины сталкивались, переворачивались, иногда ломались и со злобным скрежетом и шипением уходили под воду. Через минуту в другом месте русла возникала такая же свалка. Ледоход издавал негромкие, как будто приглушенные звуки, но от этого они становились еще более грозными.

Невольное чувство жути, которое испытывает человек, наблюдая за разбушевавшейся стихией даже с безопасного места, может само по себе составить особый вид наслаждения. Но два пикетчика — заключенные, сидевшие на пороге своей избушки, — не были тут просто зрителями. Они внимательно следили за оконечностью мыска внизу, у которого все время возникали и распадались скопления льда. Случалось, что вместо распада начинался быстрый рост этого скопления. Увеличиваясь в ширину и длину, оно угрожало затором, от которого уровень воды в реке мог катастрофически быстро повыситься. На такой случай под рукой у пикетчиков были просмоленные мешки с аммонитом, в который уже были введены концы запальных шнуров с капсулами-детонаторами. Подхватив эти мешки, взрывники скатывались вниз, взбегали на середину затора, закладывали там свои «фугасы» и, запалив шнуры, мчались обратно. Раздавались гулкие взрывы. В ледяной плотине образовывались бреши, в которые, как солдаты на штурм, бросались напирающие сверху льдины. Затор, как правило, распадался. Но вскоре следовало очередное такое же образование. Работа у пикетчиков была не тяжелой, но опасной и требовавшей немалой смелости, ловкости и умения. Самым трудным и важным в их деле было искусство перебегать по плывущим льдинам. Если льдины были крупными, то дело оказывалось достаточно простым. Но большинство ледяных глыб не столь уже велики, под тяжестью человека они наклоняются, а то и совсем переворачиваются. Чтобы это не произошло, необходимо держаться как можно ближе к середине льдины. Прыгнувший на нее мгновенно должен оттолкнуться от нее, как от трамплина. Задерживаться нельзя даже на долю секунды, иначе тут же угодишь под битый лед. Тут может выручить только инерция покоя льдины. Маршрут надо намечать заранее. Прыгая на льдину, знать, куда следует направить следующий прыжок. И помнить, что то, что кажется льдиной, может оказаться скоплением слегка смерзшегося мелкого льда, сверху притрушенного снегом. Малейшая неточность и малейшее промедление здесь смерти подобно. Добро что для закладки фугасов на заторе обычно не требуется бежать сколько-нибудь далеко по свободно плывущему льду. Большая его часть тут уже в какой-то степени заякоривается.

Сейчас лед шел свободно по всей ширине русла. Поэтому пикетчики вначале не поверили своим глазам, когда увидели, что с левого берега по направлению к ним по этому льду бегут три человека. Смельчаки делали громадные прыжки с льдины на льдину, иногда задерживались несколько секунд на тех из них, которые оказывались более устойчивыми под их тяжестью, видимо, переводя дух, и снова бежали дальше. Наблюдатели следили за ними, затаив дыхание. Взрывники были не робкими парнями, но они никогда бы на такое отчаянное дело не решились. А главное, зачем? Для чего бегут сюда эти люди? Если только затем, чтобы передать какое-нибудь срочное сообщение или приказание, то достаточно было бы одного человека. И зачем у всех троих за плечами довольно объемистые мешки, увеличивающие их и без того смертельный риск? Обуты были все прыгуны в самую неподходящую для перехода реки обувь. Тут явно было что-то не то.

Перебегавшие реку уже достигли ее середины. Здесь, на стрежне, льдины толкались особенно яростно и бестолково. Один из бегущих упал, когда льдина, на которую он прыгнул, в тот же момент уткнулась своим передним краем в идущую впереди. Он успел вскочить на ноги, но льдина вздыбилась чуть не вертикально, и человек соскользнул под вскипевшую вокруг нее воду. Наверно он вскрикнул, но за шумом и грохотом ледохода крика слышно не было.

— Эх, бедолага! — крякнул тот из взрывников, который был постарше.

Оставшиеся два человека продолжали приближаться к правому берегу. Видимо, они уже выбились из сил, так как, не добежав до берега всего лишь нескольких метров, упали лицом вниз на довольно большую льдину, показавшуюся им неподвижной. Но льдина от толчка качнулась, развернулась и накренилась. Перебежавшие всю ширину реки люди у самого ее берега оказались по пояс в ледяной воде. На помощь им бросились пикетчики. Они давно уже их узнали и поняли, в чем дело: Гирей и его товарищи снова, очевидно, отправились в побег. В живых теперь оставался только сам Гирей и один его товарищ, по лагерному прозвищу Чалдон.

Свою репутацию не только решительных и бесстрашных, но и удивительно находчивых людей они сейчас с полной очевидностью подтверждали. Еще вчера беглецы могли перейти Товуй по льду, а через пару дней его можно будет переплыть на лодке. Но они пересекли реку именно сегодня, так как вряд ли галаганская вохра решится повторить их подвиг. Кто-то, видимо, уже сообщил о побеге в охранный дивизион, и на левом берегу уже толпились люди с винтовками, глядя на этот берег. Только бесполезные у них хлопоты — близок локоть, да не укусишь.

Хозяева избушки с почтением смотрели на гостей, нагишом сидящих у докрасна разогретой печки, сушивших свою одежду и перебиравших содержимое заплечных мешков. К счастью, мокрыми оказались одни только эти мешки. Галеты и сухари, завернутые в промасленные тряпки, сохранились почти не подмоченными. Сахар и соль беглецы, по примеру здешних охотников-орочей, поместили в туго завязанные нерпичьи пузыри, благо достать такие пузыри в Галаганных нетрудно. В пропитанные жиром тряпки были завернуты у них и спички, хранившиеся у каждого отдельно, в высоко нашитых специальных карманах. Но особое восхищение пикетчиков вызвал компас, которым запаслись беглые. Это была обыкновенная швейная иголка, незаметно намагниченная Гиреем в совхозном гараже у магнита старого автомобильного двигателя. Иголка проходила через небольшой кусочек пробки, достаточный, чтобы удержать ее на воде. Стоит опустить такое приспособление в алюминиевую кружку с водой или просто в лужу, как острие иголки укажет на север. Вооружены беглецы были двумя страшенными ножами, вложенными в самодельные деревянные ножны.

Обсушившись и уложив обратно в мешки свой провиант, они заявили, что сейчас же отправляются дальше. Пока их от погони отрезает ледоход на Товуе, нужно дорожить каждым часом. Телефонного сообщения на эту сторону нет, сигнал тревоги передать нечем, а перебежать реку по движущемуся льду легавым, небось, слабо. Поэтому некоторое время можно будет двигаться на юг почти никого не опасаясь. После пары дней «форы» взять след беглецов будет уже непросто.

И пусть не обессудят хозяева избушки, если они заберут у них топор и обе пары резиновых сапог. Тут без этих вещей придется трудно, но в предстоящем переходе через тайгу и горы и вовсе невозможно. На сапоги пикетчиков делалась специальная ставка заранее, а с топором получилось случайно — он был в мешке товарища, который ушел под лед Товуя.

Об отказе выполнить требование не могло быть и речи: было ясно, что беглецы ни перед чем не остановятся. Оба бандита имели угрюмый и мрачный вид. Понять их было нетрудно. Люди шли на почти верную смерть, а их товарищ только что погиб у них на глазах.

Экстренное совещание оперуполномоченного, начальника лагеря и командира здешнего дивизиона, собравшееся по поводу неожиданного побега Живцова и его банды было бурным. Оно началось с укоров опера в адрес начлага и лейтенанта ВОХР. Это они уговорили его осенью согласиться на такую авантюру, как содержание опасных рецидивистов чуть ли не в бесконвойном режиме. Вот и долиберальничались! Выслать погоню за беглецами можно будет только когда их и след простынет. В Галаганных нет ни хорошей собаки-ищейки, ни опытных оперативников. Значит, ликвидировать инцидент на месте не удастся. Придется докладывать о нем в Магадан и просить помощи в поимке преступников. Серьезное недовольство магаданского начальства неизбежно. Но если начальник лагпункта и вохровский командир отделаются выговорами, то оперуполномоченному угрожает смещение, хотя он в этом деле меньше всех виноват. Так оно всегда бывает...

Начлаг и лейтенант возражали, что все ведь шло до самого последнего момента как нельзя лучше. Бандиты всю зиму крутили в лагере любовь с бабами и вели себя как овечки, вместо того чтобы буйствовать взаперти и причинять ежедневные неприятности. А сейчас почти заново переоборудована одна из камер лагерного карцера, в которую через два-три дня подследственные были бы помещены под неотступное наблюдение конвоя. Самому Сатане не могло прийти в голову, что эти отчаянные головы выкинут такой невероятный фортель!

Но и сейчас дело обстоит не так уж плохо, как представляется уполномоченному НКВД. Один из беглецов уже погиб, это видели своими глазами десятки людей. Оставшиеся двое навряд ли уйдут особенно далеко, хотя опыт побегов у них есть, и немалый. Но никакой опыт не поможет им уничтожить следы на мокром снегу, которого в распадках уже полно. Под этим снегом вода, а местами, начинающее раскисать болото. Настоящих оперативников в галаганском отряде действительно нет, но хорошие ходоки и охотники есть. А это сейчас главное. Даже потратив пару дней на этом берегу, они беглецов настигнут быстро и без особого труда. Народу можно будет нарядить в погоню добрый десяток. Своих добровольцев наберется несколько человек, да магаданские ребята из охраны беглых. А оперативному уполномоченному надлежит сейчас заняться расследованием, кто помогал Живцову и его дружкам в подготовке побега. Без такой помощи дело явно не обошлось.

В кабинет опера, маленькую, обшитую тесом комнатушку, началось таскание лагерниц из барака бытовичек. Первыми были допрошены любовницы бежавших бандитов. Две из них были испуганы и подавлены. Они не отрицали, что по просьбе своих лагерных кавалеров покупали для них в ларьке продукты. Но зачем им эти продукты они и не догадывались. Усмехались только, что мужикам, когда они с бабами якшаются, требуется усиленное питание, особенно весной. О ножах, пропавших на свиноферме, в первый раз слышат. Они работают на переборке картошки в «овощегноилище», бабы поправлялись — овощехранилище, и в свиноводческих цехах не бывают.

Больше других подозревалась в способствовании групповому побегу любовница рецидивиста Живцова, Сергеева. Но она оказалась истеричной и плаксивой бабой. На вопросы отвечала нагло и грубо. Шила мешки для беглых? Наволочку она себе шила! А если у Розки один глаз на Кавказ, а другой...

— А зачем ножи на свиноферме украла? — перебивал ее опер.

Пролей-Слезу округляла синие глаза. Какие ножи? Ах, это тот, который она выпросила у красючки-артистки, чтобы нарезать лозы для ее же метелок, да потеряла! Ну, выпал он у нее из саней, когда ехала в лозняки на берег. Что ж, пусть вычтут за него из тех грошей, которые она получает в лагере за свою мужицкую, ломовую работу. Опер щурился. Деньги, действительно, невеликие... Особенно при том аппетите, который появился у Сергеевой в последние недели. Она килограммами закупала в ларьке чуть не каждый день сахар и галеты. И, надо полагать, все уже съела...

— Съела! — отвечала Сергеева.

Следователь переходил на серьезный тон:

— Вот что, Пролей-Слезу, или как тебя там... Ты мозги не крути. Говори, как помогла своему хахалю бежать и куда он направляется? Не скажешь, от него все это узнаем, и тогда тебе хуже будет... Все равно мы его скоро поймаем...

Тут выражение лица допрашиваемой из невинного и недоумевающего превратилось в ненавидящее и злое.

— На вот, выкуси, сука легавая! Поймаешь кота за...

И она разразилась таким каскадом матерных слов, что даже бывалому лагерному оперу было в пору затыкать уши. Пришлось запихнуть ее на несколько часов в арестантскую, но больше для поддержания начальственного престижа, чем для пользы дела. Лучше иметь дело с десятком отъявленных бандитов, чем с одной истеричной бабой.

Через несколько дней по лагерю прокатился слух, что труп Гирея выловили в устье Товуя. Река вынесла его в море, а потом с приливом вернула обратно и оставила на отмели чуть ниже поселка. Но обнаружили этот труп только вечером. И когда это известие принесла в барак все та же Римка Жидовка, выйти из лагеря было уже нельзя. Нина не спала ночью и почти все время плакала. А наутро, прямо с развода, побежала не на конюшню, хотя надо было срочно отвезти корм на свиноферму, а в лагерную больницу. Тело утопленника должно было непременно находиться в ее морге, небольшом сарайчике на отшибе. Заведовал этим моргом один из санитаров больницы, мужик неплохой, хоть и фрайер. Увидев Пролей-Слезу, санитар сразу догадался, зачем она пришла, и сказал, что труп в морге принадлежит не ее Гирею, а самому молодому из его троицы. Тому, который в прошлом году убежал от ножа партнера по игре в «буру», чтобы в этом году захлебнуться в воде Товуя. За это, правда, парень целую зиму почти беспрепятственно любился с молоденькой Слава-Богу. Так что пока ее черед плакать, а не Пролей-Слезу. Римкин же хахаль, пустивший слух, что найден труп Гирея, только «слышал звон», телефонный разговор начлага с опером, в котором фамилия Живцова была упомянута под знаком вопроса.

За пару дней перед этим на правый берег Товуя на поиски беглых переправился отряд из нескольких местных вохровцев и магаданских конвойных Гирея и его товарищей. Вопреки оптимизму начлага этот отряд, хотя он и напал на след беглецов, вскоре потерял его. Вначале их след был отчетливо виден на пожухлом весеннем снегу, но беглые были не такими дураками, чтобы брести все время по этому снегу. Они шли то по широким разводьям, то выбирались на уже бесснежные склоны сопок. Ищейка местной ВОХР была не так уж плоха, но взять след через несколько дней, да еще с почти непрерывными дождями, она не могла. Оставалось надеяться на здравый смысл беглецов. Те, как стало известно, намеревались проскочить на Материк. Значит, они должны были двигаться по наикратчайшему пути к этому Материку, следуя почти параллельно морскому берегу. По этому пути и шли их преследователи. Но кроме двух первых стоянок беглецов, им обнаружить ничего не удалось, те как в воду канули. Возможно, они просто сбились с направления. Но и в этом случае время, в течение которого инцидент считался «местным» и его разрешалось ликвидировать местными же средствами, истекало. Галаганскому начальству пришлось донести о нем в Магадан и просить помощи в ликвидации «группы Живцова», то есть сделать то, чего так отчаянно боялся местный опер.

Довольно большой отряд оперативников, человек в тридцать, прибыл с первой же баржей. Пролей-Слезу видела, как они выходили на пирс. Угрюмые мужики в брезентовых плащах с капюшонами и болотных сапогах. Кроме винтовок у некоторых были еще ручные гранаты, подвешенные к поясу. При отряде были две овчарки и два ручных пулемета. Чувство тоскливой безнадежности охватывало при мысли, что все это направлено против двух усталых и почти безоружных людей. С другой стороны, переправа на тот берег грозного отряда означала, что ее Гена еще жив и бродит где-то там, в далеких дебрях. Может быть, ему и в самом деле удастся уйти от своих преследователей и затеряться на смутно представляемой уже «воле»? Безвестным это не останется. Если легавые настигнут беглых, то они обязательно, живых или мертвых, доставят их сюда в назидание всем заключенным. Таков уж обычай лагеря.

От тоски по любимому человеку, постоянных колебаний между страхом и надеждой Пролей-Слезу извелась, похудела. Ее синие глаза ввалились и как будто выцвели. На лице появились первые морщинки, которые становились особенно заметными, когда Нина приходила в ярость и, по выражению Розки Косой, «бросалась на людей». Она становилась все более истеричной.

Роскошь костров на стоянках Гирей и его товарищ позволяли себе только в первые три дня побега. Но потом погоня, несомненно, уже высланная из Галаганных, могла приблизиться на расстояние, с которого днем можно заметить дым, а ночью огонь от костра.

Погода, как это обычно бывает в это время года на охотскоморских берегах, все более портилась. Ветер дул то с моря, то с суши, и в зависимости от этого то шел холодный дождь, часто с мокрым снегом, то все вокруг заледеневало и мела колючая пурга. Худшей погоды для путешествия в горах нельзя было и придумать. Намокшие ватные штаны и бушлаты беглых тоже часто заледеневали, превращаясь в подобие изделий из лубка, мешавших движению и почти совершенно не гревших.

На стоянках беглецы устраивали себе нечто вроде гнезда из веток и стланика и засыпали, тесно прижавшись друг к другу спинами. Было бы совершенно неверным сказать, что они при этом согревались. Людей в подобных случаях нередко выручает заложенный в них громадный запас первобытной выносливости и терпения. То, что в обычных условиях считается почти нестерпимым, превращается в привычное, как бы нормальное состояние, при всей его мучительности. Все эти способности мобилизуются обычно только перед лицом опасности, и в тем большей степени, чем эта опасность реальнее. Возможность мобилизации зависит, конечно, и от сознательной воли человека, и от его привычки к страданиям. Здесь все эти качества и обстоятельства были налицо.

Только иногда, когда с моря налетал густой туман, беглецы разводили в укромных местах небольшой огонь. В таких случаях они немного подсушивали одежду и засыпали по-настоящему на настиле из веток, положенных на горячую золу. Даже рыбу, которую они ловили в ручьях и речушках с помощью предусмотрительно захваченных с собой рыболовных крючков, приходилось есть большей частью сырой. В таких случаях сильно выручала взятая в достатке соль. Сыроедение без соли не под силу даже сильно изголодавшимся и очень волевым людям. Кое-где, на местах стаявшего снега не совсем еще осыпалась прошлогодняя брусника. Она тоже позволяла беглецам экономить драгоценный провиант.

Гирей и его товарищ держали курс не точно на юг, как полагали их преследователи, а несколько на юго-запад. На это у них была особая причина. Настолько тайная, что Гирей, почти не имевший секретов от своей Нины, ничего ей о ней не сказал. Да и без согласия своих товарищей по побегу он не имел на это права.

Дело заключалось в том, что охотский прокурор, подозревавший их в убийстве охотников из леспромхоза, был прав. Трое беглых выследили, когда эти охотники, хлебнув спирта из своих фляг, уснули. Тогда они их задушили, забрали одежду и оружие, а трупы утопили в реке. Слишком уж соблазнительными были сапоги, брезентовые плащи и великолепные ружья фраеров. Все это могло особенно пригодиться на том берегу Охоты, до которого оставалось всего несколько километров, считая и ширину реки. Оставалось только сколотить плот на небольшом левобережном притоке Охоты, спуститься по нему до самого устья и ночью — они были уже темные — постараться бесшумно проплыть водный рубеж между Особым районом и остальной территорией Советского Союза. Вот тут-то на след беглых и наткнулись дальстроевские оперативники, шнырявшие по левому берегу Охоты. Все это было известно, кроме того, что уличающие их трофеи бандиты тщательно запрятали, прежде чем сдаться на милость зеленых околышей. Сначала вещи убитых охотников хотели тоже утопить. Но этому воспротивился Чалдон, сын богатого заимщика откуда-то из Сибири. В нем заговорила крестьянская скаредность, и добро спрятали в дупле старой лиственницы. Авось еще сгодится! И оно, действительно, могло очень теперь пригодиться, конечно, при условии, что они его найдут. Правда, захваченные с оружием, да еще отнятым у убитых ими граждан, беглые не могли более рассчитывать на милость не только вохровцев, но и законного суда. Но в любом случае дело шло теперь об игре ва-банк. Особенно при встрече с вохровцами, даже если те захватят их безоружными. Клочка бумаги с актом об оказании сопротивления, если к этому акту будут приложены вещдоки в виде пары ножей, более чем достаточно для формального оправдания физического уничтожения банды. Конечно, в случае обнаружения беглецов наличие у них огнестрельного оружия могло разве только несколько отдалить во всех случаях неизбежный, трагический конец. Но если уж быть предметом охоты для легавых, то лучше в качестве хотя и загнанного, но опасного зверя, чем безоружной дичи. И если уж придется, что наиболее вероятно, играть с ними в последнюю, смертельную игру, так по крайней мере закончить ее вничью. Так рассуждали оба преступника, хотя пути, по которым они пришли к положению опасных изгоев, были у них совсем разными.

Чалдон, сын крепкого сибирского мужика, не читал в детстве никаких книжек, и его голова не была начинена никакими вздорными идеями. Он помогал отцу в хозяйстве, зимой промышлял с ним в тайге зверя. Как и у всех таежников, смелость сочеталась в нем с расчетливостью и осмотрительностью, решительность с осторожностью. И был бы он, как и его отец, прижимистым, знающим цену вещам полукрестьянином-полуохотником, если бы собственнический индивидуализм таежников не оказался совсем не ко двору при новой политике Советской власти на селе. Отец Чалдона был объявлен кулаком, его заимка отобрана в только что организованный колхоз, а сам он со своей семьей отправлен в ссылку куда-то на Урал.

Везли раскулаченных в длинном составе из запертых неотапливаемых «краснушек», хотя стояла уже зима. Состав тянулся медленно, сутками простаивал в железнодорожных тупиках. Ссыльные, скученные в совершенно не оборудованных для перевозки людей вагонах, мерзли, голодали, простуживались. Умирали старики и дети. На одном из перегонов Чалдон, семнадцатилетний тогда парень, сбежал. На какой-то станции попался с кражей, совершенной им с голоду, был арестован и осужден. В колонии неотесанный пока молодой сибиряк прошел необходимый курс наук, а смелости и решительности ему было не занимать. Через два года он бежал из колонии с целой шайкой отчаянных головорезов. Шайка не гнушалась не только воровством, но и грабежами и даже убийствами. Вскоре она была ликвидирована, и Чалдон, уже в качестве опасного рецидивиста, покатился по лагерям. Он еще раз вырвался в побег из поезда, в котором его везли на Дальний Восток. Это было уже за Енисеем, почти в родных Чалдоновых местах. Уменье жить в тайге помогло ему целых два месяца продержаться на воле. В эти месяцы был убит председатель колхоза, раскулачивавший в свое время отца Чалдона. Однако при поимке беглого доказать его причастность к этому убийству не удалось. Но находясь уже на Колыме, в одном лагере с Гиреем, Чалдон получил с Материка тревожное письмо. В этом письме жена его родственника сообщала, что ее муж, тайно приютивший в своей избе беглого, хотя и знавший, что именно тот пришил комиссара-председателя, арестован. Для сына раскулаченного это означало заведение на него дела о политическом терроре и неизбежную вышку. Со дня на день можно было ожидать, что дело это будет Чалдону предъявлено. Поэтому он и согласился на авантюру Гирея: умирать так с музыкой!

Сибиряк не был так изобретателен, как Гирей, и уж вовсе не был склонен ко всякой зауми. Зато он был незаменимым товарищем в походах по тайге, отлично в ней ориентировался, знал множество полезнейших для таежных бродяг вещей, от способа вязки плота вицами и разжигания в дождь костра до плетения ивовой верши для ловли рыбы. Это он был инструктором по переходу реки по плывущему битому льду.

Левобережный приток Охоты, на берегу которого стояла старая лиственница с заветным кладом в дупле, впадал в главную реку бассейна километрах в двухстах выше ее устья. Найти это место, поднимаясь по берегу Охоты, было не так уж трудно. На ее правом берегу высилась приметная двугорбая сопка.

Даже взяв слишком сильно вправо, беглые почти не рисковали его проскочить, этого не позволил бы вздувшийся сейчас приток.

Через неделю тяжелого похода они по направлению течения речек и речушек определили, что водораздел Товуя и Охоты ими пройден. Еще почти через две недели беглецы вышли к самой большой после Амура реке тихоокеанского побережья. Самодельный компас и интуиция их не подвели. Всего через двое суток они нашли и приток, на котором в прошлом году построили плот, и пни на берегу, оставшиеся от срубленных для плота сухостоек, и дуплястую лиственницу с вещами, стоившими жизни неосторожным фрайерам из лесоповального хозяйства. Фрайера были явными «тузами», судя по их снаряжению. Особенно замечательными были ружья. Трехстволка с одним нарезным, как это у них всегда бывает, стволом и магазинное, хотя и дробовое, ружье «браунинг». Видимо, на случай встречи с голодным еще медведем охотнички припасли целый десяток «жаканов». Дробовых же патронов было не менее сотни. Наспех спрятанные ружья слегка проржавели, но к действию были вполне пригодны. Особенно радовался ружьям Чалдон. И потому, что был когда-то профессиональным охотником, и потому еще, что спас оружие в прошлом году от зашвыривания его в воду. Будто чувствовал, что они сюда еще вернутся. Гирей имел дело с огнестрельным оружием только в тире, куда в отрочестве ходил всегда, если в кармане заводилось хоть немного мелочи. Там он стрелял из мелкашки по мишеням, изображающим японских самураев, польских панов и пузатых капиталистов без определенной национальности. Особенно интересной мишенью был лорд Чемберлен. Если попасть ему в монокль, лорд делал этакое сальто через голову. И Генка Живцов попадал в монокль довольно часто. Был он уверен, что попадет, если будет нужно, и в ненавистных легавых из этих крупнокалиберных ружей. Для Чалдона легавые были еще и «комиссарами». Его политическое кредо было более чем смутным и сводилось к ненависти ко всему, что утверждало существующий в стране режим, загубивший жизнь множеству трудовых людей, которые ему не мешали. Слово «комиссар» возродилось среди антисоветски настроенных крестьян, которых наплодила насильственная коллективизация и раскулачивание примерно в том его значении, которое оно имело у контрреволюционеров потемней в Гражданскую войну.

Гирею и Чалдону, по-видимому, удалось очень основательно оторваться от своих преследователей. Они успели почти на том же самом месте, что и в прошлом году, связать прочный плот, построить на нем шалаш для защиты от дождя и спустить его в самое устье притока. Здесь его причалили к полузатонувшей коряге и хорошенько замаскировали. Теперь оставалось только дождаться достаточно плотного тумана, чтобы под его прикрытием переправиться на тот берег реки. Другой возможности не было, так как уже в полном разгаре были полярные дни, которые, со свойственной поэтическому языку ненаучностью, принято называть белыми ночами.

Но туманы, частые тут в переходный период между зимой и настоящей весной, теперь, если и появлялись иногда, то довольно жидкие. Сказывалось отдаление от моря и наступление настоящей весны. Начинала уже зеленеть лиственница, реже шли дожди. По ночам, впрочем, было еще очень сыро и холодно. Не всегда помогала даже добротная одежда убитых охотников. О костре, конечно, не могло быть и речи. Гирей нервничал. По берегу, как в прошлом году, в любой момент мог пройти вохровский патруль с собакой. И уж непременно вскоре должна была нагрянуть высланная в погоню за ними команда. Что, если попытаться переплыть на правый берег не таясь? Тогда могут быть два варианта событий. Самый счастливый — это если пограничники плота и его пассажиров вообще не заметят. Неужто они постоянно следят за каждой точкой реки? В этом случае цель будет достигнута наилучшим образом, и беглым останется только осторожно пробираться в глубь Материка. Ну, а если заметят, то примут их в этих доспехах за охотников или геологов. Конечно, встретят на берегу и потребуют пропуски. Тут по пограничникам нужно будет сразу же открыть огонь и давать тягу в прибрежные заросли. Такой хипиш, конечно, дело почти пропащее. Но лучше уж так пропадать, чем ждать, пока их здесь выследят и обложат.

Чалдон с этим предложением не соглашался. Вот когда это случится, тогда и следует давать бой, чтобы оставить по себе память у комиссаров. Он придерживался точки зрения своего отца, который любил поговорку, вывезенную его дедами откуда-то из Псковщины: «Не спешите на тот свет, там кабаков нет!». А в таком положении, как у них с Гиреем, нет необходимости гоняться за смертью, она и сама придет. Однажды весь день моросил мелкий дождь, а к ночи похолодало и с прибрежных сопок на реку пополз серый туман. Туман был неплотным и клочковатым, сгущения чередовались с почти прозрачными просветами. К полуночи стало очевидно, что плотнее он уже не будет. Но ждать больше было уже нельзя. Оттолкнувшись шестами от своей коряги-причала, беглецы направили плот к выходу в большую реку, до которого оставалась какая-нибудь сотня метров. Вода уже несколько спала, но река еще была многоводной, а главное, опасно стремительной. Опасность заключалась в том, что на такой воде не всегда удается сообщить неуклюжему сооружению из бревен хотя бы некоторое движение поперек течения. И дело тут не в нарушении принципа независимости движения, а в том, что скорость этого течения по ширине русла неравномерна и оно может закрутить плот. Опытный плотогон, Чалдон знал это хорошо. И поэтому, хотя он и снабдил плот двумя рулевыми веслами, подвижно закрепленными на толстых колодах по его концам, он сильно опасался, что его долго будет нести посреди реки, прежде чем удастся приткнуться где-нибудь на правом берегу Охоты. Дело было, конечно, не в том, что одно место на этом берегу было чем-то предпочтительнее перед другими — все они были беглецам одинаково неведомы, но оставаться на реке долго значило увеличить опасность быть замеченными.

Опасения вскоре оправдались, хотя сначала все шло как будто благополучно. Когда вместе с водой протоки плот плавно развернулся по течению большой реки, плотовщики заработали веслами. По тому, как скрывались в тумане очертания левого берега и как увеличивалась скорость, с которой они уходили назад, было видно, что плот, стремясь вперед, перемещается и в поперечном направлении. Затем, невидимые прежде, возникли неясные в серой мгле громады правобережных сопок. Сквозь туман была видна и поверхность воды. Теперь на ней появились завихрения и воронки, характерные для очень быстрого течения, — плот вышел на стрежень реки.

И тут он попал в плен срединной струи сильного течения. Гребцы крутили веслами изо всех сил, но вывести плот на более тихую воду им никак не удавалось. Только коснувшись передним краем этой воды, как невидимой стенки, он разворачивался и снова вылетал на главное течение. Худшее заключалось в том, что сгусток относительно плотного тумана, в котором плыл плот, заканчивался. Впереди отчетливо вырисовывалась высокая лесистая сопка. Река делала здесь довольно крутой поворот влево. Вряд ли на такой сопке пограничники не выставили свой наблюдательный пункт, а плот плыл теперь у них на виду. Сейчас гиреевский вариант отчаянной игры ва-банк принял бы, пожалуй, и осторожный Чалдон. Воспользовавшись инерцией движения по прямой, можно было бы, наверное, вырваться из плена чертовой струи на ее повороте. Но сопка обрывалась здесь крутой, почти вертикальной стеной. Плот о такую стену обязательно разбило бы. Поэтому плотовщики не только не стали приближаться к ней, но и опасливо отогнали плот ближе к середине реки. За поворотом он снова вошел в полосу тумана.

Вариант высадки на правый берег с боем отменялся. Где-то впереди затарахтела моторка, и это означало, что пограничники заметили подозрительный плот и пытаются его перехватить.

— Отгулялись! — злобно сплюнул Чалдон, — гребем к левому берегу!

Контрасты срединного и берегового течений были с этой стороны меньше, и плот удалось приткнуть к пологой излучине. Но тут из редкого тумана вынырнули контуры моторки:

— Эй, на плоту!

Беглецы через галечную отмель бросились в заросли тальника. Вслед им прогремели винтовочные выстрелы, но высаживаться на берег пограничники не стали. Тут была не их территория.

Сводный отряд, состоящий из магаданских оперативников, галаганских вохровцев и бывшего конвоя беглых безрезультатно толкался в низовьях Охоты в поисках группы Живцова. По-видимому, эта группа подалась на запад. Только зачем? Обычно те, кто пробивается на Материк, стремятся в наиболее обжитые его районы. Здесь такие районы находились поближе к морю, где стоял старинный Охотск и другие относительно крупные поселения. Только тут и можно было рассчитывать затеряться среди людей. Сюда двигалась и пойманная в прошлом году банда Живцова.

Командир отряда начинал уже склоняться к мысли, что беглые погибли при одной из своих многочисленных переправ через вздувшиеся речки и притоки. Но тут от пограничников с правого берега поступило сообщение, что ими обнаружен плот, на котором двое подозрительных людей пытались незаметно перебраться на этот берег. Указывался точный район, в котором плот снова причалил к дальстроевскому берегу. Описания внешности нарушителей, правда, не давалось. Стоял туман, и их не удалось как следует разглядеть. Но было очень похоже, что это Живцов и тот его товарищ, который уцелел при переходе через лед Товуя.

Отряд разбился на группы, в каждой из которых была собака. Начиная от места на реке, где пограничники задержали плот, оперативники растянулись цепью настолько длинной, насколько это позволяла слышимость выстрела. Выстрел из винтовки в любом участке цепи означал одновременно и «ко мне» и «передай дальше». Солдаты шли поодиночке, и только командиры групп держались рядом со своими собаководами, собаки которых рыскали тут же.

Сержант Ковальчук был опытным солдатом-пограничником. До того как завербоваться на вохровскую службу в Дальстрой, он служил в составе Особой Дальневосточной на границе с Маньчжурией, которая была и границей с агрессивной тогда Японией. Всяких провокаций и пограничных стычек было тут невпроворот. На протяжении всей военной службы Ковальчука здесь шла необъявленная, непрекращающаяся война.

Учитывая боевой опыт Ковальчука, в штабе Колымской ВОХР ему предложили службу в оперативных частях, которые занимались розыском и поимкой беглых заключенных. Если называть вещи своими именами — охотой на людей. Эта работа требует выносливости, смекалки, нередко связана с немалой опасностью. Охрана лагерей по сравнению со службой в оперативных частях — почти инвалидное занятие. Зато на оперативной службе и жалование больше, и звания идут быстрее. Ковальчук не был бы крестьянским сыном и не носил бы фамилии многих поколений «добрых казаков», если бы не клюнул на обе эти приманки. На вторую, пожалуй, даже больше. Но служба, оказавшаяся действительно собачьей, не приносила ни особых денег, ни быстрой карьеры. Преследуемые и преследователи находились тут в одинаковом положении. За три года почти непрерывного шатания по горной тайге, сидения в глухих, секретных пикетах, ночевок под открытым небом, часто не имея возможности развести костер, Ковальчук заработал в петлицу еще только один треугольник. Зато, будучи доброжелательным, открытым и незлым по природе, он стал хмурым, озлобившимся и жестоким. Таковы уж особенности профессии охотника на людей.

Отделение Ковальчука двигалось на левом фланге цепи почти по самому берегу Охоты. Дело шло к вечеру. Устали и люди, и овчарка Тайга. Это была лучшая во всем отряде ищейка, награжденная за заслуги в поимке беглых золотой коронкой на правый клык. Скалясь своим позолоченным клыком, Тайга тихонько поскуливала от усталости и разочарования. На протяжении уже более трех недель она ни разу не испытала радости взятия следа. Напрасно ее собаковод, ефрейтор Зимин, время от времени подносил к носу собаки тряпки, которые он носил в кармане шинели. Это были обрывки наволочек от подушек, на которых спали Живцов и второй беглый заключенный. Тайга только досадливо морщилась и отворачивала морду. Чего, мол, тычешь, и так знаю...

Сержант посмотрел на карманные часы с изображением серпа и молота на крышке. Пожалуй, пора давать сигнал сбора на ночлег. Но тут овчарка начала с особым интересом принюхиваться к почве и возбужденно перебегать с места на место. Ковальчук и Зимин переглянулись, и собаковод быстро пристегнул к ошейнику собаки карабин поводка:

— Ищи, Тайга, ищи!

Побегав еще немного с места на место, Тайга, натянув повод, уверенно устремилась в одном направлении. Затем издала характерное протяжное тявканье — взяла след.

Ничто так быстро не снимает усталость, как надежда на скорый успех трудного дела. Сержант и ефрейтор чуть не бегом следовали за собакой. Через несколько минут она их вывела к маленькой речушке, почти ручью, протекавшему по широкому, лесистому распадку на дне глубокой промоины. От края берега, густо заросшего тальником, каменные стенки промоины спускались совершенно вертикально на глубину человеческого роста. Это был своего рода маленький каньон.

Собака свесилась с края обрывчика, немного побегала по нему взад-вперед и жалобно заскулила. Было очевидно: беглые применили обычный прием тех, кто хочет сбить со следа преследующую их ищейку. Они спрыгнули в ручей и побежали вдоль него. Но это уже был пустой номер, как сказали бы сами блатные, способный только на короткое время задержать погоню. Правда, беглецы могли пойти по ручью как вверх, так и вниз и выйти из него на любой берег. Теперь тактика охоты на людей требовала прочесывания местности вдоль ручья по обоим его берегам. Сделать это нужно было немедленно, так как беглые могли выйти за пределы длины цепи, на которую растянулся отряд. Сержант два раза выстрелил в воздух из нагана. Справа и слева ему ответили такими же сдвоенными выстрелами. По цепи покатился сигнал сбора. Через полчаса Ковальчук уже докладывал обстановку лейтенанту — начальнику отряда. Еще через десять минут вверх и вниз по обоим берегам ручья шли люди с собаками на поводках, а остальные рассыпались в цепи, тоже двигаясь в двух противоположных направлениях.

Ковальчук и Зимин с нервно принюхивающейся к земле Тайгой шли вниз по правому берегу ручья. Оставалось совсем недалеко до его устья — ручей впадал прямо в Охоту. Беглые, по-видимому, пошли вверх по его течению. Выходить из воды на самом берегу большой реки было бы с их стороны глупостью. Прижатые к ней, они потеряли бы всякую возможность маневрировать. Сержант испытывал некоторую досаду. Его отделению принадлежит честь обнаружения беглых, а слава их задержания будет принадлежать другим. Но тут его окликнул солдат с левого берега, заросшего не так густо как правый:

— Эй, сержант! Глянь-ка, что там впереди...

Ковальчук подошел к самому краю берега и раздвинул кусты. Невдалеке через ручей был перекинут настил из довольно толстых бревен, как будто кто-то хотел переправиться через промоину на ее другую сторону на танке. Тут же торчали свежие, безобразные пни — деревья валили топором — и, по-видимому, с таким расчетом, чтобы они сразу перекидывались через ручей. Затем их кое-как освободили от вершин и сучьев, свежесрубленные ветки валялись тут же, а стволы скатили в довольно широкий ряд.

Эта ширина явно превышала необходимую при переправе даже очень большой машины. Но не только машин и тракторов, но даже телег в этой глуши не было. Не было и следов от колес. Бросались в глаза и другие признаки того, что настил сооружен не в качестве моста. На нем была построена двускатная кровля из веток, по-видимому, для того, чтобы вниз не протекала дождевая вода. Входы под накат с обеих сторон были загорожены почти до самого верха стенками из больших камней. В щель между верхним краем стенки и накатом выходил слабый дым. Это было жилье.

Что оно принадлежит беглым, не вызывало никаких сомнений. Другое дело, зачем им понадобилось столь капитальное сооружение, явно рассчитанное на оборону. Оборону чем? По сведениям, группа Живцова была вооружена только парой ножей, да еще, как видно, топорами. Брустверы из камней и накат из бревен могли, конечно, защитить засевших в укреплении людей от прямого воздействия пуль. Но разворотить накат снаружи кольями и тогда уж перестрелять их в их яме ничего не стоило. Оперативники по обоим берегам подошли к странному сооружению почти не таясь. Тайга и собака на другом берегу, почуяв ненавистные запахи так близко, натянули поводки и зарычали. И тут из щели между накатом и грудой камней грянули два выстрела. Как подкошенные, упали на землю Зимин и второй собаковод. Оставшиеся в живых Ковальчук и солдат не успели опомниться, как от следующего залпа с сержанта была сбита шапка, а на земле забилась смертельно раненная Тайга. Оба разом крикнули «Ложись» и хлопнулись на землю. Оставшаяся собака с яростным рычанием бросилась веред и, сбитая выстрелом, захрипела на поводке, другой конец которого был привязан к руке уже мертвого хозяина. На выстрелы с обеих сторон ручья сбегались солдаты из отделения Ковальчука. Все остальные бойцы отряда под командованием самого лейтенанта прочесывали местность вверх по ручью. Это направление командир отряда счел более перспективным с точки зрения поимки беглых, а следовательно, и получения лавров за их захват или уничтожение. С Ковальчука хватит и того, что он их обнаружил. Лейтенант был вполне логичен для человека, не знавшего, что беглые вооружены огнестрельным оружием и что они, по-видимому, окопались здесь, чтобы стоять насмерть.

Отделение Ковальчука по его приказу заняло огневые позиции по обоим берегам ручья и с двух сторон бандитского дзота, чтобы обстреливать его амбразуры. Хотя попасть таким образом непосредственно в защитников вряд ли было возможно, вероятность их поражения в ограниченном пространстве под настилом рикошетными пулями была очень велика, особенно при стрельбе под тем углом, который предусмотрел опытный командир отделения. По той безграмотности, с которой было построено доморощенными фортификаторами их оборонное сооружение, он уже видел, что его защитники в военном деле ничего не понимают. Чего стоили одни только «мертвые зоны», составлявшие большую часть пространства вокруг этого сооружения. Со стороны концов настила над ручьем к нему можно было подойти вплотную практически беспрепятственно. Эти строители вряд ли догадались выложить каменные стенки своего гнезда деревом. Поэтому уцелеть они могут разве только при большом везении.

В начале обстрела бандитского дзота из его амбразур было сделано несколько ответных выстрелов. Вскоре они прекратились. Перебиты его защитники или просто экономят патроны, понимая, что их пальба совершенно бесполезна? Это, впрочем, не имело особого значения для выполнения операции, которую задумал Ковальчук. Он приказал своим бойцам, чтобы те прекратили стрельбу и только держали амбразуры на мушке, а сам, взяв две гранаты, подполз к краю настила. Чуть свесившись с его угла, он швырнул их одну за другой в дыру под бруствером. Прогремели два взрыва, от которых бревна наката подскочили, местами разошлись и сбросили с себя двускатный навес из жердей и веток. Из щелей между бревнами фонтаном брызнула вода, а потом из них потянулся рыжеватый дымок. Многократно повторив эхо взрывов, настороженно умолкли окрестные сопки. Но вскоре снова раздались выстрелы. Подскочив к полуразрушенному дзоту, бойцы стреляли в его яму, просунув между бревнами дула винтовок. Затем, выждав минуту и прислушавшись, они отвалили пару бревен и осторожно заглянули вниз.

Один из бандитов лежал в ручье таким образом, что его плечи и голова находились под водой, а ноги были заброшены на что-то вроде топчана из жердей, сколоченного под стеной промоины. Другой такой же топчан, тоже покрытый толстым слоем веток стланика, стоял под другой стеной. Второй беглый лежал лицом вниз поперек высовывающегося из воды подобия древнеязыческого жертвенника, на котором еще дымились остатки костра. Из ямы пахнуло паленым, но человек, притушивший своим телом костер, был еще жив и делал слабые попытки перевернуться. Тогда Ковальчук выстрелил ему в голову. На этот раз негласная инструкция вохровского начальства не брать беглых живыми и принцип милосердия совпадали.

Наивно полагая, что их крепость может выдержать длительную осаду, ее защитники запаслись провиантом. Взрывы разбросали по дну ручья и топчанам множество общипанных и слегка опаленных утиных тушек. Запасти их здесь в это время года, имея дробовые ружья, можно было сколько угодно. Более того, в воде ручья под настилом была установлена искусно сплетенная верша. Те, кто уходит, отняв оружие у убитых бойцов, будучи настигнутыми, как правило, занимают позицию на вершине какой-нибудь безлесой сопки и вскоре сдаются из-за отсутствия не столько провианта, сколько воды. Тут и то, и другое было в изобилии, и беглые собирались, видимо, продержаться несколько недель, но крепость не продержалась и часа. Опытные таежники и смелые ребята, беглецы имели весьма незрелые представления о военной обороне.

Когда хитрый лейтенант подоспел с основной частью своего отряда, все было уже кончено. Правда, ценой немалых жертв. Командир, приняв от сержанта формальный рапорт о произошедших здесь событиях, оценил действие командира отделения как правильные. Однако заметил, что сержант действовал в начале операции неосторожно, и это привело к гибели двух бойцов и лучшей ищейки отряда. Послушать лейтенанта, так он, направляясь со своей частью отряда вверх по течению ручья, вел себя иначе, чем его подчиненный! А между тем только он, просмотревший в спецчасти Галаганных дело банды Живцова, знал, что эта банда подозревается в убийстве двух охотников с целью похищения у них огнестрельного оружия. Но право на назидание подчиненным является одной из главных прерогатив всякого начальства, особенно военного, так как его нельзя послать с их назиданием ко всем чертям.

Затем командир объявил отряду, что так как задание по ликвидации группы Живцова выполнено с честью, то теперь все его бойцы отправляются по месту своей службы. Основная часть отряда, магаданская, спустится по Охоте до города Охотска на плотах и оттуда на попутном судне доберется до Нагаева, навигация сейчас в самом разгаре. На тех же плотах будут доставлены до Охотска и тела павших бойцов, чтобы быть там с воинскими почестями преданными земле. Доставить их до самого Магадана, учитывая наступление теплого времени года, будет, по-видимому, невозможно. Группе из четырех бойцов галаганской ВОХР следовать со всеми до Охотска и там ждать оказии до Галаганных нет никакого смысла. Завтра утром им надлежит выступить на северо-восток. Там, судя по карте, не более чем в двух днях пути отсюда находится верхнее течение реки Товуя. Построив плот на ее берегу, галаганцы с комфортом поплывут на нем чуть не до самых ворот своей казармы. С ними в качестве командира и с особым поручением в галаганскую спецчасть отправится сержант Ковальчук.

Что касается трупов убитых бандитов, то их следует зарыть здесь, отрезав кисти рук. Этот способ доказать успешное выполнение задания и обеспечить все формальности при сдаче дел ликвидированных преступников в «архив-три» не предусмотрен, конечно, никакой инструкцией. Но в практике оперативных отрядов на Колыме, не имеющих, особенно в летнее время, никакой иной возможности, он применяется постоянно и широко.

А теперь отдых до утра. Можно жечь костры, шуметь, стрелять уток на ручьях и заводях. Впрочем, особой надобности в такой охоте нет. Для великолепного ужина всему отряду хватит и трофейных тушек, найденных в укреплении запасливых бандитов. Устроить пир за счет побежденных — неотъемлемое право победителей!

Командир отозвал в сторону хмурого Ковальчука. Он догадывается, чем тот недоволен. Думает, небось, что кто везет, на том и едет. Но поручение в Галаганных настолько деликатного свойства, что только расторопный и догадливый сержант сможет его выполнить как следует.

Начальственная лесть всегда приятна, хотя она часто предшествует какому-нибудь особо пакостному поручению.

— Слушаю вас, товарищ лейтенант!

Понизив голос, командир сказал, что пакет в галаганскую спецчасть, с предложением снять для своего «архива-три» отпечатки пальцев убитых беглых, в сущности, только предлог для того, чтобы отвезти в Галаганных их отрубленные руки. Настоящее задание сержанта Ковальчука заключается в том, чтобы об этих руках стало известно тамошним заключенным. Как уже повелось, выставлять перед воротами лагеря труп убитого беглого считается в порядке вещей, но поступить так же с отрубленными руками нельзя. Это надо сделать без особой назойливости, как бы невзначай. Как именно, следует решить самому сержанту в зависимости от обстоятельств.

Судя по всему, рассуждал лейтенант, за успешное завершение операции по ликвидации банды Живцова они с сержантом вскоре получат повышение, соответственно — старшего сержанта и старшего лейтенанта. Что-то оба засиделись на своих невысоких чинах. Поэтому Ковальчук должен постараться выполнить это ответственное поручение как можно лучше и не хмуриться понапрасну.

Даже когда солдат далек от обожания своего начальства, доверительный тон командира неизменно ему импонирует:

— Будет исполнено, товарищ лейтенант!

Нигде зелень так быстро не идет в рост весной, как в полярных и приполярных районах. Если до конца июня даже на юге Колымы, в районе Галаганных, на северных склонах сопок все еще белеет снег, а многочисленные островки в устье Товуя темнеют буроватой почвой с голыми ветвями кустарников, то уже в начале июля на них буйно вымахивает трава. Она ведь является «флорой длинного дня», как называют ее ботаники, умеющей ценить дары своей матушки, здешней природы: круглосуточный почти день и очень короткое и довольно теплое лето.

Так как совхоз Галаганных был наполовину животноводческим, то заготовка сена являлась тут одной из наиболее важных сельскохозяйственных работ. На нее отрывали рабочих отовсюду, откуда только можно. Косили сено исключительно вручную. Техники не было, да и применить ее на угодьях, большей частью весьма неудобных из-за ягодника, кустов и коряг, было невозможно.

Жили косари, сплошь заключенные, прямо на островах, в крытых травой шалашах. Сенокосные угодья находились от лагеря довольно далеко, а главное, добраться до них можно было только на лодках. Сначала на них направляли мужчин, а затем, когда те накашивали некоторое количество сена, привозили и женщин для его ворошения и копнения. Но если отправка на сенокос мужчин не была связана ни с какими особенными затруднениями, то мобилизация женщин была делом хлопотным и шумным.

Конечно, не всех женщин. Робкие и покорные «марьи гандоновны» — члены семей «врагов народа», которых было большинство в здешнем лагере, ехали на острова с охотой. Здесь можно было отдохнуть от лагерного режима, но и работать нужно было по-настоящему. Блатнячки же непременно ломались, заставляли себя уговаривать, хотя большинство из них тоже находили жизнь на островах весьма вольготной, особенно в отношении связи с мужчинами. Но все в конце концов как-то улаживалось.

В нескольких километрах выше главной усадьбы Галаганных, почти посредине Товуя, находился длинный галечный остров. Этот остров служил сборочным пунктом и своего рода пересадочной станцией для тех, кто отправлялся на сенокос. Людей из лагеря доставляли сюда в кунгасах — больших буксирных лодках, некоторых под конвоем. Затем прибывшие за ними бригадиры и звеньевые участков отвозили их на места работы уже в весельных лодках. Обычно безлюдный остров в дни, когда он становился перевалочной базой для женщин, превращался в некое подобие шумного базара.

Так было и в тот ясный, погожий день начала июля. Толпа женщин, сплошь молодых, окружила пожилого, седоусого человека. Судя по длинным, завязанным у щиколоток штанам, донельзя коротким юбкам и нахлобученным на самые глаза косынкам, это были блатнячки. Они приставали с какими-то большей частью вздорными претензиями и вопросами к старшему бригадиру сенокоса Олейнику, раскулаченному с Украины. Олейник был отличным сельским хозяином, изучившим здешние сенокосные угодья в мельчайших подробностях. Но самым ценным качеством дядьки Олейника была его способность ладить со всякими людьми, от бывших академиков и до блатных баб. Для каждого из них он находил подходящий язык. Сейчас, усмехаясь в шевченковские усы, бригадир расписывал перед блатнячками с красноречием профессиональной зазывалы благодать жизни на островах, где их ждут изнывающие от любви и избытка сил молодые «женихи». Бабы хохотали, отпускали скабрезные замечания и пытались уточнить отношение к половой проблеме самого старика. Тот за ответом в карман не лез. Вокруг стоял галдеж и визгливый хохот.

Но потом их внимание отвлек плот, спускавшийся сверху по широкой глади Товуя. Река уже утихомирилась после весеннего бушевания, но оставалась еще очень полноводной. Только недавно прекратились здешние, почти непрерывные в весеннее время дожди.

Сначала думали, что это галаганские лесоповальщики гонят сверху обыкновенный плот с лесоматериалом. Потом стало ясно, что для этого он слишком мал. Да и людей на плоту вместо двух обычных плотогонов было несколько человек. Он больше смахивал на те плотики, на которых из верховья реки спускались обычно партии топографов и геологов. Но такие партии только что туда прошли, и ждать их возвращения следовало только к осени. Женщины заинтересовано вглядывались в плывущий вдали плот, ладонями защищая глаза от яркого солнца.

— Бабы, да это же вертухаи плывут! — заявила одна из самых дальнозорких. Она разглядела, что на пассажирах плота телогрейки защитного цвета. Такие телогрейки носили обычно только вохровцы. Но откуда бы им взяться с этой стороны?

Немного странным казалось и то, что люди на плоту крутили рулевыми веслами с явным намерением пристать к острову, вместо того чтобы проплыть мимо в Галаганных. Возможно, впрочем, что прежде они здесь никогда не бывали и просто хотят узнать, в какую протоку им надо свернуть, чтобы попасть в Галаганных, а не вылететь в открытое море. Судя по отросшим бородам и лохмам на головах, они давно уже околачиваются в необжитых местах.

Благодаря этим бородам их узнали только когда плот уже приткнулся к берегу. Да это же те здешние вохряки, которые отправились ловить Гирея и его дружка! Вон Татарин, вон Не-Вертухайся, вон Крути-Кобыле-Хвост! Был с ними и какой-то незнакомый. Судя по треугольничкам в петлицах гимнастерки и жестам распорядителя — главный в команде.

Теперь праздный интерес к проезжим вохровцам сменился напряженным и острым. Наверное, эти люди знают о судьбе беглых. Вполне вероятно, что беглецы убиты, а эти охранники везут их трупы на показ в Галаганных, как это принято в таких случаях. И принято не зря. Со времени побега Живцова и его товарищей в лагере уже не раз прокатывался слух, что они пойманы и перебиты. Но в подобных случаях начальство всегда пугает такими слухами и им не очень верят.

Держась на почтительном расстоянии от места причала плота, женщины с нездоровым любопытством всматривались в поклажу на плоту, прикрытую брезентовым плащом. Тем временем вохровцы, не торопясь и как будто совершенно не замечая собравшихся женщин, готовили привал. И зачем он им понадобился в часе спуска до Галаганных, где их ждали баня, дезокамера — завшивели, небось — и отличная вохровская столовая?

По-прежнему, совершенно не обращая внимания на любопытных, бойцы вколотили в гальку треногу из палок, повесили на нее котел с водой и разожгли под ним огонь. Потом один из них убрал плащ, под которым к большому разочарованию женщин оказались выложенные в два ряда убитые утки.

Сенсация не состоялась. Тем не менее, женщины не расходились. Они тупо смотрели, как двое солдат ощипали и выпотрошили пару уток, а третий кипятил их в котле, снимая ложкой пену. Для постороннего наблюдателя любопытствущие лагерницы были похожи на дикарок, пялящих глаза на невиданных ранее чужеземцев. В действительности же они были смелыми и довольно нахальными бабами, надеявшимися, что им все-таки удастся выудить у хмурых вохровцев хоть одно слово о судьбе беглых. Конечно, ни о каком разговоре в такой обстановке между заключенными и бойцами из охраны и речи быть не может, тем более в присутствии начальника с треугольничками и этого Не-Вертухайся, самого злобного формалиста из всей галаганской вохры. Но, во-первых, все люди, поевши, добреют. Во-вторых, даже самых скрытных из них часто удается взять на подначку.

Старший с треугольничками что-то сказал угрюмому Невертухайся. Тот вразвалку пошел на плот, взял с него и вынес на берег туго завязанный мешок. Развязав его, боец вытряхнул на землю содержимое. На гальку выпали два ножа в грубых деревянных ножнах, какие-то тряпки, пробка с воткнутой в нее иголкой и четыре человеческих руки, отрубленные на уровне запястья. Руки были грязно-бледно-зеленого цвета, отличающего всякое мертвое тело. На их срезах, на фоне черной, запекшейся крови белели торцы перерубленных костей. Кисти отчетливо различались попарно. Одна пара была широкая в ладони и короткопалая, другая более тонкая и длинная. На пальце более утонченной кисти белело луженое, витое колечко с черным камешком, на середине которого выделялось крохотное красное сердечко. Рука, по-видимому, начала уже ссыхаться. Даже издали было видно, что колечко на пальце уже свободно болтается. Оно не спадало с него только потому, что этот палец, как и все другие на мертвой руке, был судорожно сведен, как у большинства людей, умерших насильственной смертью.

Женщины дружно ахнули и попятились. Но уже в следующую минуту, как кролики, загипнотизированные удавом, они начали медленно приближаться к страшным трофеям вохровцев, вытянув шеи и не отрывая от них немигающих глаз. При этом они даже перешли уставную зону в пять шагов, ближе которой заключенным не разрешается подходить к вооруженным бойцам ВОХР. Те, однако, разговаривали, пробовали свою похлебку и делали вид, что не замечают почти мистического ужаса женщин. Для них самих, очевидно, рассыпанные по гальке руки были предметом столь же обычным, как и валяющиеся с ними рядом птичьи перья.

К берегу пристал кунгас, из которого высыпала очередная партия лагерниц. Они, конечно, еще с воды заметили плот, сидящих вокруг костра вохровцев и столпившихся полукругом женщин. Там происходило что-то необычное, и приглашать новоприбывших присоединиться к толпе любопытных не пришлось. Эффект от увиденного был тот же. Сначала женщины с ужасом шарахнулись от разложенных на берегу трофеев, а затем снова подались всем корпусом вперед, пытаясь разглядеть страшные обрубки.

Когда прошел первый шок, женщины начали перешептываться и подталкивать друг друга локтями. Главным предметом испуганного перешептывания был перстенек, изготовленный Достань-Воробушком по заказу Пролей-Слезу. Весь лагерь видел его на руке Гирея. Кто мог подумать, что он вернется сюда таким невероятным путем? И что будет с Нинкой, когда она увидит свой подарок? А это очень возможно, если вохровцы не спрячут страшные руки в мешок. Может, ее следует сюда позвать? Она ведь тоже приехала на остров с этим кунгасом...

— Пролей-Слезу идет! — свистящим шепотом произнес кто-то.

От кунгаса к костру охранников действительно шла Нина. Сначала, увидев вохровцев еще с реки, она готова была броситься к ним чуть ли не вплавь. Ведь эти люди могли быть из отряда, преследовавшего ее Гену, и следовательно, знать, что с ним. Но потом Нина подумала, что направляясь в погоню вдоль морского берега, они никак не могли попасть в верховья Товуя, и решила вести себя сдержанно, как и подобает удрученной горем женщине. Лиц вохровцев она не видела. К реке они сидели спиной, а сейчас были заслонены сплошной стеной женщин.

Но когда эти женщины, как по команде, оглянулись на нее, а затем расступились, давая ей широкий проход, Нина поняла, что происходит что-то, непосредственно ее касающееся и, вероятно, очень недоброе. Иначе почему бы умолкли при ее приближении и как-то странно уставились на нее все эти бабы?

Сделав над собой усилие, Пролей-Слезу заставила себя сделать шаг вперед. И только сейчас узнала в бородатых мужиках, сидевших у костра, давно знакомых вохровцев. Значит, это были все-таки те, кто уходил на поиски банды Живцова. Вероятно, они хвастались тут перед бабами, что ликвидировали эту банду. Ну, а алчущие острых ощущений подружки предоставляют ей возможность услышать это непосредственно от тех, кто убил ее Гену. Но Нина уже знала, как ей следует сейчас себя вести. Она сделает вид, что не верит ни одному слову из того, что скажут вохровцы. Кто ж не знает, что легавые — первые на свете трусы, брехуны и хвастуны!

Однако было похоже, что те ничем тут сейчас не хвастали. Один боец попробовал с ложки суп, дал отхлебнуть другому и, посоветовавшись с ним, бросил в котел щепоть соли. Двое других с безразличным видом смотрели на костер. Еще один вытряхивал в стороне какой-то мешок. Этого Нина знала даже слишком хорошо, так как с вохровцем по прозвищу Не-Вертухайся у нее были давние счеты. Одно время он конвоировал бригаду, работавшую на свиноферме, и проявлял избыток дурацкого усердия в слежке за подконвойными женщинами. Однажды возница свинофермы Сергеева после проведенной из-за его рапорта ночи в кондее наехала сзади на шедшего по дороге Не-Вертухайся. Удар оглоблей в плечо был так силен, что даже дюжий вохровец отлетел на обочину и треснулся мордой о жердь какой-то изгороди. Все произошло, конечно, случайно, но вознице пришлось из-за этого сидеть в карцере дополнительно, а мстительный Не-Вертухайся заимел на нее зуб.

Подождав, пока Нина остановит свой вопросительно-недоумевающий взгляд на нем, вохровец присел на корточки и начал складывать в мешок лежавшие на гальке предметы. И только тут Пролей-Слезу заметила отсеченные человеческие руки и среди них ту, на которую она сама надела перстенек на память. Как от толчка в грудь женщина отпрянула назад и, как будто застыла с полуоткрытым от ужаса ртом и округлившимися на исхудалом лице глазами. Не-Вертухайся деловито оглядывал каждый из трофеев, прежде чем сунуть его в мешок, производя как будто их инвентаризацию. На кисть Гирея он даже любовно подул и смахнул с нее рукой несуществующую пыль. Но прежде чем сунуть в мешок руку с перстнем, злопамятный вохровец не выдержал характера в игре в равнодушие и со злобной насмешкой взглянул на Нину. И тут произошло неожиданное.

С каким-то рычанием она бросилась к Не-Вертухайся, выхватила у него мертвую руку и побежала с ней прочь, едва не сбив с ног нескольких женщин. Не сразу опомнившись, малый заорал:

— Стой, стой! — и кинулся за ней следом.

Другие бойцы тоже повскакали со своих мест. Но старшой с треугольничками их остановил. Зачем поднимать дурацкую беготню по острову? Куда денется эта взбалмошная баба и от одного преследователя? Тем более что вместо того, чтобы оставаться в серединной, сравнительно широкой части этого острова, похитительница трофея мчалась к дальнему его концу, где он переходил в длинную, узкую косу пропитанной водой гальки. Сержант без особой торопливости поднялся с коряги, на которой сидел, и пошел в сторону, где уже в отдалении мелькали ноги женщины в цветастых, завязанных у щиколоток штанах и тяжелые сапоги вохровца.

В поведении Пролей-Слезу не было ничего не только заранее преднамеренного, но и просто осмысленного. Истеричная натура, она подчинилась внутреннему импульсу активного, хотя и совершенно бездумного протеста.

Нина остановилась только у конца уже залитого водой клина гальки. Впереди был широченный и глубоченный Товуй. Сзади, занимая чуть не всю ширину галечной косы, грузно бежал кряжистый и широкий Не-Вертухайся. Но не добежав до сумасшедшей блатнячки какой-нибудь пары шагов, он остановился. Пролей-Слезу, уже по щиколотку в воде, стояла, обернувшись к нему лицом. Напрягшись как-то по-кошачьи, она изготовилась к обороне, отводя в сторону руку с зажатой в ней мертвой кистью. Маленький рот отчаянной бабы ощерился мелкими зубами, как у загнанного в угол хорька, синие глаза остекленели от ненависти и стали почти круглыми:

— Не подходи, вохровская собака, Не-Вертухайся паршивый!

— Брось руку, стерва! — прохрипел тот, с трудом переводя дыхание после быстрого бега.

Она сложила пальцы левой руки в маленький кукиш:

— На вот! Выкуси, наемный солдат!

Выражение «наемный солдат» считалось одним из тягчайших оскорблений для бойца ВОХР. Прорычав грязнейшее ругательство, Не-Вертухайся бросился к обнаглевшей арестантке, чтобы силой отнять у нее похищенный трофей. Но вскрикнув, тут же отскочил, схватившись ладонью за небритую щеку. Удар окоченевшей рукой Гирея со скрюченными, полузасохшими пальцами почти не отличался от удара куском сухого дерева. С одного из пальцев слетело витое колечко и упало недалеко в воду, отчетливо видное на темном фоне галечного дна. Пролей-Слезу бросилась за ним, быстро нагнувшись, выхватила из воды и сунула куда-то за кофту. Затонувшее было колечко навело ее, видимо, на какую-то мысль. Потому что вместо того, чтобы снова изготовиться действовать своим оружием — озверевший от боли и злобы Не-Вертухайся готовился к новой атаке — женщина поцеловала мертвую руку и с силой бросила ее в Товуй. Туда, где за рябью прибрежного мелководья темнела глубокая вода главного русла.

Ударом кулака по голове вохровец сбил наглую вредительницу с ног, Пролей-Слезу упала на затопленную водой гальку и, не пытаясь встать, повернула к бойцу свое искаженное яростью и болью лицо:

— Бей, наемный солдат! Бей, живодер, палач, убийца...

Не менее разъяренный Не-Вертухайся занес над лежащей женщиной ногу в кованом сапоге. Но ударить он не успел. Издали донеслось повелительное:

— Отставить!

К месту столкновения арестантки и вохровца приближался сержант Ковальчук. Элементарно человеческого в нем не смогла вытравить даже его собачья служба. Избиение беззащитной женщины казалось Ковальчуку недостойным делом, даже если эта женщина устроила ему порядочную пакость. Он видел, как она зашвырнула в воду половину необходимых для соблюдения надлежащей формы доказательств ликвидации опасного преступника. И этим несколько испортила и триумф его победы над бандой Живцова, и эффект ловкого хода, которым он пустил огонь слуха об этой победе в костер лагерной молвы. Поэтому сержант с чувством естественной неприязни смотрел на глухо рыдавшую, уткнувшуюся лицом в мокрую гальку любовницу покойного Гирея. Нетрудно было догадаться, что это и есть та самая шмара, с которой крутил любовь в здешнем лагере убитый бандит Живцов. Об этой любви в отряде рассказывали ребята из галаганской ВОХР. Но они, конечно, говорили об этом только как о запретной связи двух уголовников, отношения которых подчиняются принципу «с глаз долой — из сердца вон». Тут же, по-видимому, было что-то другое. Уж слишком много отчаяния и душевной муки выражали и худенькие лопатки молодой женщины, как крылья подстреленной птицы бившиеся под ее арестантской кофтой, и ее маленькие руки, судорожно сгребавшие мокрые обкатанные камешки.

Суровый оперативник чувствовал, что свой рапорт местному лагерному начальству на эту истеричную арестантку он будет писать безо всякого удовлетворения. И что в его сознание закрадывается тягостная мысль: а так ли уж сильно будет отличаться очередной треугольник в петлицу, который он, наверное, все-таки получит, от золотой коронки на клыке погибшей овчарки Тайги?

1969—1973

Убей немца

> Так убей же хоть одного!
> Так убей же его скорей!
> Сколько раз увидишь его,
> Столько раз его и убей!
>
> *Константин Симонов*

Если ты убил одного немца, убей другого — нет для нас ничего веселее немецких трупов. Не считай дней. Не считай верст. Считай одно: убитых тобою немцев. Убей немца! — это просит старуха мать. Убей немца! — это молит тебя дитя. Убей немца! — это кричит родная земля. Не промахнись. Не пропусти. Убей!

24 июля 1942 г.
Илья Эренбург

Саша Маслов и Костя Шмелев заметили этот плакат еще утром, когда бежали в школу. Но подойти к нему поближе они тогда не могли. Из школьного коридора уже доносился звонок, ребята опаздывали на занятия.

И всегда не слишком внимательные на уроках, сегодня друзья были особенно рассеяны. Из головы у них весь день не вылезал увиденный мельком плакат — огромный, черно-желтый, изображающий что-то необычайно интересное про войну. Зимой в Устыпяне событием являются даже новые плакаты, время от времени появляющиеся возле входа в местный клуб. Их, как и кинокартины, привозят сюда на собаках один раз в полтора-два месяца.

Получив больше обычного замечаний за перешептывание и невнимательность на занятиях и заработав по двойке за диктант с совершенно одинаковыми ошибками, Шмелев и Маслов первыми выскочили из класса со звонком и первыми домчались до вешалки. Одеваясь на ходу, они перебежали маленькую площадь поселка, на другой стороне которой стояло затейливое строеньице с четырьмя некрашеными столбами напротив входа, изображающими колонны, — местный клуб. К наружной стене кинозала, сильно напоминающей своими высоко прорезанными оконцами стену небольшого коровника, и был приклеен плакат, привлекший к себе внимание ребят.

Грубый, без полутонов, но выразительный рисунок в две краски изображал советского воина, в яростном броске поражающего штыком фашистского солдата. Штык, однако, был не русский трехгранный, а плоский, ножевой, и притом, зазубренный как пила. Такое отступление от истины было сделано художником, несомненно, сознательно, в целях достижения наиболее жестокого эффекта. С той же целью тут были допущены и куда большие ошибки. Совершенно неестественной была поза немца. Штык русского солдата пронзал снизу вверх его голову, как будто фашист ждал удара, сильно перегнувшись всем корпусом назад и до предела вскинув подбородок. Конец заостренной пилы торчал у него из темени, проткнув каску. Было немало и других несуразностей.

Однако школьники — скоро их тут собралась целая ватага — этих несуразностей не замечали. Их целиком захватило садистское вдохновение художника, которое так легко передать дикарям и детям. Кроме того, воображение ребят делало эпизод, изображенный на плакате, над которым желтыми с черным мазками, как будто языками коптящего пламени, было написано «Убей немца!», только деталью общей картины боя. Оно перенесло их в восхитительный мир войны, которая шла где-то в невообразимой дали. Там, на Материке, под аккомпанемент бомбовых ударов и пушечных залпов выводили свои заливистые трели пулеметы, там совершали героические подвиги советские солдаты и партизаны, а им помогали ребята школьного возраста, не уступающие по храбрости самому сказочному Мальчишу-Кибальчишу. А тут, в рыбачьем поселке на берегу Охотского моря, было нестерпимо тихо и скучно.

О жизни и подвигах своих сверстников на Материке здешние школьники знали по рассказам учителей, сообщениям в газетах «Пионер» и «Смена», зимние номера которых приходили сюда с полугодичным опозданием, и радиогазете «Пионерская зорька». Ее слушали довольно часто через двойную трансляцию Хабаровска и Магадана. Устьпянские мальчишки не только знали, что их более счастливые одногодки живут со своими родителями-партизанами в лесах на оккупированных немцами территориях, помогают им выслеживать фашистов, взрывать мосты и нападать на немецкие гарнизоны, но и видели фотографии этих счастливчиков в газетах и журналах. Некоторые из юных героев были даже в солдатской или матросской форме, а на груди у них висели настоящие ордена и медали. И уж во всяком случае, все без исключения дети на Материке являлись детьми или младшими братьями защитников Родины. Здесь же с самого начала войны на фронт не взяли ни одного человека, даже добровольно изъявивших такое желание. Весь край был объявлен состоящим под какой-то «броней». В прошлом году четыре жителя поселка, давно уже получающие стопроцентную надбавку к зарплате, сложились и внесли на танк для фронта пятьдесят тысяч рублей. При этом жертвователи обратились с письмом к самому Сталину, в котором они просили Верховного Главнокомандующего зачислить их в экипаж этого танка, благо все они были кто механиком, кто трактористом, кто машинистом локомобиля. Сталин ответил им тогда телеграммой, которую зачитывали на общем собрании посельчан. Он благодарил патриотов за их вклад в дело обороны страны, но в приеме в Армию отказал. «Ваша работа на Дальнем Севере, — значилось в телеграмме, — нужна Родине так же, как и служба бойца на фронте».

Ребята не могли взять в толк, как можно сравнивать работу по охране здешнего лагеря заключенных, лов рыбы или бой морзверя с непосредственным участием в Отечественной войне? Они были убеждены, что если не все, то подавляющая часть взрослых мужчин в их поселке весьма огорчены своей жалкой участью «бронированных» и втайне мечтают, как бы им нарушить запрет и попасть на фронт. Взрослые, однако, народ бестолковый, отягощенный всякими обязанностями и заботами. Да и творческая фантазия у них отсутствует. Другое дело ребята-школяры, тут смелости и фантазии хоть отбавляй, особенно у Сашки Маслова. Сашкина голова и прежде была занята всякой заумью вроде проекта воздушного шара из нерпичьих пузырей. В последний же год он переключился почти исключительно на придумывание способов побега на Материк. Конечно, не просто для прогулки, а чтобы принять участие в войне с фашистскими захватчиками. Подобная цель оправдывала все издержки мероприятия, даже горе и беспокойство родителей, не говоря уже о прекращении занятий в школе. Впрочем, чего стоила эта школа со всей ее «грызухой» и занудливой премудростью по сравнению с одной только медалью «За храбрость»? А что такую медаль он получит, как только доберется до фронта, Сашка нисколько не сомневался. Мало думал он и о средствах преодоления пути в десять тысяч километров от японскоморского побережья до этого фронта. По сравнению с переходом через границу Дальстроя — эта задача второстепенная. Зато побег с Колымы все здесь считают делом почти невозможным даже для людей, которых не держат за оградой лагеря под постоянным наблюдением конвойного. Сначала Сашка в это не очень верил. Но постепенно, однако, все больше убеждался, что такое утверждение очень близко к истине. Он начал даже впадать в уныние — было очень похоже, что война закончится раньше, чем он придумает способ совершить со своим другом Костей какой-нибудь подвиг.

Костя был хорошим товарищем и даже не трусом, хотя немного мямлей и человеком, склонным к слишком трезвым рассуждениям. Он не поверил, например, в идею Сашки улететь куда-нибудь на нерпичьих пузырях. Сказал, что от махорочного дыма, которым по Сашкиному проекту должны быть заполнены пузыри, у них закружится голова и начнется рвота, да и махорки столько им не достать. В этих его рассуждениях было что-то девчоночье. Но если Костя не мог противопоставить очередной Сашкиной затее какие-нибудь рационалистические возражения, он подчинялся его авторитету вожака и неистощимого выдумщика. Это его подчинение и чуть ли не обожание и было той главной причиной, почему Сашка почти уже не мыслил реализации своих идей в одиночку без Кости.

Нигде на Колыме трудность выбраться на Материк не видна с такой наглядной очевидностью, как в поселке Устыпян. По одну сторону, куда-то до самой Америки простирается холодное и бурное море. Зимой оно замерзает у берегов и до самого горизонта громоздится высокими торосами. За кромкой берегового льда на «Охотах» почти непрерывно бушуют свирепые ледовые штормы. Летом штормы случаются реже, но и тогда они налетают чаще всего очень неожиданно. Поэтому не только какая-нибудь весельная или парусная лодка, но даже мореходные катера типа «кавасаки», которыми оснащен рыболовецкий флот Устыпяна, стараются и в хорошую погоду особенно далеко от берега не отходить. В десятибалльный шторм на здешнее море с его свинцовыми валами, вскипающими на гребнях грязно-белой пеной, страшновато смотреть даже с берега.

А с трех остальных сторон поселок окружило другое море — каменное. Если взобраться на одну из прибрежных сопок, то хорошо видно, как валы этого моря в виде почти параллельных рядов таких же сопок протянулись с запада на восток. Тайга в распадках между ними нередко болотистая, с трясинами. В горных ущельях бегут быстрые реки, над которыми крутыми обрывами нависли скалы. И так на многие сотни и тысячи километров к югу и западу. На севере же лежит Северный Ледовитый океан. Все это ясно видно на карте. География была единственным школьным предметом, по которому у Маслова и Шмелева не было ни одной двойки.

Выходило, что пробираться на Материк сушей едва ли не труднее и опаснее, чем плыть до него морем. Кроме того, морской вариант был романтичнее и оставлял гораздо больше места для изобретательства. Поэтому Саша перебрал в уме и обсудил с Костей не один вариант путешествия через Охотское и Японское моря и соединяющий их пролив Лаперуза.

Можно было, например, построить из выдолбленных древесных стволов пирогу или катамаран, как это делают аборигены архипелагов Тихого и Индийского океанов. Заплывать за пределы акватории, подлежащей ведению Дальстроя, при этом не обязательно. Достаточно чтобы пирогу с отважными путешественниками в открытом море заметили с проходящего судна. Тогда они будут подняты на его борт, и трудно представить себе капитана корабля, который, узнав о намерениях мальчишек, не помог бы им добраться до вожделенного Материка. Тем более что они не собираются жить у него нахлебниками, а разу же выразят готовность работать на пароходе юнгами.

Костя этот проект сразу же забраковал. Во-первых, ближайшие от берега лиственницы, из которых можно выдолбить пирогу, растут за сопкой высотой в добрый километр; во-вторых, самые толстые из них достигают едва ли толщины Сашкиного пуза; в-третьих, где гарантия, что судно, встреченное ими в океане, будет непременно советским?

Тогда Сашка предложил угнать один из здешних «кавасаки». Как включается его мотор, Сашка давно уже подсмотрел во время школьных экскурсий на катере. Как управлять суденышком посредством штурвала в рулевой рубке – ясно и дураку. Похоже, правда, на бандитское действие, но все это, опять же, оправдывается высокой целью. Да и катер не пропадет. Где-нибудь в районе Владивостока местные жители однажды обнаружат пришвартованный к береговой сосне «кавасаки», в рубке которого будет лежать записка, что этот катер принадлежит устьпянскому рыбпромхозу. Костя резонно возражал: а телефон на рыбхозе и соседний погранпост на что? Втихаря из Устьпяна не выйдешь, выдаст треск мотора. И тут же беглецов накроет серый, низко сидящий на воде сторожевик, от которого ни на каком «кавасаки» не уйдешь. В отчаянных попытках придумать что-нибудь, что выдержало бы критику приятеля, Саша все больше терял чувство реальности. Однажды он предложил даже переделать в подводное судно старый паровозный котел, ржавеющий на берегу со времен, когда ставные сети на сельдь вытаскивали из моря паровыми лебедками, а не тракторами, как теперь. Костя только рукой махнул. Из инструментов для металлообработки у них есть только клещи да молоток. А чтобы опустить Сашкин корабль на воду или под воду, придется идти на поклон к начальнику промхоза: так, мол, и так, Викентий Петрович, одолжите трактор на пару часов, бежать на Материк собираемся...

Сашка тогда еще обругал Костю — критиковать и выискивать слабые стороны в изобретениях и дурак умеет. Ты попробуй сам изобрести что-нибудь путное. Костя на него окрысился, чего с ним прежде никогда не бывало; чтобы изобретать глупости тоже, мол, не больно много ума надо! Друзья тогда серьезно поссорились.

Скоро Саша понял, что таким путем он может потерять не только доброго товарища, но и хорошего помощника на тот случай, если ему удастся придумать, наконец, нечто реально выполнимое. В таких случаях Костя из критикана превращался в дисциплинированного оруженосца при храбром рыцаре, мягкость и некоторая нерешительность которого делали его еще более послушным своему волевому товарищу в критические минуты. Так было, например, осенью прошлого года, когда Сашка почти насильно втолкнул Костю в шлюпку, в которой охотники на морзверя имели неосторожность оставить заряженный винчестер. Дело в том, что невдалеке от взморья показалась голова нерпы. Было бы здорово, если бы ребятам удалось подстрелить эту нерпу, победителей ведь не судят! Сашка, правда, промахнулся — он в первый раз держал в руках тяжелое ружье — и получил крепкую взбучку от отца. Попало и Косте, сидевшему на веслах. Сашка сделал тогда два важных наблюдения: во-первых, что Костя, несмотря на свой мягкий характер, и после разноса, устроенного ему матерью-учительницей, вовсе не отказался от мысли, что мужчинам, достигшим уже возраста пятиклассников, не годится жить, не совершая каких-нибудь подвигов. Во-вторых, что в особо опасные и решающие моменты его несильная воля как бы выключается и подменяется волей более решительного соучастника приключения. Если авторитет выдумщика и инициатора перед Костей нужно было оберегать и поддерживать, то авторитет начальника утверждался уже как бы сам собой, благодаря заложенному в нем инстинкту подчинения. Влияние Сашки на Костю усиливало еще и то, что он был старше его на целых полгода.

Младший здесь и родился, старшего привезли с Материка, когда ему было немногим более трех лет. Это тоже давало Сашке лишнее основание для претензии на превосходство, которого, впрочем, скромный Костик обычно не отрицал.

Особенно с тех пор как Сашка, во все больших и не всегда одинаковых подробностях стал припоминать свое давнее путешествие через два моря. Кроме того, эти подробности становились все более драматическими. Несмышленый тогда еще путешественник, бегая по фальшборту корабля, свалился в море, откуда его выловил смелый матрос. Или однажды, когда пароход затерло льдами, он выбрался на льдину, чтобы подергать за усы сидящего на ней моржа. Видел Сашка и китов, подплывающих чуть не к самому борту парохода и приветствовавших его высоченными фонтанами воды. Попадал этот пароход и в центр тайфуна, садился на мель и даже наскакивал на рифы. Ни в каких подобных приключениях Костя, конечно, участвовать не мог. И теперь по-хорошему завидовал товарищу, слушая его рассказы.

Вернуть Костино благорасположение Сашке было нетрудно, хотя для этого ему пришлось попридержать свое неуемное фантазирование по части географических проектов. А вот по отношению к самоновейшим подробностям Сашкиного путешествия на Колыму Костя не проявлял никакого скепсиса. Он доверчиво слушал рассказы и об извержении вулкана где-то на Курилах, который тот наблюдал с моря, и об уссурийских тиграх, выглядывавших из таежной чащи, когда пароход плыл вдоль берега Приморского края, и виденных рассказчиком в подзорную трубу, и о многом другом, во что Саша давно уже верил и сам. После ссоры с Костей даже ему начало казаться, что об унылую будничность Устьпяна разобьется самая буйная фантазия и самая гениальная находчивость. Ничего выдающегося здесь, кажется, никогда не совершалось. Во всяком случае ни о чем таком не могли припомнить не только сами школяры, но и самые древние жители поселка, жившие здесь со дня его основания.

Основан Устьпян был где-то в начале тридцатых годов, когда здесь был построен лагерь для заключенных специально для снабжения Дальстроевских подданных рыбой. Редкая, но длинная цепочка таких лагерей протянулась от Охотска на юге края до Камчатки на севере. Летом здесь ловили сельдь и лососевых, которые шли в Пяну и другие реки на нерест громадными, плотными косяками. Ловить эту глупую рыбу было так просто, что это умели делать даже медведи. Устроившись у берега на какой-нибудь полузатонувшей коряге, в месте, где кета или горбуша перлась вверх по речке так тесно и так яростно, что буквально эту реку перепружала, медведи подхватывали лапами рыбины из воды и отъедали им головы. Остальное лакомки бросали, полагая недостаточно вкусным. За счет тех же лососей отъедались тут за лето и целые стада охотскоморских тюленей, следовавших за рыбой в реки. Очередь морзверя наступала осенью, когда на него самого охотились уже люди. Но били тут нерп и сивучей не совсем так, как в других местах: их стреляли на плаву с лодок, благо в воде тюлень не пуглив и подпускает к себе довольно близко. Но дело это было непростое и связанное с немалым риском. Убитый зверь утонет, если не подплыть к нему достаточно быстро, не загарпунить и не втащить шестипудовую тушу в лодку. Делать же это приходится чаще всего на довольно высокой волне при постоянной опасности внезапного шквала с моря. Промысел морзверя был по-настоящему мужским делом, и ребята не раз просили промысловиков взять их с собой в лодку. Но те упорно отказывались. Кто будет за пацанов отвечать в случае чего?

Как и всюду в Дальстрое, основные работы в Устьпяне выполняли заключенные. Они жили в небольшом лагере, расположившемся совсем близко от морского берега и разделенном на две зоны, мужскую и женскую. Большинство работ на рыбном промысле, кроме отстрела морзверя, причислялось к разряду легких. По той же причине и мужская часть здешних заключенных по своей трудовой категории принадлежала к слабосиловке, то есть это были старики, инвалиды и люди, доработавшиеся до дистрофии на добыче одного из здешних «номерных» металлов. Но из этих мужчин-заключенных в самом Устьпяне оставалось зимой не более трети — остальные заготовляли дрова, строительный лес и клёпку для бочек на дальней командировке за сопками. Тут же работали только строители, бондари и небольшое число специалистов по обработке рыбы.

Общество на Колыме в те времена было откровенно сословным. Те, кто находился внутри лагерной ограды, тоже делились на правовые категории, почти касты. Не намного выше заключенных стояли вчерашние заключенные — вольняшки. Затем шли «чистые вольнонаемные», никогда не бывшие в лагере. Из них выделялась элита разных рангов, начиная от лагерных надзирателей и кончая дальстроевскими генералами. Родители Саши и Кости принадлежали к сословию «чистых вольнонаемных» на его средней ступени. Маслов работал в рыбхозе счетоводом, Шмелев — нормировщиком. Мать Саши была домашней хозяйкой, а Костина, как было уже сказано, учительницей.

Мороз по колымским понятиям был сегодня совсем небольшой, не выше тридцати градусов. Но тихо на морском берегу, особенно зимой, бывает редко. Вот и сейчас в сторону моря дул резкий, непрерывно усиливающийся ветер. Зрители перед плакатом озябли и в большинстве разбежались. Скоро перед ним осталось только двое. Саша рассматривал картину с прежним вниманием, но Костя глядел уже в другую сторону, притоптывал, колотил носками валенок по задникам и дышал в ладони рук, сложенных лодочкой по сторонам покрасневшего носа. Ему было холодно и хотелось есть.

— Зэков на обед ведут! — сказал он приятелю, чтобы оторвать его от созерцания плаката и напомнить об обеде. Тот равнодушно повернул голову в сторону, куда смотрел Костя. На улице показалась небольшая колонна заключенных, которых вели на обед со стройдвора и бондарки, расположенных в поселке. Человек тридцать мужчин шли довольно плотной кучкой. Шедший позади конвоир иногда покрикивал на них равнодушным голосом:

— Раз-говоры... Подрр-равняйсь в затылок!

Особенного равнения ни «в затылок», ни по рядам не было, но не было и особенного разброда. С той стороны колонны, которая была обращена к стене с плакатом, крайним в одном из рядов шагал высокий и сутулый, немолодой арестант в самодельных обмотках на длинных худых ногах. У него было благодушное, несмотря на резкие, глубокие морщины, лицо и серо-голубые, как будто выцветшие, глаза. И цвет глаз и морщины происходили явно не от старости, заключенному вряд ли было больше сорока лет.

Он, как старому знакомому, чуть заметно подмигнул Косте. Тот ответил ему прямым дружелюбным взглядом, но не поздоровался. Здороваться с заключенными в строю нельзя.

Обмотки арестанта были сделаны из старого байкового одеяла. Из того же одеяла, серого с бурыми полосами, было вырезано и его кашне, аккуратно обмотанное вокруг длинной жилистой шеи. И обмотки, и кашне были обметаны по краям суровой ниткой. Заключенный, очевидно, был человек хозяйственный и аккуратный.

— Гляди, какие шмутки немец себе из мамкиного одеяла смастерил! — сказал Костя, когда заключенные прошли мимо, — ничего у него даром не пропадет! Говорят, все немцы такие кроты... — Язык здешних посельчан, особенно подростков, даже из самых приличных семей, изобиловал словечками и выражениями из лагерного жаргона.

Саша равнодушно посмотрел вслед заключенным. Его мысли были очень далеко, там, куда уносил их плакат с пламенеющими буквами «Убей немца!». Но вдруг он как бы очнулся — только что услышанное им слово нашло в этих мыслях какой-то острый, но пока еще не осознанный резонанс. Сашка схватил товарища за пуговицу пальто — так он делал всегда, когда в голову ему приходила какая-нибудь идея, которую он боялся упустить:

— Немец? Какой немец?

— Да наш немец, Линде... Ему мамка на прошлой неделе рваное одеяло дала, так он из него обмотки сделал и кашне.

«Нашим немцем» в семье Шмелевых называли заключенного Вернера Линде, русского немца из Сибири, арестованного еще до войны. Линде работал в плотницкой и часто приносил в их домик щепки и обрезки дерева на растопку. Доставать дрова в Устьпяне было трудно, и зимой многим в поселке не хватало топлива. Те, кто по своему положению не был тут большим начальством, постоянно пользовались услугами дровоносов из заключенных. За это им, конечно, платили кусочком хлеба, соленой рыбиной или чем-нибудь из тряпья. Лагерники, особенно зимой, жили голодно и бедно. А прошлой осенью им выдали на зиму не новое, как обычно, а старое залатанное обмундирование Война!

Саша тоже хорошо знал заключенного Линде, чуть ли не штатного дровоноса Шмелевых, называя его в разговорах с Костей «вашим немцем». Как и сами Шмелевы, в данном случае, он не вкладывал в слово «немец», никакого другого смысла, кроме способа указать таким образом определенного человека. Так же как дровоноса своей семьи он называл «татарином». Употреблять фамилии заключенных было здесь не принято. По формальному положению якшаться с ними не полагалось.

Но сейчас это слово поразило и почти испугало его своим особенным и страшным смыслом, мысль о котором как-то не приходила ему до сих пор в голову. Ведь слово «немец» и слово «фашист» почти равнозначны! В них вложено все самое худшее, враждебное и ненавистное, что только может быть в человеке! В истреблении всего, что связано с понятием «фашизм», заключается первейший долг советского человека. Об этом долге ежедневно напоминают по радио приказы самого Сталина, лозунги и плакаты. Иногда в самой решительной и категоричной форме.

«Убей немца!» называлась большая статья в «Правде», долгое время висевшая под стеклом в клубе. «Убей немца!» кричали огненно-желтые буквы плаката на стене рядом. Когда Саша и Костя ломали головы над тем, как им добраться до фронта, они стремились, в сущности, убивать немцев или, по крайней мере, помогать убивать их, как это делали Зоя, Славик и другие юные партизаны, портреты которых висят в школе.

В передаче «Пионерская зорька», пионерских журналах и многочисленных книжках для детей часто помещались рассказы о том, как пионеры и школьники, живущие в пограничных районах, совершают подвиги у себя дома, помогая выявлять и обезвреживать шпионов и диверсантов, пробирающихся в Союз из-за границы.

Охотскоморское побережье — тоже погранрайон. Однако даже Саше не приходило никогда в голову высматривать здесь тайный вражеский десант. Кому нужен этот унылый Устьпян, из которого дальше идти некуда и в котором кроме складов сельди, соленой горбуши и нерпичьего сала и нет ничего! Да еще лагерь с его оградой, вышками, разводами, окриками конвойных и прочим, что было привычно как галечная отмель на морском берегу и бурая сопка с сереющими на ней невзрачными домиками поселка. Все это было, так сказать, дано и не вызвало особых размышлений. Даже то, что среди заключенных здешнего лагеря есть и враги народа, осужденные за контрреволюцию. Все они казались Саше почти на одно лицо.

Только сейчас его как будто осенило, что среди этих людей есть и немцы по происхождению. Люди, которые не имеют права на жизнь! По-видимому, это была чья-то ошибка, которую следовало исправить. Саша не раз слышал, как политрук здешнего вохровского отряда говорил на собраниях в клубе, что советское правосудие отличается особой гуманностью. И было похоже, что он эту гуманность внутренне не всегда одобрял.

Сашка все крепче сжимал пуговицу Костиного пальто, а тот глядел на него с недоумением. Это недоумение еще больше возросло, когда его приятель, опасливо оглядываясь на стену с плакатом, как будто из-за этой стены кто-то мог подслушать их важный разговор, потащил Костю в сторону. Тот долго не понимал, что так горячо, но сбивчиво пытается втолковать ему товарищ, а когда понял, то рванулся в сторону от него так резко, что его пуговица осталась в руках у Сашки. Видимо, боясь, что Костя может убежать, Саша тут же схватил его за рукав. Наблюдавший за мальчиками со стороны человек мог бы увидеть, как забывшие о холоде, в полурасстегнутых пальто и сбившихся в сторону шапках, они спорят о чем-то. Причем один из них некоторое время не хочет другого даже слушать и, зажав руками уши, пытается уйти. Но потом остановился и продолжал слушать приятеля с растерянным и нерешительным видом. Иногда спорщики срывались на крик, а потом, пугливо озираясь, переходили на свистящий шепот, хотя были совершенно одни в самом центре пустынной площади.

Очереди к окошкам хлеборезки и раздаточной почти никакой теперь не было, и Линде за десять минут получил и съел свой скудный обед. После него, как всегда, есть захотелось еще сильнее. Чтобы поскорее отделаться от этого противного и назойливого ощущения, Вернер, как только зашел в свой барак — до конца перерыва оставалось еще полчаса, — сразу же достал из-под подушки, набитой истершейся деревянной стружкой наволочки из мешковины, небольшую книжку и близоруко в нее уткнулся. Без очков — их у него отобрали еще при аресте — при мутном свете из замерзшего оконца Линде вряд ли бы смог прочесть мелкий шрифт в книжке, если бы не знал текст почти наизусть. Это был томик дореволюционного издания русского перевода «Фауста» Гёте, неведомыми путями попавший в библиотеку КВЧ устьпянского лагеря для заключенных.

Нары в бараках этого лагеря были устроены по так называемой «вагонной системе», то есть с проходами между четверками двухъярусных одинаковых полатей, расположенных крестами. Сосед Линде через проход, под стать ему высокий и сутулый, сердито копался под матрацем на своем месте.

В отличие от немца, на одежде которого все прорехи были залатаны или заштопаны, а неуклюжие ЧТЗ из старых автопокрышек зашнурованы крепкой веревочкой, у этого заключенного из его бушлата и штанов отовсюду торчала вата. Утильные бурки, подвязанные обрывком электрического шнура, сбились в сторону. Такой вид у заключенных в лагерях, подобных устьпянскому, то есть относительно легких, возникает обычно в результате внутренней капитуляции, когда человек становится безразличен не только к своей внешности, но и к собственным удобствам. Называли таких то «Прощай-Молодость», то «Догорай-Лучина», то почему-то «Догорай-Веник».

Линде держал маленькую книжечку в своих больших огрубевших руках с таким видом, как будто это была бабочка или птичка, которая вот-вот может вспорхнуть и улететь. Голодная тоска в его выцветших глазах скоро сменилась выражением глубокого удовлетворения. Иногда он закрывал их и беззвучно шевелил губами, видимо, повторяя про себя только что прочитанное. При этом немец восхищенно улыбался и чуть заметно покачивал головой.

— Кто мог взять мою ложку, Вернер?

Изможденное, испитое лицо Жердина, он же Прощай-Молодость, испещряли бесчисленные мелкие морщины. Наверно от того, что этих морщин было очень много и располагались они беспорядочно во всех направлениях, лицо казалось невыразительным, как прикрытое маской из густой сетки. Правда, эту невыразительность с лихвой возмещали глаза, колючие и зло глядевшие из-под седых клочковатых бровей.

Линде некоторое время смотрел на спросившего недоумевающим взглядом. Спуск с высот поэзии в низы убогой прозы требовал времени. Затем он усмехнулся и прикрыл книжечку:

— Ты, Николай Николаевич, и свой корабль к атаке так же готовил, как сейчас в тошниловку собираешься?

— Да уж, у шкрабов наставлений не спрашивал... Не можешь ответить просто, не знаю, мол, а все с назиданием... Шкраб чертов!

— Ленин говорил, что нет никаких «шкрабов». Есть школьные работники. А я к тому же еще и вузовский работник...

— Был работник, да сплыл... Дневальный!

Из отделения за перегородкой, в котором сушились портянки и ЧТЗ жителей барака, вышел пожилой татарин:

— Чего дневальный кричал?

— Не видел, кто мою ложку из-под матраца спер?

— Староста взял. С дежурным по лагерю приходил, шмон делал, столовые ложки отбирал. Говорил, кондей сажать будет...

— Вот черт! В тошниловке-то на одну ложку пять человек приходится...

— Оттого и одна, что таких умных, как ты, много развелось, по баракам ложки растащили! — назидательно сказал Линде. — А хочешь свою иметь, так давно бы себе деревянную выстругал. В плотницкой работаешь...

— Коайне, абер майне... Кулацкий индивидуализм проповедуешь!

— А ты, как видно, из социалистических убеждений казенную ложку прятал...

Жердин сердито помолчал, потоптался, потом сказал примирительно:

— Ладно, ментор! Дай ложку. Баланда все же сытнее твоих нравоучений!

— С этого бы ты и начинал...— снова раскрывший свою книжку Вернер полез за одну из полосатых обмоток и достал из-под нее самодельную деревянную ложку. Назидательность, по-видимому, и в самом деле была ему свойственна:

— Не хочешь сам себе ложку сделать, так у меня попросил бы... Ждёшь, покуда я тебе подношение сделаю. Неорганизованный ты человек!

Замечание снова задело Жердина. Уходя — он уже рисковал опоздать в лагерную столовую, «тошниловку», как ее называли тут почти все, — он уже издали съязвил:

— Где уж нам? Мы же — «унтерменш», а не «белокурые бестии»! Не «нация организаторов»...

Линде, который до сих пор на все выпады желчного соседа только благодушно посмеивался, на этот раз сердито нахмурился. Но Жердин уже вышел из барака. Теперь немцу опять понадобилось время, чтобы снова подняться на философски поэтические высоты Гёте. Однако через минуту, вчитавшись в свою книжку, он уже блаженно улыбался и, как гурман, пробующий никогда не надоедающее вино, покачивал головой. Несмотря на лагерную стрижку «под ноль», голова была крупная, заметно лысеющая и отнюдь не белокурая.

Места Жердина и Линде оказались рядом в бараке вряд ли случайно. Русского и немца считали в лагере неразлучными друзьями, которые если и дерутся в частых спорах, то только тешатся. Пословица объясняла больше, чем думали. Взаимное тяготение этих двух очень разных людей менее всего было вызвано общностью их убеждений и характеров. Скорее наоборот. Общность ограничивалась у них лагерной судьбой, местом на нарах и склонностью к полемике. Было у них общее также в складе ума, философского у обоих. Но у Вернера Иоганновича это был ум созерцательный, добродушно-ироничный и несколько отвлеченный; у Николая Николаевича — въедливый и саркастический. У Жердина, впрочем, это могло быть и результатом его жизненных неудач. Так или иначе, но друзья спорили по самым разным поводам постоянно, а нередко и ссорились.

Николай Николаевич происходил из небогатых и не именитых служилых дворян. Еще в начале века он закончил Кронштадтское военно-морское училище и к семнадцатому году служил на Балтике в чине старшего лейтенанта Императорского Российского флота в должности командира эскадренного миноносца. Особых видов на карьеру у Жердина не было: не то происхождение, а главное — либерализм, порожденный избытком интереса к наукам, литературе и искусствам. Интеллигентность же для офицера на Руси, как, впрочем, и для чиновника любой иной иерархии — качество противопоказанное во все времена. Но она не мешала Жердину быть храбрым и толковым моряком. За смелые операции по подрыву неприятельских судов он даже был награжден орденом. Нечего и говорить, что Февральскую революцию с ее перспективой преобразования России в буржуазно-демократическую республику молодой офицер приветствовал и возлагал на нее радужные надежды. Также естественно было то, что Октябрьской революции он не принял, как деликатно начали обозначать впоследствии отрицательное отношение к большевизму большей части русской интеллигенции. Но почти по тем же причинам он не принял и белогвардейщины, умудрившись в наступившей Гражданской войне не принять участия ни на одной из сторон, что, подчас, требовало большего мужества, чем даже участие в самих событиях. Вначале Жердин полагал, что большевистская революция — это не более чем стихийный мужицкий бунт, белогвардейские методы подавления которого способны только его усилить. Затем, как и многие, он начал думать, что умение строить, а не разрушать, окажется для большевиков непосильной задачей. НЭП он принял как начало конца большевизма, который через некоторое время приведет Россию все к тому же знаменателю буржуазной демократии.

В Гражданскую Жердину пришлось приложить немало усилий, чтобы не быть расстрелянным большевиками за отказ служить у них в качестве военспеца и белогвардейцами по подозрению, что он хочет стать военспецом у красных. Но после войны служить Советской власти, хотя уже и на довольно мирной должности, ему все-таки пришлось. Жердин стал преподавателем минного дела в том самом училище, в котором когда-то учился сам. Дело это он любил, как и общение с молодежью, позволявшее дать выход потребности к высказыванию постоянно толпящихся в голове мыслей. Далеко не всегда, притом, относящихся к конструкции минных аппаратов или мин Уайтхеда.

То ли эти мысли, высказываемые всегда слишком прямо и слишком громко, то ли бывшее звание офицера царского флота, то ли дворянское происхождение и наличие за границей родственников-белоэмигрантов привели к тому, что в конце двадцатых годов ГПУ сочло за благо выслать по своему хотению гражданина Жердина в Нарымский край сроком на три года. Потом этот срок был продлен еще на пять лет. Затем классово-чуждый ссыльный, замеченный в антисоветских настроениях и попытках переписываться с заграницей, был арестован и по решению ОСО — Особого Совещания при наркоме Внутренних дел — был отправлен на десять лет в лагерь без всякого следствия и суда, что резонно считалось в отношении таких, как Жердин, ненужным и канительным излишеством.

Теперь Николай Николаевич ненавидел советскую власть уже по-настоящему. Коммунизм он называл смесью политического бандитизма и инквизиторского фарисейства. Говорил, что государство диктатуры пролетариата, как называют большевики Россию, в действительности является вотчиной всесильных сатрапов, больших и маленьких, с чуждым русскому народу кавказцем-диктатором во главе. Придуманную им же Конституцию этот Диктатор превратил даже не в фиговый листок для чинимых в стране беззаконий, а в подобие шутовского колпака на голове голого палача. Много еще желчи, смешанной с кровью, изливал в минуты очередного приступа политической ненависти бывший морской офицер на головы бурбонов-большевиков. Их способность создать какую-то свою, духовную культуру он начисто отрицал. Тот толчок, который дал революционный радикализм первых лет после Октября своеобразной и мощной советской литературе, он считал давно иссякшим. Эта литература прямо из пеленок была переодета в вицмундир ведомства агитации и пропаганды при дворе Его Величества Иосифа Первого. Самые талантливые ее представители или покончили с собой, или затихли, или превратились в услужливых чиновников-одописцев.

Николай Николаевич запальчиво вульгаризировал свои суждения о советской литературе, сваливал в одну кучу и Маяковского, и Гладкова, и марксистскую теорию, и политическую практику сталинского государства. Людей, которые внутренне все это приемлют, он называл «совдураками» и «хомо советикус», язвительно произнося иногда слово «хомо» как «хамо». При этом он был очень начитанным, широко мыслящим человеком, хорошо знавшим русскую и западноевропейскую литературную классику. Кое-что он даже читал на языке оригиналов, так как неплохо знал французский и английский языки. В слове «английский» Жердин делал всегда ударение на «а» — áнглийский.

Все это его бурбонство и деланная подчас реакционность всегда раздражали Линде и вызывали в нем бурный дух противоречия, хотя и он отнюдь не был правоверным «хомо советикус». Если принять, что бытие определяет сознание, то для исповедования религии ординарного «совдурака» у него не было особых оснований, хотя Линде был намного моложе Жердина и окончил университет уже в советское время. Филолог по специальности, он преподавал немецкий язык в одном из провинциальных индустриальных институтов. Его мечтой было стать германологом и заниматься сравнительной филологией в этой области. Кроме того, он любил поэзию гражданского и философского направления, считая образцом творчества поэзию Гёте. Немец по происхождению — его предки приехали в Сибирь из Германии где-то в начале девятнадцатого века — Линде был сторонником тесной дружбы русского и немецкого народов, полагая, что достоинства каждого из них могли бы естественно восполнить их недостатки. Договор о вечной дружбе СССР и Германии, заключенный между Сталиным и Гитлером, он принял с восторгом. В политическом отношении Вернер Иоганнович был человеком достаточно наивным.

Его мечты о научной работе разлетелись прахом в тридцать седьмом году, когда Линде был арестован по статье СОЭ — социально-опасный элемент. «Опасность» мирного филолога была связана, конечно, с его немецким происхождением.

Обожая немецкую культуру, он в то же время сильно недолюбливал своих настоящих земляков, русских немцев, особенно сибирских колонистов. Ему претили их самодовольная ограниченность, непостижимое политическое суеверие и непоколебимая предвзятость мнений. Духовная заскорузлость дремучих провинциалов «фольксдойч» могли бы вызвать у русского интеллигента Вернера Линде только улыбку, как и их ископаемый саксонский диалект, если бы этот интеллигент не чувствовал в них той же основы, на которой в самой Германии взошли дикие идеи нацистов. Фашизм этому немцу был чужд органически, как нечто непереваривамое для его интеллекта и этических преставлений.

Кроме Линде в устьпянском лагере было еще три немца-заключенных. Однако товарищеские отношения он поддерживал только с одним — бывшим членом Германской компартии, бежавшим в Советский Союз от гитлеровцев в первой половине тридцатых годов. Таких немцев в тридцать седьмом сталинско-ежовское НКВД истребило поголовно всех. Штайнке уцелел буквально по пословице «не было бы счастья, да несчастье помогло». Металлург по специальности, он работал на одном из донецких заводов сменным инженером доменного цеха и допустил по недосмотру тяжелую аварию. Разгул ежовщины наступил, когда Штайнке сидел уже в лагере по «бытовой» статье, и ежовцы, скорее всего, бывшего члена КПГ просто потеряли. Правда, его первоначальный пятилетний срок неопределенно удлинился. Как и все заключенные немецкой национальности, Штайнке уже на второй день войны расписался, что извещен об удлинении срока заключения до конца войны.

Остальные два немца и к Штайнке, и к Линде относились одинаково враждебно, считая их отщепенцами и коммунистами. Один из этих немцев в прошлом был владельцем крупного хутора, почти помещичьего имения в бывшей области Войска Донского, другой — пресвитером евангельской общины где-то в Закавказье. Для этих людей немец-марксист из Германии и русский интеллигент несколько старомодного склада с немецкой фамилией были, так сказать, на одно лицо, так как оба они не верили в Бога и ненавидели гитлеризм, хотя и понимали его каждый по-своему.

Штайнке считал фашизм исторически закономерным явлением, возникшим как идеологическая антитеза коммунизму, своего рода защитная реакция капитализма на возрастающую мощь Советского Союза и революционную активность масс внутри буржуазных государств. Линде это не отрицал, но полагал, что нацизм в главной своей основе происходит от воспитания немецкого народа в духе знаменитого принципа «дойчланд юбер аллес» на протяжении целого ряда поколений. Этот принцип возбуждает в немцах национальное самомнение, стремление властвовать посредством военной силы, а не жить в мире с соседями. Почему бы им и в самом деле не дружить по-настоящему с русскими, что завещал так настойчиво еще Бисмарк?

Штайнке пытался внушить неисправимому идеалисту, что одной из главных целей коммунизма является именно дружба и сотрудничество народов. И не только соседних, а всех, сколько их есть на земле. Это знает каждый школьник. Но психологический аспект этой задачи марксисты считают все же вторичным при всей его важности. Примитивные взгляды товарища Линде на ход исторических событий — результат его дилетантизма в исторической философии, особенно марксистской.

Это была правда. В голове у Линде, учившегося в университете с перерывом продолжительностью в Гражданскую войну, образовался порядочный сумбур из смеси представлений идеалистической и материалистической философий. Причем Канта, Гегеля и Шопенгауэра он знал значительно лучше, чем Маркса и Энгельса. И только о Ницше имел довольно трезвое представление как о предмете современного фашизма, хотя и несколько преувеличивал его значение, как и любого психологического фактора. Азы марксизма, особенно в изложении критика коммунизма Штайнке, казались ему нередко почти религиозными догмами, да еще с налетом инквизиторской нетерпимости ко всякому инакомыслию. Не потому ли он считает вполне естественной и политическую нетерпимость наци?

Споров с довольно образованным марксистом Штайнке Линде не любил. Да и тот, со своими суховатыми формулами и определениями почти не оставлял для этого места. Другое дело — его сосед по нарам. Любовь Жердина к полемике, без особой, правда, склонности к логике, была сравнима только с такими же качествами Линде. Любопытно, что эти споры почти не отображали действительных убеждений спорщиков. Жердин в них изображал из себя этакого махрового белогвардейца-реакционера; Линде — чуть ли не большевика. Желчный и почти ругательный тон задавал этим спорам

Николай Николаевич. Старик начинал брюзжать о чем-нибудь вроде беспорядков в лагерной столовой, постепенно переводя речь на всю Россию и даже на путь, которым она к такому состоянию пришла.

Жердин во многом винил интеллигентов и интеллигентность вообще, особенно в российской ее модификации. Этакие мягкотелые хлюпики, впадающие в покаянный тон там, где надо применить власть и силу. Таким был и сам русский царь, постеснявшийся оставить в Петрограде хотя бы один гвардейский полк. Шульгин в своих «Днях» прав — полк краснорожих преображенцев в один день разметал бы все эти митингующие оравы, и шиш бы тогда Ленину под нос, а не «Вся власть советам!». А уж об интеллигентиках из Временного и говорить нечего! Проворонили, заседая в Зимнем под главенством своего верховного краснобая Керенского, и Ленина, и его большевиков. Дискутировали с ними вместо того, чтобы противопоставить большевикам их же неразборчивость в политических средствах! А еще раньше, все эти Чеховы, Короленко и Куприны разрыхлили российскую почву для принятия ею плевел большевизма. Жердин в своих филиппиках обличал русскую интеллигенцию с азартом ренегата, который сам в свое время приветствовал «бескровную революцию» апологетов Учредительного собрания. Жертвенные овечки, понимавшие даже иногда, что шквал народной революции неизбежно примет чисто российские формы и выбросит на свалку своих же собственных предтеч! Жердин зло цитировал Брюсова: «Где вы, грядущие гунны, что тучей нависли над миром?» Правильно поступил Сталин, что с азиатской хитростью спровадил всех старых интеллигентов, уцелевших после Гражданской войны и не загремевших в эмиграцию, в каторжные лагеря, из которых только немногие выберутся живыми. Еще раньше с тевтонской прямолинейностью это сделал Гитлер в Германии. И уж совсем давно кто-то из мудрых китайских императоров приказал утопить всех своих ученых в нужниках. Мозговики-интеллектуалы не представляют сами никакой реальной силы, но пробуждая в народе скептическую, а то и крамольную мысль, булгачат его, мешают охмурять религиозными и политическими догмами, а следовательно, и управлять им. Древние китайские мандарины, гитлеровцы и большевики-сталинисты тут едины в своей политике по отношению к мозговикам, правильной с практической точки зрения...

Линде бурно протестовал против жердинских наскоков на интеллигенцию. Ее роль часто бывала жертвенной в истории, но всегда положительной. Мыслящие люди редки, но они всегда были и будут носителями прогрессивных идей. Русская интеллигенция тоже была прогрессивной и, в своем подавляющем большинстве, честной. И не вина ее, а беда, что она оказалась между молотом и наковальней. Он, Линде, имеет право судить об этом, так как в год революции был уже студентом-первокурсником. Не прав Николай Николаевич и в своем понимании большевистской революции просто как стихийного бунта, который не успели вовремя подавить. Ход истории определяется не случайным поведением случайных личностей, не правильным или неправильным пониманием полицейских мер и даже не настроениями отдельных социальных групп, а политико-экономическими факторами. В ответ Жердин ругал своего оппонента большевиком, а тот его мракобесом, апологетом кретинических воззрений феодалов-крепостников. Ему бы жить не сейчас, а где-нибудь в первой половине прошлого века. В веке же двадцатом, уважаемый Николай Николаевич — анахронизм, попавший в него по недоразумению.

— Зато, — язвил Жердин, — Вернер Иоганнович явился в мир в самый раз, чтобы успеть лизнуть своих большевиков ниже спины и получить от них в благодарность пинка в то же самое место.

Перепалка иногда доходила до сердитой перебранки, хотя, в конце концов, приятели мирились опять, соглашаясь, что оба погорячились.

Рассеянно засовывая ложку, возвращенную ему Жердиным, за одну из своих обмоток, Линде процитировал ему фразу Мефистофеля из его монолога в старом переводе Васильева:

— «Дрянное Нечто, мир ничтожный, соперник вечного Ничто...» Ты только вслушайся, Николай, какое здесь сочетание смысла, формы и размера слов! Эта фраза звучит в переводе лучше, чем в оригинале!

Сосед присел на свой лежак:

— Дрянное Нечто... — повторил он задумчиво. Со двора донесся звук удара о что-то металлическое.

— Цынга бьет! — вздохнул Линде, вставая и бережно кладя томик Гёте под подушку.

— Да, «дрянное Нечто» не дает о себе забывать, — вздохнул и Жердин, натягивая драный бушлат.

Приятели-враги направились к выходу, беседуя без обычной колкости. Сейчас между ними был нормальный для их отношений «мир до первой драки».

Ветер на дворе усилился настолько, что уже начинал закручивать на сугробах лежалый снег. На пути в поселок он бил прямо в лицо.

— Балла по два в час нарастает, — сказал бывший моряк. — К вечеру в шторм перейдет...

— Шторм это у вас на море, — заметил Линде, — у нас же тут начинается обыкновенная пурга.

Он достал из кармана грязную тряпку размером с носовой платок, обметанную по краю нитками и с веревочками, пришитыми к ее углам. При помощи этих веревочек предусмотрительный немец повязал свою «паранджу» на лицо так, что оставались открытыми только глаза. При ходьбе против ветра это была очень полезная вещь. У Жердина такого приспособления не было. Даже из двух рукавиц у него оставалась только одна. Другая, забытая им на железной печке, сгорела. Прощай-Молодость брел, прикрывая лицо рукой в рукавице и держа другую в единственном кармане. В целях экономии ткани, с началом войны на каторжанские телогрейки, штаны и бушлаты стали пришивать только по одному карману. Правда, на бушлате Линде карманов было два, но второй он нашил уже сам, все из того же одеяла, подаренного ему учительницей Шмелевой. Она чисто по-бабьи жалела арестантов, особенно таких, в которых сквозь их жалкий вид просвечивала образованность и хорошее воспитание.

У Линде и по дороге на работу, по-видимому, не вылезала из головы поразившая его в русском переводе фраза Мефистофеля. Наклонившись к уху Жердина, скрючившегося в своем рванье, он сказал, точнее прокричал, так как ветер относил слова назад:

— Вряд ли есть в мире более гибкий инструмент для выражения поэтизированной мысли, чем русский язык. Вы, русские, не «унтерменш», а очень талантливый народ. Только часто склонны к разгильдяйству. Вот, возьми мою рукавицу...

— Пошел ты к черту, немец-перец, — пробурчал Жердин, принимая, тем не менее, протянутую ему рукавицу.

— Разговоры! — крикнул бредущий сзади конвоир.

В плотницкой — большом сарае, тускло освещенном двумя свисающими с потолка электрическими лампочками, — рабочий день заключенных уже закончился. Десятка два человек теснились у железной печки в ожидании прихода конвоира для следования в лагерь. Работали здесь и вольные, но они давно уже ушли. Стенки бочки из-под соляра, переделанной в печку, вишнево светились, но в сарае было холодно. Сапожник чаще других ходит без сапог, гласит русская поговорка. Плотники и столяры никак не удосуживались проконопатить заново бревенчатые стены своей мастерской, и ее продувало даже при слабом ветре, сейчас же на дворе бушевала сильная пурга.

Среди толпившихся у печки заключенных Линде не было. В дальнем углу плотницкой он увязывал в аккуратную вязанку обрезки сухого дерева. Ему нужно было отнести ее в поселок и вернуться на стройдвор еще до того, как распахнется дверь плотницкой и заснеженный конвоир прохрипит приказ строиться.

Отлучка заключенного с места его работы, да еще для посещения жилища вольнонаемных, формально запрещена. Но дрова служили своего рода неофициальным пропуском. Лес в Устьпян доставляли издалека и с большим трудом, дров не хватало, поэтому начальство и конвойные солдаты делали вид, что не замечают, как заключенные таскают за хлеб и махорку в частные квартиры собранный на берегу плавник, выкорчеванные на склонах сопок пни и вообще все, что может гореть. В лагере работникам строительной бригады многие завидовали главным образом потому, что те всегда могли зашибить «левую» пайку собиранием древесных отходов.

Линде работал в этой бригаде плотником. Бывший филолог освоил это ремесло уже в лагере, попав сюда с прииска, на котором основательно «дошел». Он являлся нечастым исключением среди заключенных интеллигентов, которые редко по-настоящему могут приспособиться к физическому труду, особенно требующему известных навыков и умения. Примером такой неспособности был Жердин. В плотницкую бригаду он попал по протекции Линде, но дальше плохого подсобного рабочего так и не пошел. Немец старался его научить выполнять хотя бы простейшие плотницкие работы, но тот все делал вкривь и вкось. Он не осилил даже искусства перепилить как следует доску или жердь. Неважным был Жердин и чернорабочим. Измученный невзгодами пожилой человек, он был слабее многих людей своего возраста еще и потому, что хуже их питался. С непостижимым упорством старик отказывался от ношения дров в дома вольных, добровольно лишая себя дополнительной «горбушки», которую почти ежедневно прирабатывали остальные бригадники. Бывший моряк считал это занятие замаскированным выпрашиванием милостыни и не мог преодолеть к нему судорожного отвращения. Это было именно неодолимое отвращение, а не результат дурацкой дворянской спеси, которой пытался объяснить поведение товарища Вернер. Другие посмеивались над Жердиным: образование, мол, руку за горбушкой протянуть не позволяет. Бригадир, старый деревенский плотник с Украины, усмехался в усы, неверно полагая, что бывший царский офицер просто демонстрирует перед остальными свое гордое сидение на лагерной пятисотке: «Назло моему батьке, нэхай в менэ уши отмэрзнуть...»

Впрочем, собирать щепки и обрезки для верneровских вязанок Николай Николаевич не отказывался. Делясь с ним заработанной коркой, Линде иногда напоминал дворянину и офицеру Жердину о том, что эта корка добыта холуйским услужением. Тот сердился, но молчал. Он и сам понимал, что ведет себя непоследовательно.

Обычно в короткий промежуток времени между концом работы и появлением в дверях конвойного солдата добрая половина бригады убегала в поселок с вязанками или мешками топлива. Сегодня все, кроме Линде, благоразумно отложили это дело до завтра. Идти с дровами надо было против ветра, а он достиг уже, как и предсказывал Жердин, штормовой силы. Ветер дул в сторону моря резкими порывами, как будто набирал в промежутках силу и налетал потом такими шквалами, от которых подрагивал крепкий бревенчатый сарай. Перспектива карабкаться против такого ветра в гору — поселок растянулся почти в одну улицу по склону пологой сопки — да еще с ношей за плечами была даже хуже, чем неизбежное, без вожделенной левой краюшки, голодное сосание под ложечкой.

— И охота тебе переться в поселок в такую погоду, — сказал кто-то из сидевших у печки, когда Линде уже повязал на лицо свою тряпочку и поднимал с пола довольно увесистую вязанку, — авось не замерзли бы до завтра твои клиенты...

— У Шмелевых совсем топить нечем, — возразил тот, — а я у Марьи Игнатьевны в долгу. — Немец выразительно подергал за конец своего одеяльного кашне и открыл дверь.

Со двора ворвался ледяной ветер. Блеснули в тусклом свете лампочек снежинки поземки, а сами лампочки закачались под потолком на длинных шнурах.

— Пургаса! — оскаблился скуластый узкоглазый человек неопределенного возраста с таким видом, как будто делал окружающим необычайно приятное сообщение.

Это был Камчадал, единственный в Устьпяне, а может быть, и на всей Колыме, заключенный абориген. Но он не был ни якутом, ни орочем, а принадлежал к ничтожному по своей численности племени оседлых жителей севера охотскоморского побережья. Это были потомки каких-то русских, не то беглых, не то ссыльных, давших начало в незапамятные времена странному гибридному племени, которое можно было бы считать вполне тунгусским по своему этнографическому типу, если бы не язык. А язык этот был русским, хотя и искаженным почти до неузнаваемости. Русским было и их самоназвание — камчадалы. Жили камчадалы охотой на морского и пушного зверя, рыбной ловлей, обменивая до второй половины двадцатых годов продукты своего труда на оружие, соль и спирт у американцев, ежегодно прибывавших сюда на торговых шхунах. О том, что они граждане Великого Социалистического государства камчадалы узнали позже, одновременно с прекращением незаконной торговли, раскулачиванием посредников в этой торговле и арестом одного из их соплеменников за шпионаж в пользу Соединенных Штатов. Свой срок «американский шпион» давно бы уже отбыл, если бы не приказ о задержании всех политических преступников в лагерях до окончания войны.

Разговоров у печки почти не было. Заключенные сидели вокруг нее, хмуро нахохлившись, и зябко ежились. Угнетало чувство голода, всегда усиливавшееся на безделье. Заглушить голод могла бы махорка, но она была теперь даже дефицитнее, чем хлеб. Раньше Устьпян считался по питанию очень приличным лагерем, так как рыбы и нерпичьего сала в ней было от пуза. Теперь все это строжайшим образом учитывалось, крепко-накрепко запиралось и выдавалось по голодной норме.

Благодушный Камчадал достал из кармана и сунул в рот коротенькую пустую трубку:

— Мало-мало махоркой пахнет, — пояснил он соседям свое движение, хотя никто его ни о чем не спрашивал.

Линде поднимался в гору с трудом и то только в относительное затишье между порывами ветра. Снежные вихри спирали дыхание и больно били в лицо, даже сквозь «паранджу» колючими снежинками, которые ветер сметал с высоких сугробов, заборов и крыш. Через каждые несколько шагов приходилось поворачиваться к ветру спиной, чтобы перевести дух. Время от времени Вернер опускал свою вязанку наземь и делал более длительную передышку. Хорошо еще, что домик Шмелевых находился не в самом конце улицы, а только немногим дальше ее середины.

Это была маленькая, ничем не огороженная хибарка с тремя оконцами, в двух из которых сейчас горел свет. Дома в такое время обычно бывает только хозяйский сынишка Костя, славный и добрый мальчик, которому, наверно, как всегда, поручено вручить дровоносу плату за дрова — пакетик сухарей или кусок хлеба. Мама Кости могла бы, конечно, ничего ему и не оставлять — старое одеяло явилось бы достаточной платой за добрый десяток таких вязанок. Но судя по выражению глаз доброй женщины, когда она протягивала одеяло бывшему доценту, оно не было просто платой за его услуги. Самой хозяйки дома нет, она сейчас в школе. В одну смену здесь занимаются только старшие классы, младшим приходится бегать и во вторую. Школа крохотная, а население поселка растет именно за счет самых маленьких. Нет дома и нормировщика Шмелева, он должен еще подвести итоги работы дневной смены заключенных рабочих в засолочном и коптильном цехах. Несмотря на холод и ветер, труба в доме Шмелевых не дымила. Это означало, что топливо в нем действительно кончилось, и вязанка дров придется сейчас очень кстати.

Вернер поднялся на две ступеньки маленького крылечка, отдышался — домик с одной стороны заслонял его от ветра — и постучал.

Мальчишки в накинутых на плечи пальто — в домике было холодно — сидели под электрической лампочкой по сторонам небольшого стола и напряженно к чему-то прислушивались. Выражение лиц у обоих было встревоженное. Но у одного сквозь тревогу проступали нетерпение и решимость, у другого — подавленность и страх. Каждый раз, когда сквозь завывание пурги им слышались шаги за окном или стук в дверь, оба нервно вздрагивали. Когда же оказывалось, что это только очередная шутка ветра, сдувшего с крыши большой ком снега, Сашка со сдержанной досадой стучал по столу кулаком, а на лице Кости появлялось выражение облегчения и робкой надежды. Хорошо бы, если бы этот немец-дровонос, несмотря на свою обычную пунктуальность, сегодня не смог бы прийти, хотя, конечно, топить печь было уже нечем. Но лучше всю ночь дрожать от холода и остаться утром без горячего чая, чем участвовать в ужасной операции, намеченной приятелем на сегодняшний вечер.

Костя, конечно, знал, что нерешительность и жалость к врагу являются для настоящего партизана непозволительной слабостью, сродни трусости и даже самой измене. Сашка весь вечер ругает и стыдит его за это. Говорит, что на Материке сейчас даже девчонки партизанят! Вон как Зоя Космодемьянская... А вот он, Шмелев, который еще днем на организационном собрании первого в Устьпяне отряда молодых партизан, состоявшего пока только из двух молодых патриотов, дал слово не раскиснуть и быть верным долгу бойца, сейчас дрожит как последний слабак и трус! И чуть ли не готов предупредить приговоренного к смерти врага о партизанской засаде.

Шмелев робко оправдывался перед командиром отряда. Сочувствие и жалось к немцу он постарается преодолеть. Но вот что делать с сомнениями, возникающими у него по части правомерности Сашкиного... то бишь партизанского приговора? Ведь этого немца уже судили, и суд приговорил его не к расстрелу, а только к сроку в лагере. Кроме того, все взрослые, в том числе лагерное начальство и конвоиры вроде никак не выделяют его среди прочих заключенных. А Костина мать, так та прямо благоволит к своему дровоносу, говорит, что тот очень образованный и порядочный человек...

Командир Маслов в сотый раз втолковывал своему подчиненному, что советский суд судил немца еще до войны, когда не было известно до конца насколько подлый народ эти фашисты. Теперь же по официальной линии изменить принятого решения уже нельзя. Другое дело — партизаны и вообще народ! Видел же Костя в фильме «Александр Невский», как князь-полководец отдал на суд народа главных псов-рыцарей, уклонившись сам от решения их окончательной судьбы! А что касается Марьи Игнатьевны, то она — женщина. А женская жалостливость суровым партизанам не указ... Тем более по отношению ко всяким вредителям и шпионам! Политрук местного вохровского отряда не раз говорил, что они умеют прикидываться ни в чем не виновными и пробуждать жалость к себе в политически неискушенных простаках...

Шмелев переживал чувство мучительной раздвоенности. Долг партизана и мстителя вступал в противоречие с чувством искренней симпатии к немцу-дровоносу. Мягкая улыбка на изможденном лице заключенного никак не позволяла утвердиться в мысли, что этот человек только прикидывается добрым и благожелательным.

В дверь постучали. На этот раз уже совершенно явственно. Ветер как раз сделал паузу, и было слышно, как кто-то тяжело топчется на крыльце. Костя побледнел и весь съежился на табуретке, а глаза Сашки сверкнули недоброй радостью:

— Вот, а ты говорил, что немец пурги испугается... Поди открой, да не вздумай его спровадить! — строгим голосом приказал командир партизанского отряда.

— А может это папа? — Костя и сам слабо верил в свое предположение, но Сашка счел нужным погасить в нем и эту последнюю надежду на оттягивание решительного момента сегодняшней операции:

— Чего выдумываешь? Твоему пахану еще сводки в управление нести надо!

Костя медленно выбрался из-за стола и поплелся к выходу так тяжело, как будто к каждой ноге у него было привязано по гире. В кухоньке, которую надо было перейти, чтобы попасть в сени, он остановился перед столом, где лежал небольшой пакет, завернутый в исписанный лист из ученической тетради:

— Может, все-таки, отдать немцу этот хлеб? А, Саша?

— Вот мямля, трус несчастный! — Сашка сердито сорвался со своего места, побежал в сенцы, сбросил крючок с входной двери и крикнув сквозь нее: — Войдите! — снова убежал в комнату. Дверь в сени он при этом не затворил и прихватил с собой пакет, лежавший на столе.

По полу в кухню пополз из сеней серый пар. Он стал белым и повалил клубами, когда высокий, заснеженный человек с вязанкой за плечами толкнул входную дверь снаружи. Закрыв ее за собой, он опустил вязанку на пол и выпрямился. Обычно после этого Костя приглашал дровоноса войти и обогреться, а когда тот, посидев с минуту, поднимался, вручал ему хлеб, заготовленный матерью. Сегодня же он повел себя весьма странно. Сам выскочил в сени, в которых стоял Линде, захлопнул дверь в кухню и, прижавшись к ней спиной, излишне громко и каким-то испуганным, срывающимся голосом крикнул:

— Папы и мамы дома нет!

Было очевидно, что мальчишка хочет поскорее спровадить заключенного, чего прежде он никогда не делал. Всегда вежливый паренек, сегодня забыл даже поздороваться. Может быть, он натворил что-нибудь в доме и боится, что дровонос, заметив шалость, донесет о ней его родителям? Но тогда самое правильное было бы сунуть посетителю его вознаграждение и открыть дверь на улицу. Возможно, впрочем, что Марья Игнатьевна не подарила старое одеяло заключенному, как он думал, а выдала его в качестве аванса за будущие приносы топлива. Хотя это на нее совсем не похоже. Но делать было нечего, надо было уходить. Линде всмотрелся в возбужденное лицо Кости, смутно белеющее при свете, проникающем в щели двери из кухни, пожал плечами и взялся за ручку входной двери:

— До свидания...

Вдруг дверь из кухни распахнулась от сильного толчка так, что Костя отлетел в дальний угол сеней. На пороге кухни стоял Костин школьный приятель с бумажным пакетом в руке.

— Постойте, вам тут хлеб приготовили! — Но он не отдал немцу этого пакета, а отступил назад и положил его на стол.— Войдите, обогрейтесь!

Все опять было очень странно. Почему здесь командует этот парень, а не Костя, который оставался в углу сеней, согнувшись, прижав к груди сжатые в кулаки руки и дрожа так сильно, что было слышно, как стучат его зубы? Совершенно очевидно, что дрожит мальчик не от холода.

— Здравствуйте... — Линде, стоя чуть сбоку от полуоткрытой двери и держа ее за лямку, переводил недоумевающий взгляд с одного мальчика на другого. Когда его глаза чуть привыкли к свету, он увидел, что тот из них, который стоит на пороге кухни, держит за спиной охотничье ружье.

Не ответив на приветствие заключенного, он звонким голосом, продолжая, видимо, какую-то игру, крикнул своему партнеру в сени:

— Забыл о присяге, партизан Шмелев!

Так вот оно что! Мальчики играют в войну и балуются отцовским ружьем. Отсюда, наверно, и страх сына Шмелевых, что он донесет об этом баловстве его родителям. Но откуда тогда наглость его гостя, который как будто нарочно выставляет свое озорство напоказ? Вскинув ружье, целится из него прямо в лицо вошедшему, а в глазах у озорника горит какой-то фанатичный огонь! Нормален ли этот парень? Что если ружье заряжено!

Из угла в сенях донесся какой-то не то стон, не то всхлип. Нагнув голову и закрыв лицо руками, под рукой у Линде прошмыгнул Костя. Пробежав мимо Сашки, стоящего с ружьем наизготовку, он уткнулся лицом в одеяло на родительской кровати и зажал ладонями уши.

Костин крик «Не надо!» и Сашкин возглас «Смерть немецким захватчикам!» покрыл оглушительный выстрел сразу из обоих стволов крупнокалиберного ружья. Испуганный Линде успел к этому времени только выпрямиться и в инстинктивном защитном движении вскинуть перед собой ладони рук.

Белая тряпица на лице заключенного, его заиндевелые ресницы и брови вспыхнули множеством красных точек. Откинувшись назад, как от удара кулаком в лицо, голова стукнулась затылком о стену, на которой мелкими вихрями взметнулась пыль отбитой штукатурки. Пятна крови на лице убитого начали быстро сливаться в почти сплошную кровавую маску, а его обмякшее тело медленно сползать по дверному косяку вниз. На выбеленной стене позади открылась грубая тень головы с частью шеи и плеч, окаймленная пятнами обнажившейся глины и брызгами крови. Склонившись несколько вбок, тело навалилось на полуприкрытую дверь. Та отворилась, и оно грузно рухнуло навзничь, головой на вязанку, забытую на полу в сенях. Так валится на подушку своей постели безмерно усталый человек.

1965

Под коржом

Шесть человек «вторых» из стахановской бригады Арутюнова жались к стене штольни чуть в стороне от устья узкого штрека, темнеющего при свете карбидной лампы. Это было начало недлинного хода в девятую промзону, из которой небольшому звену отграбщиков и откатчиков надлежало сегодня, и притом в ударном порядке, удалить отбитую очередным отпалом породу. Точнее, породу, которая будет сейчас отбита. Из-за несвоевременного обуривания задержалось и заряжение шпуров. Зажечь их вот-вот должен был взрывник Гришин.

«Чок!» — негромкий, сухой щелчок напоминал удар небольшого молотка по массивному камню. И хотя этот звук был как-то по-особенному резок и отчетлив, немногие слышавшие его впервые догадывались, что таким неожиданным образом по скальным породам передается звук взрыва.

— Раз! — загнул один палец звеньевой Ткаченко, стоявший почти рядом со входом в штрек.

Меньше чем через секунду из этого входа, вместе с воздушным толчком, вырвался мощный бухающий звук, разительно непохожий на предваряющее цоканье. Мгновенно, как выключенная электрическая лампочка, погасла карбидка, замигало и закачалось пламя факела — смоченной отработанным автолом тряпки, засунутой в банку из-под американской тушенки.

Взрывы в подземных выработках производились тут не по расписанию, а по мере хода буровых работ, и даже самый отдаленный из них часто гасил хлипкий огонек карбидного газа. Спичек, кроме как у отпальщика и большого начальства, ни у кого здесь не было — война! Поэтому даже счастливые обладатели карбидовых ламп постоянно держали рядом с ними зажженные факелы. Их вонючее и коптящее пламя могла сорвать разве только очень уж сильная взрывная волна.

— Опять застали взрывы нашего отпальщика в штреке! — сердито сказал Ткаченко, — что за мода пошла такие куцые запальные шнуры ставить? Как хвост у слепого цуценяты...

«Чок!» — прервал его тираду звук по скале.

— Два! — отогнул второй палец звеньевой.

И как будто пытаясь догнать юркое цоканье, тяжело докатилась воздушная волна — «Пу-бух...» Снова закачались уродливые тени оборванцев, неподвижно стоящих у стены. Даже новое ватное обмундирование при работе с острыми камнями и лазанию по стенкам забоев в какой-нибудь месяц превращались тут в наряд огородного пугала.

— Влезет-таки этот Гришин раньше батька в должники к прокурору... — бурчал Ткаченко. Его тревога за своего приятеля из бригады «аммональщиков» была весьма обоснованной. Взрывная волна в узком туннеле особенно опасна. Она может человека и об стенку трахнуть, и так поддать, что тот навсегда останется слепым или калекой без рук и ног.

«Чок-бум...» Как выбитый чьим-то крепким пинком, из штрека вылетел молодой парень с аккумуляторной лампочкой в одной руке и палкой-трамбовкой для заряжения шпуров в другой. Он пружинисто оттолкнулся от противоположной стены штольни и живо отскочил в сторону, так как из забоя уже донеслось очередное «чок».

— Здорово поддает, — сказал отпальщик довольным тоном, но болезненно покряхтывая и потирая поясницу. — Чуть на повороте об выступ стены не расшибло!

— Четыре... — А ты больше на шнуре экономь, так и не так еще поддаст! — хмуро сказал звеньевой. — Сколько у тебя шпуров сегодня?

— Восемь... Я, что ли, экономию шнура выдумал? Выдают его с гулькин хрен! Говорят, для войны нужен...

— Пять!

«Чок-бум... чок-бум... чок-бум...» — докатились до забоя еще три взрыва подряд. Взрывник и звеньевой уборщиков породы облегченно вздохнули, отпал прошел без отказов.

Задвигались и заговорили остальные работяги. До окончания отпала делать этого было нельзя, чтобы не сбить со счета счетчика взрывов. Его ошибка может означать и «досрочное освобождение» для всей бригады. Конечно, работ по уборке отбитой породы не отменят и в том случае, если будет точно известно, что в ней где-то таится отказавший запал. Но тогда хоть можно будет попытаться найти и обезвредить его взрыватель. Тут многие щеголяют присказкой, что судьба-де, особенно на каторге, — индейка, а жизнь — копейка, но все почему-то цепляются даже за эту жизнь. За исключением, правда, доходяг, которым уже все безразлично. Однако дистрофиков в последней стадии изнурения на рудничные работы уже не посылают, тем более в ударной бригаде.

Хотя горнорудная масса, которую добывали на руднике, вовсе не была пачкотливой — она состояла из смеси гранита, кварца и ничтожного количества собственно оловянной руды-касситерита, здешние рудокопы даже перед началом работы были почти так же черны, как рабочие угольных копей в конце смены.

Это было видно даже при тусклом, колеблющемся свете факела. Именно таким вот факелам, являющимся здесь основным способом освещения подземных ходов и выработок, и были обязаны подневольные горняки цветом лиц и рук. Скудный свет мазутные светильники давали только в качестве скупого приложения к невероятному количеству копоти и чада. О подземной вентиляции тут не было и речи — еще чего? Рудник-то не взрывоопасный, и даже карбидные лампы, не говоря уже об аккумуляторных, считались роскошью. Их имели только горные начальники, высокого ранга взрывники да некоторые из лучших бригад.

За более чем двенадцатичасовые подземные смены люди успевали прокоптиться тут чуть ли не насквозь. В лагере же «Оловянная-2», в котором жили заключенные рудокопы, почти не было воды. Он располагался на самой вершине сопки Оловянная, которой был обязан своим существованием и названием, как и два других лагеря, расположенных у ее подножия. В короткие летние месяцы воду сюда поднимали в бочках по канатной дороге, а в остальное время натаивали из снега. Но и дрова на голой сопке были, конечно, такими же дефицитными, как вода. Поэтому круглый год ее едва хватало для кухни и бани. При отсутствии воды ежедекадная «санобработка» в этой почти нетопленной бане тоже была здесь скорее ритуалом, чем действительным омовением хотя бы лица и рук.

Воду же для питья имели лишь самые привилегированные из заключенных, остальные утоляли жажду снегом. И хорошо еще, если в бараке была чуть нагретой печка. Тогда можно было, приложив к ее железному боку зажатый в руке ком снега, потом высасывать из него влагу, как сок из граната. Но большей частью этот снег приходилось жевать сухим. Тот же снег служил и для умывания. Более светлый цвет кожи в глазных впадинах был еще одной опознавательной особенностью заключенных верхнего лагеря.

Существовал еще старый нижний лагерь, официально именовавшийся «Оловянная-1». Но теперь в нем жили только неработающие доходяги и вспомогательные рабочие. После того как многолетним опытом было установлено, что от ежедневного подъема на более чем двухкилометровую высоту работяги Оловянной, которую почти все здесь называли просто Сопкой, загибаются раньше всех других заключенных, было решено построить для них лагерь прямо на самом руднике. Но теперь ежедневное альпийское восхождение заменили другие беды — круглосуточное пребывание на высоте более трех тысяч метров и жесточайшие бытовые условия. В сочетании с профессиональными заболеваниями, массовым травматизмом и постоянным недоеданием они по-прежнему приводили к ежегодному, почти полному обновлению работающих на Сопке лагерников. Проработавшие здесь более двух лет считались уже ветеранами.

Белые негры опять зажгли свою карбидку и потянулись в штрек вслед за энергично шагавшим впереди Гришиным. Взрывник должен был взглянуть на отбойку, от которой зависела его завтрашняя категория питания. «Аммональщиков», правда, старались по части питания не обижать. Доходной отпальщик мог не только подорваться на собственных шпурах сам — тут это не считалось бы особо важным событием, — но и нарушить весь ритм работы. Поэтому усерднее, чем на бригаду взрывников, «карандаши» нарядчиков и нормировщиков работали разве только на стахановские, ударные бригады. Но там их работяги «упирались рогами» всю бесконечную смену, и затраты мускульной энергии не мог возместить даже двойной «стахановский» паек. Взрывники же обязаны были проявить резвость зайцев и ловкость обезьян только во время отпала, когда им приходилось лазить по вертикальным стенкам забоев и убегать от ими же подожженных шпуров. Брали в аммональщики только ребят помоложе из числа бытовиков. Вход в эту бригаду для врагов народа был закрыт по причине принципиального к ним недоверия. Работа взрывников считалась здесь почти блатной, и многие им завидовали, хотя и знали, что немногие из аммональщиков дотягивают до конца своего срока, даже если он и не так уж велик. Но уж лучше попасть под взрыв или сорваться в двухсотметровую траншею, чем околеть от голода и изнурения. Такой конец ожидал здесь почти всех работяг основного производства, хотя для поверхностного наблюдателя и могло показаться, что в некоторых бригадах заключенные годами сохраняют свою работоспособность. К ним относилась и бригада Арутюнова.

При свете карбидной лампы, которую нес Ткаченко, можно было рассмотреть, несмотря на их черноту, лица его собригадников. Сухое и несколько жесткое самого звеньевого, хитровато-насмешливое отгребщика Прошина, интеллигентные, несмотря ни на что, физиономии двух других уже немолодых отгребщиков и лицо откатчика Жартовского — хлопца из Закарпатья с красивыми девичьими глазами. Позади всех, отдуваясь, катился на коротких ногах второй откатчик, белорус с Полесья Зеленка. Лицо Зеленки, под стать его фигуре, было круглое как луна, с такими же круглыми добродушными глазами.

Из забоя потянуло резким удушливым запахом, напоминающим запах азотной кислоты.

— Ты хоть бы ради знакомства шпуры в девятой нафталитом не заряжал! — поморщился Ткаченко. — Она же вроде душегубки, газу выходить некуда...

— Что я, не знаю? — ответил взрывник. — Да только кроме нитронафталита никакой взрывчатки на руднике нет. Отечественная вся вышла. Теперь будет только американская.

— И все у этих американцев ненастоящее какое-то, — вмешался в разговор Зеленка, видимо, очень словоохотливый человек. Говорил он с сильным белорусским акцентом, «якая» и «экая» чуть не в каждом слове. — И хлеб у них белый, без силы, и табак против нашей махорки никуда не годится, и аммонал — тьфу! От наш аммонал! От него, говорят, даже чище делается...

В огульном отрицании всяких достоинств у всего иностранного и противопоставлении ему всего отечественного бывший колхозник был далеко не одинок. В этом сказывается не только наивный патриотизм малограмотных людей, но и желание найти конкретную причину многих из своих бед.

Меньше чем через год после начала войны хлеб для заключенных начали выпекать из высокосортной американской муки. Он был намного калорийнее черного грубого хлеба, который выдавали им прежде. Однако этот хлеб не мог предотвратить истощения людей, тяжело работавших и получавших его в недостаточном количестве. Главное же, он никогда не создавал ощущения тяжести в желудке, принимаемого за сытость. В этом, наверно, и заключалась причина исконно крестьянского недоверия к барской еде — белому хлебу: «Что в нем, белом-то? Пух один! А в нашей чернушке силушка есть».

Некоторые в своем охаивании заморского хлеба заходили еще дальше, утверждая, что он вообще не настоящий. Союзнички, доброжелательности которых вряд ли следует доверять, поставляют нам под видом очищенной-переочищенной пшеничной муки мелко растертую древесину особого дерева. Оно произрастает у них в изобилии, как у нас сосна, например, и так и называется «хлебным» деревом. Где-то в нижнем лагере был даже заключенный, бывший матрос, который это дерево видел собственными глазами. Да оно и так ясно, что американский хлеб — туфта. Некоторые, с тех пор как их стали кормить этим хлебом, бегают до ветру не чаще раза в неделю. Туфта — она туфта и есть! И табак у американцев туфтовый — нарезанная полосками и пропитанная каким-то химикатом бумага. И сахар у них несладкий, и соль несоленая! Любопытно, что некоторые основания для подобных представлений были. Вес одинаковых объемов крупнокристаллического свекловичного сахара и мелкого, как столовая соль, тростникового разный: у свекловичного больше. Вкус неочищенной соли острее, чем у очищенной, из-за присутствия в ней горьких примесей.

Но главная претензия колымских зэков-рудокопов к заморским поставщикам была связана с мерзостностью американской взрывчатки нитронафталита, составлявшей значительную часть всей взрывчатки, поставляемой Дальстрою из США. Нафталит оставлял после себя долго не оседающий желтый дым, от которого болела голова, а некоторых и рвало. Правда, на цветастых ящиках с этой взрывчаткой была надпись: «Только для открытых работ!». Но видели эту надпись одни заряжальщики патронов для шпуров, да и те по-английски читать не умели.

Правда, был случай, когда врачиха, заведующая здешней лагерной санчастью, после того как в нафталитном дыму угорела целая бригада зэков, заикнулась главному инженеру рудника о нежелательности применения зловредной взрывчатки в подземных выработках. Но тот резко напомнил ей в присутствии посторонних, что сейчас война и не время заниматься нежностями. После артобстрела на фронте в укрытиях бойцов и не такой еще, наверно, газ бывает! А у нас тут тот же фронт — добыча стратегического сырья!

Подобная аргументация считалась в те годы совершенно неотразимой. Особенно модной она была среди колымского каторжанского начальства, никогда не видевшего фронта и гарантированного от него на будущее. Возможно, что некоторым из этого начальства даже импонировало ощущение, что и они руководят фронтом, на котором гибнут люди, а не каким-нибудь мирным хозяйством. Это усиливало эффект сопричастности к всенародному делу, достигаемый, как это нередко бывает, целиком за чужой счет.

Перед входом в забой на рельсах откаточного пути стояли две пустые большегрузные вагонетки типа «коппель». Здесь их называли просто коппелями. Протиснувшись между коробами вагонок и стенками штрека, люди вошли в выработку, которая и была промышленной зоной № 9.

Основным типом залегания в сопке Оловянная кварцевых жил, в которых только и можно было ожидать включений вожделенного касситерита, было их вертикальное расположение, нередко с выходом на поверхность горы. Тогда тонкие, не толще ширины ладони, прослойки кварцита вместе с громадным количеством пустой породы извлекали траншейным и штольневым способами. Но иногда по воле тектонических сил жилы кварца смещались, наклонялись вплоть до горизонтального положения и даже переплетались между собой. В таких местах скопления касситеритоносного кварца извлекали методом сплошной выемки, то есть «зонным» методом. Вот на этих местах в недрах сопки и образовывались подчас громадные промзоны — искусственные подземные пещеры, к числу которых принадлежала и Девятая. Но недавно открытая, она была еще очень небольшой, всего метров двенадцать в поперечнике и столько же в высоту. Однако тут находился узел переплетения жил с очень богатым содержанием касситерита, достигавшим едва ли не пяти килограммов на тонну отбойки.

Для второго участка, которому в этом году сильно не фартило и жилы попадались все больше бедные, новая промзона была главной надеждой на выполнение плана по кондициям, без которого все остальные показатели ломаного гроша не стоили. Срочное расширение фронта работ в Девятой находилось в центре внимания не только участкового, но и рудничного начальства.

Для всякого, кто мог сопоставить количество труда, затрачиваемого на колымских оловянных рудниках с его результатами, становилось очевидно, что добываемый здесь «второй металл» вряд ли уступал по себестоимости металлу «первому», как называли в Дальстрое золото. Но олово действительно было тогда стратегическим металлом, без которого не может быть ни танков, ни самолетов, ни автомобилей. За его ценой не стояли, даже если этой ценой являлись человеческие жизни. Тем более жизни людей «третьего сорта», всяких там уголовников и врагов народа.

Невыполнение плана приравнивается к государственному преступлению, тогда как за добытый в установленном количестве металл выдаются ордена. Победителей не судят, и с них не спрашивается, на каком количестве крови замешено исторгнутое из недр гранитной горы драгоценное сырье.

Карбидка, факел и аккумуляторка Гришина осветили высокие груды отбитой взрывами породы под стенами выработки.

— Хорошо взяло! — удовлетворенно произнес взрывник. — И примазка, кажется, хорошая... — Он поднял из кучи большой кусок темно-серого гранита, на одной стороне которого, как масло на куске черного хлеба, матово белел кварцит. В слое кварца, густо вкрапленные в него, сверкали черные кристаллы касситерита. Крупные, напоминающие хорошо отшлифованные драгоценные камни, они были по-настоящему красивы.

Но Гришин был здесь единственным, кто мог позволить себе любоваться примазкой, у остальных для этого не было времени. Работяги сразу же принялись за дело. Побыстрее расширить перспективный забой можно было только за счет интенсивности труда. Для подобных случаев на каждом участке рудника и существовали бригады типа арутюновской. Их называли то «стахановскими», то «ударными бригадами двухсотников». В сущности это был еще один вид здешней «лжи во спасение». Но на этот раз она была организована с дозволения и поощрения местного начальства, как производственного, так и лагерного, и называлась стахановским движением среди заключенных.

Дело в том, что при существовавшей системе наказания голодом за трудовую нерадивость почти все работяги-лагерники быстро и неизбежно становились дистрофиками. При помощи приписок, святой «туфты-матки» этот процесс удавалось несколько замедлить, но предотвратить было невозможно. Идиотская с точки зрения интересов производства система была придумана не здесь, а верховным лагерным командованием, и критика его распоряжений была сродни контрреволюции. Но обойти эти распоряжения пытались всегда, хотя бы в мелочах.

Организацией стахановских бригад достигалась двоякая цель. Производственные участки получали надежные и хорошо организованные рабочие группы, на которые можно было положиться в ответственных случаях, лагерное же начальство — своего рода пример и образец для остальных заключенных: «Что, рот большой, а пайка мала? Нормы, говоришь, невыполнимые? А как же в бригаде Арутюнова эти нормы на двести процентов выполняют?» Это был более близкий и понятный пример, который срабатывал даже лучше, чем обычная ссылка на ленинградских рабочих, которые сто двадцать пять грамм хлеба в день получают, да работают!

Конечно, все понимали, что длительно выполнять лагерные нормы не то что на двести, а даже только на сто процентов никто не в состоянии. Здесь, конечно, была приписка. Незнакомого с лагерными секретами наблюдателя могло удивить другое — как на фоне всеобщей доходиловки две или три бригады интенсивно работающих заключенных умудряются месяцами и даже годами сохранять довольно высокую работоспособность? Даже двойной лагерный паек «первой категории» едва покрывал затраты физической энергии при четырнадцатичасовой рабочей смене. Выдерживать такой режим работы можно было не больше одной недели в месяц. Всякая туфта имеет свои пределы.

Все становилось на свое место только при постижении главного принципа организации таких бригад. Работяг в ударные бригады набирали по признаку достаточно высокой работоспособности и дисциплинированности и держали в них только до первых признаков падения этой работоспособности. Если и в любой бригаде бригадир мог отчислить нежелательного работягу, то в стахановской и подавно — не соответствует-де данным, обязательным для почти постоянного выполнения двойных норм! И поди докажи, что ты не верблюд, если на тебя перестали работать карандаши бригадира и его приятеля нормировщика! Делать этого, конечно, никто из отчисляемых даже и не пытался, хотя перевод в рядовую бригаду являлся для них драматическим событием, обычно означавшим начало конца.

Никто кроме придурков и стахановцев не жил в здешнем лагере в относительно теплых бараках, на нарах которых были даже матрацы и одеяла. Не то чтобы постельных принадлежностей не выдавали здесь и всем другим заключенным. Но когда по ночам некоторые насмерть замерзают в почти не отапливаемом бараке, в котором из-за отсутствия стекла нет даже окон, сохранить казенное одеяло или матрацный мешок оказывается невозможным. Их крадут, чтобы сшить себе рукавицы, просто обмотать вокруг туловища под бушлатом или за кусок хлеба продать в соседний барак. «Умри ты сегодня, а я — завтра» — гласит лагерный принцип, почитаемый некоторыми за мудрый, хотя в результате его применения погибают почти все.

Безжалостно отчисляя из своей бригады сдавших работяг, бригадиры «стахановцев», как правило, постоянно заботились о тех, кто в них еще оставался. Арутюнов, которого за глаза называли «хитрым Амбарцумом», был на руднике самым толковым, изворотливым и энергичным из них. Он раз и навсегда выговорил у своих бригадников право бесконтрольно распоряжаться их премиальным хлебом и табаком, чтобы подкупать ими обмерщиков и нормировщиков из заключенных. Он производил это с очевидной выгодой для бригады, хотя вряд ли забывал и себя. В бараке у арутюновцев горел даже электрический свет, которого ни у кого больше не было из-за отсутствия лампочек, и стоял бачок с мутной и грязноватой, но все-таки водой. Энергичный армянин из Еревана в прошлом был торговым работником и довольно крупным аферистом, прогоревшим на своих махинациях, как он уверял, только по чистой случайности.

Кашляя и перхая от нафталитового газа, работяги дружно расчистили рельсовый путь от заваливших его камней и поставили вагонки под погрузку. Звеньевой немного в стороне некоторое время занимался принесенным в забой факелом. Он вытряхнул из него старую, полуобгоревшую рукавицу, заменил ее куском драной телогрейки и залил принесенным с собой соляром. Дефицитный соляр дал ему перед сменой все тот же Арутюнов. Дизельное топливо горело ярче и давало меньше копоти, чем отработанные смазочные материалы.

Свежезаправленный факел вспыхнул веселым, высоко взметнувшимся пламенем, а Ткаченко взял в руки тяжелую кувалду. В бригаде он работал не меньше других, и сегодня взялся за разбивание тех из камней отбойки, которые были слишком тяжелы для погрузки в вагонку даже усилиями нескольких человек.

Взрывник Гришин ждал вспышки факела, чтобы окинуть взглядом стены выработки по возможности выше и оценить условия, в которых ему придется производить следующий отпал. Дело это имело много общего со скалолазанием и сильно зависело от рельефа стены. А она, даже при свете карбидки, не говоря уже об его тусклой «конкордии», уже с двух третей высоты почти терялась во мгле.

Вспышка соляра была достаточно яркой, чтобы осветить не только стены до самого верха, но и потолок зоны. И тут Гришин увидел что-то такое, что заставило далеко не робкого взрывника чуть не вскрикнуть и оглянуться на выход из забоя. Но в следующую секунду он уже устыдился и своего испуга, и в особенности этого движения. Они были не к лицу бывшему матросу с минного катера. Незадолго до начала войны и окончания действительной службы на Черноморском флоте Гришин был отдан под суд за опоздание на судно после увольнения.

Отпальщик обвел глазами забой. Все были заняты своими делами и никто, видимо, не заметил того, что видел он. Теперь же работяги и не могли этого увидеть. Факел вспыхнул всего на каких-нибудь полминуты, а теперь снова горел своим обычным, хотя еще и не очень коптящим пламенем.

Гришин подошел к Ткаченко, хлопавшему своей кувалдой по здоровенному камню, и сказал вполголоса:

— Слушай сюда, — он был из Одессы. — Плесни-ка соляркой в факел и глянь на потолок! Только недолго смотри, чтоб другие не заметили...

— Трещина, что ли? — встревоженно спросил Ткаченко, опуская свой молот.

— Хуже... Тут у нас, оказывается, ложная кровля образовалась. Еще бы один шпур, и наверно, осыпалась бы...

Звеньевой, осторожно оглядевшись, подлил в факел горючего из принесенной емкости. Опять с шумом взметнулось пламя, но Ткаченко, только скользнув по потолку взглядом, сразу накрыл его лопатой.

— Видал?

— Да не слепой... — звеньевой опять стучал своей кувалдой, но теперь с особым ожесточением, стиснув зубы. Над его впалыми, небритыми щеками выступили обтянутые сухой лиловой от копоти кожей незаметные прежде скулы, и еще больше как будто ввалились глаза.

— Я сейчас маркшейдеру доложу!
— Ну и что?
— Как что? Спрошу у него разрешения фугас заложить. Пять кило взрывчатки и корж, верняком, отвалится...

Ткаченко бил по камню, по-мужицки хекая. И только когда гранитная глыба распалась по тоненьким прослойкам кварца, сказал, переведя дух:

— Пустой твой номер! Без согласия начальника участка Тиц не решится сегодняшнюю отбойку заваливать. Сам говоришь — богатая... А Артеев — это тот еще куркуль! Ради плана по кондициям он родной матери, не то что бригады зэков не пожалеет...

— Зато Тиц пожалеет. Он мужик понимающий. А права у маркшейдера тоже есть...

— Против Артеева с его орденом и партбилетом права у твоего фрица, как и у нас с тобой, птичьи... Пока всей отбойки не уберем, звено отсюда вывести не разрешит. Так что давай лучше на «авось» надеяться! Дело привычное...

— Ну, я все-таки попробую начальство на фугас уговорить...

— Что ж! Дай бог нашему теляти вовка спіймати... — очередной удар по камню как бы ставил под разговором точку. Но когда Гришин сделал несколько шагов по направлению к выходу, Ткаченко его остановил: — Ты моего соседа по нарам, Чикмарева, знаешь?

— Знаю! — несколько удивленно ответил взрывник.

— А он знает, где под моим изголовьем письмо от жинки. Оно в конверте с ее адресом... Так ты это письмо возьми у Чикмарева в случае чего. Ну и... сам понимаешь...

— Да что вы так?.. — смутился Гришин, неожиданно для себя перейдя на малоупотребительное здесь «вы».

До сих пор он воспринимал нависшую над девятой зоной опасность скорее как очередную технологическую неполадку, требующую устранения, чем как возможную человеческую трагедию. И сразу же на ум пришли зыбкие слова утешения:

— Всякий, что ли, корж людям на головы срывается?

— А разве я сказал, что всякий? Я сказал только, где найти адрес моей жинки... Понятно?

— Понятно! — ответил Гришин тоном подчинения, хотя Ткаченко был для него лишь старшим приятелем из чужой бригады. Наверно, в этом человеке сказывалось его профессиональное умение приказывать.

До ареста уже почти в конце Финской кампании Ткаченко служил в армии кадровым офицером. Крестьянский парень из небольшого села на Полтавщине, он оставался после отбытия действительной службы на сверхсрочную. С трудом закончил полковую школу, преодолевая закостенелую малограмотность только при помощи редкого упорства и трудолюбия. На войне, командуя ротой, Ткаченко зарекомендовал себя как исключительно исполнительный и храбрый командир. К этому следует добавить также его хохляцкое упрямство, которое в сочетании с храбростью нередко становилось весьма опасным и для самого комроты и для его подчиненных. Однажды, спутав ориентиры, он занял со своей ротой совершенно непригодную для боя позицию. Но он был уверен, что делает это по дислокации штаба, и никакие уговоры не заставили командира эту позицию изменить. Помноженная на его упрямство, ошибка Ткаченко обошлась роте потерей почти половины списочного состава, а ему самому — в десять лет срока, да и то снисходя к его прежним заслугам.

Для бригадира Арутюнова бывший комроты оказался незаменимым помощником в тех случаях, когда надо было проявить особую напористость на сложных участках работ. Армейская дисциплинированность Ткаченко и его мрачноватая собранность стали как бы второй натурой этого человека. Хотя он вовсе не был исполнительным дураком, внутренне вечно стоящим навытяжку перед начальством. Скорее Ткаченко отличала даже некоторая ироничность, тоже, правда, довольно угрюмая.

Сейчас бы он не повторил ошибки, совершенной им в финском лесу, и вывел бы свое маленькое подразделение из-под грозного «коржа», таящегося в темноте выработки над головой. Но ни звеньевой, ни даже бригадир на это не имели права. В лучшем случае, он мог бы заменить бригаду один. Вероятнее, однако, что такая участь постигла бы все звено. Никто здесь не имел права оставить своего рабочего места без разрешения деспотичного и властного начальника участка. Этак, по мнению начальника, если каждый будет убегать с него, как только ему померещится что-то в темноте забоя, то тут образуется не трудовой фронт по добыче стратегического металла, а бардак!

После сообщения Гришина о корже в девятой, начальство, наверно, скоро сюда явится. И кто знает, может, Артеев изменит себе на этот раз и согласится на обрушение ложной кровли поверх богатой отбойки. Только вряд ли, не такой он человек!

А поэтому лучше будет, если до прихода начальника участка ребята ничего не будут знать о корже. Никто из них, кажется, ничего пока не заметил.

Звеньевой, однако, ошибся. Откатчик Жартовский, выкатывая свою нагруженную вагонку из забоя, видел, как Ткаченко и Гришин при свете вспыхнувшего факела глядели зачем-то в потолок выработки. Увидеть этот потолок он тогда не успел, его скрыла стена штрека. А теперь, вернувшись с опорожненным коппелем, любопытный парень направился к звеньевому, задрав голову вверх:

— Що там такэ, дядьку Ткаченко?

«Дядько» хотел было на него просто прикрикнуть, но затем хохляцкая склонность к затейливым ответам взяла в нем верх и звеньевой сделал вид, что тоже всматривается в темноту потолка:

— Понимаешь, хлопче, напысано там щось...

— Напысано? — изумился тот, — що ж там напысано?

— А то, что нечего рот по-дурацки разевать! Иди к своему коппелю!

— Вже й спытаты не можна... — обиженно пробурчал хлопец.

Он подошел к своей уже нагруженной вагонке и легко стронул ее с места. Не то что немолодой, страдающий одышкой, белорус. Помогала тут ему, впрочем, и злость на незаслуженно накричавшего звеньевого. Сам же сбил человека с панталыку, а потом — «нечего рот разевать...». Но Ткаченко тоже, видимо, понимал, что накричал на работящего парня зря. Он догнал вагонку Жартовского уже на выходе из забоя и подцепил на нее свой факел:

— На ось! А то еще хребты один другому на уклонах переломаете... — Факелы на вагонетках в неосвещенных подземных ходах выполняли не только роль фар и источника света на случай возможных аварий в пути, но и заднего света. Впрочем, в коротком штреке к девятой, да еще при откатке всего двумя вагонками, достаточно было и одного факела, подцепленного на коппель откатчика Зеленки. Второй факел был сейчас не столько необходимостью, сколько знаком примирения.

Работа в забое шла уже полным ходом. Интеллигентская часть звена — вечно спорящие между собой бывший литературовед Михеев и бывший капитан дальнего плавания Коврин — подхватывали прямо руками и забрасывали в вагонетку увесистые глыбы. Высокая образованность не мешала им быть сильными и сноровистыми работягами, что, впрочем, являлось скорее исключением, чем правилом. На подхвате у них стоял Прошин — бывший мастер-штукатур. Почти каждый тяжелый камень он провожал шутками-прибаутками, которые и в самом деле помогали делу, хотя и не всегда отличались особым остроумием.

— Этот моему прокурору на башку, а этот вашему... — покрикивал Прошин, сталкивая на дно вагонетки здоровенные камни.

Объединенные общностью судьбы и местом в бараке, Михеев и Коврин были весьма разными людьми не только по своим профессиям в прошлом. Еще больше они отличались друг от друга характерами и строем мышления. Бывший специалист по классической западной литературе был склонен к философическому гонору и цитированию печальных высказываний мыслителей-пессимистов. Человек суровой профессии, но тоже весьма начитанный и образованный, Коврин считал пессимизм либо рисовкой, либо человеческой слабостью. Апологеты пессимизма, говорил он, становятся по-настоящему последовательными людьми лишь с того момента, как удавливаются в ими же завязанных петлях. До этого их следует считать либо трепачами, либо безвольными нытиками. Почти все беседы на философские темы между приятелями так или иначе затрагивали эту проблему. Впрочем, длительными такие разговоры никогда не были. Так, несколько слов во время перекура или перед сном в бараке. Здесь была каторга, а не тюремные нары.

Михеев угодил в лагерь еще в тридцать восьмом. На одной из своих лекций он, хотя и вскользь, назвал Андре Жида «совестью Франции», употребив прозвище, данное этому писателю его соотечественниками. В достаточно большом ходу оно было и у нас, до тех пор пока «совесть Франции», погостив в Советском Союзе, не отплатил ему за гостеприимство черной неблагодарностью. Путевые заметки Жида, хотя их, конечно, никто у нас не читал, полагалось именовать теперь не иначе как злобной клеветой и пасквилем на советскую действительность. Михеев же этого не сделал. В результате доноса одного из своих слушателей он получил семь лет заключения в ИТЛ. Этот срок подходил бы уже к концу, если бы не приказ всех осужденных за контрреволюционные преступления задержать в лагере до конца войны.

По тому же пункту «контрреволюционная агитация» был осужден и бывший моряк, хотя уже значительно позже, на втором году войны. Он «восхвалял» холодильные машины своего парохода-рефрижератора, сделанные в Германии. В военное время пункт об агитации, да еще в пользу врага, котировался даже выше, чем в ежовщину, и потянул на целых десять лет. Впрочем, строгость, с которой советские карательные органы подошли к обоим агитаторам, была вызвана не столько их контрреволюционной деятельностью, сколько сомнительным классовым происхождением. Один был сыном священника, другой — царского морского офицера.

Третий навальщик, Прошин, был моложе своих товарищей и резко отличался от них и происхождением, и уровнем образования, и историей своего попадания в лагерь. Это был один из очень немногих дезертиров с фронта, которому смутный приговор военно-полевого суда был заменен не штрафным батальоном, как обычно, а десятью годами ИТЛ. Этой своей удачей Прошин был обязан, по-видимому, своему способу защиты на суде. Он прикинулся слабоумным, однако не в такой мере, чтобы образовался очень уж большой контраст между его поведением до того, как он «отстал» от своей части, и после ареста за дезертирство. Надо быть достаточно умным человеком, чтобы уметь как следует прикинуться дураком, гласит древняя поговорка. Настоящий психиатрической экспертизы никто, конечно, не проводил, и никаких формальных скидок на умственную неполноценность подсудимого сделано не было. Однако судьи вряд ли были уверены в его полноценности. Поэтому-то они, наверно, и воздержались от обоих видов смертной казни — от отечественной пули в затылок и от немецкой пулеметной очереди в грудь.

Пробовал Прошин продолжить свою комедию и по прибытии в составе многотысячного этапа на Колыму. Но тут чувство меры ему изменило. Он переиграл, был быстро разоблачен проевшими зубы на зэковских симуляциях психиатрами Центральной больницы Дальстроя и отправлен на рудник «Оловянная», знаменитый своими каторжными условиями жизни и работы даже среди предприятий дальстроевского «основного производства».

Бывший маляр принадлежал к нередкой на Руси породе неунывающих, по крайней мере с виду, полуприсяжных острословов-балагуров, добровольно принимающих на себя роль шута. Их шутки, далеко не всегда безобидные, а в мрачных ситуациях чаще всего и невеселые, относятся к небезызвестному жанру «юмора висельников». Но сердиться на них, во всяком случае явно, не полагается.

Навальщики быстро набросали очередную вагонку. Откатчик Зеленка неохотно поднялся с камня, на котором сидел, уперся плечом в свой коппель и для собственного воодушевления затянул:

— Раз, два, взяли...

Хотя когда работаешь в одиночку, особенного смысла во всякой хоровой «дубинушке» нет, она может все же скрыть гримасу непосильного напряжения. Откатка, требующая от рабочего мускульного усилия, давалась бывшему колхознику со все большим трудом. Боясь отчисления в одну из голодных и холодных обычных бригад, простодушный полещанин пытался это скрыть, изображая из себя этакого бодрячка. Но для всех тут это был, конечно, секрет Полишинеля.

В лагерь Зеленка попал, по его собственному выражению, «за волков». При организации колхоза в одном из самых бедных и глухих углов недавно присоединенной к СССР части польской Белоруссии он был назначен конюхом. Но общественная конюшня была слеплена наспех и плохо обустроена. Однажды ночью во время дежурства Зеленки в нее забрались волки и зарезали двух колхозных лошадей. Сначала нерадивому конюху шили просто халатность, но потом спохватились и переделали ее на контрреволюционный саботаж.

— А ну, бульба, давай не филонь! — шутливо понукал откатчика Прошин, лопатой помогая ему сдвинуть с места тяжело нагруженный коппель, — тут тебе не колхозная конюшня, чтоб по двадцать пять часов в сутки спать...

Дымя прицепленным спереди факелом, как паровозной трубой, вагонка вползала уже в трек, когда ей навстречу заблестели лучи ярких прожекторных фонарей. Один из двух несших эти фонари людей, пропуская мимо себя вагонку, посветил откатчику прямо в лицо. Если не считать дежурных вохровцев, следивших, чтобы люди не спали в заброшенных забоях, на участке такой манерой обращения с работягами отличался только начальник.

Появление начальства в забое все заметили сразу, но работать продолжали по-прежнему. Время для перекура еще не наступило, да и курить было нечего, а за «разглядывание узоров» на шахтерской куртке начальника можно было запросто схватить от него матюга, хоть бригада и ударная. Горный инженер коммунист Артеев был в обращении с заключенными по-плантаторски груб. Вместе с начальником участка в выработку пришел также маркшейдер Тиц, тот самый «фриц с птичьими правами», о котором говорил Ткаченко.

Хотя первое, что всегда интересует горное начальство в забоях, — это объем отбойки и ее примазка, сейчас оба горнадзорских фонаря еще от устья штрека уткнулись в потолок выработки. Для звеньевого, продолжавшего с деланным равнодушием стучать своим молотом, это не было неожиданностью. Но все остальные, несмотря на присутствие начальства, застыли в позах, в которых каждый из них находился в тот момент. В забегавших по потолку ярких холодных кружках света люди увидели нависший над ними «корж».

Он был похож на отслоившуюся и растрескавшуюся на потолке штукатурку. Только вместо тоненького слоя рыхлого алебастра над головами людей нависал полуметровый пласт гранита. Его толщину можно было определить по местам, где небольшие пока куски «ложной кровли» уже выпали. Очевидно, это произошло при последнем отпале. Разбившиеся при падении на пол, они были приняты за часть обычной отбойки и никем не замечены.

На местах отвалившихся кусков коржа светлыми пятнами на темно-сером фоне выделялся беловатый слой кварцита. Горизонтальная прослойка этого рыхлого минерала и была, несомненно, основной причиной образования ложной кровли. Очевидно также, что об этой прослойке ничего не было известно маркшейдерской службе, иначе в проекте выработки ее потолок непременно подняли бы на какой-нибудь метр выше.

В резком свете горнадзорских фонарей устрашающе отчетливо виднелись трещины «кровли», местами только еще наметившиеся, а местами зияющие. Большая часть из них шла от центра по радиусам, как на разбитом резким ударом стекле, но кое-где радиальные трещины пересекались поперечными. В таких местах клиновидные, весящие, вероятно, не одну тонну каменные плиты перекосились, а где-то и высунулись из своих гнезд. Они держались только на ненадежных «замках», образованных ими с соседними плитами, готовые рухнуть от малейшего сотрясения. И тогда в одно мгновение все это чудо неустойчивого равновесия упадет вниз.

Первым нарушил оцепенелое молчание Прошин, сделавший это в своей обычной шутовской манере:

— Чихать, кашлять, а также громко пукать в забое номер девять строго воспрещается! — Даже этот неисправимый зубоскал произнес свои слова вполголоса.

— Так от що там напысано... — также вполголоса протянул Жартовский. — А я думаю, чого воно дядько Ткаченко усэ у гору дывыться? А вин, выходэ, про цей корж знав...

— Гляди, какой жмот! — иронично посочувствовал ему Прошин, — знал и не сказал... Может думал, что этот корж с маком?

— Хочь с маком, хочь з мэдом, — вздохнул хлопец, — а тильки раз того коржа спробуешь, у другый не схочешь... А можэ, нас зараз выженуть звидты дядьку Прошин?

— Пожалеют думаешь? Жалел волк кобылу... Да чего мы как в доме покойника разговариваем? — спохватился тот. — Э-ге-гей!

— В чем там дело? — крикнул издали Артеев.

— Да это я корж проверяю, гражданин начальник, — ответил Прошин, — крепко ли держится?

Рядом потихоньку беседовали тоже уже пришедшие в себя интеллигенты.

— А знаете Евгений Александрович, — сказал Михеев. — Я, кажется, только сейчас начинаю понимать, что такое ситуация «дамоклов меч». До сих пор она мне казалась не то выдуманной, не то искусственной...

— Ну почему же? — пожал плечами бывший моряк. — Я думаю, что это весьма обычная, даже банальная ситуация. Чем отличается, например, от этого коржа какая-нибудь холерная бацилла на краю вокзальной кружки? Она ведь тоже чей-то «дамоклов меч»! Только не такой откровенный, а следовательно, и не такой эффектный как этот. В сущности, подобные «мечи» нацелены на нас постоянно...

Луч света артеевского фонаря задержался на «заколе» — остроугольном куске породы у самой стены, зависшем только на своем основании.

— Решают наши начальники, — усмехнулся Михеев. — «Доедет аль не доедет колесо до Казани?»... И, как думаете, что они решат?

— В отличие от гоголевских мужиков, — сказал Коврин, — поведение колеса им не безразлично. А когда предсказатель сам заинтересован в формуле предсказания, то нетрудно предсказать, что он предскажет...

— А я и не знал, что вы такой мастер каламбура, — невесело улыбнулся Михеев.

В отличие от заключенных, ведущих отвлеченно философскую беседу, разговор начальников немного в стороне был весьма конкретным и деловым.

— А кровля-то, черт ее дери, — сказал маркшейдер, — действительно, на честном слове только и держится... Если бы выслушали меня тогда, перед началом разработки этого залегания, и пробурили бы скважину с верхнего горизонта, то и не натыкались бы на такие вот сюрпризы...

— Потихоньку, да полегоньку, а план пускай дядя выполняет! — язвительно возразил Артеев. — С помощью «если бы» и эту гору в бутылку засунуть можно... Что вы сейчас предлагаете?

— То, что предписывается правилами безопасности ведения горных работ — вывести из забоя людей и обрушить пласт взрывом.

— Вам-то хорошо о правилах ТБ говорить... — буркнул начальник участка, переводя свет фонаря то на растрескавшийся потолок выработки, то на груды отбитой породы внизу.

Почти на каждом из ее кусков белела примазка, на которой в ярком направленном свете сверкали густо вкрапленные в кварц черные кристаллы «оловянного камня». Некоторые из этих кусков Артеев брал в руку и взвешивал на ней, как бы решая таким образом вопрос, чем ему выгоднее сейчас рискнуть: жизнью нескольких зэков или сегодняшним планом по кондициям добытой руды? Этот план уже не выполнялся несколько суток подряд, и назревало ЧП.

На рудничных планерках начальник второго участка все чаще выглядел, как «обещалкин», дающий слово вот-вот выправиться с положением по металлу на своем участке и этого слова не сдерживающий. Но если работу на Девятой сейчас не прекращать, то есть много шансов, что на сегодняшней планерке доклад Артеева прозвучит почти как победная реляция. Зарождающаяся новая зона оказалась в состоянии выправить положение даже на его большем участке. Конечно, существо дела не изменилось бы и от того, что эта зона вошла бы в силу через пару дней. Но тогда будут неизбежны кислые замечания начальника рудника и главного инженера: «А мы-то ждали от вас большей распорядительности, товарищ Артеев», и чьи-то ухмылки, и чья-то дурацкая критика артеевского стиля работы...

Молодость и энергия, когда они сочетаются с честолюбием и карьеризмом, почти неизбежно порождают черствость и эгоизм, особенно в условиях, где доброту и сочувствие привыкли считать всего лишь проявлением душевной слабости. Не отличался молодой горный инженер, завербовавшийся на работу в Дальстрой сразу по окончании института, и особым терпением. Тут его порывистая напористость быстро превратилась в бездушную самовластность крепостника, для которого подневольная «рабсила» — всего лишь необходимый элемент рудничного хозяйства. Для исследования путей образования рабовладельческой психологии нет особой необходимости совершать экскурсии в античную древность. Достаточно проследить изменение психологии комсомольца, а ныне члена ВКП(б), по мере роста его карьеры на предприятии, где каторжанский труд является основой всего. Впрочем, люди существенно иного склада, чем Артеев, и не могли бы работать на подобных предприятиях сколько-нибудь долго, а тем более успешно.

Конец колебаниям начальника участка положил небольшой камень, как еж ощетинившийся с двух сторон кристаллами касситерита. Он долго, так и этак, светил на эти кристаллы, а потом, отбросив камень, решительно сказал:

— Нет, заваливать сегодняшнюю отбойку пустой породой нельзя! Обрушим кровлю, когда уберем ее отсюда. Каких-нибудь полсмены корж, авось, продержится...

Немец из поселка Нью-Йорк в Донбассе поморщился. Он не любил русского словечка «авось». Правда, когда его произносил Артеев, это слово лишалось своего классического содержания. У него оно означало лишь осознание некоторого риска, на который следует идти. Воздействовать на Артеева, слывшего на редкость черствым человеком даже среди своих коллег по управлению каторжным рудником, было бесполезно. Поэтому маркшейдер попробовал привести в пользу искусственного обрушения ложной кровли деловые соображения:

— Горизонтальная наверху вряд ли пустая! Все кварцевые включения здесь — результат разлома и смещения одной и той же жилы.

— А если все-таки пустая? А кроме того, видите, какие там плиты! Без дробления взрывным способом их отсюда не вывезти! А я не хочу и на сегодняшней планерке краснеть!

— Но люди... — снова заикнулся было Тиц.

— Что люди? — уже раздражённо крикнул Артеев. — Это вы должны были о людях подумать, когда карту этой выработки составляли!

Тиц обиженно закусил губу. Какой же, однако, демагог и опасный человек его начальник участка! Никто лучше Артеева не знает, что в образовании ложной кровли маркшейдер не виноват. Рудничные геологи ведут доразведку местных залеганий кое-как. Они заняты, главным образом, недалёкой перспективой, так как рудник истощается. И над ними, как и над всеми здесь, довлеет исконный дальстроевский «давай-давай!» И тем не менее, Артеев недвусмысленно намекнул сейчас, что в случае чего он не преминет всю вину взвалить на своего маркшейдера. Тогда формально всё будет обставлено так, что никто за неё отвечать не будет. Замечание Артеева, безусловно, является только предупреждением своему маркшейдеру, чтобы тот не вздумал обратиться с сообщением о корже в девятой к главному инженеру или рудничному инженеру по технике безопасности. Вот тогда-то он и напорется на то, за что борется!

Но Тиц и не думал обращаться к начальству. Это было бы не только опасно для него, но и бесполезно. Выполнение плана любой ценой было здесь почти официальным девизом. Все, от начальника горнорудного управления до последнего бригадиришки знали, что срыв добычи стратегического сырья в установленном количестве приравнивается к государственному преступлению. А вот количество крови, на которой замешено это сырьё, никого особенно не интересует. Тем более что это кровь людей второго и третьего сорта, всяких там уголовных преступников и врагов народа. Всех, кто лез к начальству с предупреждениями, пусть вполне обоснованными, насчёт опасности для работающих на руднике, сейчас не жаловали и считали их поведение назойливым и бестактным.

Пожалуй, лучше всех это понимал здешний инженер по ТБ. Его вполне устраивало положение простого регистратора несчастных случаев, происходивших на руднике чуть ли не ежечасно. Но так как их жертвами почти всегда являлись «вторые», то эти же «вторые» объявлялись, как правило, и их главной причиной. Они не только не соблюдали, в силу органически присущей этим людям недисциплинированности, необходимой осторожности в работе, но и нарочно иногда подстраивали несчастные случаи, чтобы получить ранение или увечье. Ведь это означало для них вожделенную инвалидность или, по крайней мере, длительный «кант» в лагерной больнице! Степень официального недоверия к заключенным по части причин их увечий дошла до такой степени, что на предприятиях основного производства в Дальстрое была учреждена даже должность специального оперуполномоченного, без подписи которого не имел силы ни один акт о несчастном случае. А может и этот случай подстроен? Заключенный ведь спит и видит, как бы ему остаться калекой, чтобы не работать! Впрочем, ирония здесь весьма относительна. Заключенные на колымской каторге и в самом деле завидовали получившим увечья товарищам, а некоторые действительно занимались членовредительством, «саморубством», как оно вполне официально называлось на лагерном языке. Даже погибшие в производственных катастрофах объявлялись иногда саморубами, не сумевшими предусмотреть размеров ими же подстроенной аварии.

— Почему не работаете? — обрушился Артеев уже на заключенных. — Кто тут старший? Ты? Так вот, имей в виду, никто отсюда не уйдет, пока последнего куска отбойки не вывезете! Понял? — Тон грубого окрика по отношению к заключенным рабочим образованный коммунист считал не только допустимым, но и почти обязательным. Те покорно начали забрасывать камни в вагонку Жартовского, и только Прошин некоторое время не двигался, глядя на начальника с каким-то насмешливым вызовом. — А тебя что, не касается? А ну, пошевеливайся! — крикнул тот отходя.

— Боюсь, тесно нам будет пошевеливаться, когда корж обвалится... — буркнул Прошин, но взялся за лопату.

Тиц все еще продолжал с угрюмым видом водить световым кружком своего фонаря по потолку выработки, когда в нее вкатил пустую вагонку откатчик Зеленка. Он тоже, конечно, посмотрел вверх и, пораженный, замер на месте со своим коппелем. Зеленка только теперь узнал о корже, и на добродушном лице белоруса округлились широко открытые глаза и полуоткрытый от неожиданности рот.

— Чего уставился? Проезжай! — сердито закричал на него Артеев, которому откатчик загородил выход из штрека.

Однако Зеленка продолжал топтаться на месте, испуганно и часто моргая своими чуть навыкате глазами:

— Так там же он яке высить, гражданин начальник!

— Проезжай! — уже свирепо рявкнул тот. — «Высить!» На фронте, над бойцами не то еще «высить», да оборону держат! — Это было сказано, несомненно, не столько для этого откатчика, деревенски простоватого вида, сколько для остальных работяг, угрюмо нагружающих коппель при свете карбидки. Артеев был мастером демагогической фразы. Даже еще не высказанные претензии заключенных работяг он пресекал такими вот словами о фронте, на котором, мол, еще хуже, чем здесь. Попробуй, возрази, когда «Каждый грамм нашего металла, — гласил плакат, расклеенный здесь повсюду, — пуля в сердце врага!».

Испуганный начальственным окриком, пожалуй, сильнее, чем нависшим над головой коржом, откатчик покатил свою вагонку под погрузку. Вслед за ним в забой вошел человек с тусклой аккумуляторной «конкордией» в руке.

— Здравствуйте, гражданин начальник! — сказал он с легким кавказским акцентом.

При первом взгляде на Арутюнова его нельзя было принять за здешнего заключенного. Вместо ватника на нем была надета овчинная безрукавка, вместо идиотского вида «ежовки» — меховая шапка, ноги обуты в крепкие кирзовые сапоги. Но самым главным признаком привилегированного положения у руководителя стахановской бригады были борода и усы, притом не совсем обычного фасона. Бородку Арутюнов подстригал в виде длинного клина, а усы носил стрелками. Вряд ли, однако, он знал, что в сочетании с его крючковатым носом, задумчивыми внимательными глазами и неизбежной копотью на лице они придают ему мефистофельский вид. Сходство с гётевским персонажем усиливалось еще более на фоне подземных выработок, особенно при свете факелов. Впрочем, когда бригадир начинал говорить и двигаться, оно почти пропадало из-за его кавказского выговора и нескольких суетливых движений.

— Ну, чего стал? — насмешливо спросил Артеев, заметив, что Арутюнов стоит у входа и всматривается в темный потолок. — Не бойся, он еще висит...

Даже не верящий ни в Бога, ни в черта, начальник избегал называть опасность под землей своим именем. Несколько секунд он еще поводил кружком света по потолку, потом тем же кружком ткнул в лицо бригадиру, всматриваясь, какое впечатление произвела на того зависшая кровля. Заметив смущение, сказал вполголоса, уже выходя из забоя:

— Не вздумай показать перед работягами, что дрейфишь! Теперь ты горняк, а не спекулянт мануфактурой! Отбойку надо вывезти как можно скорее! Пообещай мужикам двойной паек... Словом, сам понимаешь...

— Понимаю, гражданин начальник! — сказал Арутюнов и засеменил внутрь разработки, хотя и чувствовал, что ноги сами выворачиваются в коленях, чтобы уже размашисто, перепрыгивая через камни, понести его назад. Но делать этого было нельзя, положение обязывает.

Начальник участка и маркшейдер шагали по штреку рядом, оба в состоянии крайнего раздражения и озабоченности.

— Около часу дня, — сказал, о чем-то думая, Тиц, — на верхнем горизонте отпал. Они там новую штольню проходят...

— Ну и что? — спросил Артеев.

— То, что от головного забоя этой штольни до нашей Девятой по восходящей рукой подать! Стряхнут они в нее кровлю, чего доброго... Может, попросить начальника первого участка, чтоб отложил отпал часа на два, пока мы из девятой отбойку вывезем?

Артеев некоторое время обдумывал предложение маркшейдера, потом сказал:

— Ни черта не выйдет! У них тоже план, а Селезнев на меня еще и зол. Я ему вчера удаление пустой породы через наш гезенк не разрешил...

— Но попытаться-то можно!

— Нельзя! Вы что, хотите на весь рудник раззвонить, что мы знали о корже в Девятой?

Знали! В прошедшем времени! Это значит на «случай чего»... Да, в последовательности и верности себе этому молодому прохиндею с красной книжкой в кармане не откажешь...

Старый горняк вздохнул, но сделал еще одну попытку уговорить начальника предотвратить беду:

— Мы не имеем права об этом не знать! Вы сами прекрасно понимаете, что в случае обрушения кровли с катастрофическими последствиями это для нас не оправдание, а обвинение... Давайте хоть выведем рабочих из забоя на время отпала на первом участке!

Теперь Артеев взорвался уже по-настоящему:

— Да что вы мне про этот отпал долдоните, как старая баба! Сотрясение массива от взрывов в штольне пустяковое! Когда они будут произведены и сколько их, мы толком не знаем! Вот и будем водить людей за ручку взад-вперед, как дошколят в детском саду... — Все больше входя в административный раж, начальник остановился и сказал с едва сдерживаемой злостью: — Вот что, Иван Христианович! Вы занимайтесь своим делом, а ответственность за государственный план и за людей предоставьте мне! «Едэм дас зайнэ» — так, кажется, у вас говорится?

Тиц опять закусил губу. Вряд ли этот образованный, но хамоватый тип просто демонстрирует перед ним свое знание немецкого языка. «У вас» — это значит у немцев. А именно за принадлежность к этой национальности Тиц и был выслан сюда из Донбасса. В подобных случаях хохлы из соседней с Нью-Йорком Хацапетовки говорили: «Чия б корова мычала, а чия б мовчала!»

— Здорово, ребята! — еще издали крикнул Арутюнов, подходя к забойщикам.

— Здорово, коли не шутишь! — ответил за всех Прошин. — Помогать пришел? Для хорошего человека у нас лишний лом всегда найдется! Тот же карандаш, только малость потяжелее...

Бригадир на выходку известного трепача только хохотнул, присяжным шутам прощается многое.

— Перекур, ребята, я вам тут махорки принес... — и он вытащил из кармана широких штанов помятую коричневую пачку.

От вида вожделенного зелья все сразу повеселели, кроме некурящего Михеева. Дело в том, что уже около года никто тут не видел русской махорки. Изредка выдавали только американский табак в красивых коробочках с изображением принца Уэльского — по одной коробочке на двоих на месяц. Табак давал вкусно пахнущий дым, но «не брал».

— У кого табачок — у того и праздник! — определил изменение общего настроения все тот же Прошин, затягиваясь едким дымом.

Арутюнов не забыл прихватить с собой и старый номер «Советской Колымы». Вообще он был на редкость запасливый и предусмотрительный мужик. Это ж надо, умудриться сохранить для особого случая пачку настоящей махорки!

Еще не пришедший в себя Зеленка закурил, опасливо поглядывая на потолок.

— Ты, бульба, — подшучивал над трусоватым деревенским Прошин, — таким тяжелым взглядом на «него» не гляди... А то еще сорвется да треснет тебя по кумполу... Это, брат, похуже, чем по брюху тряпкой...

Жартовский рассмеялся.

— А ты здорово-то не горячись! — с комической серьезностью предупредил его бывший солдат из неунывающей породы Теркиных, — думаешь, твой кумпол крепче?

— Молодец бригадир! — сказал Коврин, закуривший здоровенную «козью ножку». Скручивать их и курить капитан научился уже в заключении, эти цигарки напоминали ему его трубку. — Умеет ко времени все сделать.

— Не бригадир у нас, а золото! — Пожалуй, более восторженно и громче, чем следовало бы, заявил Зеленка.

Как и многие крестьяне из панской Польши, он не был чужд грубоватой лести перед начальствующим, хотя никакой практической пользы из этого извлечь для себя по своему простодушию не умел.

Арутюнов стоял чуть в стороне, пристально разглядывая поднятый с пола камень. Он делал вид, что изучает на нем примазку. На самом же деле бригадир размышлял над вопросом, сколько еще времени ему следует пробыть здесь, чтобы не показаться трусом, смывшимся из опасного забоя сразу же после вручения своим работягам жалкого приза за необходимость тут оставаться. Конечно, находись он в положении этих работяг, у которых просто нет выбора, и он вероятно, дымил бы сейчас махоркой и балагурил, а не боролся бы с почти физическими проявлениями собственной трусости — таким, как желание держаться поближе к выходу, втягивать голову в плечи и по-дурацки посматривать на темный потолок. Но главный запас трусости заложен у человека, наверно, в ногах. Дай им сейчас волю, и они сами опрометью вынесут своего обладателя в штрек под гогот какого-нибудь Прошина. Кажется, впрочем, визит в звено Ткаченко уже достаточно длителен:

— Мне нужно в главную штольню, ребята, там отгрузочный бункер забурился...

— Бункера, они такие... — ухмыльнулся Прошин.

Бригадир пропустил это замечание мимо ушей.

— А я у начальника стахановский паек для вашего звена вне очереди выпросил... Он согласился с условием, что вы к обеду все отбитую породу отсюда выбросите...

Начальник участка такого условия не ставил, но «хитрый Амбарцум» считал, что так будет вернее. Он достаточно хорошо знал человеческую натуру вообще, а психологию подневольных работяг в особенности. Дополнение в виде пряника желательно даже к такому кнуту, как этот корж над их головами, который вызовет в конце концов либо отчаяние, либо апатию, чего лагерные «начальнички» никак не могут понять. А может быть, и не хотят.

— Ясно, товарищ командующий! — Ткаченко шутливо взял под козырек, неожиданное подношение повысило настроение даже вечно хмурого звеньевого. Теперь нависшая над его звеном опасность даже несколько будоражила, как бывало перед боем. Положение, в сущности, было вовсе не безнадежным. Такие вот коржи, случалось, висят в забоях по нескольку дней, ока их не стряхнуть специальным взрывом, тут же дело шло о нескольких часах. А чтобы ребята нажали как следует и до минимума сократили часы пребывания в опасной зоне, им надо дать докурить свои цигарки без всякой торопливости, хотя и ясно, что не то что минута — секунда может решить их судьбу.

— Все будет в порядке, Амбарцум Суренович! — заверил бригадира и Коврин.

— Если, конечно, никакого беспорядка не произойдет... — не удержался от замечания верный себе Прошин.

— Так завтра стахановский, ребята! — крикнул уже издали Арутюнов.

— От бригадир у нас... — снова завел свое славословие совсем повеселевший и, кажется, забывший о корже Зеленка.

— С нашим атаманом не приходится тужить... — затянул деревянным басом Прошин, но поперхнулся дымом и закашлялся.

— Прямо «моритури тэ салютант»[1], — усмехнулся Михеев. Он был единственным, кто не знал опьяняющего действия табачного зелья после долгой никотинной голодухи. В отличие от алкоголя табак поднимает настроение, не туманит мозги, а проясняет их. Так, по крайней мере, утверждают сами курильщики.

— Ну уж и «моритури»! Все живущее, как известно, до конца своей жизни «моритури»...

— Конечно! — сказал Михеев, — «от страха смерти может избавить только сама смерть»... Это из Шекспира.

— А не лучше ли тогда, если так уж необходимо размышлять о смерти, думать о том, что умерший сегодня избавлен от смерти завтра! Это, кажется, тоже из Шекспира...

— Любопытно, — сказал Михеев немного помолчав, — как объяснить с марксистской точки зрения стоимость такого товара как страх... А ведь это тоже товар! Даже нам заплатили за него вот этой махоркой и обещают в дополнение по полведра лишней баланды на брата!

— Положим, для нас с вами это никакой не товар... Вы что, вольны не оставаться здесь, а выбирать себе работу по вкусу? А вот ваша порция табаку — то, действительно, товар. Я вам за него свой завтрашний хлеб отдам. Идет?

Михеев неопределенно пожал плечами, что можно было понимать и как согласие, и как сомнение в возможности заключать сейчас подобные сделки. Вообще-то он, как и все некурящие тут, выменивал свой табак на хлеб, хотя и совестился такого использования слабости своих ближних.

Перспектива удвоенного пайка на завтра навела работяг на разговоры о еде — главную тему зэковских разговоров вообще.

---
[1] *Моритури тэ салютант (лат.)* — идущие на смерть приветствуют тебя. Приветствие римских гладиаторов.

— Я тильки на третий день стахановского наедаюсь трошки, — сказал Жартовский. — А до того як к Арутюнову попав, ни одного дни не наидавси...

— А я наедался! — хвастливо заявил Зеленка.

— Как же это тебе удалось? — насмешливо спросил Прошин. — Тебя чтоб накормить, такой вот коппель каши надо!

— Коппель не коппель, а целое ведро каши на троих раз съели!

— И где ж вам такое счастье подвалило?

— А у совхози... Як привезли нас туда, так я еще с двумя доходягами забрались на свиноферму и полмешка отрубей сперли. И сала нерпичьего отакой шматок... Там его поросятам вместо рыбьего жиру дают...

— И что же дальше было?

— А что было? Заварили мы те отруби с тем салом, да как наелись!

— За один раз полмешка отрубей съели?

— Мало не полмешка... Один так наелся, что его к лекарю свезли. Чуть там дуба не врезал...

— Не ты часом?

— Нет, не я. Тот мужик потом помер...

— А у вас в Белоруссии всегда отруби едят? — продолжал свой иронический допрос Прошин.

— Зачем всегда? — обиделся белорус, — только в голодуху. А так у нас бульба... От бульба! Нигде такой бульбы больше нету! Як зварыть господарка отакый чавун... — Зеленка выставил чуть согнутые в локтях руки, — да как поставит прямо на пидлогу... А мы як посидаем уси навкруг, да с солью... — рассказчик мечтательно зажмурил глаза и покрутил головой.

— Не пропадет ваш скорбный труд и дум высокое стремленье! — саркастически продекламировал Михеев. — Вы заметили, Евгений Александрович, что лагерные воспоминания о жратве касаются обычно таких вот пиршеств с голодухи до риска подохнуть от заворота кишок...

— Естественно! — сказал бывший моряк. — Запоминается лучше то, что производит особо сильное впечатление. А что может быть сильнее впечатления избыточной сытости на фоне постоянного недоедания? Но вы, конечно, хотите сказать, что у вас «стремленье дум» иное!

— Да нет, — вздохнул Михеев. — Когда я думаю о хлебе, например, то почти всегда о каком-нибудь недопеченом, с натеками! «Неудашном», как в деревне говорят...

Теперь обычной разницы в темах бесед интеллигентской и неинтеллигентской части звена почти не было.

— От у нас на селе, — сказал Жартовский, — до колгоспу говорили, що у богатых, як зберуться, разговор про покос та про землю, у бидных — про баб та про е... А потим, як и мы, про хлиб бильше сталы згадувать, про тэ, що без хлиба и писня не спивается...

— А булы у вас вечорынки? — спросил вспомнивший о чем-то Ткаченко.

— А як же? — ответил хлопец. — И добавил: — До колгоспу...

— А у нас в городе наоборот, — вмешался Прошин. — Когда животы подтянет, говорят, что пой, мол, песни хоть тресни а есть не проси... Глядите, братцы! — обернулся он к замолкшему и почему-то отвернувшемуся в сторонку Зеленке. — Белорус-то план досрочно выполняет!

Все посмотрели на Зеленку, который, сидя на камне, украдкой жевал хлеб, припасенный на середину дня. На обед отсюда заключенных в лагерь не водили, объединяя для них вечером и обед и ужин. По такой системе люди по пятнадцать часов подряд оставались без крошки во рту. В бригаде Арутюнова существовал добровольный уговор, стоивший для каждого немалых усилий, но весьма полезный: часть утренней пайки не есть до обеда. В Девятой своеобразным, но удобным сигналом для доедания утренних паек служил отпал на верхнем горизонте, ежедневно и почти точно производимый в середине дня.

— Добрые люди после обеда курят, а ты после курева обедаешь! — сказал Ткаченко.

Зеленка под неодобрительным взглядом звеньевого съежился еще сильнее, но есть продолжал. Себя он знал. Стоит только начать есть хлеб, как остановиться уже невозможно. Он будет прямо-таки жечь карман, пока не доешь его до крошки. Уж такая у Зеленки была натура. А тут еще развели разговоры про жратву.

— А знаете, может Бульба и прав, что хлеб доесть торопится! — сказал Прошин. — Был у нас на фронте такой случай...

Бригадный Теркин рассказывал фронтовые истории всегда с юмором, хотя сами по себе они были большей частью не такими уж и веселыми. Неинтеллигентной части слушателей рассказы Прошина неизменно нравились. Многие из них находил остроумными по сюжету и талантливыми по исполнению даже критик и литературовед Михеев.

— Сидим мы это раз в доте, — начал Прошин, — паршивый такой дот, ненадежный... А немец по нашим позициям из крупнокалиберных «скрипачей» минами лупит — так мы их шестиствольные минометы называли. Против его мин наших два наката все равно что рыболовная сеть против дождя! Вся надежда на маскировку, авось фрицы нашей норы не заметят! А они, видно, заметили... От одного минного залпа с перелетом жерди у нас на потолке в их сторону посунулись, а от следующего опять почти на место стали. Ну, а земля, что между накатами была, чуть не вся нам на головы посыпалась. Выходит, взял нас немец в вилку и с третьего раза уж непременно накроет. Ну, думаем отжили! Муторно так на душе у всех стало... А солдатик один, такой из себя не видный, достал из вещмешка кусок сахару и давай его грызть. Чтоб не пропал, значит. Кусок большой, да еще и раньше обгрызенный со всех сторон. Ухватиться за него зубами как следует негде, а времени-то у солдата в обрез, совсем ничего, почитай, не осталось! Эх, думаю, пропадет у парня сахар...

Рассказчик затянулся в последний раз, так что огонь добежал по уже пустой бумаге до самых губ, плюнул на окурок и растер его подошвой, как будто тут был сеновал, а не сплошное царство камня.

— Ну и що ж дальше було? — не вытерпел Жартовский. — Попав по вас немец?

— Кабы попал, так я бы с вами тут баланды сейчас не разводил! Не то он огонь перенес, не то его самого наши батареи накрыли... А солдатик тот, как понял, что жить ему еще причитается, опять свой сахар в мешок засунул.

— И правильно сделал, — заметил Коврин. — Живому полагается думать о живом!

— Покурили? — сказал, вставая, звеньевой. — А теперь давайте нажмем! А то как бы не пропал наш стахановский паек! — и тут не удержался от своего мрачноватого зубоскальства Прошин.

Остались сидеть только откатчики.

— Теперь водычки б кружечку! — вздохнул Зеленка, облизывая сухие губы. Свой хлеб, конечно, он доел до конца.

— Яка вода у нас у крыныци була! — вспомнил Жартовский. — Як вытягнеш иi, та прямо с ведра!

— А у нас...— вдохновился было Зеленка, — но тут прозвучала команда звеньевого: «Выкатывай!», и он с сожалением поднялся со своего места. — Раз-два, взяли...

Несмотря на свое крестьянское происхождение, Зеленка был человеком рыхлой конституции. В одинаковых условиях быта и работы он «выматывался» раньше других, страдал одышкой сильнее большинства работяг своего возраста, хуже других переносил атмосферу и вообще обстановку подземелья, особенно этот проклятый, нафталитовый газ. Но самой несчастной особенностью своей натуры белорус считал большую, чем у других, потребность в пище. Голод мучил его даже в дни выдачи стахановского пайка.

Навальщики, к которым теперь присоединился и Ткаченко, взяли после перекура непосильный для Зеленки темп. Попросить их этот темп снизить было бы почти непристойно, ведь эти люди спешили, чтобы поскорее выйти из-под смертельной опасности. У откатчиков же, находившихся большую часть времени в пути, она была гораздо меньше.

Будь Зеленка единственным откатчиком здесь или имей он напарника, равного себе по силе, темп уборки можно было бы задать с пониженной скоростью откатки. Но молодой и сравнительно еще крепкий парень из Галиции не давал своему старшему товарищу передохнуть. Когда Зеленка, почти уже выбиваясь из сил, едва двигал свою тяжело нагруженную вагонку, тот, догоняя его, кричал:

— Давай-давай, дядьку Зеленка! А то як бы я не заихав тоби оглоблею у спыну...

Вообще-то он был очень покладистый малый, но сегодня старался изо всех сил, чтобы поскорее выручить товарищей, да и себя, конечно, из чертова забоя. Поэтому когда звеньевой объявил второй перекур, Зеленка не остался курить в компании со всеми, а сославшись на нафталитовую вонь, выехал в штрек.

Кое-кто подумал, конечно, что он просто боится лишние десять минут побыть под коржом, но действительная причина заключалась совсем в другом. Зеленка не хотел, чтобы его напарник видел, каких усилий стоит ему преодоление подъема в середине откаточного пути. И так уже хитрый Амбарцум поглядывает на Зеленку со все бо́льшим сомнением. Отчисление же в обычную бригаду — старый лагерник знал это по опыту — означает для него быстрое скатывание под откос.

Не то чтобы слабеющий работяга боялся, что напарник станет о чем-то специально докладывать Арутюнову, Жартовскому это и в голову не придет. Но просто пожалеть в его присутствии «дядьку Зеленку» он может, а это ни к чему. А как его не пожалеть, когда на подъеме, боясь, что вагонка остановится, а тогда одному ее с места уже не столкнуть, выбивающийся из сил откатчик толкает ее не в верхнюю часть короба, как положено, а в раму тележки. Сам он при этом передвигается почти ползком, параллельно земле, упираясь ногами в шпалы.

Одному в штреке можно было бы не стыдиться этих движений извивающегося червя. Можно было также, не боясь насмешки, петь слабым срывающимся голосом свое обычное «раз-два...». Зеленке, впрочем, только казалось, что он поет. В действительности он теперь едва слышно сипел, даже сам не слыша своего голоса из-за гулкого стука сердца.

Не дай бог, вагонка остановится! Где-то тут, совсем близко, начинается уклон... Еще немного, еще раз... Коппель пошел легче. Дальше его придется даже придерживать, чтобы не покатился. Теперь можно остановиться и перекурить. Но прежде надо перевести дух, сердце, казалось, было готово вот-вот выскочить из груди. Откатчик, дыша, как запаленная лошадь и прижимая к груди руки, присел на раму своей вагонки.

Вдали бледно вырисовывался прямоугольник входа в забой, а почти в его середине багровело колеблющееся пламя. Это на погрузочной площадке стояла вагонка Жартовского. Ребята там курят, чтобы после нескольких минут передышки снова начать забрасывать в вагонетки эти проклятые камни!

Как и большинство крестьян, Зеленка считал до попадания в лагерь работу на земле самой тяжелой на свете. Теперь же он вспоминал о том, как пахал, сеял, боронил, как о веселой и здоровой игре. Да, если даже человеку тяжело работается, но над ним небо, а под ногами у него не мертвый камень, а живая, плодоносящая земля, разве может быть ему так плохо, как здесь?

Эх, Зеленка, Зеленка! Не видать тебе, видно, своей Белоруссии и родного Полесья! Вот-вот начнут отекать и становиться ватными ноги. И тогда, даже упираясь ими в шпалы, не столкнуть тебе с места застрявшей вагонки. И где-то совсем скоро хитрый Амбарцум скажет тебе однажды вечером: «Вот что, Зеленка, завтра ты у меня уже не работаешь. Забирай вещи и переходи в такой-то барак...» — и отойдет, не слушая его, умоляющего: «Амбарцум Суренович!» Да и в самом деле, зачем ему доходяга? Мужик он совсем не злой, но умный. А умному, да еще в лагере, да еще на должности бригадира, быть особенно добрым никак невозможно. Какой же он тогда бригадир?

— Чок! — Гора родила очередную мышь. Правда, на этот раз звук был не особенно слабым, отпал производился на верхнем горизонте, в какой-нибудь полусотне метров по вертикали. Было похоже, что этот отпал начался значительно раньше обычного времени. На это указывал и перекур, который Ткаченко вряд ли бы скомандовал перед самой едой, он обладал удивительной способностью определять время без часов.

Зеленка почувствовал острое сосание под ложечкой. Это был безотказный, как у павловской собаки, рефлекс на сигнал принимать пищу. Но пищи не было, слабовольный обжора слопал свою пайку раньше времени, хотя и знал, что неизбежна расплата в виде голодной слабости, горестного уныния и мыслей о собственном ничтожестве. «Любит наш Бульба повеселиться, особенно пожрать», — говаривал про Зеленку насмешник Прошин. Что ж, он был прав...

Однако сейчас у Зеленки еще было, хотя и временное, но надежное средство и от чувства голода, и от тоскливых мыслей. Он достал полученный от Арутюнова табак, оторвал от мятого куска газеты маленький прямоугольник бумаги и скрутил цигарку. Предвкушая удовольствие, наклонился над уже слабо горящим, но тем сильнее дымящим факелом, прицепленным за борт короба его вагонки. Однако зажечь свою цигарку откатчик не успел. «Чок, чок, чок!» — скороговоркой зацокала гора. В головном забое наверху произвели, как видно, залповый взрыв. И почти одновременно со стороны забоя докатился воздушный толчок, сопровождаемый тяжелым грохотом. Слабое пламя в жестянке качнулось и погасло.

Ничего еще не успевший сообразить, Зеленка обернулся. В стороне забоя ничего более не светилось. Оттуда в течение еще нескольких секунд доносились только шорохи и стуки обрушения, затем стихли и они. Когда же до ошеломленного человека начал доходить страшный смысл происшедшего, кругом была уже полная темнота и тишина. Только, как будто повисшая в черном пространстве, светилась красная точка. Это тлела тряпка погасшего факела.

— Эге-гей! — крикнул Зеленка незнакомым ему самому, как будто сорванным голосом. Человек и кричал почти только из инстинктивной потребности нарушить зловещую тишину.

—...Йей... — откликнулась темнота. Но это было не раскатистое и гулкое эхо горных ущелий и больших пещер, а негромкий и короткий отзвук неширокого и недлинного подземного хода. Человека передразнивал не демонический пересмешник, а нечто такое же, как и он, зажатое в недрах горы, такое же испуганное, робкое и слабое.

Зеленку охватил инстинктивный страх перед одиночеством, безмолвием и мраком, а другой, такой же древний инстинкт погнал его в сторону забоя к своим. Он еще боялся осознать до конца, что никого из живых там больше нет.

Человек робко брел в темноте, спотыкаясь о шпалы и ощупывая стены штрека дрожащими пальцами растопыренных рук:

— Э-ге-гей! Есть тут кто живой?..

— ...Живой?.. — насмешливо, с белорусским акцентом переспросило эхо.

Зеленка споткнулся о большой камень, лежавший между рельсами, и упал. Раньше тут этого камня не было, да и быть не могло. Значит, он выкатился при обвале и выработка уже где-то совсем близко. Человек пробирался дальше почти уже ползком, ощупывая руками свой путь. Камней становилось все больше. Затем путь совсем преградила толстая плоская глыба, занимавшая всю ширину хода и лежавшая острым углом вперед. На ней громоздились другие камни помельче. Ощупав глыбу трясущимися руками, Зеленка определил, что это узкий конец клиновидной плиты, высунувшийся из заваленного забоя. Вместе с лежащими на ней камнями она закрыла вход в выработку на добрую треть его высоты. Приподнявшись над завалом, Зеленка снова повторил свой вопрос в темноту пещеры:

— Есть тут кто? — На этот раз ему не ответило даже эхо. Только в дальнем углу выработки оборвался откуда-то небольшой камень. За ним посыпались другие, и снова все стихло.

— Есть тут кто?.. — опять позвал Зеленка и вдруг понял, что он дурак, назойливо твердящий свой вопрос там, где шуметь не полагается.

В непроницаемой темноте перед ним была могила. А в ней лежат его товарищи по подневольному труду, которые еще каких-нибудь четверть часа тому назад были живы, работали, надеясь успеть уйти из-под нависшей над ними смерти, а некоторые даже подшучивали над ней. Теперь раздавленные, превращенные в ничто, они лежат под этими камнями, быть может, на расстоянии протянутой руки.

Человеку, прожившему большую часть своей жизни в деревне, работа глубоко под землей часто кажется пугающей и почти противоестественной. Зеленка не признавался никому, что он боится оставаться один в поземных ходах и выработках рудника, когда там нет света. Там ему чудились всякие страхи наподобие тех, которые испытывают в темноте дети. Не был он чужд и суеверного страха перед неодолимыми силами природы, от которых свободен дикарь более нового, городского типа. Сейчас Зеленке представилось, что холодная и угрюмая гора, в недрах которой копошатся люди, сознательно и справедливо враждебна к ним. И что она последовательно уничтожает всех, кто кощунственно буравит ее тело, поглощая и растворяя их в себе. Многих рудокопов поглотила уже эта сопка, и в их числе тех пятерых, которых она только что погребла под плитами обвала. Из дыры забоя, в котором, наверно, было уготовано место и ему, на Зеленку, казалось, холодно дохнула сама смерть.

Как в темной избе в детстве, его обуял страх, только в тысячу раз более сильный. Дико вскрикнув, Зеленка бросился бежать прочь. Он бежал, спотыкаясь и падая, натыкаясь на выступы стен и оставляя на них клочья одежды. Ударившись грудью о короб им же оставленной на пути высокой вагонки, он упал навзничь. Не чувствуя боли от ушиба, тут же вскочил на ноги, пробрался между вагонкой и стеной штрека, не слыша как трещит раздираемый углом короба ватник, и побежал дальше. Объятый атавистическим ужасом перед одиночеством, безмолвием и мраком подземелья, человек бежал, задыхаясь и хватая воздух широко открытым ртом. Первобытное сознание, во власти которого он сейчас находился, неизменно отождествляет их с неведомой опасностью и самой смертью.

Только когда Зеленка выбежал в штольню и увидел вдали мерцающие огоньки и движущихся живых людей, к нему начало возвращаться сознание, что никуда особенно далеко они от него и не уходили. И тут же в голове начало складываться представление, что рискуя умереть от разрыва сердца, он так спешит, чтобы оповестить людей о катастрофе в Девятой промзоне. Но это было самообманом. Он бежал к ним просто потому, что они люди и им всегда сопутствуют какие-то звуки и свет.

Имевший обыкновение далеко впереди себя посылать луч фонаря, Артеев еще издали заметил бегущего по штольне коротконогого человека. Увидев начальника участка, тот остановился, желая, видимо, что-то ему сказать. Но только открывал и закрывал рот, как рыба на суше, прижимая к груди руки.

— В чем дело? — спросил начальник и по своему обыкновению направил в лицо заключенному свет сильного фонаря. Но расширенные зрачки почти не сузились даже от этого света. — В чем дело, я спрашиваю? — повторил Артеев.

Тогда человек оторвал руки от ваты, вылезшей из изодранной телогрейки, поднял их над головой и, подержав так, резко опустил, будто прихлопнув что-то перед собой обращенными вниз ладонями.

— Объясни толком! — начал уже раздражаться нетерпеливый Артеев.

— Да это ж Зеленка, откатчик из Девятой! — сказал появившийся откуда-то Арутюнов. — Никак корж у вас сорвался?

— Ага... — выдохнул, наконец, Зеленка и снова повторил свой жест: — Усих...

— Накаркал-таки, чертов фриц! — зло выругался Артеев. — Это Селезнев, черт бы его побрал, стряхнул кровлю... Жмут, сволочи, как на пожар в своем головном... — Начальник участка принадлежал к тому типу людей, которые, когда случается беда, готовы винить в ней кого угодно, кроме себя. И притом вполне искренне. — Невывезенной породы еще много в забое осталось?

Это Артеев спросил у Зеленки. Но тот, видимо, не понял вопроса, так как снова что-то прихлопнул вниз ладонями и повторил:

— Усих...

— Арутюнов!

— Слушаю, гражданин начальник!

— Где Тиц?

— Его нет на участке, вызван в управление...

— Ладно, без него обойдемся... Зови инженера по ТБ, он где-то у нас тут... И пошли на всякий случай кого-нибудь в медпункт. А я пошел в Девятую...

И Артеев со своей обычной злой энергией быстро зашагал по штольне, предшествуемый длинным лучом электрического фонаря.

Через каких-нибудь четверть часа этот луч уже забегал по потолку, стенам и грудам обрушившейся породы на полу промзоны № 9. Ничего неожиданного для себя Артеев тут не увидел. От коржа на потолке остались торчать только страшные заколы, как гнилые зубы в ощеренной пасти дракона. Остальная часть коржа лежала на полу забоя, где плашмя, где наклонно, а где и почти вертикально, возвышаясь над громадной грудой каменных глыб. В одном месте из этой груды просачивалась струйка сизого дыма. Наверно, это дымил факел на заваленной вагонке, которая стояла в штреке. Все остальные выводы мог был сделать и дурак. Черт бы побрал этого Селезнева! Произведи он отпал на своем горизонте в обычное время, почти всю сегодняшнюю отбойку из Девятой удалось бы вывезти!

Теперь все зависит от содержания касситерита в жиле, благодаря которой произошло обрушение. Начальник участка силился от полузаваленного входа в забой рассмотреть примазку на обрушившихся глыбах. Он сделал даже движение, чтобы влезть внутрь выработки, но взглянул на закол над выходом и передумал. Потом Артеев догадался исследовать камни под ногами, осколки плит коржа, разбившихся при падении.

От вида первого же из них на его хмуром и озабоченном лице появилось выражение, которое, вероятно, было у профессиональных кладоискателей, когда им, наконец, удавалось найти вожделенное сокровище. Артеев поднимал с пола штрека камень за камнем и так и этак вертел их перед стеклом своего фонаря:

— Ты посмотри какие друзы! — восхищенно сказал он подошедшему Арутюнову. — Этот обвал десятка самых удачных отбоек стоит! — О том, что он стоит и нескольких человеческих жизней, начальник участка то ли уже забыл, то ли не считал достойным упоминания. Восхититься и в самом деле было чему. В свете фонаря в его руке сверкал массивный куст из больших черных кристаллов оловянного камня.

— Из вольнонаемных никто не попал под обрушение? — спросил озабоченный человек с горнадзорским фонарем в руке и полевой сумкой через плечо, прибежавший вместе с Арутюновым.

— Какие тут у нас вольнонаемные? — ответил Артеев, продолжая любоваться своей находкой. Инженер по ТБ тоже пошарил по пещере лучом рефлекторного фонаря. Кружок света задержался на потолке, теперь матово белевшем от покрывшего его почти сплошь слоя кварца. Из-за плеча блюстителя горных работ в выработку смотрел бригадир. Радость начальника участка по поводу оправдавшихся надежд на Девятую его не заразила, хотя при хороших кондициях добываемой руды и туфтита и делать приписки гораздо легче. Однако против его воли мысли «хитрого Амбрацума» сбивались сейчас на другое.

Не то чтобы он слишком уж сильно грустил по кому-нибудь из погибших. Арутюнов старался не заводить в лагере близких приятелей, особенно среди собригадников. Всякая дружба здесь почти неизменно оборачивается тоской и обязательной разлукой. А по отношению к подчиненному еще и ставит бригадира в ложное положение. Торгаш и аферист Арутюнов всегда почти по-бухгалтерски сопоставлял все жизненные ценности с их реальной ценой и в большинстве случаев находил, что цена эта слишком высока.

Однако к гибели товарищей, если она происходила в его бригаде, он привыкнуть не мог и каждый раз впадал в тоску. И не только потому, что он по-человечески жалел людей, хотя и знал, что жалость к ним, особенно на дне жизни — штука излишняя и даже вредная. Главное заключалось в том, что в каждом из таких случаев он все более убеждался, что жизнь заключенных для таких людей как Артеев — а они среди дальстроевских руководителей составляли большинство — всего лишь сходная плата за самый элементарный производственный успех. Не задумается этот Артеев списать «на общие» и своего лучшего бригадира, если тот споткнется где-нибудь на своих бесконечных комбинациях с объемами выработок, приписками и прямой «туфтой». И тогда, пожалуй, не поможет хитрому Амбрацуму даже его аристократическая по нынешним понятиям статья и привычная изворотливость. Из десяти лет срока отбыты только четыре, и кто знает, может и он будет лежать когда-нибудь под таким завалом.

Давеча в штольне, когда начальник убежал в Девятую, он спросил у немного отдышавшегося Зеленки:

— Неужели все?

Тот ответил несколько менее категорично, чем прежде:

— Никого ни чуть...

Теперь, глядя на громадную груду многотонных глыб, бригадир понимал, что о спасении кого-нибудь из попавших под обвал не может быть и речи.

Его печальные мысли были прерваны окриком Артеева:

— Уснул что ли, Арутюнов!

Тот очнулся:

— Слушаю, гражданин начальник!

Артеев уже не был разглядывающим свои сокровища кладоискателем, он снова превратился в сухого и озабоченного начальника большого участка горных работ.

— Сейчас, как только покончим с формальностями, я договорюсь со взрывниками, чтобы разбили плиты накладушками. А ты сними человек десять своих работяг и гони их сюда. Если до конца смены мы сумеем выхватить отсюда хотя бы полсотни вагонок, план по металлу за последнюю трехдневку будет выполнен. Ясно?

Все, конечно, было ясно. Тогда на сегодняшней вечерней планерке начальник второго участка будет выглядеть не мальчиком для битья, у которого горит план по металлу и без толку гибнет ставшая сейчас более дефицитной рабочая сила, а этаким гоголем-победителем. Его ставка на перспективность Девятой подтвердилась. В ней обнаружилась еще и неожиданная горизонтальная жила, оказавшаяся исключительно богатой. О том, что Девятая — детище маркшейдера Тица, Артеев, вероятно, предпочтет умолчать.

— Что ж, все ясно, — сказал инженер по ТБ, доставая из своей сумки карандаш и большой печатный бланк, — будем составлять акт... — Он деловито поставил ногу на высунувшуюся из забоя плиту и положил сумку на колено. Рефлектор фонаря протоколист привычно перекинул себе через шею, так что он отлично освещал импровизированный стол. За напечатанным типографским способом «Мы, нижеподписавшиеся...» — его карандаш также привычно проставил должностные звания и фамилии инженера по технике безопасности, начальника участка, участкового маркшейдера, оперуполномоченного по делам об искусственном членовредительстве и начальника санчасти лагеря. На сей раз подпись «опера по саморубам» была, конечно, пустой формальностью, но документ без нее недействителен. Что касается лагерного врача, то он подпишет его только потом, когда по отпечаткам снятым с пальцев мертвых людей будет установлена их идентичность с лицами, оттиски пальцев которых хранятся в спецчасти. Дело тут не в опознаваемости погибших, а таков порядок.

В глубине штрека замерцал свет, с тусклой «конокордией» по ней торопливо шагал человек в лагерной телогрейке поверх белого халата. За дежурным лекпомом рудничного медпункта следовали два санитара с носилками.

— Здравствуйте! — снял перед начальником свою ежовку фельдшер-заключенный: — Мы за ранеными, если есть...

— Здорово, помощник смерти! — иронично ответил Артеев. — А насчет раненых рановато пришли... — Он посветил на высокую груду каменных плит внутри выработки. — Пожалуйте дня через три, когда эту кучу разберем...

— Ясно, гражданин начальник! — усмехнулся понявший шутку фельдшер. — Пошли, ребята, нас еще в четвертой ждут...

— Освободились, значит, досрочно... — вздохнул пожилой санитар. — И сколько ж их там?

— Все сколько есть! — грубо отрезал Артеев, хотя никакого секрета из числа погибших здесь быть не могло. — Сматывайтесь отсюда!

«Помощники смерти» торопливо пошли назад, почти сразу же столкнувшись с человеком угрюмого вида в потрепанной телогрейке и кирзовых сапогах. Его можно было принять за вольнонаемного обмерщика или нормировщика, если бы ремень горнадзорского аккумуляторного фонаря не перекрещивался у него с портупеей нагана. Это был опер по делам о саморубах, без разрешения которого пострадавшим при авариях заключенным не оказывалась даже самая первая медицинская помощь. Опер скользнул взглядом по носилкам, из-за плеча инженера по ТБ посветил в зону, затем заглянул в бумагу на его колене.

— Только еще начали, — буркнул он, усаживаясь на камень под стеной и ни о чем более не расспрашивая. Работа предстояла не великая, поставить подпись под актом, карандаш составителя которого опять бойко бежал по строчкам печатного бланка. Скучавший в ожидании конца этой нудной процедуры нетерпеливый Артеев направил свет фонаря в лицо поникшего бригадира. Сидевший на камне Арутюнов напоминал сейчас задумавшегося Мефистофеля особенно сильно.

— Э, брось! — сказал, махнув рукой Артеев. — В нашем деле без жертв не обходится, это тебе не торговля мануфактурой...

Хорошо еще, что начальник не напомнил заключенному по своему обыкновению, что в Сталинграде не столько еще, да и не таких людей погибает.

Отлично понимавшие друг друга в практических вопросах, люди стояли на диаметрально противоположных морально-этических позициях, соответствующих их социальному состоянию. Один являлся полноправным гражданином первого сорта, способным ради патриотических — по крайней мере, он был в этом уверен — целей даже на душегубство. Другой — парией, осужденным за противозаконную практику дельцом, чуждым высоких целей, но внутренне ненавидящим бездушие. Правда, тут бывшему аферисту нередко приходится его проявлять. Вот и сегодня, составляя от имени начальника участка очередную заявку в лагерь на пополнение своей бригады, требовать нужно будет не пять, а шесть человек. Одного — взамен откатчика Зеленки, который явно уже никуда не годится. Вряд ли простоватый и не умеющий приспосабливаться белорус протянет после этого сколько-нибудь долго. Но «умри ты сегодня...».

Когда фельдшер и санитары обходили оставленную на рельсах вагонку, на которой все еще продолжал дымить потухший факел, навстречу им попался невысокий круглоголовый человек. Он пробирался по штреку без факела, впотьмах, ощупывая стены руками. Лекпом посветил ему в лицо своей тусклой конкордией:

— Заблудился, что ли?

Вместо ответа человек как-то странно поглядел на носилки и глухо сказал с сильным белорусским акцентом:

— Нести, значит, некого...

Догадавшись, что он имеет в виду, фельдшер ухмыльнулся:

— Оттуда, брат, надо еще состав породы вывезти...

С застывшим выражением испуга в слегка выпученных глазах человек побрел дальше в сторону забоя.

Санитары переглянулись:

— Трахнутый какой-то! — сказал тот из них, который был помоложе.

Инженер по ТБ, писавший сейчас акт об очередном несчастном случае на руднике, и не думал предварительно согласовывать его текст с людьми, от лица которых он этот акт составлял. Все было известно заранее, в том числе и самим зэкам, что во всех случаях аварий и катастроф виноваты только сами пострадавшие. Прямо и вслух об этом, конечно, не говорили, как не говорят о тайных пороках, хотя все о существовании этих пороков знают. Тут, впрочем, была разница. Априорное сваливание вины на бесправных пострадавших многие считали оправданным ввиду их принадлежности к касте, так сказать, «неприкасаемых», особых мерок военного времени и невозможности сейчас заниматься душеспасительными делами, вроде мер по предотвращению катастроф. Подлейшая из формул, когда-либо созданных ложной политической мудростью, об оправданности средства целью, во все времена была притягательной для неумных фанатиков, достаточно умных подлецов и просто людей, отождествляющих безнаказанность преступления с его моральной дозволенностью. Искалеченным зэкам некуда жаловаться, даже если они остаются живыми, а обман государства совершается в его же интересах.

Карандаш, писавший акт, двигался по бумаге уверенно и твердо: «...начальником участка № 2, после того, как ему стало известно об образовании в промзоне № 9 ложной кровли, было отдано распоряжение работающему в ней звену вторых во главе с и. о. старшего рабочего, з/к...» Карандаш остановился.

— Как фамилия звеньевого, попавшего под обрушение? — спросил инженер по ТБ.

Артеев не знал и переадресовал вопрос бригадиру. Задумавшийся Арутюнов расслышал его не сразу. Он думал о том, что за составление липового акта на списание какого-нибудь бочонка рыбы можно схватить несколько лет срока. Правда, только в том случае, если будет установлена чья-либо корыстная заинтересованность в подобном акте. За порчу товара без такой заинтересованности никому и никогда почти ничего не бывает, разве что масштаб преступления совсем велик...

— Тебя спрашиваю! — повторил Артеев. — Как фамилия этого хохла, что отгребщиками у тебя командовал?

Арутюнов ответил.

«...з/к Ткаченко, немедленно оставить опасный забой. Однако, злоупотребив невозможностью для начальника участка проследить за выполнением его распоряжения, звено продолжало работу под ложной кровлей...»

Профессиональный обманщик и темнила Арутюнов, как почти все преступающие закон, был твердо уверен, что

Правды на свете нет. Однако он и понятия не имел прежде, каких размеров достигает иногда Неправда, совершаемая людьми, не только уверенными в своей правоте, но и глубоко презирающими всяких там аферистов и мошенников, не говоря уже о грабителях и убийцах.

«...Вследствие недисциплинированности, проявленной з/к Ткаченко и его звеном, в результате обрушения ложной кровли последовала немедленная смерть...» Составитель акта снова вопросительно обернулся. Ему нужно было знать, сколько места необходимо оставить на бланке для перечисления фамилий и установочных данных погибших заключенных после того как спецчасть лагеря официально установит их личность.

— Шесть, что ли, человек накрыло тут коржом? — переадресовал Артеев немой вопрос инженера по ТБ своему бригадиру. Тот, однако, ответить не успел.

— Почему шесть? — неожиданно раздался протестующий голос и, хмурясь от света направленных на него фонарей, из темноты штрека вынырнул Зеленка.

К выражению испуга и растерянности на его круглом, чумазом от копоти лице присоединился теперь и протест. Протест против зачисления в списки мертвых, которое в представлении только что пережившего смертельный ужас человека казалось чуть ли не реальным его исключением из числа живых.

— Я ж то живой! От я... живой... — настойчиво повторял уцелевший член погибшего звена, теребя и дергая на груди свой изодранный бушлат.

Стараясь доказать составителям казенной бумаги, глядевшим на него кто с недоумением, а кто и с насмешкой, свою принадлежность к еще живущим, Зеленка не замечал, что между пальцев в каждой руке у него зажато по клочку грязной ваты и что он старается убедить в этом не столько их, сколько самого себя.

1966

Краткий словарь

некоторых используемых в книге аббревиатур и лагерных выражений

Архив-три — список заключенных, умерших в лагере.
Балан — бревно.
Берлаг — Береговой исправительно-трудовой лагерь, особый лагерь, действовавший в структуре Дальстроя в 1948–1954.
ВАСХНИЛ — Всесоюзная академия сельскохозяйственных наук имени Ленина.
ВОХР — вооруженная охрана.
Вторые — заключенные второго сорта — враги народа.
Гезенк — горная выработка, идущая сверху вниз.
Дальстрой — строительство на северо-востоке Сибири, а также предприятие, занимавшееся добычей и переработкой золотоносных полезных ископаемых в бассейне Колымы руками заключенных.
Должники прокурору — заключенные, умершие до окончания срока.
ДОПР — дом принудительных работ.
Ежовка — особая шапка заключенных.
ИТЛ — исправительно-трудовые лагеря.
Кант — отдых, *кантоваться* — отллылнивать от работы.
КВЧ — культурно-воспитательная часть.
КР, «ка-эр» или контрик — контрреволюционный элемент.
Лекпом — лекарский помощник, исполняющий обязанности врача, чаще всего — заключенный.
МВД — министерство внутренних дел.

МГБ — министерство государственной безопасности.
Накидушка — накладной заряд для разбивки крупных глыб.
НКВД — народный комиссариат внутренних дел.
Обуривание — горнопроходческий термин прохождения шпура.
ОЛП — отдельный лагерный пункт.
Отграбщик — рабочий, отгребающий взорванную скальную породу.
Откатчик — рабочий, откатывающий вагонетки.
Отпал — взрыв.
Отпальщик — взрывник.
Придурок — привилегированный заключенный, выполняющий легкую работу.
Примазка — вкрапление в скальную породу кристаллов кварца и касситерита, содержащих олово.
Промзона — промышленная зона, где идет выработка породы.
ТБ — техника безопасности.
УРЧ — учетно-распределительная часть.
ХБ или «ха-бэ» — хлопчатобумажная ткань или изделие из такой ткани.
Хевра — блатное сообщество.
ЧТЗ, «Челябинский тракторный завод» — грубые суррогатные ботинки на подошвах из старых покрышек.
Шестерка — мелкий исполнитель, прислужник.
Шпур — отверстие для закладки взрывчатки.

Содержание

«Ты права, Богородица!..» *Мариэтта Чудакова* 5

На перекрестках невольничьих путей 9

Декабристка 120

Перстенек 193

Убей немца 275

Под коржом 308

Краткий словарь некоторых используемых в книге аббревиатур и лагерных выражений 357

Георгий Георгиевич Демидов

Любовь за колючей проволокой

Повести и рассказы

Редактор *Т.И. Балаховская*
Художник *Р.М. Сайфулин*
Корректор *М.М. Уразова*

Подписано в печать 08.11.2010. Формат 60x90 1/16
Бумага офсетная. Гарнитура «Newton». Печ. л. 22,5
Печать офсетная. Тираж 3000 экз. Заказ № 2219.

Издательство «Возвращение»
Тел. (499) 196 0226
E-mail: vozvrashchenie@bk.ru

ISBN 978-5-7157-0230-2

Отпечатано с готовых файлов заказчика в ОАО ИПК «Звезда»
614990, г. Пермь, ГСП-131, ул. Дружбы, 34